Klara Sinn ist Jahrgang 1967 und lebt mit Mann, Tochter und Hund in Hessen. Mit Mitte Vierzig hatte sie fast alles ausprobiert oder erreicht, was sie sich in ihrer Sturm-und-Drang-Zeit so vorgenommen hatte: Sie hatte wissenschaftlich gearbeitet (u.a. Politologie, Germanistik und Pädagogik studiert), als freie Mitarbeiterin einer Lokalzeitung journalistische Erfahrungen gesammelt und sie war in ihrem Traumberuf als Lehrerin angekommen. Sollte es das nun gewesen sein? Plötzlich rückte ihr ein weiterer lang gehegter Wunsch wieder ins Bewusstsein: Das Schreiben.

KLARA SINN

Liebe lieber unperfekt

ROMAN

Überarbeitete Neuausgabe Januar 2022

Made in Stuttgart with ♥

Liebe lieber unperfekt

ISBN 978-3-98637-463-1
E-Book-ISBN 978-3-98637-260-6

Dies ist eine Neuausgabe des bereits 2019 bei dp Verlag, ein Imprint der dp DIGITAL PUBLISHERS GmbH erschienenen Titels *Das Leben passt in keine Liste* (ISBN: 978-3-96087-884-1).

Dies ist eine überarbeitete Neuausgabe des bereits 2016 bei dp DIGITAL PUBLISHERS erschienenen Titels *Liebling, ich geh dann mal* (ISBN: 978-3-96087-504-8).

Covergestaltung: Rose & Chili Design
Umschlaggestaltung: ARTC.ore Design
Unter Verwendung von Abbildungen von
depositphotos.com: © Annata78, © Istanbul2009
shutterstock.com: © Jemastock
Lektorat: Janina Klinck
Satz: dp DIGITAL PUBLISHERS GmbH
Druck und Bindung: Books on Demand GmbH, Norderstedt

Für meine kluge Tochter, die immer wieder über meine Späße lachen kann, und meinen Mann, der mich liebt, wie ich bin.

1

„Das ist nicht dein Ernst!"

Ich funkelte Arno an, nicht ganz sicher, ob er sich nicht doch einen Scherz mit mir erlaubte. Mein Mann hielt den neu erworbenen Tiegel mit der ökologisch korrekten Feuchtigkeitsemulsion in die Höhe wie ein Corpus Delicti. Zielsicher hatte er sich genau diesen aus den Einkäufen herausgefischt, die ich auf dem Küchentisch ausgebreitet hatte.

„Hanna, das *ist* mein Ernst! Du hast tatsächlich zwölf Euro für eine schnöde Creme ausgegeben?"

Seine inquisitorische Frage ließ meinen Blutdruck ansteigen. *Ich* war hier diejenige, die das Geld verdiente.

Ich verschränkte die Arme vor der Brust, kniff die Augen zusammen und fixierte ihn:

„Du willst mir jetzt nicht wirklich zu verstehen geben, dass ..."

„Doch! Verdammt, Johanna! Was soll der Kosmetik-Quatsch? Wirst du im Alter zur Spießerin?"

Okay. Das reichte. Auch wenn ich kommunikationspsychologisch geschult war, Tritte unter die Gürtellinie mussten gekontert werden. Möglichst lautstark. Gerade holte ich Luft, als sich die Küchentür öffnete und Nele den Raum betrat. Mit einem Blick erfasste unsere Tochter die Situation.

„Moment!", ordnete sie an, eilte zum Fenster und schloss es. Mit ihren knapp fünfzehn Jahren war ihr so gut wie alles peinlich. Vor allem die Eltern. Vor allem, wenn diese schreiend die Nachbarschaft beschallten.

Ich trommelte mit den Fingern auf meinem Unterarm:

„Könnten wir jetzt bitte in Ruhe weiterstreiten?"

Nele schüttelte entnervt den Kopf und zog die Tür hinter sich zu. Mein Blick heftete sich erneut auf Arno.

Mein Mann. Mein geliebter Ehemann. 186 Zentimeter Sturheit, dichte, dunkelblonde Haare, eine immer noch beneidenswert athletische Figur, trotz weitgehender sportlicher Abstinenz, grau-blauer Blick, temporär auf Minusgrade heruntergekühlt. Wir waren uns so nah. Gedanklich, gefühlsmäßig und auch körperlich. Und dennoch schafften wir es immer wieder, uns gegenseitig zu verletzen. Niemand kann das so gut wie Menschen, die sich in- und auswendig kennen. Wenn keine sachlichen Argumente mehr halfen, ging es meist auf der persönlichen Ebene weiter, und die wunden Punkte, die der liebende Partner eigentlich schützen, aufpäppeln und möglichst unangetastet lassen sollte, wurden zu willkommenen Angriffspunkten. Treffer. Versenkt.

Dafür hasste ich Arno gelegentlich.

„Noch mal von vorne", knurrte ich.

„Du hast mich sehr wohl verstanden!"

„Aber DU verstehst MICH nicht!", brüllte ich.

Inzwischen hatten wir eine Phonstärke erreicht, die Karl Marx dazu veranlasste, seine Rute einzuklemmen und unter dem Küchentisch Deckung zu suchen.

„OH DOCH! Mein Verständnis reicht durchaus, um dich als fehlgeleitetes Werbeopfer zu identifizieren!"

„Weil ich eine FEUCHTIGKEITSCREME kaufe?"

„Weil du ein horrendes GELD dafür ausgibst!"

„Mann, das waren zwölf Euro! ZWÖLF! Nicht 120! Du bist so ein Geizhals!!!"

„Wie verzweifelt muss man sein, um sich dermaßen von der Kosmetikindustrie blenden zu lassen?"

Ich hyperventilierte fast. „ICH BIN NICHT VERZWEIFELT!"

Abends stand mir der Schaum vor dem Mund wie einem tollwütigen Tier. Ich stand im Bad und traktierte meine Zähne. Es grummelte immer noch in mir. Unser so häufig aus dem Ruder laufendes Streitritual machte mich fertig. Es kostete Kraft und Halsschmerztabletten und führte zu nichts. Ich wischte mir den hervorquellenden Schaum vom Kinn und begann die Putzrunde unten rechts von vorne. Plötzlich schob sich Arno von hinten heran und legte mir seine Arme um den Bauch.

„Na, Hannchen", hauchte er an meinem Ohr.

Ich ignorierte ihn, so gut es ging.

Er verfolgte belustigt meine Zahnputzschaumschlacht.

„Komm, wir vertragen uns."

Skeptisch hob ich meine Augenbrauen.

„Was hältst du von einem Versöhnungsquickie?"

„NICHTS!", fauchte ich und der Spiegel war gesprenkelt wie eine Windschutzscheibe bei Schneesturm.

„Ach komm schon, Schatz." Arno begann, an meinem Ohr zu knabbern.

Ich wand mich aus seinen Armen.

„Ich bin doch keine Masochistin! Erst verletzt du mich bis in die Grundfeste meiner Existenz, rammst mir ein Messer in meine verwundbarsten Teile, in meine Ängste, mein Selbstbild, mein Selbstwertgefühl ..."

Arno seufzte.

„... und dann soll ich dir schon wieder mein Herz und meinen Körper öffnen?"

Er verdrehte die Augen.

„Nun sei doch nicht immer so melodramatisch!"

Ich schob ihn von mir und zielte mit der Zahnbürste auf ihn.

„Ich bin so, wie ich bin. Und eins sag ich dir: Ich bin *keine* Spießerin, ich bin *nicht* alt und ich bin *nicht* verzweifelt!"

„Schon gut", lenkte er ein. „Du bist jung wie der Frühling und frisch wie Morgentau."

Ich schüttelte mit dem Kopf, ließ Wasser in meine Hände laufen und tauchte mit dem Gesicht hinein. Die Badezimmeraudienz war beendet. Tatsächlich zog Arno Leine, nicht ohne mir im Weggehen in den Hintern zu kneifen.

Was mir die gnadenlosen Strahlen der aufgehenden Sonne dann einige Tage später offenbarten, traf mich wie ein Schlag: Ich wurde doch alt! Mein Körper war einfach nicht mehr der einer Zwanzigjährigen ... noch nicht einmal der einer Fünfunddreißigjährigen!

Ich stand morgens vor dem Spiegel im Bad und freute mich über das wundervoll rotgoldene Licht der Morgensonne, das ab nun wieder meine Vorbereitungen auf den Arbeitstag geheimnisvoll beleuchten würde und endlich die dunkle Jahreszeit und das Lampenlicht vertrieben hatte. Deshalb sah ich diesmal auch etwas länger in den Spiegel – und mit aller Klarheit erkannte ich plötzlich die Zeichen körperlichen Verfalls.

Nun gehörte ich nicht zu den Frauen, für die Schönheit oberstes Gebot war. Schon aus Prinzip nicht, aus feministischer Überzeugung, die es ablehnt, sich einzig und allein für den anerkennenden Blick von Männern aufzuhübschen. Aus diesem Grund benutzte ich auch kein Make-up. Ich war ungeschminkt – immer! Dafür fasste ich mir auch viel zu häufig ins Gesicht, rieb mir die Augen oder die Nase, klopfte mir beim Nachdenken an die Lippen. Mit einer Farbpallette im Gesicht hätte ich wahrscheinlich in kürzester Zeit wie ein Inferno ausgesehen. Hätte ich damals roten Lippenstift und Nagellack getragen, wäre ich bestimmt auch heute noch nicht verheiratet. Denn Arno mag Frauen nur naturbelassen – was es auch für Nele nicht einfach machte, wenn sie hin und wieder die Segnungen der Kosmetikindustrie ausprobierte. Trotzdem war mir mein Äußeres natürlich nicht egal. Schon aufgrund meiner Lehrerinnentätigkeit war es notwendig, irgendwie passabel auszusehen, wenn man/frau vor den Schülerinnen und Schülern nicht zur Lachnummer werden wollte. Aber ich hatte etwas dagegen, mich der Willkürherrschaft sogenannter Modeexperten zu unterwerfen, genauso wie der Diktatur der heilsversprechenden Kosmetikindustrie oder der Bauch-Beine-Po-Folterbranche – so als bräuchten Frauen keine Armmuskeln. Ich wollte einfach so herumlaufen, dass ich mich selber mochte und wohlfühlte.

Doch dieses eigentlich positive Körpergefühl geriet mit jenem denkwürdigen Blick in den Spiegel mächtig ins Wanken. Meine Güte! Ein paar Dellen an den Oberschenkeln hatte ich schon seit meiner Jugendzeit. Aber *das* hier? Ich hätte mich gut und gerne als Vorher-

Model für eine Anti-Cellulite-Therapie zur Verfügung stellen können. Und mein Bauch? Mal dünner, mal dicker ... okay, meist dicker, aber hing er an dieser Stelle nicht sogar etwas über? Und meine Brüste? Und die Oberarme? Ich suchte meinen ganzen Körper ab, und zum ersten Mal stieg so etwas wie Panik in mir auf. Wir wurden tatsächlich älter – mein Körper und ich. Was ich geistig an Reife und Erkenntnis hinzugewann und begrüßte, hinterließ deutlich negative Spuren an meinem Körper, unwillkommen und absolut überflüssig. Er verlor seine jugendliche Spannkraft. Mit einem Wort: Er wurde schlapp.

Ich sah mir in die Augen und versuchte ruhig zu atmen, um der Panikattacke Frau zu werden. Tausend Gedanken schossen mir durch den Kopf. Ich sah mich plötzlich in dreißig, vierzig Jahren. Um zwanzig Zentimeter geschrumpft, zahnlos, o-beinig, einen Rollator schiebend. Wenn ich wenigstens geistig fit bleiben würde, aber auch Alzheimer war ja eine – noch denkbare – Zukunftsaussicht. Mir kam ein Spruch in den Sinn, den ich irgendwo aufgeschnappt hatte: Alle wollen alt werden, aber niemand will alt sein.

Ja! Genauso war es! Ich wollte immer mindestens neunzig Jahre alt werden. Aber wie sollte ich es schaffen, mir beim Altern zuzusehen? Wenn Altern Verfall bedeutete, geistiger und körperlicher, wie ließe sich das nur aushalten? Wie sollte ich nicht täglich die Natur mit ihren scheinbar zwingenden biologischen Abläufen dafür verfluchen, dass sie mir das antat?

Eine Woge des Entsetzens und der Trauer überschwemmte mich. Mir stiegen Tränen in die Augen, und ich verfolgte, wie sie sich aus den Augenwinkeln lösten, an der Nase herunterliefen, die Lippen überquerten und vom Kinn tropften.

Andererseits ... dies passierte ja nicht nur mir. War es nicht ein Trost, zu wissen, dass alle Menschen, die das Glück hatten, ein hohes Alter zu erreichen, diesen Alterungsprozess auch irgendwie meisterten? Und wie viele Menschen waren sogar erst in späten Jahren aufgeblüht – oder hatten bis ins hohe Alter Meisterleistungen vollbracht? Goethe zum Beispiel war zweiundachtzig, als er seinen *Faust II* beendete und kurz darauf starb. Es gab doch viele Menschen – Politikerinnen, Schriftsteller, Schauspielerinnen, Wissenschaftler – die vormachten, wie man in Würde altern konnte, auch wenn die körperlichen Fähigkeiten abnahmen.

Da fiel mir meine Oma ein. Sie war bis zum Schluss geistig fit geblieben, beweglich und voller Humor, und einundneunzig geworden. Na bitte. Vielleicht hatte ich ja ihre guten Gene geerbt. Das wäre ja schon mal ein kleiner Trost. Und hieß es nicht auch, man sei so alt, wie man sich fühle? So banal dieser Satz klang, es gab Untersuchungen, die dies zu bestätigen schienen.

Ich sah mich noch einmal konzentriert im Spiegel an und tippte mir vor die Brust. Nein, noch war ich nicht verzweifelt. Dafür war es noch zu früh. Aber ich sollte mein Problem zeitnah angehen. Wäre die Phrase nicht so abgedroschen, würde ich sagen: Ich hörte sie ticken, meine biologische Uhr. Jetzt musste ich zwar dringend in die Schule, aber mit diesem Thema war ich noch nicht fertig! Schnell warf ich mir kaltes Wasser ins Gesicht, zog mir Jeans und irgendein Oberteil über und beschloss spontan, das Fahrrad zu nehmen. Ich würde zwar schweißnass und außer Atem ankommen, aber egal. So hatte ich wenigstens das Gefühl, lebendig zu sein.

2

Ich trat in die Pedale meines bequemen Hollandrades, dessen Schutzblech munter klapperte, und ließ den quadratisch-praktischen Betonklotz aus den siebziger Jahren hinter mir – mein Gymnasium, das sich nicht gerade durch aufregende Reformpädagogik profilierte. Die Sonne schien ungewöhnlich hell. An geschützten Stellen glitzerten die letzten Schneereste in unberührtem Weiß. Richtig schön, so Anfang März. Ich spürte die warmen Strahlen im Gesicht und erfreute mich an den gelben und lila Krokussen in den Vorgärten, die das unendliche Grau der letzten Monate fortlächelten.

In der Mitte des Lebens stellen sich die existentiellen Fragen neu, ging es mir durch den Kopf, während meine Beine gleichmäßig meditativ kreisten. Völlig in Gedanken, begann plötzlich mein Vorderrad unkontrolliert zu schlingern. Hilfe! Hart trat ich auf die Bremse, sprang vom Rad in die matschige Schneepampe und versuchte mit aller Kraft mein Gefährt daran zu hindern, in die braune Patsche zu kippen. Gerade so konnte ich es abfangen. Im gleichen Moment hupte ein Auto, als hätte ich geplant, mich mit meinem Drahtesel davorzuwerfen. Blödmann!

Mit hämmerndem Herzen überprüfte ich, ob meine Schultasche noch sicher im Fahrradkorb lag. Puh. Fast wäre ich hingefallen. Das hätte böse enden können. Okay. Großhirn an Stammhirn: Wir hatten verstanden! Die Beschäftigung mit bedeutsamen Fragen bedurfte einer risikoarmen Umgebung und vollster Konzentration. Vorsichtig stieg ich wieder auf und brachte mich sicher nach Hause.

Wir wohnten am Rande einer Kleinstadt in einer Straße, in der recht individuell gebaut werden durfte. Der Verkehr war verhältnismäßig ruhig. Nur von ferne hörte man bei entsprechender Windrichtung ein stärkeres Motorenrauschen der geschäftigen Innenstadt. Hinter unserer Häuserreihe, die die letzte war und es hoffentlich auch blieb, brauchten wir nur wenige Schritte zu gehen, um in der Natur zu sein. Zahlreiche Feldwege und – einen knappen Kilometer entfernt – ein kleines Waldstück vermittelten uns das Gefühl, fast in einer ländlichen Idylle zu leben. Für uns war dies der ideale Wohnort, städtisch angebunden und doch naturnah.

Zuhause angekommen begrüßte mich Karl Marx mit einem müden Schwanzwedeln. Unser gealterter, schwarz-weißer Labrador-Mix hielt es noch nicht mal für nötig, aufzuspringen und mir entgegenzulaufen! Als junger Hund war er der Weltmeister im Begrüßen gewesen. Jetzt zeigte er diesen Ehrgeiz nur noch bei völlig Fremden, die er wahrscheinlich beeindrucken wollte.

„Wirst halt auch älter, Kalli“, sagte ich, kniete mich an seinen Korb und wuschelte ihm durchs Fell, wodurch sich die Schwanzschlagfrequenz dramatisch erhöhte. Sein Fell war feucht, also hatte Arno mit ihm eine Runde gedreht und ich war von dieser Pflicht befreit.

Sehr gut! Hach, wie ich das liebte! Der Dienstag war der einzige Tag, an dem ich nur vier Stunden hatte, also am frühen Mittag nach Hause kam. Nele war noch bis sechzehn Uhr in der Schule und Arno, hauptberuflich Hausmann, nebenberuflich Softwareentwickler in seiner eigenen Ein-Mann-Firma, legte auf meine Bitte hin seine auswärtigen Kundengespräche auf diesen Tag. So hatte ich wenigstens *ein* Mal in der Woche das Haus ganz für mich alleine, jedenfalls wenn alles nach Plan lief und nicht etwa Konferenzen anstanden, der Unterricht unserer Tochter ausfiel oder Kunden ihre Termine versäumten.

Heute war so ein Tag, an dem mich unser Haus träumerisch still umfing. Die Frühlingssonne schien durch die Fenster und zauberte Lichtreflexe auf Möbel und Wände – die winterlichen Schmutzansammlungen, die sie gleichzeitig beleuchtete, übersah ich großzügig – und ich spürte, dass etwas ganz Besonderes aufkeimte: ein Aufbruch.

Ich ging nach oben, wusch mir gründlich die Hände, da Schulen ja bekanntlich Bakterienbrutstätten sind, zog mir wie immer bequeme Kleidung an und wusste, dass ich jetzt nicht – wie sonst – meinen Mittagsschlaf halten würde. Mit dieser Angewohnheit entsprach ich natürlich voll dem Lehrer-Klischee. Mein Lieblingswitz dazu lautete: Treffen sich zwei Lehrer mittags um zwei im Baumarkt. „Na? Kannst du auch nicht schlafen?“ Ich fand den schreiend komisch, auch wenn meine Tochter immer gähnte, wenn ich ihn erzählte. Aber es war wirklich so: Wenn man sich vorstellte, dass eine Lehrerin am Tag durchschnittlich sagen wir fünf Klassen mit jeweils durchschnittlich 25 Schülerinnen und Schülern unterrichtete, dann waren das etwa 125 kleine und größere Jungen und Mädchen, die alle in ihrer Individualität, in ihren Stärken und Schwächen wahrgenommen und gefördert werden wollten. Rechnete man noch durchschnittlich 10 Pausengespräche mit Kollegen über Schülerinnen und Schüler, Unterricht oder Privates hinzu und bedachte, dass jeder Lehrende mindestens zwei Fächer unterrichtete und am Tag in den fünf Klassen mindestens fünf Themen altersangemessen, höchst konzentriert und natürlich voll mitreißender Begeisterung präsentierte und gleichzeitig darauf achtete, dass Selina ganz vorne nicht ungerechterweise dreimal hintereinander drankam, während Max dort hinten, wenn er sich denn mal zaghaft meldete, übersehen wurde, und Lara und Michelle sowie Niclas und Yannic mit einem scharfen Blick oder vielleicht doch besser mit einer lauten Verwarnung bedacht werden mussten, weil sie tuschelten oder versuchten, unter dem Tisch Karten zu spielen – wenn man das alles zusammenrechnete, dann waren wir bei tausenden von Überlegungen, Entscheidungen und Interaktionen, die eine Lehrkraft im Sekundentakt durchzuführen hatte.

Ich fand, da hatte mein Hirn anschließend eine kleine Auszeit verdient, zumal ich sowieso nicht in der Lage gewesen wäre, mit diesem Synapsenaufruhr im Kopf einen einzigen neuen, klaren Gedanken für den Unterricht des nächsten Tages zu fassen.

Wer es sich als Lehrerin oder Lehrer also irgendwie einrichten konnte, der schlief nach der Schule. Dass dies schlicht vernünftig war und unser Überleben sicherte, darin bestärkten wir uns im Kollegium immer wieder gegenseitig.

An diesem Tag aber war es anders. Ich kochte mir einen Kaffee, setzte mich in die sonnendurchflutete

Küche und blickte hinaus in den Vorgarten, der aus seinem Winterschlaf erwachte.

Ein Aufbruch. Ja. Gut. Woll'n wir doch mal sehen ... Hmmm. Gar nicht so leicht, sich auf Kommando tiefgründige Gedanken um sich selbst zu machen ...

Ich verfolgte mit den Augen die Katze unserer Nachbarn, wie sie am Zaun entlangpirschte, erfreute mich an den schüchternen Krokussen, sah in den Himmel, der überraschend blau war und an unbeschwerte Sommertage im Süden erinnerte, trank einen Schluck Kaffee, wippte mit dem Fuß, ...

Nein. So ging das nicht. Ich brauchte etwas zu schreiben. Beim Schreiben formten sich die wabernden Gedanken zu Worten, und der chaotisch-assoziative Gedankenfluss ließ sich in eine systematische, lineare Ordnung bringen. Früher hatte ich sehr viel Tagebuch geschrieben. Auch als junge Erwachsene hin und wieder, wenn es mir schlecht ging. Jetzt beschränkten sich meine schriftlichen Ergüsse meist auf Kommentare, die ich unter die Klassenarbeiten setzte: Im Ansatz gelungen, achte aber noch mehr auf eine differenzierte Argumentation und eine präzise Wortwahl!

Ich holte eine alte Kladde aus meinem Arbeitszimmer, suchte einen Kuli und schrieb:

45 Jahre = Lebensmitte.

Das stimmte sogar ganz genau, denn ich hatte mir ja vorgenommen, neunzig Jahre alt zu werden.

Was will ich noch erreichen?

Nee, das „noch" hörte sich voll deprimierend an, so als hätte ich nur noch kurze Zeit zu leben. Eigentlich ging es doch um mittelfristige Ziele, die in absehbarer Zeit zu erreichen waren. Wenn ich alt wäre – oder sagen wir älter, so ab Pensionsgrenze – würden sich ja wohl hoffentlich wieder neue Ziele und Perspektiven auftun. Also:

Mittelfristige Ziele (etwa 2-5 Jahre):
1. Körperlichen Verfall verhindern!

Meine Güte, das war zwar richtig, aber motivationstechnisch ja wohl total daneben. Ich strich die Zeile durch und schrieb:

1. Körperliche Attraktivität und Fitness ausbauen!

Jawoll! Und dann flossen die nächsten Ideen, Gedanken und Wünsche nur so aus der Feder. Nur beim letzten Punkt zögerte ich, fügte ihn dann aber doch entschlossen hinzu. Nach wenigen Minuten ließ ich den Stift sinken, lehnte mich zurück und atmete tief durch. Dann überflog ich nochmals meine Agenda, schloss zufrieden die Augen und spürte, wie mich eine Welle der Zuversicht durchströmte. Dies würde mir und meinem Leben einen neuen Schub verleihen!

3

Christiane Körner war meine beste Freundin, wenn frau das in unserem Alter noch so nennen wollte, und das Praktische war, sie wohnte gleich nebenan. Zuerst waren wir einfach nur Nachbarinnen gewesen. Aber als unsere Tochter Nele zur Welt kam, stand Tine uns mit Rat und Tat zur Seite, da sie uns als Mutter der damals fünfjährigen Franziska einiges an Erfahrung voraushatte. Wir stellten schnell fest, dass wir in der heiklen Frage der Kindererziehung sehr ähnliche Vorstellungen hatten, und so entwickelte sich eine Freundschaft, die mir sehr wichtig war. Wir teilten Freud und Leid des Alltags, schimpften über unsere Ehemänner, freuten uns über die Erfolge unserer Töchter und litten mit, wenn die nächste Fünf in Mathe die Ausgaben für die Nachhilfe wieder einmal nicht zu rechtfertigen schien.

Wenn es Christiane nicht gegeben hätte, hätte ich sie erfinden müssen, denn ich war nicht sehr gut darin, Freundschaften zu pflegen. Auch wenn es nach einer müden Ausrede klingt: Mein Beruf absorbierte mich so dermaßen, dass ich abends einfach keine Lust und Kraft mehr hatte, per Telefon soziale Kontaktpflege zu betreiben, geschweige denn mich irgendwo mit irgendwem zu treffen. Mit Tine war es dagegen völlig unkompliziert. Manchmal sahen wir uns tagelang nicht, dann war auch ein Hallo über den Gartenzaun in Ordnung, und dann gab es diese Nachmittage oder Abende, an denen wir zwei Frauen gemütlich zusammensaßen und über alles redeten – oder über fast alles.

Es gab nämlich *ein* Thema, das eigentlich *nie* angesprochen wurde. Entgegen allen Klischees und Fernsehserien über Frauenfreundschaften sprachen wir zwei Freundinnen niemals über Sex. Jedenfalls nicht mit uns in der Hauptrolle. Wenn es um unsere Töchter, ihr sexuelles Erwachen und angemessene elterliche Reaktionen darauf ging, war es durchaus ein Thema. Aber bislang hatte ich niemals das Bedürfnis verspürt, mit Tine mein eigenes Sexualleben zu erörtern. Vielleicht lag es daran, dass es wirklich gut, aber unspektakulär war. Wir hatten keine Probleme – jedenfalls fast keine. Und insgesamt sah ich mich als eine befriedigte Frau an – jedenfalls fast immer. An sich war das Sex-Thema für mich kein Tabu. Ich konnte ungeniert etwa die Bedeutung der sexuellen Selbstbestimmung für die Emanzipation der Frauen darlegen, mich differenziert zu den Debatten über Pornographie und Prostitution äußern, vehement die Rechte von Lesben, Schwulen und Transsexuellen einfordern oder über anzügliche Witze pubertierender Schüler augenzwinkernd hinweghören, ohne rot zu werden. Aber ich sah keinen Sinn darin, mit jemand anderem etwas zu teilen – wenn auch nur gesprächsweise – das ausschließlich meinen Mann und mich etwas anging. Es wäre mir wie ein Vertrauensbruch vorgekommen, die Augenblicke intensivsten körperlichen und emotionalen Zusammenseins zwischen Arno und mir vor anderen auszubreiten. Undenkbar.

Nun saß ich hier am Freitagabend in Christianes Wohnzimmer. Ihr Mann Klaus, ein selbstständiger

Versicherungsagent, war über das Wochenende auf einer stinklangweiligen Versicherungsmesse. So hatten wir den Abend ganz für uns. Bei Tine fühlte ich mich ziemlich wohl. Das Wohnzimmer war durchgängig im Landhausstil eingerichtet – blaues Sofa, Kiefernmöbel und eine von Monets Seerosenvarianten an der Wand –, für meinen Geschmack allerdings mit zu viel Nippes ausstaffiert. Wenn es etwas gab, was ich dekorationstechnisch nicht ausstehen konnte, dann waren es Kunstblumen, Vasen und Schüsseln aus buntem, geschwungenem Glas und Tierfigürchen aus den verschiedensten Materialien (mal abgesehen von Zinnbechern, gestickten Bildern und solchen aus Puzzleteilen). Das Tragische war, dass Menschen solchen Geschmacks, meist ja leider Frauen – hier konnte ich meine Geschlechtsgenossinnen wirklich nicht in Schutz nehmen –, diese Scheußlichkeiten in üppiger Fülle ansammelten und ausstellten. Aber gut, jedem Tierchen sein Pläsierchen oder wie meine Mutter zu sagen pflegte: „Es wäre doch langweilig, wenn alle denselben Geschmack hätten."

Nun entdeckte ich auf Tines Kiefernkommode ein neues Stillleben aus fünf grinsenden Keramik-Osterhasen in den verschiedensten Stellungen, mit bemalten Ostereiern, Schubkarre oder Kiepe ausgestattet ... OMG.

„Na, bewunderst du meine neue Osterhasenkollektion?" Tine kam vergnügt ins Zimmer, in der Hand eine Flasche Rotwein und zwei langstielige Gläser.

Ich lächelte gequält und sie kicherte. Unsere Geschmäcker waren nicht immer kompatibel. Das wussten wir beide und mussten uns nichts vormachen. Sie zeigte auf den Osterhasen in der Mitte.

„Hast du diesen gesehen?“

Ich trat näher und beäugte das Ding skeptisch. Es grinste noch breiter als die anderen und hielt etwas in der erhobenen Hand. Ein Schwert? Eine Kerze? Eine Gurke? Mir blieb die Spucke weg.

„Ist das etwa ... ist das so ein ...“

„Ein Dildo!!!“, jauchzte Tine und lachte sich kaputt.

Ich sah meine Freundin entgeistert an und wusste nicht, ob ich mitlachen oder über ihre fortgeschrittene Geschmacksverirrung besorgt sein sollte.

„Wie kommst du denn zu diesem ... schmuddel ... äh ... schnuckeligen Tierchen?“, fragte ich verstört.

„Hat mir Klausi mitgebracht, von der Frühjahrsmesse. War zwar nur ein Werbegeschenk, aber ich fand's süß. Ist doch süß, oder?“, fragte meine Freundin, klimperte mit ihren beneidenswert langen und dunklen Wimpern und sah mich erwartungsvoll an.

„Tja, es ist ... es ist ...“, ich holte tief Luft, „abgrundtief scheußlich!“, brach die Wahrheit aus mir heraus. Wir prusteten beide los und ließen uns aufs Sofa plumpsen. Tine öffnete die Weinflasche und füllte mit geübtem Schwung die Gläser.

„Auf uns!“, rief ich übermütig aus. Eine Freundin, bei der ich ehrlich sein durfte und die über unsere Geschmacksdivergenzen lachen konnte, erfüllte mich mit Dankbarkeit. Ich nahm einen langen Schluck.

„Und auf den Sex – mit und ohne Hilfsmittel!“, ergänzte Tine grinsend. Ich verschluckte mich so heftig, dass sie mir vorsichtshalber das Glas aus der Hand nahm.

„Was hast du denn?“, fragte sie scheinheilig, während ich versuchte Hustenanfall und Atemnot in den Griff zu bekommen. Noch konnte ich nicht sprechen, da warf sie mir doch tatsächlich an den Kopf, verklemmt und prüde zu sein. Ich! Heftig schüttelte ich meinen Kopf, der inzwischen rot angelaufen war und zu bersten drohte. Ich sprang auf und riss als Rettungsmaßnahme meine Arme in die Höhe. Ich brauchte Luft, um endlich diesem ungeheuerlichen Vorwurf entschieden entgegentreten zu können.

„Siehst du, verehrte Frau Studienrätin", setzte sie unbarmherzig grinsend nach, „schlau daherreden über Politik und so, das kannst du. Aber Wörter wie ‚Dildo' oder ‚Sex' machen dich glatt sprachlos."

Ich stand immer noch mit erhobenen Armen vor ihr und starrte sie ungläubig an. Da bemerkte ich plötzlich, wie erquickende Luft in meine Lungen einströmte und ich dem Erstickungstod noch einmal von der Schippe gesprungen war.

Ich holte tief Atem und wetterte los: „Also, erstens bin ich weder verklemmt noch prüde", ich fuchtelte mit den Armen, „und zweitens nehme ich noch ganz andere Wörter in den Mund: Vibrator! Klitoris! Orgasmus! Bumsen, ficken, vögeln! Falls dich das irgendwie beruhigt."

Obwohl: Die letzten drei Verben benutzte ich eigentlich nie. Ich lehnte sie sogar entschieden ab, weil sie den sexuellen Akt für mein Empfinden banalisierten und pornografisierten. Sie traten ihn in den Dreck. Und was Orgasmus und Klitoris anging, das waren zwar korrekte und neutrale Begriffe, aber sie verwiesen auf etwas derart Intimes, dass sie in meiner Alltagssprache kaum Verwendung fanden, zumindest nicht ohne ein leichtes Schamgefühl hervorzurufen. Ich setzte mich und sah Tine triumphierend an. Die hatte mich die ganze Zeit aufmerksam gemustert – und offenbar bemerkt, dass ich in Gedanken noch einiges hinzugefügt hatte. Sie zog ihre linke Augenbraue in die Höhe.

„Was willst du eigentlich?", fragte ich genervt.

„Ich will über Sex sprechen."

Okay. Ich gebe zu, ich war einigermaßen überrascht. Dass sie so direkt ... und überhaupt, nach all den Jahren. Und ausgerechnet jetzt, wo ich auch ein Anliegen in dieser Richtung hatte ...

„Also gut, heben wir unsere Freundschaft auf eine neue Stufe, tun wir, was angeblich alle Frauen mit ihren Freundinnen tun, entsprechen wir den modernen Frauenklischees." Feierlich erhob ich mein Glas und sah Tine tief in die Augen.

„Reden wir über Sex!"

4

Nun wird Sex ja bekanntlich überbewertet, vor allem in festen Paarbeziehungen. Die Dauerhaftigkeit und Güte einer Beziehung bemisst sich, laut eines SPIEGEL-Artikels, nicht an permanenter Leidenschaftlichkeit, immerwährendem Herzklopfen oder der Häufigkeit grundsätzlicher Beziehungsdiskussionen. Im Gegenteil kann vor allem Letzteres eher zu Qualen und dem Aus einer Beziehung führen. Was wirklich zählt, sind echte Freundschaft und gemeinsame Werte. Wenn ich gerne Zeit mit meinem Partner verbringe und viele Dinge ähnlich sehe, sind das beste Voraussetzungen für eine lang anhaltende Liebe. Dennoch gibt es wohl kaum ein Thema, das in unserer Kultur mehr Aufmerksamkeit auf sich zieht – vielleicht abgesehen von den Ergebnissen der Fußballbundesliga oder den Nachrichten über Benzinpreiserhöhungen – als Sex. Es steht, wenn es in Buch oder Film um die Liebe geht, stets im Mittelpunkt. Am Ende jeder abenteuerlichen Suche nach ‚dem Richtigen' erfolgt die sexuelle Vereinigung. Sie ist die Belohnung, die dem Helden oder der Heldin am Ende winkt, das Ziel des qualvollen Hindernislaufes, die Erfüllung aller Sehnsüchte. Das ist selbst in der sogenannten hohen Literatur nicht viel anders. Goethes Faust, der sich mit Ekel von seinem austrocknenden Wissensdrang abwendet, um endlich die ganze Bandbreite menschlich-sinnlicher Erfahrungs- und Gefühlswelten kennen zu lernen, verliebt sich von einem auf den anderen

Moment in das unschuldig-naive Gretchen und umwirbt die junge Frau nach allen Regeln der Kunst. Und wozu? Um sie flachzulegen. Dafür geht er sogar über Leichen. Mutter, Bruder und Gretchen selbst bleiben sterbend auf der Strecke, aber Faust erreicht sein Ziel: stillt seine sexuelle Lust und gibt seinen Samen weiter.

Angeblich konsumieren 82 Prozent der Deutschen Pornografie. Stimulierende erotische Darstellungen sind allgegenwärtig. Man spricht von der sexualisierten Gesellschaft. Kein Produkt, das sich nicht mit langen, nackten, cellulitefreien Beinen, feuchten, roten Lippen oder einer breiten muskulösen Männerbrust (früher behaart, heute gewachst) besser verkaufen ließe. Hol dir XY und du stehst kurz vorm Orgasmus! Für nur 3,99 € bist du am Ziel all deiner sexuellen Sehnsüchte! Sex sales. Wir sind eben doch nichts anderes als hormongesteuerte Zellklumpen, deren Daseinszweck sich in der (versuchten) Fortpflanzung erfüllt. Und dann ist da ja auch noch die Lust, die uns uneingeladen von der Pubertät bis ins Alter begleitet und anstachelt und zur Ausprägung allerlei merkwürdiger menschlicher Balzrituale geführt hat.

Wie auch immer. Meine Freundin Tine wollte mit mir zum ersten Mal seit vierzehn Jahren, als wir uns am Gartenzaun ein Hallo zugerufen hatten, über Sex reden. Also taten wir es.

Und wie nicht anders zu erwarten, eröffnete sie mir ein Problem. Zuerst zögerlich, dann immer schneller und verzweifelter, berichtete sie davon, dass ein riesiger sexueller Abgrund vor ihr klaffte: Klausi wollte nicht mehr. Sie habe schon alles Mögliche versucht, um ihn aus der Reserve zu locken, aber er habe einfach keine Lust mehr auf Sex.

„Und wie lange geht das schon so?“, fragte ich voller Mitleid und sah Tine im Geiste über Monate vertrocknen.

„Jetzt müssen es schon fast drei Wochen sein!“

„Ähh …“, verwirrt griff ich nach meinem Glas. Drei Wochen. Wo bitteschön war denn da das Problem?

„Das ist ja echt ’ne lange Zeit …“

„Ja!“, stöhnte Tine. „Ich halte es kaum noch aus!“

Ich sah meine agile, warmherzige, flinke, fröhliche Freundin mit den halblangen, hennarotgefärbten Haaren an. War sie ein Sexmonster?

„Wie oft habt ihr denn normalerweise … ich meine, wie oft habt ihr … äh … Geschlechtsverkehr?“, wagte ich mich vor.

„Geschlechtsverkehr – so ein Bürokratendeutsch kann wieder nur von dir kommen. Also, Klausi und ich, so drei- bis viermal die Woche haben wir schon gepoppt.“

Ich war sprachlos. Sowohl im Hinblick auf die Wortwahl als auch die Häufigkeit.

„Wieso? Ist doch normal, oder?“, setzte Tine nach.

„Doch, doch.“

Okay, ich merkte, dass mir ein solches Gespräch in aller Offenheit noch nicht wirklich gelang. Irgendwie war da ein Gefühl von Scham und Peinlichkeit. Wollte ich das alles wirklich von Tine wissen? Und musste ich dann nicht im Gegenzug ebenfalls ehrlich sein? Drei- bis viermal die Woche? Wenn Arno und ich innerhalb eines ganzen Monats auf diese Frequenz kamen, hatte ich meinen Mann furchtbar glücklich gemacht. Drei

Wochen ohne? Das passierte bei uns ständig. Einfach, weil ich bei meinem beruflichen Stress meine zweifellos nicht sehr stark ausgeprägten sexuellen Bedürfnisse gar nicht mehr spürte. Für mich war dies nicht weiter schlimm. Dass Arno dann litt, wusste ich natürlich, und es tat mir auch ehrlich leid, aber ein Drama war das alles nicht. Jedenfalls nicht für mich.

Es fiel mir also etwas schwer, Tines Problem so ganz ernst zu nehmen, aber gut. Hier ging es um meine Freundin und für sie war es offensichtlich der sexuelle Super-GAU.

Wir schenkten uns neu ein und sie erzählte von ihren vergeblichen Versuchen mit neuer Reizwäsche und speziellen Massagen, die ihr als Physiotherapeutin natürlich gut von der Hand gingen.

„Aber Klausi ist ja so kitzelig, dass ich gar nicht bis zur Erotik-Massage an seinen erogenen Zonen gekommen bin", seufzte Tine.

„Wieso?"

„Ich wollte an den Füßen anfangen und mich dann langsam hocharbeiten. Da hat er vor Schreck so ausgetreten, dass ich ..." Sie krempelte ihren Ärmel hoch und zum Vorschein kam ein riesiger blauer Fleck am rechten Oberarm, der in allen Regenbogenfarben schillerte. Arme Tine. Je mehr meine Freundin erzählte, umso ratloser wurde ich. Was war bloß los mit Klaus? War er krank? Hatte er eine heimliche Geliebte? Litt er an Depressionen? Hatte er übermäßigen Stress bei der Arbeit? Befand er sich in der Midlife-Crisis? Oder liebte er Tine etwa nicht mehr? Fand er sie nicht mehr anziehend und sexy? Oder war schlicht sein Sexualtrieb verkümmert?

Fragen über Fragen und keine Antworten, obwohl Tine natürlich versucht hatte, aus ihrem Gatten etwas herauszubekommen. Aber Klaus gehörte leider zu jenen Männern, die sich eher einsilbig durchs Leben schlugen und intensive Beziehungsgespräche als Verstoß gegen ihr Grundrecht auf freie Entfaltung der schweigsamen Persönlichkeit ablehnten. Wie Tine es mit ihm aushielt war mir – zumindest in dieser Hinsicht – sowieso ein Rätsel.

Plötzlich fiel mir noch etwas ein. „Warum schenkt er dir in dieser Situation dann ein Sex-Häschen mit Lustspielzeug? Sollte dich das aufmuntern oder war das etwa ein dezenter Hinweis darauf, dass du zukünftig alleine klarkommen musst?"

„Nein", Tine verzog müde einen Mundwinkel, „weder noch. Er hielt den Dildo für eine Karotte."

Es war halb zwölf und die Flasche leer. Wir gähnten beide und beschlossen ins Bett zu gehen. Tine hakte mich unter und begleitete mich bis zum Gartentor. Über uns blinkten einzelne Sterne und die noch kühle Nachtluft wehte den Hauch eines Frühlingsduftes heran. Wir seufzten beide gleichzeitig und mussten im selben Moment kichern. Ich drückte Tine und sagte zuversichtlich: „Ich bin ganz sicher: Es wird sich alles wieder einrenken."

Sie atmete tief ein. „Das hoffe ich. Auf jeden Fall hat das Reden schon mal gut getan. Danke!"

Ich war bereits auf unserem eigenen Gartenweg, als ich sie leise rufen hörte: „Was wolltest du eigentlich mit mir besprechen? Da war doch irgendwas?"

Ich winkte ab. „Das kann bis morgen warten. Gute Nacht!"

5

Der Samstagmorgen war der schönste Morgen der Woche. Wenn ich nicht zwingend eine Klassenarbeit zu korrigieren hatte und um halb acht am Schreibtisch saß, gestattete mir Arno großzügig, bis neun Uhr auszuschlafen. Dann weckte er mich liebevoll und ich durfte mich an den gedeckten Frühstückstisch setzen, mit aufgebackenen Brötchen, mehreren Käse- und Marmeladensorten, Schokoaufstrich, natürlich Kaffee und dazu stimmungsvollen Kerzen. Unsere Tochter Nele stieß in der Regel mit schlafwirren Haaren zu uns, wenn wir das erste Brötchen bereits gegessen hatten. Wir hatten aufgehört, auf sie zu warten und uns darüber zu ärgern, dass die Backwaren kalt wurden – ein Zugeständnis an ihr pubertäres Schlafbedürfnis und an unsere Nerven.

Während dieses Frühstückrituals wurde erzählt und diskutiert, gelacht, geplant und gestritten und manchmal auch einträchtig geschwiegen, wenn jeder seinen eigenen Gedanken nachhing.

An diesem Morgen war mein Blick eher nach innen gerichtet. Ich hatte leichte Kopfschmerzen – im Gegensatz zu unserem Gesprächsthema war Tines Wein am gestrigen Abend doch sehr lieblich gewesen – und grübelte darüber nach, ob überhaupt, und wenn ja wie viel, ich von dem, was mir meine Freundin anvertraut hatte, mit Arno besprechen könnte.

„So schweigsam heute Morgen?“, fragte Arno und biss in sein Brötchen, dass die Krümel in alle Richtungen auseinanderflogen. Sofort war Karl Marx auf den Beinen, umkurvte Arnos Stuhl, schnaufte mit der Nase über den Boden und fungierte als schwanzwedelnder Staubsauger.

„Ist wohl gestern Abend spät geworden“, versuchte Arno erneut ein Gespräch in Gang zu bringen.

„Hmm.“

Dann hatte ich eine Eingebung, hob den Kopf und fixierte meine friedlich kauenden Familienangehörigen.

„Welche Wörter für Geschlechtsverkehr kennt ihr noch außer bumsen, ficken, vögeln und poppen?“

Vater und Tochter wechselten einen irritierten Blick, dann grinsten beide. Nele war plötzlich hellwach und rückte auf ihrem Stuhl heran.

„Mama! Solche Wörter aus deinem Mund? Wozu willst du das denn wissen?“

„Ach, äh, wir kamen gestern im Unterricht darauf. Jugendsprache, Vulgärsprache und so ...“, fiel mir glücklicherweise spontan ein.

„Menno, das würde ich auch viel lieber in Deutsch machen. Aber nein, wir pauken Kommasetzung“, maulte sie.

„Und? Fällt euch da etwas ein?“

„Kopulieren, sich paaren, begatten“, überlegte Arno sachlich.

„Sich gegenseitig Lust bereiten, Körperflüssigkeiten austauschen“, ergänzte ich selbst.

„Igitt!“, Nele schüttelte sich. Dann setzte sie hinzu: „Rammeln, schnackseln und es treiben!“

„Sexuell interagieren, … sich ineinander verlieren." Arno sah mich liebevoll-sehnsüchtig an. Nele verdrehte die Augen.

„Sex haben, miteinander ins Bett gehen, miteinander schlafen, … ich finde, so viele allgemein gebräuchliche Verben und Umschreibungen gibt es für diesen bedeutenden Akt gar nicht, oder?", resümierte ich.

Nun war Nele munter geworden, erzählte von ihren Freundinnen und Klassenkameraden und wer innerhalb der Schule gerade auf wen stand.

„Und was ist mit dir? In wen bist du verliebt?", fragte Arno interessiert.

„Mensch, Papa! Das geht dich ja wohl *gar* nichts an!", schnappte Nele und schon war ihr selten lebhaftes Geplauder beendet und wir saßen wieder einmal einer verschlossenen Auster gegenüber. Arno und ich blickten uns leidend über den Frühstückstisch hinweg an und zuckten unauffällig die Schultern. Pubertäre Stimmungsschwankungen.

Unser obligatorischer Spaziergang durch die angrenzenden Felder – natürlich ohne Tochter, die sich lieber wieder ins Bett verkrümelt hatte – dauerte diesmal weit über eine Stunde, weil nicht nur Arno und ich alle Vorboten des nahenden Frühlings – aufbrechende Knospen an Büschen und Bäumen, sprießendes Grün am Wegesrand, saftiges Braun der Felder kontrastiert von ersten hellgrünen Getreidepflänzchen – bestaunten und willkommen hießen, sondern auch, weil Kalli fröhlich und befreit jede sich bietende Duftfährte nutzte, um durch die Gegend zu stürmen. So hielten wir immer wieder an, um auf unseren Hund zu warten, plauderten, hielten uns an den Händen oder schwiegen einvernehmlich. Alle bedrückenden Gedanken an Tines Ehesex-Problem waren wie weggeblasen. Wieder zu Hause zog sich jeder mit seiner Lieblingsbeschäftigung zurück. Arno kochte sich einen Espresso und studierte in der Küche die zwei Tageszeitungen, die wir abonniert hatten. Ich nahm den Roman, in dem ich gerade las, und eine Gedichtanthologie und machte es mir in meinem Lieblingssessel im Wohnzimmer bequem. Während des gesamten Spazierganges war mir jenes berühmte Gedicht von Eduard Mörike im Kopf herumgeweht:

Frühling lässt sein blaues Band
Wieder flattern durch die Lüfte;
Süße, wohlbekannte Düfte
streifen ahnungsvoll das Land …

Aber über die ersten vier Verse kam ich peinlicherweise nie hinaus. Nun wollte ich dieses Gedicht, das die zarte Vorahnung auf den Frühling mit allen Sinnen spürbar machte – angeblich eines der Lieblingsgedichte der Deutschen – endlich auswendig lernen, um damit meine Schüler zu beeindrucken. Ich war gerade beim fünften Vers *Veilchen träumen schon*, da klingelte das Telefon.

„Hast du Lust auf einen Kaffee?“, fragte Tine gut gelaunt.

„Kaffee hatte ich vorhin erst.“

„Dann eben Tee, Sekt, Bier, Wein?“

„Was gibt es denn so Dringendes? Sag bloß, du hattest gestern Nacht noch orgiastischen Telefonsex mit Klausi?“

„Nö, nur mit mir alleine. War aber auch nicht übel."

Ich schluckte. Wollte ich das wissen?

„Hey", gluckste sie, „das war ein Wihitz! Bei mir gibt es leider noch nichts Neues." Sie seufzte. „Aber mir ist eingefallen, dass du doch etwas erzählen wolltest."

Ach ja, stimmt ja. Plötzlich wurde ich ganz aufgeregt.

„Ich komme rüber!"

6

Tine hatte Cappuccino serviert und wir saßen uns an ihrem Kiefernholztisch in der Küche gegenüber. Auf der Fensterbank stand ein farbenfroher Osterstrauch: Forsythienzweige, an denen von Tine liebevoll gestaltete Ostereier hingen. Auf dem Tisch stand ein Nestkörbchen, mit echtem Moos ausgekleidet, in dem sich ebenfalls bunte Eier tummelten. Daneben lag eine jener Zeitschriften, mit denen naturentfremdete Städterinnen gerne ihre Sehnsucht nach einem idyllischen Landleben stillten, ohne dabei jedoch auf die Bequemlichkeit eines 24-Stunden-ÖPNV oder den Discounter um die Ecke verzichten zu müssen.

Vor mir hatte ich, noch zusammengefaltet, meine Liste abgelegt, meinen Zweijahresplan, meinen Impulsgeber, mein Anti-Aging-Programm.

Tine sah erst den Zettel, dann mich auffordernd an und während ich das Blatt auseinanderfaltete, merkte ich, wie meine Hände zitterten. Was ich hier mit Tine besprechen wollte, war doch schon ziemlich intim. Ich schickte voraus, dass ich mir Gedanken über das Alter und meine nähere bis mittelfristige Zukunft gemacht hätte und sah Tine prüfend an. Beim kleinsten Hinweis darauf, dass sie dies mit Spott oder Langeweile quittieren könnte, hätte mich der Mut verlassen. Aber sie sah mich neugierig an und nickte gespannt.

„Ich habe mir überlegt, was ich in den nächsten Jahren gerne erleben oder verändern möchte und einige

Punkte aufgeschrieben. „Also. Punkt eins: Körperliche Attraktivität und Fitness ausbauen!“

Tine nickte begeistert. „Hast du schon eine Idee, wie du das anstellen willst?“

„Ja, das kommt als Nächstes: Zweiter Punkt: Tanzkurs, zum Beispiel Zumba, belegen!“ Ich sah sie unsicher an. Mir war bewusst, dass diese Modesportart nicht sehr originell war.

„Hey supi! Dazu hätte ich auch Lust! Wäre sofort dabei – wenn dir das recht wäre“, fügte sie hinzu. Daran hatte ich noch gar nicht gedacht.

„Gute Idee! Zu zweit macht es sowieso mehr Spaß und man kann sich besser gegenseitig motivieren.“ Erleichtert, dass Tine meine Überlegungen so positiv aufnahm, fuhr ich fort:

„Dritter Punkt: Haare lang wachsen lassen!“

Überrascht sah meine Freundin mich an. Bis jetzt hatte ich als Feministin den Standpunkt vertreten, dass lange Haare ein Relikt patriarchaler Geschlechtervorstellungen waren, da sie – völlig unpraktisch – nur der Feminisierung des weiblichen Geschlechts dienten und sozusagen als tertiäres Geschlechtsorgan in den Augen der Männer sexuelle Attraktivität signalisierten, wodurch sich langhaarige Frauen zu Sexobjekten degradierten. Das sah ich eigentlich auch immer noch so. Deshalb ärgerte es mich auch, dass Nele ihre farbwechselnde Haarpracht immer länger wachsen ließ und meinen Argumenten gegenüber völlig unzugänglich war. Ich hatte seit meiner Jugend, so mit fünfzehn Jahren, und dem Erwachen meines kritischen Bewusstseins meine Haare konsequent sehr kurz getragen, auch weil es für den vielen Sport, den ich betrieben hatte, viel praktischer war. Jetzt trug ich eine fransige und wie ich fand freche Kurzhaarfrisur. Die war unkompliziert und zeigte, dass ich keinesfalls bereit war, mich dem Mainstream-Frauenbild zu unterwerfen!

Andererseits ...

„Es ist so eine Art Test", versuchte ich eine Begründung. „Kann ich meinen Überzeugungen treu bleiben, fühle ich mich den Männern weiterhin ebenbürtig und werde von ihnen ernst genommen, auch wenn ich ‚typisch weibliche' Seiten an mir stärker herausstelle?"

„Hmm, hört sich kompliziert an. Vielleicht willst du ja einfach eine Veränderung oder magst deine Haare eben nicht mehr?"

„Irgendwie will ich tatsächlich eine Veränderung. Aber ich mag meine Haare, deshalb hätte ich sie ja eigentlich immer schon gerne lang getragen!"

Jetzt war es heraus – gar nicht so leicht, sich diesen verräterischen Wunsch einzugestehen.

„Wie? Du hast also für deine feministische Überzeugung deine persönlichen Wünsche zurückgestellt?"

„Tja, ein bisschen schon."

„Da hast du aber ein megagroßes Opfer gebracht! Es ist doch so: Männer tragen heute lange Haare, Frauen haben Glatzen. Alles ist möglich, jeder kann so herumlaufen, wie es ihm gefällt. Dafür brauchst du doch keine politische Rechtfertigung. Und ob du ernst genommen wirst, hängt ja wohl eher von deinem gesamten Auftreten ab. Außerdem", fügte Tine ihrem eifrigen Plädoyer augenzwinkernd noch hinzu, „brauchst du dir deine Haare ja nicht gleich bis zum Po wachsen und platinblond färben zu lassen."

Sie hatte recht. Ich sollte – und wollte ja auch – endlich mein Äußeres nach meinem inneren Befinden gestalten.

„Aber genau das wäre meine Traumfrisur!", scherzte ich. „Nein, ich finde ja auch, dass ich langsam alt genug bin, um mein eigenes Bild von mir zu verwirklichen. Ich denke, ich darf zu meinen Wünschen stehen. Meine Haare müssen kein politisches Statement mehr sein." Ich horchte in mich hinein. Es passte. „Also, ab sofort: Schere, stopp!", rief ich übermütig aus.

„Jawoll!", stimmte Tine ein und prostete mir mit ihrer Tasse zu. „Und was ist mit der Farbe? Willst du daran auch etwas ändern?"

Erstaunt sah ich sie an.

„Darüber habe ich mir noch keine Gedanken gemacht. Findest du, dass ich anfangen sollte zu färben? Grau möchte ich nämlich noch nicht aussehen."

Tine nahm eifrig-konzentriert meine braunen Haare in Augenschein. Klar, das ein oder andere graue Haar hatte sich seit einigen Jahren durchaus darunter geschmuggelt. Bis jetzt hatte es aber ausgereicht, sie einfach herauszuschneiden. Tine liebte es, über Haare zu philosophieren. Seit einigen Jahren schon experimentierte sie mit den verschiedensten Rottönen und erfand ihr Äußeres immer wieder neu.

„Nö, noch geht's", meinte Tine.

„Na danke schön!"

„Wenn's noch grauer wird, kannst du ja erst mal in deiner eigenen Farbe nachtönen", schlug sie vor.

Tja, irgendwann würde ich wohl nicht mehr darum herumkommen, wenn ich nicht mit fünfundfünfzig wie ein grauer Panther aussehen wollte. Aber noch grauste es mir vor dem Aufwand. Erst wenn ich siebzig oder achtzig wäre, würde ich hoffentlich ein weises Grau mit Stolz tragen, wenn ich dann zu meinem Alter stehen konnte.

„So, genug über Haare geredet! Ich glaube, ich hab noch nie so lange über das gesprochen, was auf meinem Kopf so vor sich hin wächst!“ Ich schüttelte missbilligend denselben, während Tine grinste. Meine Tochter hätte an diesem Gespräch ebenfalls ihre Freude gehabt. Sie trug wie alle Mädchen heutzutage ihre dunkelblonden Haare möglichst lang und konnte sich endlos darüber auslassen. Haare waren eines ihrer Lieblingsthemen – für Arno und mich völlig unbegreiflich. Bei jeder Gelegenheit kam sie darauf zu sprechen und brachte uns regelmäßig damit auf die Palme, dass sie den Werbe-Sprech internalisiert hatte und an Volumen, Hair Care, Spliss Repair, Glossy Shine, Beach Waves, texturierendes Salzspray und so weiter glaubte wie an eine höhere Wahrheit. Offensichtlich hatte hier unsere aufklärerische Erziehung hin zu einer kritisch-distanzierten Konsumentin komplett versagt. Egal jetzt!

Ich nahm eine aufrechte Haltung ein, strich den Zettel glatt und fragte munter: „Bereit für den nächsten Punkt?“

„Nur los! Bin gespannt wie ein Flitzebogen!“

„Also, Punkt Nummer vier: Ich möchte mindestens ein Mal ganz alleine verreisen und diese Tour auch von A bis Z alleine planen!“

„Wie jetzt? Das musst du mir erklären! Ihr verreist doch in fast allen Ferien und du erzählst mir immer anschließend, wie schön es mit euch Dreien war, wie harmonisch, kaum Zankerei und Geschrei. Und nun willst du alleine weg?"

„Ja. Aber nicht, weil ich unsere Familienreisen leid bin. Die gehören für mich zu den Höhepunkten des Jahres. Es ist nur so, dass ich noch *nie* in meinem Leben ganz alleine so etwas unternommen habe. Ein Reiseziel bestimmen, überlegen, wie ich hinkomme, die nötigen Buchungen vornehmen, mich am Reiseziel orientieren, alleine Essen gehen, vielleicht Kontakte knüpfen ... das ganze Programm eben."

„Aha, du willst dir also ungestört einen Urlaubsflirt anlachen!" Tine zwinkerte mir zu. War ja klar, dass sie nur das herausgehört hatte.

„Nein! Natürlich nicht!"

Obwohl ... vielleicht doch?!

„Nein, es geht mir um meine Selbstständigkeit! Versteh doch, bis jetzt bin ich entweder als Kind mit meinen Eltern verreist, später im Studium mit meiner Freundin Anne und jetzt mit Arno. Ich habe wirklich noch nie ganz alleine alles geplant und entschieden. Und ich finde, das gehört irgendwie zum Erwachsensein dazu!"

„Fällt dir ja früh ein, mit fünfundvierzig", stichelte Tine.

„Na und? Besser spät als nie!", gab ich zurück.

„Also, ich hab das schon mit achtzehn durch. Rucksack auf, Interrailticket und dann ab durch Europa."

„Siehst du, das ist doch genau, was ich meine! Fast jeder hat solche Erfahrungen gemacht, nur ich nicht", stöhnte ich theatralisch.

„Und warum nicht?"

Ich sah Tine einen Moment in die grünen Augen und zuckte mit den Schultern.

„Hab mich nicht getraut."

Tine überlegte.

„Tja, dann wird es ja wohl höchste Zeit, Frau Lehrerin. Wo soll es denn hingehen? Malediven, Seychellen, Australien, USA ...?"

„Ich dachte an ein verlängertes Wochenende auf Borkum oder Helgoland."

Tine begann zu lachen. „Wie spektakulär! Und extrem abenteuerlich! Mensch, wenn ich nur an all die tödlichen Gefahren dort denke ... verpasste Fähren, störrische Schafe, Krabben ..." Sie hielt sich den Bauch vor Lachen.

„Pff, mach dich nur lustig. Erstens habe ich noch gar nicht entschieden, wohin, und zweitens: Besser so als gar nicht!", erwiderte ich spitz.

Ich tat ein bisschen eingeschnappt, trank den Rest des kalten Cappuccinos, sah aus dem Fenster und bemerkte aus dem Augenwinkel, wie Tine grinste. Na denn. Ich grinste zurück.

„Los, Johanna!", meinte meine Freundin gut gelaunt. „Was hat deine Liste noch zu bieten?" Fehlte nur noch, dass sie sich die Hände rieb! Bestimmt hatte es ihr Auftrieb gegeben, dass sie mir ein paar Entwicklungsschritte voraus war. Na warte! Der nächste Punkt würde sie schockieren. Und der letzte erst.

„Punkt Nummer fünf: Ich werde endlich in die Gewerkschaft eintreten!" Triumphierend sah ich Tine an.

„Okaaay???" Tine zog das Wort mindestens zehn Zentimeter in die Länge und versah es mit ungefähr zwanzig Fragezeichen. Ihre Augenbrauen waren fast unter dem Haaransatz verschwunden. „Und wo ist da jetzt der Kick?"

„Die Herausforderung besteht darin", erläuterte ich bereitwillig, „Arno zu überzeugen, dass der Mitgliedsbeitrag als Zeichen der Solidarität gut angelegtes Geld ist." Ich seufzte. Manchmal war Arno eben ein Pfennigfuchser. Obwohl er grundsätzlich und überzeugtermaßen auf Seiten der Arbeiterklasse stand, waren für ihn regelmäßige monatliche Abbuchungen, die unser Haushaltsbudget verkleinerten, ein rotes Tuch. Solidarität hin oder her. Da er mehr oder weniger den Haushalt schmiss, war er auch der Finanzminister unserer Familie und hatte über sämtliche Ausgaben ein schäublemäßiges Spardiktat verhängt. Wobei er allerdings gerne übersah, dass ich mit meinem Gehalt den größeren Teil zur Haushaltskasse beitrug und deshalb doch wohl ein klitzekleines Wörtchen mitzureden hatte. Genau! Ich sollte in diesem Fall gar nicht mehr diskutieren und argumentieren, das hatte bisher ja auch zu nichts geführt, sondern einfach Fakten schaffen und eintreten. Jawoll! Gleich nächste Woche würde ich es tun. Dann hätte ich den ersten Punkt auf meiner Liste auch schon abgehakt!

„Möchtest du auch noch einen Cappuccino?" Tine griff nach unseren Tassen und unterbrach meine Überlegungen. Zerstreut nickte ich und sah auf meine Liste. Jetzt kam der letzte und heikelste Punkt. Während Tine an ihrem superteuren Alleskönner-Kaffeeautomaten hantierte, der bald darauf schlürfte und sprotzte wie nichts Gutes, wurde ich immer aufgeregter.

„Ich weiß, was jetzt noch kommt!", schrie sie gegen den Maschinenlärm an.

„So?", brüllte ich zurück. Es war mir schleierhaft, wie man sich eine solche Dezibelschleuder in die Küche holen konnte. Endlich hatte das Ding sein zugegeben schmackhaftes Werk vollendet. Und während Tine die gefüllten Tassen auf den Tisch stellte, sagte sie listig: „Du willst endlich kochen lernen!"

„Wie kommst du denn auf diese absurde Idee?" Ich war geradezu entgeistert.

„Naja, alles, was du dir bisher vorgenommen hast, zeigt doch, dass du irgendwie selbstständiger und weiblicher werden willst."

„Was hat denn bitteschön Kochen mit Weiblichkeit zu tun?", brauste ich auf. „Ich *hasse* Kochen, das weißt du doch! Ob man gerne schnibbelt, brutzelt und brät ist ja wohl keine Frage der Geschlechtszugehörigkeit, sondern der persönlichen Neigung. Bei uns kocht nun mal Arno und zwar sehr gerne und gut. Und so soll es auch bleiben", fügte ich bestimmt hinzu.

„Weiß ich ja", beruhigte Tine mich, „und darum werden dich auch viele Frauen beneiden. Ich wollte aber auf die Selbstständigkeit hinaus. Sich selbst etwas kochen zu können, macht schließlich unabhängig."

„Wieso? Es gibt doch Tiefkühlpizzen und andere Auftaugerichte. Spiegelei und Nudeln kriege ich durchaus hin und ansonsten kann ich mich gut von Brot ernähren – Vollkornbrot wohlgemerkt!"

„Okay, okay", Tine winkte ab. „Es ist zwecklos. Diese Diskussion hatten wir schon tausend Mal."

„Du sagst es." Ich griente.

So, jetzt war es so weit. Nun gab es kein Zurück mehr, wenn ich nicht als Feigling vor mir selber dastehen wollte. Nun würde ich meiner Freundin den größten

Vertrauensbeweis erbringen, der denkbar war, und meinen intimsten Wunsch mit ihr teilen, aussprechen, was als Sehnsuchtsklumpen tief in mir verschlossen war und einen Schatten über mein Dasein warf. Ich holte tief Luft – da klingelte das Telefon. Irritiert sah ich Tine an. Sie versuchte tapfer, es zu ignorieren, machte dann aber den Fehler, auf das Display zu linsen und erkannte den Namen ihrer Tochter. Franziska hatte im letzten Jahr Abitur gemacht und weilte nun als Au-pair-Mädchen in Frankreich, wo sie in jeder Hinsicht interessante Erfahrungen sammelte. Tine kämpfte, aber ihre mütterlich-besorgte Neugier siegte und sie griff nach dem Hörer. Entschuldigend zog sie eine Grimasse, während ich die Augen verdrehte. Das konnte länger dauern.

Resigniert stand ich auf, signalisierte meiner Freundin, als sie mich entschuldigend ansah, dass alles in Ordnung sei, und raunte ihr zu: „Später – oder morgen!“ Tine nickte dankbar.

Ich verließ das Haus. Der frühlingshaft blaue Himmel vom Vormittag hatte sich hinter weißgrauen Wolkenbergen verborgen.

7

Nach einem tiefen Mittagschlaf saß ich am Samstagnachmittag an meinem Schreibtisch und zog eine erste Bilanz. Das Gespräch mit Tine hatte mich emotional erschöpft. Aber ich war froh, das meiste zum ersten Mal ausgesprochen zu haben und von Tine nicht ausgelacht worden zu sein – okay, bis auf das Ding mit meinem Selbsterfahrungstrip an die Nordsee. Aber daran ließ sich ja noch feilen. Wichtig war mir, dass sich meine Vorhaben weder zu kindisch noch zu hochtrabend anhörten oder anfühlten. Sie stellten für mich genau die Herausforderung dar, die mich motivierte, etwas in Gang zu setzen, die aber grundsätzlich zu bewältigen waren. Solch utopische Ziele, wie eine Doktorarbeit zu schreiben, Kultusministerin zu werden oder fünfzehn Kilo abzunehmen, die sich schon beim ersten Schokoladenanfall als unerreichbar erwiesen, brauchte ich nicht. Da holte man sich sowieso nur Frust ab. Meine Vorhaben hingegen schienen tatsächlich erreichbar zu sein. Und darum ging es doch schließlich, oder?

Auf der anderen Seite musste ich zugeben, dass meine Ziele fast erschreckend unspektakulär waren. Mehr wollte ich nicht vom Leben? Nur ein bisschen mehr Selbstverwirklichung und Unabhängigkeit? Vielleicht war es ja noch nicht mal das, sondern nur ein verzweifeltes Anti-Aging-Programm, weil ich mich auf die Menopause zubewegte und mit meinem Alter haderte. Nein. Ich sollte mir meine eigenen Wünsche nicht schlechtreden. Okay, sie waren nicht der Aufstieg auf den Mount Everest. Aber da wollte ich auch gar nicht hin. Mein Leben war eben normal-unspektakulär und kein Actionfilm. Trotzdem gab es Herausforderungen, die mich weiterbringen und beleben würden.

Im Übrigen war noch völlig unklar, wie Arno meine Pläne aufnehmen würde. Sollte ich sie ihm überhaupt erzählen? Bis jetzt hatte ich alles, was mich beschäftigte, mit ihm geteilt. Sollte ich hier eine Ausnahme machen? Einige Vorhaben auf meiner Liste, besonders Punkt 6, bargen schließlich Zündstoff. Da ich spontan keine befriedigenden Antworten auf meine Fragen fand, wollte ich auch keine Entscheidungen treffen, sondern die Dinge auf mich zukommen lassen.

Ich drehte mich auf meinem ergonomisch geformten Schreibtischstuhl hin und her, irgendwie unschlüssig, was ich tun sollte. Dann stutzte ich. Worauf wollte ich eigentlich warten? Mit dem einen oder anderen konnte ich doch sofort beginnen!

Hm, mal sehen. Meine Haare (Punkt 3) wuchsen von alleine. Da brauchte ich nur Geduld und in ein paar Wochen einen Übergangsschnitt. Spannend war, wann Arno etwas bemerken würde! Was konnte ich dann jetzt gleich in die Tat umsetzen? Genau: *Einen Zumba-Kurs aussuchen* (Punkt 2) und *in die Gewerkschaft eintreten* (Punkt 5). Beschwingt startete ich den Computer, der normalerweise nicht zu meinen Lieblingskooperationspartnern gehörte. Aber manchmal war das Internet einfach praktisch. Wie immer brauchte das Gerät eine Ewigkeit, bis es bereit war, mit mir zusammenzuarbeiten. Ich fand drei Tanzschulen in unserer Kleinstadt, die Zumba-Kurse anboten, und notierte mir die

Zeiten. Hm, die Preise waren allerdings gepfeffert. Bei einem Fitnessstudio musste man sich sogar gleich für ein ganzes Jahr verpflichten. Das kam ja überhaupt nicht in Frage! Wer wusste schon, ob mir die Sache überhaupt gefiel! Energisch strich ich diesen Anbieter wieder von meinem Zettel. Mehr konnte ich hierzu im Moment nicht tun, weil ich alles Weitere mit Tine besprechen musste – und eigentlich auch mit Arno, überlegte ich, wegen der Finanzen und unserer Abendgestaltung.

Blieb die Gewerkschaft. Ich surfte herum, bis ich tatsächlich einen Online-Anmeldebogen der Gewerkschaft meiner Wahl gefunden hatte. Was jetzt? Einfach ausfüllen und auf ‚senden' klicken? Ich zögerte. So hintergehen wollte ich Arno eigentlich nicht. Aber hatte ich eine Wahl? Alle Auseinandersetzungen zu diesem Thema waren bis jetzt ergebnislos geblieben. Arno hatte seinen Standpunkt und ich hatte es nie geschafft, ihn von meinem zu überzeugen. Langsam tippte ich die benötigten Angaben in die dafür vorgesehenen Felder. So weit konnte ich die Anmeldung ja schon mal fertig machen ...

„Na, Schatz?" Gut gelaunt war Arno hinter mich getreten. „Hast du Ärmste so viel zu tun, dass du heute schon am Computer sitzen musst? Ich habe uns Espresso gekocht."

Ich zuckte zusammen und fühlte mich ertappt wie ein Teenager, der etwas Unanständiges herunterlädt. Jetzt sah mir Arno auch noch über die Schulter und auf den Bildschirm, während er mir mitleidig die Schultern massierte. Boah, das konnte ich ja nun sowas von überhaupt nicht haben! Also, die Massage natürlich schon, aber nicht diese neugierige Observierung meiner Internetaktivitäten! Ich holte tief Luft. Na gut. Dann war jetzt der Moment des Showdowns gekommen. War mir eigentlich sowieso lieber. Ich sammelte mich und drehte mich auf meinem Chefsessel zu Arno um. Der hatte natürlich schon längst erkannt, womit ich mich beschäftigte, und sah mich mit versteinertem Gesicht an. Jetzt musste ich die richtigen Worte finden. Bestimmt, sachlich, aber freundlich – sonst würde das hier in einem riesigen Krach enden.

„Ich weiß, dass du diesen Schritt nicht richtig findest, und es tut mir sehr leid, dass ich etwas tue, was du nicht möchtest", begann ich mit ruhiger Stimme und hoffte, dass mich Arno wenigstens ausreden lassen würde, bevor er losbrüllte. „Aber ich habe noch einmal lange darüber nachgedacht. Ich möchte seit Jahren in die Gewerkschaft eintreten, weil ich es absolut wichtig finde, die Arbeitnehmerseite zu stärken. Und auch im Hinblick auf meine Stellung im Kollegium finde ich es richtig, mich endlich zu positionieren. Das kostet uns etwa zwanzig Euro im Monat. Ich weiß, das ist nicht wenig, aber ich bin bereit, dieses Geld für meine politische Überzeugung auszugeben. Und ich würde mir wünschen, dass du das akzeptierst." Ich war mit meiner Ansprache am Ende und überrascht, dass Arno mir so lange schweigend zugehört hatte. In ihm brodelte es, das war deutlich zu erkennen. Aber offenbar hatte ich ihm keine offene Angriffsflanke geboten. Oder sollte er an meiner nüchternen Entschlossenheit erkannt haben, dass jedes Theater zwecklos war? Wir maßen uns mit Blicken. Ich: ruhig und extrem freundlich. Er:

wutentbrannt und giftig. Abrupt drehte er sich um, stapfte aus dem Zimmer und schlug die Tür hinter sich zu.

Gebongt. Ich atmete einmal tief ein und aus, drehte mich wie Captain Kirk wieder zu meinem Terminal um und schickte mein Eintrittsformular per Knopfdruck ins Wörldweidweb. Entspannt lehnte ich mich zurück und spürte, wie mich eine warme Welle der Zufriedenheit und Kraft durchflutete. Punkt Nummer 5: abgehakt!

8

„Ich geh noch mal rüber zu Tine!“, rief ich Richtung Arnos Arbeitszimmer, wo ich ihn vermutete. Wahrscheinlich hatte er sich hinter seinem Computer verbarrikadiert und pflegte seinen Groll auf mich. Oder er stellte Berechnungen an, die mir schwarz auf weiß beweisen sollten, dass wir mit der nächsten Rechnung, die ins Haus flatterte, in den Abgrund des Ruins gerissen würden. Das Thema Geld war – wie in den meisten Ehen, wenn man den entsprechenden Umfragen glauben wollte – eines unserer beliebtesten Streitanlässe, und da Arno die Konten verwaltete, die Rechnungen überwies und die Ein- und Ausgaben kontrollierte, behielt er sich das Recht vor, mir gelegentlich unseren finanziellen Untergang zu prophezeien. Nun wurde es tatsächlich am Ende des Monats manchmal eng. Aber da ich alles andere als verschwenderisch war und Arno bisher unsere Finanzlage stets griechenlandmäßig gekonnt zurechtjongliert hatte, blieb ich recht gelassen. Was ihn nur noch mehr auf die Palme brachte.

Nun, damit musste ich leben. An diesem Tag hätte mir Arnos Schwarzseherei sowieso nicht die Laune verderben können. Nach meinem ersten Erfolg, dem Beitritt in die Gewerkschaft, spürte ich einen Adrenalinschub und brannte darauf, meiner Freundin nun endlich Punkt 6 meiner Liste zu offenbaren.

„Tine, du bist eine Wucht!“, strahlte ich, als ich am späten Nachmittag vor einem duftenden und noch warmen Stück Käsekuchen saß. Den hatte Tine gezaubert als Wiedergutmachung für unsere Unterbrechung am Vormittag. Kurz berichtete ich ihr von meinen ersten Schritten zwecks Abarbeitung meiner Liste, woraufhin mir Tine anerkennend ein High Five anbot. Dann hörte ich von Franziska und ihren Problemen mit den anstrengenden Kindern ihrer Au-pair-Familie sowie von einem sich anbahnenden Techtelmechtel mit einem jungen Franzosen namens Jérôme. Doch nach dem zweiten Stück Käsetorte war der große Augenblick gekommen.

„Bist du bereit für den spektakulären sechsten Punkt?", fragte ich euphorisch.

„Oui, Madame, isch kann es nischt erwarten!"

Ich legte eine spannungssteigernde Pause ein, während mir mein Herz bis zum Hals klopfte.

„Ich möchte mit einem fremden Mann schlafen!"

Jetzt war es heraus.

Schnell fuhr ich fort.

„Und ich dachte dabei an den Projekttitel ‚sekundäre Defloration'."

Tine sah mich verständnislos an.

„Du willst mit einem anderen Mann vögeln?", brachte sie hervor.

„So klingt das jetzt aber irgendwie ordinär."

„Naja, mal was anderes bumsen zu wollen, ist ein schlichter Trieb."

„Nein!" Ich rang die Hände. Sie hatte den Ernst meines Anliegens noch nicht richtig erfasst.

„Verstehst du denn nicht: ‚se-kun-dä-re De-flo-ration'!", ich akzentuierte jede Silbe.

„Ich verstehe nur, dass du geplant fremdgehen willst."

„Was heißt denn fremdgehen?"

„Mensch, das ist doch wohl klar! Du willst Arno absichtlich untreu werden!" Tine war richtig aufgebracht. „Das kannst du doch nicht machen!" Sie schüttelte heftig mit dem Kopf.

Damit hatte ich nicht gerechnet.

„Dass du als meine Freundin und moderne Frau an überholten moralischen Werten festhältst, die uns nur einengen und die freie Entfaltung unserer Sexualität behindern!", erwiderte ich ärgerlich. „Ich fasse es nicht!" Nun war auch ich sauer geworden.

„Johanna, es geht nicht um eine vorgestrige Sexualmoral", meinte Tine eindringlich. „Es geht um Vertrauen! Du setzt deine Ehe aufs Spiel! Und du liebst Arno doch!" Erregt stand sie auf und tigerte durch die Küche. Dann sah sie mich flehentlich an.

Ich blickte finster zurück.

So schwiegen wir minutenlang, bis mir plötzlich ein Licht aufging. Tines heftige Reaktion war vermutlich auf zwei Gründe zurückzuführen. Erstens: Sie befand sich mit Klaus selbst in einer extrem schwierigen Lage und befürchtete, dass sich ihr eigener Ehemann mit einer Affäre aus der Ehe verabschiedete. Insofern kämpfte sie wahrscheinlich mit eigenen Verlustängsten. Und zweitens: Sie hatte einfach noch nicht verstanden, worum es mir wirklich ging.

„Tine", sagte ich beruhigend, „kannst du mir bitte noch mal zuhören?"

Sie sah mich skeptisch an. Dann nickte sie und setzte sich wieder zu mir an den Tisch.

„Das Letzte, was ich möchte, ist, Arno wehzutun oder sein Vertrauen zu verlieren. Du hast recht, ich liebe ihn, und auch wenn es furchtbar abgedroschen klingt, will ich mit ihm bis an mein Lebensende zusammen sein – trotz unserer gelegentlich heftigen Streitereien", fügte ich hinzu. Tine nickte beschwichtigt, blieb aber wachsam.

„Doch jetzt kommt, wie du dir schon denken kannst, das Aber: Im Gegensatz zu allen erwachsenen Menschen auf dieser Erde – naja, fast allen – habe ich bisher in meinem ganzen Leben nur mit *einem* einzigen Mann geschlafen. Verstehst du? Ich hatte bisher ausschließlich Sex mit meinem Ehemann! Nur mit Arno!" Ich betonte jedes einzelne Wort.

Tine war sichtlich schockiert.

„Und deshalb heißt mein Projekt ‚sekundäre Defloration'. Ich möchte ... ich will ... nein, ich *muss* mich ein zweites Mal entjungfern lassen", ich zeichnete Anführungsstriche in die Luft, „von einem anderen Mann. Weil ich am Ende meines Lebens nicht bereuen möchte, niemals erfahren zu haben, wie sich ein anderer Männerkörper anfühlt. Und wie *ich* mich daran anfühle. Kannst du das nicht verstehen?", fragte ich flehentlich.

Tine sah mich lange an. Dann hatte sie ihre Sprache wiedergefunden.

„Doch", sagte sie mit belegter Stimme, „ich hatte ja keine Ahnung, dass du als Jungfrau in die Ehe gegangen bist."

„Bin ich ja auch nicht. Arno und ich hatten natürlich schon vorher Sex."

„Das zählt nicht. Was war *vor* Arno? Was war mit den wilden Jahren in der Oberstufe und dann im Studium?

Ich kann nicht glauben, dass du dich da nicht ausgetobt hast. Das macht doch jeder!"

Tine war immer noch fassungslos.

„Siehst du", meinte ich leise, „du sagst es ja selbst. Das macht jeder. Nur *ich* eben nicht!"

Ich seufzte tief und das ganze Elend meiner Jugendjahre kehrte zu mir zurück. Natürlich war ich ständig verliebt gewesen, wie jedes andere Mädchen auch. Schon in der ersten Klasse schwärmte ich unsterblich für einen Jungen aus der Nachbarschaft. Meinen ersten heimlichen Kuss auf die Wange erhielt ich mit sieben. Und auch später auf dem Gymnasium hatte ich ständig Jungen im Kopf, immer wieder Herzklopfen und eine ganze Schublade voller Liebesbriefchen:

Willst du mit mir gehen?

☐ *Ja*

☐ *Nein*

☐ *Vielleicht*

Manchmal klappte es und der Auserwählte hatte ebenfalls ein Auge auf mich geworfen und dann ‚gingen' wir miteinander, was nicht viel mehr bedeutete, als diese Worte ausgesprochen zu haben. Vielleicht zwischendrin ein kurzes scheues Händchenhalten, auch mal ein gemeinsamer Kinobesuch. Bis zur achten Klasse fühlte ich mich recht umschwärmt und unbeschwert. Trotz Zahnspange, pubertären Pickeln und gelegentlichen Errötens schien mein Gefühlshaushalt normal und meine Beziehungen zum anderen Geschlecht altersangemessen zu sein.

Und dann schlug das Schicksal in Form meines jüngeren Bruders Daniel zu. Er war inzwischen in der fünften Klasse meines Gymnasiums angekommen und seine Lieblingsbeschäftigung in den Pausen bestand darin, mit seinen Freunden durch die Gänge zu streifen, mich aufzustöbern und mir unendlich auf die Nerven zu gehen. Ich war gerade in Martin verliebt, einen aufgeweckten Klassenkameraden mit strubbeligen blonden Haaren, und er in mich. Wir hatten uns gekabbelt und ein bisschen gebalgt und landeten in einem verschwiegenen Eckchen. Martin drückte mich an die Wand. Wir sahen uns in die Augen und plötzlich war alles Scherzhafte und Spielerische verschwunden und etwas Neues stieg empor: echtes Gefühl, ernste Neugierde und der Wunsch, sich zu berühren. Ganz sachte näherten sich unsere Gesichter und dann berührten sich unsere Lippen zu einem ersten erstaunlichen, unendlich zarten Kuss.

In diesem Moment erschien mein teuflischer Bruder mit seiner Horde, schrie, lachte und verspottete mich und rannte sogar noch hinter uns her, als wir die Flucht ergriffen. Von da an ließ Daniel mir keine Ruhe mehr, posaunte vor unseren Eltern meinen ersten Kuss heraus, zeigte überall in der Schule mit ausgestrecktem Arm auf mich und simulierte Knutschgeräusche.

Ich fühlte mich bloßgestellt, dem Spott der anderen ausgeliefert. Nirgends war ich mit Martin sicher, ständig fühlte ich mich beobachtet. Unsere jugendliche Liebe hielt das nicht aus. Hinzu kam ein Pubertätsschub. Ich ging in die Breite, bekam noch mehr Pickel und eine tief in mir angelegte Charaktereigenschaft brach sich endgültig Bahn: meine unglaubliche

Schüchternheit. Mein Gesicht entflammte bei jeder Gelegenheit rot wie ein Feuerball, ich traute mich nicht mehr, umschwärmten Jungen in die Augen zu blicken, geschweige denn, ihnen Avancen zu machen. Und so musste ich miterleben, wie sich die anderen aus meiner Klasse nach und nach freischwammen, offen flirteten und balzten, ihre ersten Beziehungsversuche wagten, sich öffentlich küssten und umarmten, auf die ersten Feten gingen und die ersten Discos, inklusive Rauschmittelerfahrungen, besuchten, während ich mich mehr und mehr in mich zurückzog und still litt. Um mich herum jugendliche Experimentierfreude und lebhaftes Frühlings-Erwachen – doch ich war nicht Teil davon. Ich stand am Rande, war nur Zuschauerin aus weiter Ferne.

In meiner Verzweiflung konzentrierte ich mich ganz auf den Unterricht, wollte es allen zeigen und wurde Klassenbeste. Doch statt der erhofften Bewunderung handelte ich mir damit auch noch den Ruf einer hochnäsigen Streberin ein, gerade bei den Jungen. Toll. Aber ich konnte nicht aus meiner Haut. Minderwertigkeitsgefühle und Schüchternheit hatten mich fest im Griff. Weil ich nicht konnte, wie ich wollte, und mich auch kein heldenhafter Ritter aus diesem selbstgewählten Verließ befreien mochte, wurde ich bockig. Das männliche Geschlecht konnte mir gestohlen bleiben. Als Kumpels waren die Jungen gerade noch erträglich, aber wenn doch mal jemand eindeutigere Annäherungsversuche unternahm, konnte der nur ein Depp sein und wurde ignoriert. Junge Männer, die *mich* wiederum hätten interessieren können, lebten für mich unerreichbar auf einem anderen Stern.

„Und so schaffte ich es locker bis zu meinem fünfundzwanzigsten Lebensjahr, meine Jungfräulichkeit zu verteidigen“, resümierte ich. „Es gab nämlich nicht ein einziges männliches Wesen, das sie mir hätte nehmen wollen.“ Resigniert ließ ich die Schultern hängen.

Tine hatte meiner Lebensbeichte stumm zugehört und nur an den richtigen Stellen bewegt den Kopf geschüttelt oder mit „Ach“ und „Oh Mann“ ihre Anteilnahme signalisiert. Es tat gut, mir diesen Kummer, der mich ja irgendwie immer begleitet hatte, von der Seele zu reden. Außer mit Arno hatte ich nämlich noch nie mit jemandem darüber gesprochen.

Für eine Frau, die wie Tine ganz normal durch ihre Peergroup sozialisiert worden war, musste dieser verkorkste Start ins Sexualleben natürlich wie ein Gruselmärchen klingen. Ihr Mitleid tat mir gut, war Balsam auf meiner geschundenen Jugendseele. Aber noch wichtiger war mir, dass sie nun verstand: Punkt 6 auf meiner Liste war – trotz aller Bedenken – eine zwingende Notwendigkeit.

9

An diesem Abend hatte ich Sex mit Arno und der postkoitale Entspannungszustand brachte mich einen ganzen Schritt weiter. Das kam so:

Nachdem ich pünktlich um 19.00 Uhr zu ihm und dem gedeckten Abendbrottisch zurückgekehrt war, verbrachten wir die Mahlzeit in schweigsamer Runde. Arno hatte ein frühlingshaft leichtes Essen zubereitet, eine Gemüsepfanne mit Sojasprossen, wahrscheinlich weitgehend aus biologischem Anbau, jedenfalls wenn die Zutaten als Sonderangebote zu kriegen waren. Seit Nele vor vier Wochen beschlossen hatte, Vegetarierin zu werden, musste unser Chefkoch sich ein wenig umstellen. Statt Braten, Würstchen und Wildgulasch kamen jetzt Gemüseeintöpfe und -pfannen auf den Tisch. Mal sehen, wie lange Arno dieses Martyrium auf sich nahm. Was unseren Streit betraf, spielte er jedenfalls nach wie vor den tapferen Märtyrer und hatte es noch nicht geschafft, sich von seinem Ärger auf mich zu befreien. Er war einsilbig und vermied es, mich anzusehen. Doch heute machte mir das nichts aus. Ich befand mich nach dem Gespräch mit Tine in einem Schwebezustand zwischen Erleichterung und Euphorie und hing meinen Gedanken nach.

„Was ist hier eigentlich los?“, fragte Nele energisch und blickte streng von einem zum anderen. Ich kaute gerade auf einem Brokkoliröschen und sah sie erstaunt an:

„Wieso?“

„Habt ihr euch gestritten?“

Ich warf Arno einen Blick zu.

„Nö.“

Skeptisch zog sie die rechte Augenbraue in die Höhe und tat so, als würde sie mir glauben.

„Na, dann ist ja gut. Ich wollte heute Abend noch zu Lisa und dort übernachten. Bringt mich jemand hin?“

„Bestimmt nicht!“, knurrte Arno.

„Aber Karl Marx muss doch auch noch raus!“, warf sie ein.

„Ja, ins Feld. Oder willst du seinen Haufen vom Bürgersteig aufsammeln?“

„Biiittteee!!!!!“

Ich stöhnte innerlich. Wie oft hatten wir diese Diskussion schon geführt! Nele hatte trotz ihres jugendlichen Alters eine übertriebene Angst vor der Dunkelheit. Und wir weigerten uns aus Prinzip, dieser Schwäche nachzugeben. Ihre Freundin Lisa wohnte nur drei Straßen weiter in unserem wohlanständigen, sittsamen Wohngebiet. Hier wurden ab 20.00 Uhr die Bürgersteige hochgeklappt, die nichts desto weniger alle zwanzig Meter die ganze Nacht hindurch energiesparend beleuchtet wurden, während die gut situierten Familien und Rentner brav vor ihrem Fernseher saßen und früh zu Bett gingen. Was sollte hier passieren? Aber gegen irrationale Ängste kam man schlecht mit rationalen Argumenten an. Und heute hatte ich einfach keine Lust mehr auf weiteres Gezeter. Also gab ich die fürsorgliche Mutter.

„Ich bringe dich mit Kalli hin. Aber wir gehen hintenrum.“

Während Arno mich mit einem beleidigten Blick bedachte, weil ich seine Erziehungsmaßnahme konterkarierte, wollte Nele gerade anfangen zu protestieren. Hintenrum bedeutete nämlich hinter der letzten Häuserreihe am Rand der Felder entlang zu gehen. Dieser Weg war etwas länger und noch dunkler, aber dort konnten wir unseren Hund wenigstens genauso wie auf den richtigen Feldwegen ohne Leine laufen lassen, sodass er sich austoben und einen schönen Platz für seine Toilette finden konnte.

„Ich gehe in fünf Minuten los", sagte ich bestimmt und begann, den Tisch abzuräumen. Nele zischte ab, um das Nötigste zusammenzupacken, und Arno zischte ab, um sich aufs Neue dem Gefühl hinzugeben, von der Welt im Allgemeinen und der Ehefrau im Besonderen ungerecht behandelt worden zu sein. Ich hoffte, er würde in der Flimmerkiste einen *Tatort* zur Beruhigung finden.

Als ich Nele wohlbehalten bei Lisa abgeliefert hatte – wir waren tatsächlich weder überfallen noch entführt worden – begab ich mich langsam auf den Rückweg, nun durch die stillen, menschenleeren Straßen. Dabei sinnierte ich so vor mich hin, wozu ich reichlich Gelegenheit hatte, denn Kalli nutzte den eher seltenen Gang durch das Wohngebiet, um an jeder erdenklichen Stelle seine Markierungen zu hinterlassen – eine Aufgabe, der er sich mit Akribie widmete. Im Schein einer Straßenlaterne schnüffelte er besonders lange. Hier gab es wohl interessante Neuigkeiten. Ich ließ meinen Blick über die Häuser ringsherum schweifen. Viele waren dunkel, weil sich die Bewohner für die Nacht hinter schweren Rollläden verschanzten. Nur hin und wieder fiel ein Streifen Licht durch ein Fenster heraus oder eine Außenbeleuchtung zeigte an, dass es Leben in diesem Teil des Universums gab.

Plötzlich entdeckte ich ein Stück die Straße hinunter ein hell erleuchtetes Haus, dessen Fenster und Türen weit offen standen. Nanu? Das musste ich mir genauer ansehen. Ich wollte Kalli fortziehen, aber er blieb standhaft, wo er war.

„Oh nein! Mensch, Hund! Das solltest du doch im Feld erledigen!“ Kalli hatte die charakteristische Duckhaltung angenommen und presste konzentriert einen sehr weichen Haufen auf das Pflaster, der auch noch erbärmlich stank.

Schnell blickte ich mich um. Hatte irgendein Nachtschwärmer oder seniler Bettflüchter ausgerechnet in diesem Moment hergesehen und den Fauxpas bemerkt? Gleichzeitig kramte ich in meiner Jackentasche nach einer für diesen Fall vorgesehenen Plastiktüte. Nichts. Nicht mal ein Taschentuch! Konnte ich die Schweinerei wenigstens in den Rinnstein schieben? Nein. Zu weich. Und nun? Auch ich lehnte Hundekacke auf dem Gehweg ja aus ästhetischen und hygienischen Gründen grundsätzlich ab. Aber dies war eindeutig ein Durchfall-Unfall. Also entschloss ich mich – wenn auch schlechten Gewissens – den Tatort schnellstmöglich zu verlassen, und hoffte auf Regen.

„Verdammt, was für ein Gestank!“

Ich zuckte zusammen und drehte mich erschrocken um. Ich hatte überhaupt niemanden kommen hören. Ein Mann etwas jüngeren Alters und in dunkler Kleidung war auf leisen Turnschuhsohlen herangekommen.

Er wies auf die Bescherung und blaffte ärgerlich: „Das wollen Sie ja wohl nicht so lassen!"

Kalli wedelte aufgeregt mit dem Schwanz, erfreut darüber, die unerwartete Bekanntschaft eines finsteren Fremden zu machen. Leider bin ich in solchen Momenten eine Niete und völlig unfähig, eine schlagfertige Antwort zu geben. Mir fällt weder etwas Schlaues noch Bissiges oder Ironisches ein. Also sagte ich lahm: „Sie sehen doch, dass mein Hund Durchfall hat. Da kann man nichts machen. Komm, Karl Marx!" Energisch zog ich Kalli hinter mir her und versuchte den Abstand zu diesem unfreundlichen Menschen so schnell wie möglich zu vergrößern.

Als ich an dem erleuchteten Haus vorbeikam, erkannte ich, dass hier jemand einziehen musste. Schnell riskierte ich einen Blick über die Schulter und stellte erleichtert fest, dass der Hundehasser zurückgeblieben war.

10

„Wir kriegen neue Nachbarn!“ Betont fröhlich betrat ich das Schlafzimmer meines Mannes. Jeder von uns verfügte über sein eigenes Zimmer. In den ersten Jahren unseres Zusammenlebens hatte sich herausgestellt, dass wir uns mit unseren Schlafgewohnheiten die Nächte gegenseitig unnötig schwer machten. Ich ging später ins Bett und stand früher auf. Arno schlief manchmal schon um 21 Uhr ein, wachte dafür aber mitten in der Nacht auf und las dann ein bis zwei Stunden, bis er wieder einschlafen konnte. Außerdem schnarchte mal er, mal ich (jedenfalls behauptete Arno das), ich mochte es wärmer, er schlief lieber bei geöffnetem Fenster, meine Matratze musste weich sein, seine hart. Kurz: Für eine ungestörte Nachtruhe brauchte jeder sein eigenes Reich. Immerhin waren unsere Betten so breit, dass wir uns gegenseitig besuchen konnten.

Arno lag unter seiner Decke und starrte in den Fernseher am Fußende seines Bettes, in dem irgendeine Schießerei tobte. Dieses Gerät hatte er sich gegönnt, als sich auch unsere Fernsehvorlieben als schwer kompatibel herausgestellt hatten. Er wollte keine Liebeskomödien sehen und mir hingen seine Krimis zum Halse heraus. Einzig Politmagazine und die Nachrichten lockten uns gemeinsam vor die Flimmerkiste.

„Darf ich zu dir kommen?“

Überrascht sah Arno mich an. Sein Blick wurde schon weicher. Ich stieg zu ihm ins Bett, kuschelte mich unter der Decke an ihn und begann mein abendliches Hundeerlebnis zu schildern. Arno musste wider Willen lachen.

„Ob ich morgen noch mal versuche das Malheur zu beseitigen?"

„Quatsch!", schnaubte er. „Auf so eine Idee kann auch nur eine Beamtenseele kommen." Mit dieser Beleidigung versuchte mein Mann mich hin und wieder zu ärgern und mich in die Nähe einer Spießerin zu rücken. Aber das prallte an mir ab. Gewissenhaftigkeit war schließlich kein Makel!

„Und wusstest du, dass wir neue Nachbarn kriegen? So sechs, sieben Häuser die Straße links runter?"

„Klar."

Na das war ja mal wieder typisch. Als Drittel-Hausmann bekam er den Klatsch der Straße natürlich mit, während ich in der Regel im Tal der Ahnungslosen lebte.

„Und?", fragte ich neugierig.

„Was und?"

Ich stütze mich auf und kniff ihn ins Weiche unterhalb des Kinnes, was er überhaupt nicht mochte, weil er dort kitzelig war. „Was weißt du darüber?"

Er wehrte kichernd meine Hand ab und klemmte sein Kinn ein. „Da gibt es nicht viel zu wissen", presste er hervor. „Ein junges Paar ohne Kinder, mit Hund, hat vorher wohl im Ausland gelebt. Hat mir jedenfalls die Schmidt erzählt."

Die Schmidt war eine allein lebende, recht rüstige Witwe von schräg gegenüber, die über alles und jeden

Bescheid wusste (was manchmal von Vorteil sein konnte), sich aber auch anmaßte, über alles und jeden unbarmherzig urteilen zu dürfen. Wer morgens nicht pünktlich zur Arbeit ging, war ein Sozialschmarotzer, und wer es versäumte, seinen Rasen kurz und unkrautfrei zu halten, ein verwahrloster Asozialer. Wir versuchten sie mit Nettigkeit und Charme zu umgarnen, damit sie über uns und unser Naturgrundstück nicht ganz so viele Gehässigkeiten verbreitete.

Ein junges Paar also.

„Naja, ist ja auch nicht so wichtig", lenkte ich ein. „Ich wollte dir eigentlich noch von meinem Gespräch mit Tine erzählen."

Das interessierte Arno schon eher.

„Aber das mache ich hinterher."

„Hinterher?"

Ich schob mich über ihn, setzte mich rittlings auf seinen Bauch und sah ihm tief in die Augen, während ich seine Hände rechts und links auf das Kopfkissen drückte. Arnos Gesicht leuchtete auf. Erst überrascht, dann lüstern. Langsam senkte ich meinen Kopf und vergrub meine Nase in seinen dunkelblonden, leicht gelockten Haaren, die immer noch voll waren und nur an den Schläfen erste graue Ansätze zeigten. Ich atmete Arnos charakteristischen Geruch ein, den ich so liebte. Dann wanderte ich mit den Lippen über seine stoppelige Wange und küsste zart seinen Mund. Für einen kurzen Moment fanden sich unsere Zungen. Dann richtete ich mich wieder auf, strich über seinen nackten Oberkörper und umspielte seine Brustwarzen, die sich freudig zusammenzogen. Arno war gut gebaut. Kein Muskelprotz, aber auch kein Hänfling. Ich betrachtete ihn gerne. Nun zog ich mir langsam und effektvoll meine drei Oberteile – Pullover, T-Shirt und Baumwollhemd – über den Kopf, sodass meine nackten Brüste zum Vorschein kamen. Einen BH trug ich zu Hause nicht, der engte mich nur ein. Arno stöhnte lustvoll auf und ließ seine Hände über meinen Busen und weiter über meinen Rücken gleiten. Ich griff hinter mich und berührte durch den Stoff seiner Unterhose hindurch seinen Penis. Mit den Fingernägeln fuhr ich daran entlang und spürte, wie er sich versteifte. Arno keuchte. Dann schob ich meine Finger unter den Hosenbund und umfing seine Erektion mit der ganzen Hand. Das seidige Glied pulsierte erwartungsvoll. Arno zog mich zu sich hinunter.

Eine ganze Weile und einige Orgasmen später lagen wir eng umschlungen und genossen den postkoitalen Entspannungszustand. Ich streichelte Arnos Brust und wuschelte durch die wenigen Härchen dort. Alles war so vertraut, so richtig, jede Berührung fand ihr Ziel, jede Stelle unserer Körper war uns bekannt und wir wussten, wie wir uns gegenseitig Lust bereiten konnten. Mehr Nähe und Vertrauen ging nicht. Ich brauchte mir keine Gedanken darüber zu machen, ob Arno meine Schenkel zu dick finden oder sich an den Achselhaaren stören könnte. Das Wort Cellulite kam in seinem Sprachgebrauch nicht vor. Ich fühlte mich geliebt und begehrt, genauso wie ich war. Was wollte ich mehr? Plötzlich kam mir mein Projekt ‚sekundäre Defloration' kindisch und völlig überflüssig vor. Ich hatte doch alles, was ich mir nur wünschen konnte!

Ich seufzte tief und küsste ihn.

„Wir sollten öfter Versöhnungssex haben“, schwärmte Arno.

Versöhnungssex? Das war es aus meiner Sicht zwar definitiv nicht, aber bitteschön, wenn er es so sehen wollte ...

„Du kannst mich ruhig häufiger verführen“, flüsterte er an meinem Ohr.

Ich lächelte zufrieden. Ich fand mich auch ganz gut. Normalerweise lag mir die Rolle der Verführerin nämlich nicht so sehr. Aber heute hatte ich mir beweisen wollen, dass ich nicht mehr das schüchterne Mädchen von damals war, sondern eine selbstbewusste Frau, die auch im Bett die Initiative ergreifen konnte.

Während Arno meine Schulter streichelte, begann er entspannt von seinem Problemkunden in Frankfurt zu erzählen, der mal wieder alle bisherigen Pläne über Bord geschmissen hatte und nun eine neue Lösung für sein Softwareproblem erwartete. Ich schilderte im Gegenzug meine erste Begegnung mit einer neuen Kollegin, Sandra Meier von Nassau, von der ich noch nicht wusste, ob ich sie mochte. Sie schien mir etwas sehr forsch und von sich überzeugt zu sein. Höfliche Zurückhaltung, gerade wenn man neu war, war mir sympathischer.

„Nun gib ihr doch erst mal eine Chance“, meinte Arno aufgeräumt.

Natürlich tat ich das. Schließlich hatte ich schon oft genug die Erfahrung gemacht, dass der erste Eindruck täuschen konnte – im Positiven wie im Negativen.

Ich hing meinen Gedanken nach, bis Arno plötzlich fragte: „Was ist denn nun mit Tine?“ Ach ja. In groben Zügen berichtete ich von Tines Schwierigkeiten mit

Klaus, ließ jedoch die Details aus, die zu sehr in Tines Intimsphäre hineinragten.

„Hm, also Funkstille im Bett“, meinte Arno nachdenklich. Dieses Problem ging ihm nahe. Schließlich war Sex für ihn von existentieller Bedeutung. Nicht nur im Hinblick darauf, dass eine größtmögliche Häufigkeit desselben entscheidend zu Entspannung, Wohlbefinden und Selbstwertgefühl beitrugen. Nein. Genauso wichtig war seine politische Dimension. O-Ton Arno: „Der befreite Sex ist die Triebkraft aller gesellschaftlichen Veränderung!“ Jawoll!

„Ich werde mal mit Klaus reden“, murmelte der Revoluzzer, bevor er friedlich einschlief.

11

„Guten Morgen, Frau ... äh ...“

„Holm. Immer noch. Aber ich glaube, wir waren schon beim Du. Johanna.“ Ich lächelte meine neue Kollegin Sandra Meier von Nassau aufmunternd an und blieb abwartend auf dem Flur stehen. Montags hatte ich in der dritten Stunde eine Freistunde, die ich in der Regel dazu nutzte, Kopien für den Unterricht anzufertigen oder mich um die Schülerbibliothek zu kümmern, die ich vor einigen Jahren mit aufgebaut hatte, die ich nun leitete und in der mein ganzes Herzblut steckte. Ich trug einen Stapel Broschüren zur Berufsorientierung im Arm, die unsere Büchereimitarbeiterin Frau Held, eine engagierte Mutter, in den Bestand einpflegen sollte. Sandra Meier von Nassau sah wie aus dem Ei gepellt aus: Ihre elegant gelockten, schulterlangen blonden Haare wippten leicht, während sie schwungvoll auf mich zukam, genau wie der lange graue Tellerrock, der sich bei jedem Schritt seitlich etwas öffnete und den Blick freigab auf schicke schwarze Stiefel und – wow – diese langen Strickstrümpfe, die bis zum Oberschenkel gingen und an deren Ende man eigentlich Strapse erwartete.

„Ach ja, Johanna. Ich habe gehört, dass du dich ein bisschen um die Bibliothek kümmerst“, meinte sie aufgeschlossen.

Ein bisschen kümmerst, soso.

„Ich habe mich heute Morgen dort umgesehen und einige Anregungen, die uns sicher weiterhelfen werden."

Uns? Anregungen? Weiterhelfen?

Ich hob die Augenbrauen. Meine Skepsis schien Sandra nicht wahrzunehmen.

„Wir sollten den Bestand aktualisieren, alle Bücher mit alter Rechtschreibung entfernen und auf neue Medien setzen. Hörbücher, Blue-Rays, E-Books, ..." Sie war in Fahrt geraten. Doch plötzlich hielt sie in ihren Ausführungen inne, denn ihr Blick war an mir vorbeigeglitten und fixierte nun etwas – oder jemanden – hinter mir. Ich drehte mich um. Aha. Da kam Daniel Holz herangeschlendert. *Der* Daniel Holz, *der* Sportlehrer schlechthin, das Muskelpaket, das unentdeckte Weltklasse-Male-Model, Schwarm aller Schülerinnen, Referendarinnen, Sekretärinnen und Mütter, schönster Mann der Schule, der Stadt und des Universums. Super männlich, markant, charmant. Einziges Manko: Er war glücklich verheiratet, mit seiner Traumfrau, wie er jeder, die es wissen wollte oder auch nicht, unter die Nase rieb, und er hatte drei kleine Kinder.

„Na, ihr zwei Hübschen!", tönte Daniel gut gelaunt.

„Guten Morgen – und selber hübsch", erwiderte Sandra und streckte ihm die Hand entgegen. „Wir haben uns noch gar nicht bekannt gemacht. Ich bin Alexandra Meier von Nassau. Für dich gerne Sandra", fügte sie mit strahlendem Lächeln hinzu und sah Daniel kokett in die blauen Augen. Er ergriff ihre Hand und deutete scherzhaft einen Handkuss an.

„Ich hab noch zu tun", murmelte ich und eilte in die Bibliothek, froh, dieser peinlichen Baggerei und

Sandras bibliothekarischem Übereifer entkommen zu sein.

Gerade machte ich mich am Sachbuchregal mit der Signatur V für Medizinthemen zu schaffen, unter der sich auch unsere Aufklärungsliteratur befand. Interessanterweise war dieser Regalabschnitt immer besonders durcheinander. Oft lagen die Bücher, in denen es um Pubertät, das andere Geschlecht, das erste Mal und Pickel ging, auch an Geheimverstecken in der ganzen Bücherei verstreut. Ich sortierte so vor mich hin und versuchte Sandras Übergriffigkeit zu vergessen. Bücher zu sortieren hat ja etwas Meditatives. Im Kopf hast du nur das Alphabet, das du wie ein Mantra rauf und runter betest. A B C. D E F. G H I.

E vor F. T nach S. V vor W. Da bleibt kein Platz mehr für die nur scheinbar wichtigen Dinge des Alltags. B vor C. Eine unverschämte neue Kollegin? J vor K. Die dir das Wasser abgraben will? L vor M. Unwichtig. N vor O. Die sollte sich erst mal um ihren Unterricht kümmern. O vor P ... und überhaupt. P und Q. Mir Ratschläge geben zu wollen. Q und R ... Läuft hier rum wie auf dem Laufsteg. R vor S. Was bildet die sich eigentlich ein? S T U ... Der sollte ich mal ...V vor W und X ... andererseits, so als Neuling hatte man es ja auch nicht leicht ... Schließlich Y. Gib ihr erst mal eine Chance. Uuunnnd Z. Geschafft!

Und plötzlich – genauso wie die Bücher, die sich nun in einer quasi kosmischen Ordnung vor mir aufreihten, klärte sich auch mein Denken. Nun war ich frei von allem seelischen Ballast und tiefe Entspannung senkte sich in mein Innerstes ...

„Zabel muss vor Zeise stehen." Wie aus dem Nichts war Sandra hinter mir aufgetaucht und begutachtete meine Arbeit. Ich fuhr zu ihr herum. Doch bevor ich etwas Adäquates erwidern konnte, setzte sie nach: „Wie gesagt, man sollte hier einiges modernisieren. Dann könnte auch diese antiquierte Bezeichnung ‚Bibliothek' erneuert werden. Heutzutage spricht man schließlich von ‚Mediatheken'."

Ich sah hilfesuchend zu Frau Held.

„Ach ja, mit der guten Frau Held habe ich auch schon gesprochen", setzte Sandra nach und lächelte meiner langjährigen, engen Mitarbeiterin komplizenhaft zu.

Ich war sprachloser als sprachlos und wäre innerhalb der nächsten Sekunde geplatzt, wenn nicht in diesem Moment der Schulgong ertönt wäre. Leider musste ich in den Unterricht. Da hatte die gute Sandra aber echt noch mal Glück gehabt!

12

Als ich nach sechs Stunden Unterricht, einer Mittagspause und dieser unerfreulichen Begegnung mit Miss Oberschlau nach Hause kam, brodelte immer noch der Ärger in mir.

„Arno?!“, rief ich durchs Haus, in der Erwartung, dass er mir zuhören und Trost spenden würde. Aber außer Karl Marx, der in seinem Korb lag und zur Begrüßung genau dreimal mit dem Schwanz klopfte, erhielt ich keine Reaktion. Enttäuscht betrat ich die Küche, in der noch nicht mal, wie sonst, ein Kaffee aufgesetzt war oder irgendetwas zu essen auf mich wartete. Frustriert schleppte ich mich in Richtung meines Schlafzimmers, um mich ins Bett zu legen und die Decke über den Kopf zu ziehen. Als ich an Arnos Arbeitszimmer vorbeikam, hörte ich verdächtige Geräusche. Vorsichtig steckte ich den Kopf durch die Tür und erblickte meinen Mann, wie er gleichzeitig mit den Händen fuchtelte, auf die Tastatur seines Laptops einhackte und verbissen über sein Headset kommunizierte. Na toll. Hinter mir schlurfte Kalli heran. Auch er schob seinen Kopf ins Zimmer. Arno blickte genervt auf und signalisierte mir hektisch, dass ich mich doch bitteschön um den Hund kümmern sollte. Verdammt! Dabei wollte ich einfach nur noch MEINE RUHE!

Kalli blickte flehend zu mir hoch. Ich brummte, schloss geräuschvoll die Tür zu meinem lieblosen Gatten, schnappte mir die Leine und verließ, den Hund im

Schlepptau, das Haus. In strammem Tempo marschierte ich Richtung Feld, sodass sich Kalli mit seinen Markierungen mächtig ranhalten musste.

Nach zehn Minuten wurde ich langsamer und hob zum ersten Mal den Kopf. Der Frühling hatte weiter Einzug gehalten. Auf den Feldern sprießte die Saat in hellem Grün und das winterbraune Gras der Böschungen wich dem zarten Grün der neuen Triebe. An geschützten Stellen erblickte ich gelbe Winterlinge und sogar einige Veilchen streckten ihre lilafarbenen Blüten erwartungsvoll der Sonne entgegen. Ein frühlingsfrischer, leichter Wind streichelte meine Wangen und ich verfolgte mit den Augen eine Lerche, die sich mit ihrem lauten, aufgeregten Gezwitscher immer höher in den Himmel schraubte. Blau und Weiß und Weite über mir. Und ich hier. Mittendrin. Ich blieb stehen, legte den Kopf in den Nacken, schloss die Augen und atmete tief ein und aus, versuchte, allen Ärger dieses Tages aus mir herausströmen zu lassen.

Das klappte auch ganz gut, bis mir einige Atemzüge später unser Hund wieder einfiel. Rasch blickte ich mich um. War ja klar! Der Streuner hatte die Gelegenheit genutzt und war seiner eigenen Wege gegangen. Weit und breit nichts von ihm zu sehen. Ich seufzte schwer, wollte meinen frisch erworbenen Entspannungszustand aber nicht gleich wieder aufgeben und beschloss, nach dem üblichen Rufen und Pfeifen auf einem Baumstamm Platz zu nehmen und einfach in meditativer Gelassenheit zu warten.

„Zehn Minuten, Herr Marx. Wenn du dann nicht da bist, musst du alleine nach Hause gehen“, verkündete ich und hielt mein Gesicht in die Sonne.

Ich musste wohl eingeschlafen sein, denn von irgendwo hörte ich ein Pferd herangaloppieren. Schläfrig öffnete ich die Augen und erstarrte. Der größte Hund, den ich je gesehen hatte, raste mit unserem Kalli um die Wette – genau auf mich zu!

„Aaah!!!"

Ich sprang auf, erklomm den Baumstamm und versuchte verzweifelt mein Gleichgewicht zu halten. OH! MEIN! GOTT! Was für ein Riesenvieh! Die Bestie würde meinen armen Kalli zerfleischen! Geifernd würde sie über mich herfallen! Würde ich diesen Baumstamm lebend verlassen? Meinen geliebten Mann, meine anstrengende Tochter je wiedersehen? Mein Puls raste und ich keuchte vor Angst. Ich mochte gar nicht richtig hinsehen. Mein treuer Freund! Wie heldenhaft kämpfte er gegen dieses Untier!

Moment mal. Langsam nahm mein Hirn seine Tätigkeit wieder auf. Die kämpften ja gar nicht. Die spielten! Und der Nichtsnutz Kalli war es, der das Monster immer wieder ärgerte!

„Rosa!"

Das Ungetüm hob ruckartig seinen Kopf, sodass die langen Lefzen und Ohren schlackerten, und blickte in Richtung des Rufers. Dann beschloss es, diesen zu ignorieren und widmete sich wieder seinem neuen Sparringspartner.

Rosa? Das war ja wohl ein Witz. Ich reckte den Hals, um diesen unverantwortlichen Hundebesitzer, der eine Gefahr für Leib und Leben anderer Menschen und Tiere darstellte, ins Visier zu nehmen. Dabei rutschte mein rechter Fuß vom Baumstamm, ich verlor das Gleichgewicht und stürzte rücklings auf einen Haufen

Zweige, durch den die jungen, zarten Blätter von Brennnesseln sprossen.

„Autsch!!!"

Wie ein Käfer lag ich hilflos auf dem Rücken und zappelte mit Armen und Beinen. Sofort waren die Hunde über mir. Mir blieb das Herz stehen. Kalli stupste mich kurz an und leckte mir über die Wange. Vor ihm hatte ich natürlich keine Angst. Aber wie würde das Untier reagieren? Würde nun sein Beuteinstinkt durchschlagen? Erstarrt hielt ich die Luft an. Schon spürte ich seinen warmen Höllenatem im Gesicht. Würde es seine Reißzähne in meine Kehle schlagen? Die Riesenschnauze war genau über mir ... da entrollte sich eine lange, warme, weiche Zunge und leckte mir einmal quer durchs Gesicht.

Ich wusste nicht, ob ich lachen oder weinen sollte.

„Ach, *Sie* sind das schon wieder", hörte ich eine unfreundliche Männerstimme.

Wie bitte? Ich rappelte mich umständlich hoch. Mein Herz klopfte immer noch wie verrückt, meine Beine zitterten und fühlten sich an wie durchgekauter Kaugummi. Das durfte ja wohl nicht wahr sein! Der finstere Kerl von gestern Abend! Der Hundehasser, der wegen jedem kleinen Schiss 'nen Aufstand machte!

„Können Sie nicht auf ihren Hund aufpassen? Wegen Ihnen suche ich seit einer geschlagenen halben Stunde nach Rosa!", murrte er unwirsch.

Okay. Was zu viel war, war zu viel. Auch mir, der Gelassenheit in Person, die Fremden mit Toleranz und Respekt begegnete, und diese Haltung auch ihren Schülerinnen und Schülern als fundamentale menschliche

Umgangsform zu vermitteln bemüht war, PLATZTE IRGENWANN DER KRAGEN!

Ich begann ganz ruhig: „Jetzt hören Sie mir mal zu ...“, und steigerte mich in Wortwahl und Lautstärke kontinuierlich, bis mein gerechter Zorn die Wucht eines Orkans annahm. Am Ende brüllte ich: „...und wenn Sie Unmensch und Ihr Höllenhund nicht sofort aus meinem Blickfeld verschwinden, dann ZEIGE ICH SIE AN WEGEN KÖRPERVERLETZUNG UND VERSUCHTEN MORDES!!!“

Die Hunde hatten aufgehört zu toben. Sie verfolgten meine Ausführungen zunächst neugierig, bis sie sich am Ende auf den Boden duckten und ihre Schwänze einklemmten.

„Karl Marx, bei Fuß!“, befahl ich. Kalli gehorchte aufs Wort, ließ sich widerstandslos anleinen und folgte mir willig zu jenem Baumstamm, auf dem ich mich schwer atmend erneut niederließ, ohne den Ätztyp und sein Monster eines weiteren Blickes zu würdigen. Ich merkte, wie mich die letzten Kräfte verließen. Das war heute definitiv alles zu viel.

„Kann ich etwas für Sie tun?“

Bitte?

„Geht's Ihnen gut?“

Ja, ist der Typ denn irre?

Mit einer finalen Kraftanstrengung hob ich meine Augen und schleuderte ihm einen eiskalten Hassblick entgegen, dem er nur wenige Sekunden standhielt. Dann zuckte er mit den Schultern, rief nach seinem Riesenvieh und verschwand in die Richtung, aus der er gekommen war. Wahrscheinlich dorthin, wo der Pfeffer wuchs. Das Untier sah sich noch zweimal wehmütig nach Kalli um, folgte dann aber endgültig seinem gewissenlosen Herrchen.

Ich ließ mich völlig entkräftet vom Baumstamm hinunter auf die Erde sacken und legte meinen Arm um Kalli. Meine Beine zitterten immer noch. Nach den übermenschlichen Anstrengungen dieses Tages überkam mich nun eine bleischwere Erschöpfung. Ich starrte matt vor mich hin und verordnete mir eine Pause, bevor ich den kräftezehrenden Rückweg in Angriff nehmen würde.

13

„Mensch, Hähnchen, was machst du denn für Sachen?"

Arnos besorgte Stimme weckte mich aus meinem komatösen Zustand.

Ich öffnete schwerfällig meine Augen. War ich tatsächlich eingeschlafen? Und wo kam Arno plötzlich her?

Er half mir auf die Beine und hielt mich fest umschlungen.

Oh Mann, tat das gut.

Während er mich zum Auto führte, das er in weiser Voraussicht mitgebracht hatte, Kalli in den Kofferraum verfrachtete und mich sicher auf dem Beifahrersitz platzierte, redete ich ununterbrochen und schilderte ihm in den grellsten Farben mein Nahtoderlebnis. Auch wenn Arno zwischendrin grinsen musste, war mir sein Mitleid sicher.

Am Abend kuschelte ich mich erneut zu Arno ins Bett. Ich brauchte heute seine liebevolle Geborgenheit, um den Anfeindungen der bösen Welt da draußen am nächsten Tag wieder begegnen zu können. Kurz vor dem Einschlafen fiel mir ein, was ich schon die ganze Zeit hatte fragen wollen.

„Wieso bist du eigentlich im richtigen Moment an der richtigen Stelle bei mir aufgetaucht, Liebling?"

„Na, weil der Missetäter mit der Dogge als guter Nachbar bei mir geklingelt und mir Bescheid gesagt hat", nuschelte Arno im Halbschlaf. „Schönes Tier übrigens, so goldbraun, elegant wie ein Reh ..."

Nein, ich werde mich jetzt nicht aufregen!

Die Nacht war dann irgendwie nicht ganz so erholsam wie erhofft. Erstens konnte ich nicht einschlafen. Zweitens schnarchte Arno. Drittens fiel mir irgendwann gegen zwei Uhr ein, dass ich den Wecker vorstellen musste, um meinen Unterricht noch vorbereiten zu können, und viertens hatte ich auch noch einen fürchterlichen Albtraum:

Ich war wieder ein Kind, das von einem fiesen Mädchen mit zwei blonden Zöpfen geärgert wurde. Es verhöhnte und verspottete mich, weil ich einen selbstgestrickten Pullover trug. Das sei unmodern und total hässlich. In mir war eine solche Wut, ein so starkes Gefühl der Ungerechtigkeit, dass es mir die Tränen in die Augen trieb. Das aber stachelte das Mädchen, Suse hieß es, nur noch weiter an und es begann mich zu schubsen. Da wollte ich mich wehren und zurückschlagen, aber meine Fäuste gehorchten mir nicht. Als wären sie aus wabbeligem Gummi, konnte ich mit ihnen keine Kraft entwickeln und keinen befreienden Schlag tun, der der Folter ein Ende gesetzt hätte. Da lief ich davon. Ich rannte und rannte und als ich mich umsah, verfolgte mich ein riesiger Hund mit gefletschten Zähnen. Ich hatte Todesangst. Mir war klar, dass ich keine Chance hatte, zu entkommen. Deshalb entschied ich mich anzuhalten und zu kämpfen. Ich drehte mich um und wollte ebenfalls die Zähne fletschen, da merkte ich, dass ich keine Schneidezähne mehr hatte. Ich weinte und weinte und weinte.

Als ich schweißnass wach wurde, waren meine Wangen feucht, aber – zum Glück! – meine Zähne noch da. Später las ich in meinem Traumdeutungsbuch: Fehlende Zähne gleich Angst vor Attraktivitätsverlust. Na toll.

An diesem Morgen wurde mir klar: Ich musste dringend an meinem Sechs-Punkte-Plan weiterarbeiten. Und ich sollte meinen Aggressionsstau auflösen. Das Verhalten meiner lieben Kollegin Sandra von und zu bedurfte einer angemessenen Antwort.

14

„Tine! Heute Abend geht's zum Zumba!"

Meine Freundin hatte mir die Haustür geöffnet und wedelte mit geröteten Wangen und einem Löffel vor mir herum. Das sah verdächtig aus.

„Komm rein", stieß sie knapp hervor und ich folgte ihr in die Küche, in der ein duftendes Chaos herrschte. In drei Töpfen brodelte es und sämtliche Ablageflächen waren mit Gemüse, Schneidbrettern, Fläschchen und Gewürzen gefüllt.

„Hast du etwas Größeres vor?", fragte ich beeindruckt.

„Mmmh." Sie widmete sich wieder einem Blatt in Klarsichthülle, las konzentriert eine Mengengangabe ab, tröpfelte andächtig eine braune Flüssigkeit in einen der Töpfe und stellte dann die Flamme kleiner. Erst jetzt drehte sie sich zu mir herum.

„Ich habe leider schon etwas vor. Warum hast du denn nicht früher Bescheid gesagt?"

„Na, weil ich es selbst erst seit eben weiß", maulte ich. Trotz der unguten Nacht war ich relativ fit aus der Schule gekommen, hatte sofort meine Vorbereitungen für den nächsten Tag erledigt und dann die Ruhe des geheiligten Dienstagnachmittags dazu verwendet, erneut die Homepages der beiden Tanzschulen, die in der engeren Wahl geblieben waren, zu studieren. Und siehe da: Im Tanzpalast fand dienstags um 18.00 Uhr ein Anfängerkurs statt!

„Ich würde ja gerne mitkommen, aber heute habe ich mir etwas Besonderes für Klausi überlegt“, bedauerte Tine und wies auf ihr Küchenchaos.

Ich merkte, wie mein ganzer Elan in sich zusammenzufallen drohte wie ein Soufflé bei Kaltluftzufuhr. Sollte ich wirklich alleine ...? Meine Güte, du bist fünfundvierzig Jahre alt, tadelte eine innere Stimme. Da wirst du doch wohl in der Lage sein, alleine eine fremde Sportstätte zu betreten und eine neue Sportart auszuprobieren. Ich blieb hin- und hergerissen. Alleine machte das doch keinen Spaß ...

„Johanna!“, sagte Tine streng, als sie mein Zögern bemerkte. „Du bist fünfundvierzig Jahre alt. Da wirst du dich doch wohl trauen, ...“

„Natürlich! Was denkst du denn von mir? Also wirklich!“, unterbrach ich sie empört. „Zu zweit wäre es nur viel lustiger!“

„Beim nächsten Mal bin ich dabei!“, versprach Tine. „Aber jetzt frag mich doch endlich, was *ich* hier mache! Willst du das gar nicht wissen?“

„Doch. Unbedingt“, erwiderte ich lahm.

Tine blitzte mich übermütig an. „Das wird ein ganzes Menü aus aphrodisierenden Speisen. Ich habe das mal im Fernsehen gesehen. Es wird ein Eintopf aus Steckrüben, Rote Bete und Chili, außerdem Sellerie, Olivenöl und ganz wichtig: Ingwer. Die Wirkung ist überwältigend.“ Während die Begeisterung mit Tine durchging und sie mir unbarmherzig in allen Details ihr kulinarisches Experiment schilderte, hörte ich nur mit halbem Ohr zu. Rezepte interessierten mich ungefähr so viel wie Versicherungen, Steuererklärungen oder Handtaschen, nämlich null Komma null.

„Aber man muss mit der Dosierung der Zutaten aufpassen", ergänzte sie, „sonst kann es hart werden – oder eher weich."

Ich war wieder aufgewacht. „Du meinst Impotenz?"

„Nein. Dünnpfiff!"

Wir lachten uns beide schlapp. Dann drückte ich meiner Freundin die Daumen, dass Klaus am Abend ihren Kochkünsten erliegen und zum Hengst mutieren würde.

„Ein normaler Mann würde mir schon reichen", sagte Tine zum Abschied und sah für einen Moment richtig traurig aus.

Auf dem Weg zum Tanzpalast ging mir Tine nicht aus dem Kopf. Ich hatte das Fahrrad genommen, um mein Fitnessprogramm abzurunden und schon mal ein bisschen zu schwitzen, für den Fall, dass dieser Zumba-Kurs eine müde Veranstaltung würde. Tine tat mir leid. Offensichtlich hatte sich zwischen ihr und Klaus noch nichts getan ... Ob Arno schon mit ihm geredet hatte? Nein. Das wüsste ich ... Vielleicht sollte ich ihn vorsichtshalber daran erinnern ... Und das Sex-Menü? Ob es funktionierte? Arno wäre jedenfalls begeistert, wenn ich ihn mit solch einem raffiniert-erotischen Gaumenschmaus empfangen würde. Naja, wahrscheinlich würde er sich schon freuen, wenn ich wenigstens mal Kartoffelsalat mit Bockwürstchen für ihn kochte.

Nach fünfzehn Minuten strammen Radelns kam ich erhitzt und atemlos an der Tanzschule an und wusste nun auch, warum man sie *Palast* getauft hatte. Das Interieur bestand aus einer unüberschaubaren Anzahl von Kronleuchtern und Lampen in Kerzenform, die sich in hunderten Spiegeln brachen und tausendfach vervielfältigten. Ich schluckte. Solch eine mondäne Atmosphäre hatte ich nicht erwartet. Mutig schritt ich auf die Empfangstheke zu, hinter der eine nicht mehr ganz junge, aber äußerst grazile Frauensperson residierte. Sie hatte ihr grau durchzogenes dunkelbraunes Haar straff zurückgekämmt und in einem strengen Knoten am Hinterkopf fixiert. Ihre Augenbrauen bildeten zwei perfekt geformte Bögen, die sich skeptisch verzogen, als sie meiner ansichtig wurde. Der Mund war kräftig dunkelrot geschminkt. Genau so stellte ich mir eine alternde Primaballerina vor.

„Guten Abend. Ich hatte auf Ihrer Homepage den Zumba-Kurs für Anfänger gefunden und würde gerne an einer Probestunde teilnehmen", sagte ich mein Sprüchlein auf. Sie schenkte mir ein gnädiges Lächeln.

„Natürlich."

Dabei musterte sie mich von oben bis unten, ohne einen weiteren Gesichtsmuskel zu bemühen und wies dann elegant in die Richtung, in der sich Umkleidekabinen und Übungsräume befanden. Mich beschlich das dumpfe Gefühl, dass ich mit meiner alten, ausgebeulten Jogginghose, den ausgelatschten Volleyballturnschuhen und dem verschlissenen T-Shirt vielleicht nicht ganz den Stil dieses Etablissements getroffen hatte. Egal! Ich war schließlich zum Bewegen und Schwitzen hier.

Als ich die Tür zur Umkleidekabine öffnete, taxierten mich sechs geschminkte Augenpaare. Ich nickte freundlich, aber die jungen Frauen, die zu den Augen gehörten, waren schon wieder damit beschäftig, sich in ihre stylischen Tanzoutfits zu winden. Da ich nur meine Schuhe wechseln musste, konnte ich dieser verbissenen Atmosphäre zum Glück schnell entfliehen.

Der Übungsraum war dann doch beeindruckend. Holzparkett wie in einem richtigen Tanzsaal, drei komplett verspiegelte Wände mit Ballettstangen davor und von der Decke hing eine riesige funkelnde Diskokugel. Eine große Musikanlage und farbige Spots komplettierten die Einrichtung. Da bekam man glatt Lust, die ganze Tanzfläche mit wilden Sprüngen und Pirouetten zu füllen! Überall im Raum verteilt warteten die Kursteilnehmerinnen in Grüppchen oder alleine. Ich zählte an die vierzig. So viele? Außerdem schienen sie bedeutend jünger als ich zu sein, so maximal fünfunddreißig, und schlanker! Da war ich ja hier die einzige Oma mit echten Problemzonen! Ich hatte gedacht, Zumba sei die Einsteiger-Tanzsportart für alle Altersgruppen und Gewichtsklassen?! Und wie die alle klamottentechnisch aussahen: aufgebrezelt wie nichts Gutes! Als stünde ein Werbespot-Casting für eine Sportartikelfirma an: hautenge T-Shirts, schulter- und bauchfreie Bustiers, weite Zumba-Hosen mit bunten Bändern, knackige, hautenge Leggings oder superknappe Trainingshöschen. Und alle Textilien leuchteten in schrillen Neonfarben. Wo war ich hier nur hingeraten?

Okay, ganz ruhig. Du ziehst das jetzt durch und betrachtest es einfach als singuläre interessante Erfahrung.

Gerade, als ich zur Beruhigung einen Schluck aus meiner Wasserflasche nahm, kam Bewegung in die Meute.

„Hallo, meine Damen!“, erklang ein tiefer, melodischer Bass. Und dann verstand ich, warum sich hier so viele optisch optimierte Geschlechtsgenossinnen tummelten: Ein Bild von einem Mann hatte den Raum betreten und ihn erhellt, als wäre die Sonne aufgegangen. Braun gebrannt, weich gewellte, von der Sonne vergoldete Haare, mit dem muskulösen und zugleich feingliedrigen Körper eines Tänzers. WOW! Er blinzelte mit seinen braunen Augen kurz in die Runde, deutete ein Lächeln an, bei dem sich unverschämterweise auch noch Grübchen zeigten, und verkündete: „Für alle, die heute zum ersten Mal dabei sind: Ich bin Marc. Macht einfach mit, so gut ihr könnt. Es geht hier nicht um richtig oder falsch, sondern darum, dass ihr die Musik erspürt und Spaß an der Bewegung und eurem Körper habt." Damit ging er zur Anlage, betätigte einen Knopf, und Musik in Diskolautstärke erfüllte den Raum.

Ich war noch so perplex von diesem Wirklichkeit gewordenen Frauentraum, dass ich die ersten Tanzschritte nicht mitbekam. Als sich ein Ellenbogen unsanft in meine Seite bohrte, zog ich mich in die letzte Reihe zurück und versuchte mich auf die Schrittfolgen zu konzentrieren. Marc tanzte ganz vorne mit dem Rücken zu uns und überwachte seine Damen im Spiegel. Ich hatte Mühe, sowohl Marc im Auge zu behalten als auch noch meine Arme und Füße zu sortieren. Und immer, wenn ich eine Schrittkombination einigermaßen auf die Reihe kriegte, ging es schon wieder in die andere Richtung und ich trat meiner Nachbarin – nicht nur einmal – auf die Füße. Dazu kam noch diese hämmernde, ohrenbetäubende Musik, die einen permanent vorwärts trieb ... Puh, war das anstrengend. Nach vier Liedern raste mein Puls und ich bekam kaum noch Luft. Schwer atmend zog ich mich zu einer Auszeit an den Rand zurück und nahm einen Schluck Wasser. Wie sollte ich diese Tortur nur ohne Kreislaufkollaps überstehen? Eine Blöße vor all den Sportskanonen hier wollte ich mir allerdings auch nicht geben. Immerhin. Auch sie fingen an zu schwitzen. Also weiter.

Eins, zwei, drei, vier, hüpf, hüpf und Spruuung ...Verdammt! Wir sollten in der Hocke landen. Das ging gerade noch, wenn auch nicht sehr elegant. Aber ich kam nicht wieder hoch! Meine Oberschenkelmuskulatur streikte einfach. Mühsam richtete ich mich wieder auf und kam mir vor wie eine Hundertjährige. Derweil waren die anderen schon fünf Takte weiter und der nächste Sprung stand bevor. Ich deutete nur ein kleines Sprünglein an und war froh, im Takt geblieben zu sein, als plötzlich die Musik verstummte. Alle sahen irritiert zu Marc.

„Hallo, du da hinten!"

Neugierig blickte ich mich zu meinen Nachbarinnen links und rechts um.

„Ja, du, mit der schwarzen Jogginghose und dem blauen T-Shirt!"

Wer trug denn hier noch so schlichte Klamotten? War ja richtig sympathisch! Ich schaute mich nochmals um. Dann blickte ich zurück zu Marc.

„Ja, du!"

„Ich?" Fragend deutete ich auf mich selbst.

„Ja! Komm mal nach vorne!"

Oh Gott! NEIN!

„Lass mal. Mir geht's gut hier!" Ich hob abwehrend die Hände und wäre am liebsten im Boden versunken. Doch Super-Marc grinste mich nur an und lockte mich mit dem Zeigefinger zu sich, wie einst Patrick Swayze in *Dirty Dancing* sein Baby auf die Bühne gelockt hatte. Einige Teilnehmerinnen begannen zu kichern, andere murrten wegen der Unterbrechung oder aus anderen Gründen. Wäre mein Kopf nicht sowieso schon signalrot vor Anstrengung gewesen, jetzt hätte er die flammende Farbe von Chilischoten angenommen.

„Was ist denn?", fragte ich trotzig.

Marc lächelte atemberaubend. „Du bleibst hier vorne, dann kannst du besser sehen. Ganz locker bleiben. Nicht so verbissen."

Sehr witzig.

Die Musik setzte wieder ein und ich versuchte krampfhaft, mich auf Marcs Schritte zu konzentrieren. Die spöttischen und missgünstigen Blicke in meinem Rücken ignorierte ich tapfer. Mit der Zeit merkte ich dann aber, dass es tatsächlich leichter wurde. Und gegen Ende begann es sogar, ein wenig Spaß zu machen.

Als die Stunde endlich vorbei war und der Damenfanclub frenetischen Applaus für Marc gespendet hatte, zitterten mir vor Anstrengung die Beine und ich war so nassgeschwitzt, dass ich meine Klamotten hätte auswringen können. Mein Herz pumpte, als hätte ich im Dauerlauf einen Achttausender erklommen und mein Gesicht fühlte sich so heiß wie eine glühende Herdplatte an. Wie sollte ich bloß den Weg nach Hause schaffen?

„Na, das hat doch schon ganz gut geklappt", meinte Marc freundlich zu mir. Auf seiner Stirn zeigten sich etwa fünf Schweißtropfen. Ich zuckte skeptisch mit den Schultern. Er wollte gerade noch etwas hinzufügen, als eine Stimme, die mir bekannt vorkam, flötete:

„Hallo Marc, mein Traumtänzer!"

Sandra?! Was machte die denn hier?

„Oh, hallo, äh ... Johanna! Was machst *du* denn hier?"

Wonach sieht's denn aus? Gruppensex? Ringelpietz mit Anschleichen?

Finster blickte ich meine Kollegin an. Sie sah natürlich wieder umwerfend aus. Ihre Haare hatte sie zu einem kecken Pferdeschwanz zurückgebunden. Ihr türkisfarbenes Bustier ließ eine Menge straffer, leicht gebräunter Haut und wohlproportionierte Muskeln sehen. Irgendwie war die Welt schon ungerecht.

„Ihr kennt euch?", fragte Marc.

„Wir sind Kollegen", erläuterte Sandra lässig und hängte sich bei Marc ein.

Wir sind Kolleg*innen,* korrigierte ich sie im Geiste. Oder hattest du eine Geschlechtsumwandlung? Ich konnte es nicht ausstehen, wenn Frauen so gedankenlos ihr Geschlecht negierten.

„So", sagte ich bestimmt, „ich will dann mal los. Danke für die Einführung, Marc." Ich schnappte mir meine Wasserflasche und versuchte mit meinem puterroten Kopf und in den durchnässten Schlabberklamotten einen würdevollen Abgang hinzulegen. In meinem Rücken hörte ich Sandra gurren:

„Böser Marc, musst du die armen Anfänger so quälen? Sie bricht ja fast zusammen."

Was der böse Marc darauf antwortete, hörte ich zum Glück nicht mehr.

15

In meinen Ohren rauschte das Blut, meine Beine waren kurz davor, ihren Dienst zu quittieren. Ich hing auf dem Lenker meines Fahrrads und hatte in den ersten Gang zurückgeschaltet. Jeder Tritt war eine Qual!

Warum hatte ich mir das nur angetan? Ich hätte gleich beim Eintritt in den Spiegelpalast umkehren sollen. Das war definitiv nicht meine Welt! Tausendfache Bespiegelung der eigenen Eitelkeiten, eifersüchtiges Zickengetue, Kleidungskonkurrenz und Modeterror. Und dann das Zumba selbst! Das war kein beschwingtes Tanzvergnügen, nein, das war Hardcore-Power-Fitness bis zum Herzinfarkt! Nicht mit mir!

Der *Kollege* Sandra setzte dem Ganzen dann mit seiner Arroganz noch die Krone auf. Ich wollte nur noch eins: ein duftendes Vollbad, in dem ich meine malträtierten Muskeln entspannen konnte.

Nach gefühlten drei Stunden bog ich endlich in unsere Auffahrt ein und hörte Kalli übermütig bellen und quieken. Nanu? Ich brachte mein Fahrrad in die Garage und schleppte mich nach hinten in den Garten, um der ungewöhnlichen Lärmquelle auf den Grund zu gehen.

„Mama, guck mal! Wir haben Besuch!“ Begeistert hopste mir Nele entgegen, gefolgt von Kalli und ... und ... dem UNTIER!

„Ist die nicht süüüß?!“, kreischte Nele in den höchsten Tönen und knuddelte den Kopf der Bestie. Mein Atem setzte aus und ich fuhr zurück, dabei starrte ich wild um mich, auf der Suche nach Rettung.

„Mensch, Mama", Nele hatte meine Schockstarre bemerkt, kam sachte auf mich zu und legte beschützend den Arm um mich.

„Das ist Rosa. Die tut keiner Fliege was", erklärte sie beschwichtigend.

Ob Rosa das auch wusste?

Die sandbraune Dogge trat vorsichtig auf mich zu, stupste mich mit ihrer Riesenschnauze an die Hand und wedelte mich schüchtern an, als würde sie mich wiedererkennen.

Ich atmete tief aus und spürte mein Herz wieder schlagen.

Kalli hatte seine neue Freundin nun lange genug entbehrt und zischte wieder mit ihr ab, quer durch den Garten.

„Wieso ... woher ...?", setzte ich an, da kam mein Göttergatte gut gelaunt heran, im Schlepptau diesen ... jenen ...

„Na, mein Schatz, wie war's beim Hüpfen?", fragte er strahlend und gab mir einen Kuss.

Fantastisch.

„Darf ich dir unseren neuen Nachbarn vorstellen?"

Danke, nicht nötig.

Der finstere Fremde und Fast-Mörder trat neben Arno und reichte mir seine Hand. Überrascht sah ich auf. Sein Händedruck war angenehm warm und kräftig.

„Ich bin Leander Krugmann", stellte er sich vor, „der Besitzer der Riesenbestie da." Er zeigte grinsend auf Rosa, die sich unter Kalli auf dem Rücken kugelte.

Seine dunklen Augen, deren Farbe ich im Dämmerlicht nicht ausmachen konnte, lächelten, und um seinen Mund zeigte sich ein spöttischer Zug. „Tut mir leid, dass unsere erste Begegnung nicht ganz glücklich war ...“

Nicht?

Ich funkelte ihn an.

„... vielleicht lässt sich der erste Eindruck ja noch revidieren.“

Vielleicht, vielleicht aber auch nicht.

Ich nickte unbestimmt und entschuldigte mich dann. Auf Geplauder mit meinem Peiniger hatte ich nun wirklich keine Lust.

Eine Viertelstunde später schloss ich genießerisch die Augen, sog den Duft von Kiefernnadeln ein und ließ mich bis zum Kinn ins warme Badewasser gleiten. Das tat gut! Meine verkrampften Muskeln lösten sich und fühlten sich zugleich angenehm schwer und leicht an. Ich atmete bewusst langsam und tief in den Bauch hinein und spürte, wie bei jeder Bewegung die flüssige Wärme zärtlich um meinen Körper streichelte.

„Hey, ist das romantisch!“ Nele war leise hereingekommen und deutete auf die drei dicken weißen Kerzen, die seit Jahren in einer Ecke vor sich hin gestaubt hatten. Heute hatte ich sie endlich einmal angezündet, um auch meiner geplagten Psyche etwas Gutes zu tun.

„Danke für deine Hilfe vorhin!“ Ich lächelte meine Tochter an. Ihr Gesicht leuchtete auf und ich bekam fast ein schlechtes Gewissen, weil ich sie bestimmt viel zu selten lobte.

„Kein Ding“, tat sie ab. „Ist der Hund nicht einfach obercool? Sowas von süüüß! Mein Gott, ich komm nicht drauf klar ...!“ Nele schwärmte in typischer

Teenie-Manier, übersteigert emotional und grammatikalisch zweifelhaft. Diese Begeisterung konnte ich selbstredend nicht teilen. Ich hörte nur noch halb hin und ließ meine schweren Lider wieder sinken.

„Und unser nächster Hund wird auch eine Dogge!“, frohlockte Nele.

Ich riss die Augen wieder auf.

„Bestimmt nicht!“

„Doch! Papa will das nämlich auch!“ Nele verließ das Bad und ließ mich brodelnd in meinem Entspannungsbad zurück.

Kurze Zeit später trat Arno ein. Das war ja hier wie auf dem Bahnhof!

„Na, mein Fischchen?“

Ich verdrehte die Augen. „Verräter!“

„Soll ich mit in die Wanne kommen?“

„Wie konntest du mir das nur antun?“

„Ich ziehe mich eben aus.“

„Wag es ja nicht!“

„Was habe ich dir denn getan?“

„Da fragst du noch?“

Arno setzte sich angezogen auf den Rand, begann sanft meinen Busen zu streicheln und bewegte die Hand in kreiselnden Bewegungen meinen Bauch hinunter. Dabei grinste er lüstern.

„Lass das!“ Ich gab ihm einen Klaps auf die Finger. Das Wasser spritzte.

„Was ist denn mit dir los?“ Er stützte die Arme auf den Wannenrand und sah mich fragend und ohne den geringsten Hauch einer Ahnung an.

Ich zählte an meinen Fingern ab:

„Erstens hast du meinen anspruchsvollen Sport vor einem Fremden zum ‚Hüpfen' degradiert und mich damit lächerlich gemacht. Zweitens hast du diesen unmöglichen Typen mit seinem gemeingefährlichen Viech zu uns eingeladen, obwohl du weißt, dass er ein rotes Tuch für mich ist ...", ich holte Luft, um fortfahren zu können, „und drittens hast du Nele diesen Floh mit einer eigenen Dogge ins Ohr gesetzt." Missgelaunt verschränkte ich die Arme.

„Erstens", setzte Arno ungerührt zur Gegenrede an, „fiel mir der Name deiner Sportart nicht ein, und ich dachte, es hätte irgendwas mit Hüpfen zu tun. Zweitens habe ich Leander Krugmann nicht eingeladen, sondern er kam zufällig hier vorbei. Und weil dein Kalli verrückt nach seiner Rosa ist und die zwei sich nicht trennen wollten, habe ich Leander eben kurz mit in den Garten genommen."

„Oho, ihr seid also schon beim Du!", zickte ich.

„Und drittens: Ich habe mich mit Leander – ja, wir duzen uns, ich bin schließlich keine Studienrätin, die die Leute lieber verbal auf Abstand hält – über Doggen unterhalten, und ja, mir gefällt die Hunderasse. Mehr habe ich zu Nele nicht gesagt."

„Pffft." Ich enthielt mich jeden weiteren Kommentars.

Arno stand auf. Im Hinausgehen meinte er noch hinzufügen zu müssen, dass der neue Nachbar – entgegen meiner Vorurteile – einen netten Eindruck mache. „Und übrigens hat er sich nach deinem werten Befinden erkundigt."

Wollte das vielleicht irgendjemand wissen?

16

„Wie ist es denn nun gestern gelaufen, Tine?“ Ich hatte den Schultag irgendwie überstanden, trotz stechenden Muskelkaters, vor allem in den Waden und Oberschenkeln, der mich leider gezwungen hatte, mein Fitnessprogramm zu unterbrechen und das Auto zu nehmen. Nun war ich neugierig auf Tines Bericht und hatte gleich nach der Schule bei ihr geklingelt. Sie trat schweigend zur Seite und ließ mich eintreten. Oha.

Erwartungsvoll sah ich meine Freundin an und versuchte aus ihrem Gesicht zu lesen.

„Und?“

Sie schüttelte den Kopf und ließ sich seufzend auf einen Küchenstuhl nieder. Die Küche blitzte, als hätte hier gestern keine Kochschlacht stattgefunden. Tonlos begann sie: „Alles fing so gut an. Klausi freute sich riesig über das festliche Menü und aß mit großem Appetit ... lobte noch die besondere Würze ...“ Vor Tines innerem Auge schien der gestrige Abend erneut abzulaufen. „Er war richtig entspannt, erzählte endlich mal wieder von seiner Arbeit, scherzte sogar ...“

„Und dann?“

„Alles lief richtig gut ... Ihm war warm geworden, er zog seinen Pullover aus und er hatte so ein Glitzern in den Augen ... Ich dachte, jeden Moment ...“

„Ja!?“

„Dann ging das Telefon.“

„Och nö! Im unpassendsten Augenblick. Fehlt nur noch, dass eine ominöse Geliebte dran war!“, rief ich aus.

Tine schüttelte leidend den Kopf. Ich überlegte. Von wem würde sie sich stören lassen?

„Aber du willst mir jetzt nicht erzählen, dass es eure Tochter war und du drangegangen bist?“

„Doch“, gab sie zerknirscht zu.

Ich hob theatralisch die Hände, denn der Rest war klar.

„Es geht ihr sehr schlecht“, verteidigte sich Tine trotzig, „sie hat furchtbaren Liebeskummer! Da konnte ich ihr doch wohl nicht sagen: ‚Tut mir Leid, Franzi, hab jetzt keine Zeit für dich, will endlich mal wieder mit deinem Papa vögeln‘.“

Ich schüttelte mitleidig den Kopf. Kinder konnten echte Sex-Killer sein. Selbst wenn sie schon aus dem Haus waren.

„Als ich Franzi einigermaßen getröstet hatte“, fuhr sie fort, „saß Klausi vor dem Fernseher und guckte Fußball. Immerhin hat er den Tisch abgeräumt.“

„Na, das ist doch auch schon fast wie Sex.“

Wir grienten uns an.

„Und nun?“, fragte ich.

Tine zuckte mit den Schultern. „Ich lass mir was anderes einfallen.“

Als Arno mich gegen 19.00 Uhr zum Essen rief, hatte ich den Rest meines Tagewerks vollbracht: ein Stündchen Schlaf, eine Stunde Unterrichtsvorbereitung für den nächsten Tag und die Konzeption einer Grammatikarbeit für die 6a, die ich mit Satzgliedern quälen musste.

„Wo ist denn Nele?“, fragte ich, als ich mich an den gedeckten Tisch setzte.

„Die ist und isst bei Lisa, weil sie für morgen noch ein Referat machen müssen.“

Für morgen? Missbilligend schüttelte ich den Kopf. Die Möglichkeiten des Internets verführten dazu, ungesicherte Informationen aus fünf Quellen aneinanderzuklatschen, mit Powerpoint visuell aufzumöbeln und das Ganze als großartige individuelle Leistung zu verkaufen. Dabei war nicht *ein* Gedanke selbst gedacht, nicht *eine* Formulierung sich selbst abgerungen, nichts kritisch hinterfragt, kein Zusammenhang eigenständig hergestellt. Unsere Schülerinnen und Schüler unter diesen Bedingungen zum selbstständigen Denken und zur Kritikfähigkeit anzuleiten, war schon eine enorme Herausforderung.

Ich füllte mir meinen Teller aus verschiedenen Schüsseln.

Und dann speziell Nele, grübelte ich weiter. Wenn man so kurz vor knapp seine Aufgaben erledigte, konnte man natürlich keine hundertzehn Prozent mehr geben. Aber das war typisch für unsere Tochter. So irgendwie hingewurschtelt – das reichte ihr. Insgeheim hatten Arno und ich sie „Miss Achtzig-Prozent“ getauft. Sollte sie ihr Zimmer aufräumen, blieben etwa zwanzig Prozent der Haargummis, Socken, Schals und Butterbrotdosen (gerne auch mit vergessenem Inhalt) in den Ecken liegen. Sollte sie den Teller mit dem Biomüll in die Tonne entleeren, klebten am Ende mindestens zwei übersehene Kartoffelschalen darauf. Selbst wenn sie ihr Glas austrinken sollte, ließ sie einen Rest darin stehen. Immer! Nach dem gleichen Prinzip wurschtelte sie sich durch die Schule. Das war für eine Mutter wie mich, die gerne hundertzwanzig Prozent gab, nicht immer leicht zu ertragen.

Ich schob mir die nächste Gabel in den Mund und registrierte erst jetzt, wie raffiniert das Essen schmeckte.

„He, was hast du uns da Leckeres gekocht?"

„Schmeckt's dir?"

„Ja, ist mal ganz was anderes!"

„Finde ich auch." Genüsslich trank Arno von seinem Wein. „Hat uns Tine heute Vormittag gebracht."

Ich verschluckte mich so heftig, dass mir Unschönes aus dem Mund fiel und Arno mir auf den Rücken klopfen musste.

„Weißt du, was das ist?", stammelte ich alarmiert.

„Klar! Ein Eintopf aus Steckrüben, Rote Bete und Chili."

„Mehr hat Tine nicht dazu gesagt?"

„Nö."

Misstrauisch beäugte ich meinen Mann. Würde er zum Stier mutieren und über mich herfallen? Glänzten seine Augen nicht schon verräterisch? Und seine Wangen? Die waren doch gerötet? Ich beugte mich zur Seite und warf einen Blick auf seinen Schoß. Beulte sich da seine Jeans aus?

„Ist was?", fragte Arno erstaunt.

„Geht's dir gut?"

„Bestens!" Er streckte die Beine von sich, lehnte sich zurück und grinste mich an. Ich guckte zurück. Er grinste immer noch, vielsagend jetzt.

Das durfte ja wohl nicht wahr sein! Ich hatte es gewusst! Ihm hätte es schon gereicht, eine homöopathische Dosis dieses Geilmachzeugs zu inhalieren und er wäre zum Hengst geworden. Und ich? Niente, nada, nichts! Er brauchte mich gar nicht so anzusehen. Nein, nein, nein, mein Freund. Mir war absolut überhaupt nicht nach Sex zumute. Nicht jetzt, nicht heute, so mitten in der Woche, mit dem Muskelkater ... und überhaupt.

„Ich räume dann mal ab", beschied ich und erhob mich, in der Hoffnung, Arnos Geilheit zu entkommen.

Gerade wusch ich den Lappen an der Spüle aus, als er von hinten an mich herantrat, die Arme um mich legte und begann, an meinem Ohr zu knabbern, was mir leider immer wohlige Schauer über den Rücken jagte.

„Arno, nicht jetzt ...", versuchte ich mich zu wehren.

Seine Hände fuhren unter mein T-Shirt, meinen Bauch hinauf bis zu meinen Brüsten.

„Hmmm, du riechst heute so gut", flüsterte er verführerisch und biss in meinen Nacken.

„Höchstens nach Arbeit. Außerdem habe ich Muskelkater", versuchte ich ihn zu stoppen.

„Dagegen helfen Schwitzen und leichte Bewegung", versprach er in mein Haar und schob seine Hände langsam unter den Gummizug meiner Jogginghose in Richtung meiner Scham. Die begann verräterisch zu pulsieren. Gleichzeitig presste er sich von hinten an mich. Ich spürte seine harte Erektion, während seine Finger sanft meine Schamlippen liebkosten und dann die Klitoris fanden. Mit kreisenden Bewegungen erweckte er sie zum Leben. Mein Unterleib ging in Flammen auf. Jeder weitere Widerstand war zwecklos. Stöhnend drehte ich mich um, suchte Arnos Mund zu einem feucht-wilden Kuss und begann, seine Hose zu öffnen.

Er keuchte auf.

Ich schob seine Jeans hinunter und ergriff seine prallen Pobacken.

Er stöhnte erneut. „Warte ...“, presste er hervor.

„Warum?“, flüsterte ich. „Nele ist nicht da. Wir können gleich hier in der Küche ...“

„Aaargh ...“, Arno krümmte sich.

„Was ist?“, fragte ich konsterniert.

„Mein Bauch ... ich ...“ Plötzlich riss er sich los, hielt seine Jeans fest und stolperte zur Toilette.

Na toll! Danke Tine! Ein echt durchschlagender Erfolg!

17

Am nächsten Abend saß ich schon wieder bei meiner Freundin und hatte eine Flasche Wein und eine Tafel Karamellschokolade mitgebracht. Schließlich war schon fast Wochenende und es gab viel zu erzählen, da wollte ich trotz aller Vorsätze auf ein paar leckere Kalorienchen nicht verzichten.

„Na? Hattet ihr einen schönen Abend?", erkundigte sich Tine scheinheilig.

„Ja, vor allem für Arno war es richtig nett – so auf dem Klo", erwiderte ich gespielt finster.

„Jetzt sag nicht, dass mein Essen ..."

„Doch. Das ging nach hinten los."

Wir gackerten wie die Hühner.

„Okay. Das heißt, ich sollte nochmal an der Dosierung der aphrodisierenden Zutaten arbeiten." Nachdenklich tippte sich Tine an die Lippen. „Wie war die Wirkung denn bei dir?", fragte sie plötzlich und sah mich gespannt an.

„Och ... öh ... ich hab ja nicht so viel davon gegessen wie Arno", versuchte ich auszuweichen.

„Also keine unerwünschten Nebenwirkungen?"

„Nein."

„Und?"

„Was und?"

„Na Mensch, wie geil warst du?"

Puh, dieses direkte Ausforschen meines Intimlebens war ich immer noch nicht so gewohnt.

„Erst gar nicht ... und dann ziemlich. Aber nur, weil Arno mich so angemacht hat“, beeilte ich mich zu sagen. Dass ich später im Bett, während der Ärmste immer noch unter Bauchkrämpfen litt, meiner immer noch vorhandenen Erregung selbstständig etwas entgegensetzen musste, brauchte ich Tine ja nicht auf die Nase zu binden.

„Also Monosex“, stellte sie sachlich fest.

Monosex? Ich sah sie schockiert an.

Sie verzog das Gesicht. „Bleibt *mir* im Moment ja auch nichts anderes übrig.“

Um meine Freundin von diesem traurigen Thema abzulenken und aufzuheitern, erzählte ich ihr von dem Reinfall mit meiner ersten Zumba-Probestunde im Tanzpalast und übertrieb natürlich, damit es dramatischer wurde.

„Du hättest die aufgebrezelten Tanz-Zicken mal sehen sollen! Bei Marcs Anblick fingen sie fast an zu sabbern!“

„Und du nicht?“

Äh ... doch.

„Natürlich nicht! Er ist ja viel zu jung!“

„Aha.“

„Aber er sieht echt gut aus “, schwärmte ich. „Wie das Klischee des sonnengebräunten Surflehrers.“ Ich griff nach der Schokolade.

„Vielleicht sollte ich ihn mir auch mal bei einer Probestunde ansehen“, überlegte Tine.

„Tja, wenn dir das eine Woche mörderischen Muskelkater wert ist?!“ Ich ließ mir ein Stück Karamellschokolade auf der Zunge zergehen.

„Ich könnte ein neues Objekt für meine Masturbationsfantasien brauchen“, schob sie ungerührt nach.

„Bitte? Also Tine!“ Ich war zum zweiten Mal an diesem Abend schockiert. „Was nimmst du heute nur für Wörter in den Mund?“

Tine ignorierte mich. „Wäre dieser Marc nicht genau der Richtige für den einen Punkt auf deiner Selbstfindungsliste, für dieses, äh, Bums-Projekt?“

„BUMS-PROJEKT?“ Ich schnappte nach Luft und starrte sie entgeistert an. „Ich vertraue dir mein Jugendtrauma an, mein intimstes, existentiellstes Problem“, empörte ich mich, „und du machst daraus einen Pornotitel? Du hast ja wohl überhaupt nichts verstanden!“ Ich war bis in den Kern meiner empfindsamen Seele getroffen und so wütend, dass ich merkte, ich würde mich nicht auf die Schnelle wieder beruhigen können. Wortlos stand ich auf und ging.

„Deine sexuelle Frustration brauchst du nicht an mir auszulassen!“, warf ich Tine noch an den Kopf, dann knallte ich die Haustür hinter mir zu.

18

Es ist schwierig zu unterrichten, wenn einem andere Dinge durch den Kopf gehen. Normalerweise war ich Profi genug, um alles, was nicht in den Unterricht gehörte, für fünfundvierzig Minuten auszublenden. Aber an diesem Freitag hatte ich echte Schwierigkeiten.

Als hätte ich einen imaginären Teleprompter vor Augen, erschien immer wieder dieses eine Wort vor mir: Bums-Projekt. In Neonfarben! Ich befürchtete schon, es aus Versehen laut auszusprechen.

„Nein Ronja, das Wort ‚Bums-Projekt' ist ein Kompositum und steht als Subjekt des Satzes im Nominativ."

„Könntet ihr bitte die Marquise von O. und ihr Bums-Projekt charakterisieren?"

Außerdem machte mir natürlich der Krach mit Tine zu schaffen. Ich konnte mich nicht erinnern, jemals so heftig mit ihr aneinandergeraten zu sein.

Tief in Gedanken bahnte ich mir in der zweiten großen Pause den Weg durch die nach draußen strömenden Schülermassen zurück zum Lehrerzimmer. Noch eine Stunde, dann war endlich Wochenende und ich konnte mich ungestört meinen Problemen (Tine) und Projekten (Nein, *nicht* dem Bums-Projekt, verdammt!) widmen. Da lief mir Nele über den Weg.

„Hallo Mutter!"

„Hallo Tochter!"

„Willst du nicht wissen, wie mein Referat war?"

„Klar! Wie war dein Referat?"

„Das interessiert dich ja gar nicht!“

„Doch!“

„Du läufst hier vorbei und siehst mich noch nicht mal!“

„Willst du mir jetzt sagen, wie dein Referat war?“

„Nein, will ich nicht.“

„Gut, dann lässt du es.“

„Ging so.“

„Aha.“

„Ich muss los, Lisa und Maja warten.“

Und weg war sie. Wie immer ein höchst informatives und erquickendes Gespräch.

Geschafft! Es war Freitagnachmittag! Keine Unterrichtsvorbereitungen, keine Korrekturen, mein Schreibtisch würde bis Sonntagnachmittag Sperrzone bleiben. Normalerweise durchströmte mich ein Glücksgefühl, ein echtes Gefühl von Freiheit, das mir fast schon peinlich war, schließlich liebte ich meinen Beruf. Nur heute wollte sich diese Leichtigkeit nicht einstellen. Ich hatte noch nichts von Tine gehört und die Endlosschleife mit dem geschmacklosen Unwort hatte sich in meinem Kopf festgefahren: Bums-Projekt-Bums-Projekt-Bums-Projekt ...

Ein frischer Ostwind blies Wolken heran, die immer dichter wurden. Egal. Das half vielleicht, dieses quälende Hirngespinst loszuwerden und meine Gedanken zu sortieren. Ich zog mir meinen Schal fester um die Ohren und schritt kräftig auf dem Feldweg aus. Kalli lief neben mir, fröhlich mit der Nase über dem Boden. Nur hin und wieder erwartete er einen Stöckchenwurf.

Es war Zeit, eine erste Zwischenbilanz zu ziehen: Seit knapp zwei Wochen begleitete mich meine neue

Agenda, mein Sechs-Punkte-Plan gegen die Angst vor dem Altern ... STOPP! Positiver! Also, meine To-do-Liste zur Selbstverwirklichung. Mein Impulsgeber, mein Kompass für die nächsten Wochen, Monate und Jahre! Genau! Und es hatte sich tatsächlich schon einiges getan, viel schneller als gedacht: Ich war in die Gewerkschaft eingetreten, ein Vorhaben, das ich seit Jahren hatte durchführen wollen, aber immer vor mir hergeschoben hatte. Und es hatte lediglich eine einzige, nicht nennenswerte Auseinandersetzung mit Arno gekostet. Außerdem war mein Fitnessprogramm ganz ordentlich angelaufen. Wann immer möglich, benutzte ich nun das Fahrrad. Hm. Gar nicht so schlecht. Aber dieser Punkt ließ sich sicher noch ausbauen. Immerhin kam der Zumba-Kurs ja noch hinzu. Trotz der Pleite im Tanzpalast – der erste Schritt war getan. Und der zweite würde kommende Woche folgen. Ich hatte nämlich schon recherchiert, dass in der Fitness-Etage mittwochs um 19.00 Uhr Anfänger-Zumba angeboten wurde. Ich ließ mich doch von einer einzigen schlechten Erfahrung nicht abschrecken! Es konnte ja schließlich nur besser werden. Denn dass mir diese Sportart grundsätzlich gefiel, auch wenn sie gerade mega in Mode war, was für mich ja eher gegen sie sprach, hatte ich feststellen können – trotz der physischen und psychischen Qualen. Und wenn Tine dann noch mitkäme ... STOPP! Keine Gedanken an Tine jetzt!

Hmmm, mal überlegen. Punkt 3 der Liste: meine Frisur. Ich fuhr mir mit beiden Händen durch die Haare, die im Wind um meinen Kopf peitschten. Noch waren sie zu kurz, um sie in einem Zopf zusammenzufassen. Aber ich freute mich darauf. Normalerweise stand vor jeden Ferien ein Friseurbesuch an. In zwei Wochen begannen die Osterferien. Und dieses Mal – Tatataam! – würde ich einfach nicht hingehen! Ich lächelte ob dieses geradezu verwegenen Plans. Am Ende der Ferien würde ich dann sehen, ob ich vielleicht einen Übergangsschnitt benötigte ... Wann Arno und Nele wohl etwas bemerken würden? Ich freute mich schon auf ihre Gesichter, wenn ich das erste Mal mit einem Pferdeschwanz auftrat!

Auf einer Anhöhe blieb ich einen Moment stehen, genoss den starken Wind, der um meinen Kopf pfiff und an meiner Kleidung zerrte, und ließ meinen Blick über die Wiesen und Felder schweifen, die sich mit Gehölzinseln und kleinen Waldstücken abwechselten. Es war schon echt idyllisch hier, selbst bei diesem trüben Wetter, und wie so oft überkam mich Dankbarkeit, an so einem schönen Ort leben zu dürfen. Unweit entdeckte ich Kalli, der begeistert in einem Mauseloch buddelte und die Welt um sich herum vergessen hatte. Am Horizont ballten sich inzwischen mächtige graue Wolken zusammen, die sicher heftigen Regen bringen würden. Aber noch hatte ich keine Lust umzukehren. Also weiter.

Der fünfte Punkt meiner Liste betraf die Reise. Dazu fiel mir bis jetzt am wenigsten ein. In den Osterferien würden wir wieder eine dänische Insel in der Nordsee ansteuern, und die Planungen für den Sommerurlaub im Süden hatte mein Reiseleiter Arno ebenfalls schon so gut wie abgeschlossen. Wann ich es jemals schaffen sollte, alleine auf Tour zu gehen, stand für mich im Moment in den Sternen. Ich sah in den Himmel hinauf, der nun aus einer geschlossenen grau-schwarzen

Wolkendecke bestand und es schwermachte, an das silbrige Funkeln der Abermillionen Sterne in der nachtschwarzen Unendlichkeit darüber zu glauben.

Ich seufzte. Ob ich doch besser zurückging? Unschlüssig sah ich mich um und beschloss, wenigstens noch eine kleine Schleife zu drehen.

Okay. Länger ließ es sich nicht hinausschieben. Es blieb nur noch Punkt 6. Mein Kernprojekt, die ‚sekundäre Defloration', die größte Herausforderung meines Lebens. Die Tine so in den Schmutz getreten hatte. Sofort waren meine Verletztheit und Wut auf sie und ihre Wortschöpfung wieder da: Bums-Projekt!

Zischend stieß ich die Luft aus.

Na schön. Aus ihrer Perspektive war es wahrscheinlich nicht viel mehr. Niemand, der mehr als einen Sexualpartner in seinem Leben gehabt hatte, und das dürfte wohl so ziemlich jede geschlechtsreife Kreatur im Universum sein – außer vielleicht katholische Priester ... obwohl ... – naja, also niemand würde wahrscheinlich nachvollziehen können, wie es einer älter werdenden Fünfundvierzigjährigen, verheirateten, von Natur aus extrem schüchternen Frau allein bei dem Gedanken daran, mit einem anderen Mann als dem eigenen Sex zu haben, erging. Nämlich hundsmiserabel! Ich hatte überhaupt keine Ahnung, wie ich es anstellen sollte, einen passenden ... äh ... Kandidaten zu finden und ihn dann auch noch dazu zu bewegen, mit mir ... also ... eben jenes zu tun. Und noch mulmiger wurde mir bei der Frage, was ich möglicherweise alles aufs Spiel setzte. Sollte ich Arno vielleicht sogar besser einweihen? Oder war hier konsequentes Schweigen angesagt? Ich wusste es einfach nicht.

An der nächsten Weggabelung musste ich mich entscheiden. Den direkten Weg nach Hause oder doch noch eine weitere Kurve? Der Wind hatte sich nicht verändert, also ließ sich der Regen wohl noch etwas Zeit. Ich nahm die Verlängerung, blickte vor mich auf den geschotterten Feldweg und horchte in mich hinein. Bei der Vorstellung, einen fremden männlichen Körper zu berühren, über unbekannte nackte Haut zu streichen und einen anderen Geruch wahrzunehmen, begann mein Herz schneller zu klopfen, und ich spürte, wie sich ein aufgeregtes Kribbeln in der Magengegend ausbreitete. Wie sich das wohl anfühlte?

Allen Unwägbarkeiten und Schwierigkeiten zum Trotz: Ich wollte diese Erfahrung! Unbedingt!

Plötzlich erfasste mich eine Windböe, zerrte heftig an meinem Schal und trieb die letzten braunen Blätter des Winters vor mir her. Nun aber schnell. Ich rief nach Kalli und verfiel in einen leichten Trab, um noch vor dem Regenguss zu Hause zu sein.

19

Nach zehn Minuten und gefühlten zweiundvierzig Kilometern Marathon schmerzte meine Lunge, als hätte sie Feuer gefangen, und es kündigte sich übles Seitenstechen an. Ich hielt an, beugte mich vornüber und atmete bis in die Spitzen meiner flammenden Lungenflügel aus.

Da hörte ich ein Pferd herangaloppieren.

Ein Pferd? Welch unerfreuliches Déjà-vu war *das* denn? Kalli jauchzte und stürmte davon. Im nächsten Moment sah ich ihn und Rosa mit wehenden Ohren und im gestreckten Galopp über das Feld brettern, sodass die Erdklumpen nach allen Seiten davonstoben. Schnell richtete ich mich auf und suchte keuchend einen festen Stand. Dieses Mal wollte ich gewappnet sein. Eine Sekunde später bog Herr Krugmann um die Kurve. Lässig joggte er auf mich zu. Sein grauer Kapuzenpullover war an einigen Stellen dunkel vor Schweiß. Die fast schwarzen kurzen Locken klebten ihm um das Gesicht. Als er bei mir ankam, wischte er sich mit einem Ärmel die Stirn.

„Das hätte ich mir ja denken können", gab er statt einer Begrüßung von sich.

Ich sah ihn stumm an und hob lediglich eine Augenbraue.

„Wenn Rosa verschwindet, muss Ihr Hund in der Nähe sein." Er wies mit dem Kinn auf die beiden. Sie balgten sich übermütig und schmissen sich abwechselnd aufeinander.

„Rosa hat einen Narren an Kalli gefressen." Sein Gesicht hellte sich für eine Zehntelsekunde auf.

Sieht ganz so aus. Und leider galt das auch umgekehrt – warum auch immer.

Ich zog es vor, überlegen zu schweigen. Auf Small Talk mit diesem Menschen konnte ich nun wirklich verzichten.

„Verraten Sie mir Ihren Namen?" Er sah mich auffordernd an.

„Wie bitte?"

„Sie hatten sich noch nicht vorgestellt."

„Und warum sollte ich das tun?"

„Ich hatte gedacht, dass Sie den Eindruck, den sie bei unserer ersten Begegnung hinterlassen haben, vielleicht revidieren wollten. Aber das scheint nicht der Fall zu sein."

Mir blieb die Spucke weg. Mit welcher Unverfrorenheit verdrehte der Typ hier die Tatsachen?

„Nur zu Ihrer Information: Den miserablen Eindruck haben *Sie* hinterlassen!"

„Ach ja?" Er grinste frech. „Wer ist denn grundlos mit einer verbalen Attacke über mich hergefallen?"

Ich schnappte nach Luft. „Ihre verdrehte Wahrnehmung und Dreistigkeit sind wirklich beispiellos!"

Ich wandte mich ab und pfiff nach Kalli. Leider ignorierte er mich.

„Wollen wir zusammen zurücklaufen?", bot er an.

„Nein danke. Ich ziehe es vor, alleine nass zu werden."

Er verzog einen Mundwinkel. „Wie Sie wollen. Wir liefern Kalli bei Ihnen zu Hause ab, falls er lieber mit uns kommen will."

Und damit setzte er sich in Bewegung und ich musste auf den Wörtern herumkauen, die ich ihm am liebsten hinterhergebrüllt hätte. Doch diesmal wollte ich mich nicht so gehen lassen. Dieser impertinente Mensch würde mich nicht noch einmal so dermaßen aus der Fassung bringen.

Ich blickte ihm finster hinterher und nahm zähneknirschend seinen geschmeidigen Laufstil zur Kenntnis. Rosa schloss sich brav ihrem Herrchen an und der liebestolle Kalli wich nicht von ihrer Seite. Verräter!

Die ersten Regentropfen fielen, und mir war klar, dass ich in einem erbärmlichen Zustand zu Hause ankommen würde.

Triefend und bibbernd vor Nässe und Kälte schleppte ich mich zwanzig Minuten später durch die Haustür. Kalli lag schon gemütlich in seinem Korb, war frisch abgerubbelt und schien mich anzugrinsen. Ich würdigte ihn keines Blickes, sondern steuerte direkt das Bad an, um eine heiße Dusche zu nehmen. Eine Erkältung hätte mir jetzt gerade noch gefehlt, wo in der Schule der Endspurt vor den Ferien anstand und mein Sechs-Punkte-Plan an Fahrt gewann.

Ich hielt mir gerade den warmen Duschstrahl ins Gesicht und stellte mir einen lauen Sommerregen vor, als der Gedanke an Tine wieder auftauchte und sich wie eine dunkle Gewitterwolke über mein Gemüt legte. Streit mit der besten Freundin zu haben, war kaum auszuhalten. Das ganze Leben trübte sich grau ein, wurde fad und schien nie wieder Freude bereiten zu können. Und dann noch dieses Gefühl, von einem der wenigen Menschen, die dir am nächsten waren und dich am besten kannten, unverstanden zu sein! Eine riesige Woge des Selbstmitleids überschwemmte mich. Würden wir uns nach diesem Vertrauensbruch jemals wieder vertragen können?

Ich seufzte schwer, drehte die Dusche ab und stieg aus der Wanne, um mich abzurubbeln.

Da kam Arno mit dem Telefon herein, das ich gar nicht hatte klingeln hören.

„Siehst du nicht, dass ich nicht zu sprechen bin?", meckerte ich. Manchmal riefen Eltern zu den unmöglichsten Zeiten an. Und ich sah nicht ein, mich nackt mit einem Vater über die Minderleistungen seines Sohnes zu unterhalten.

„Es ist Tine."

„Echt?" Mein Herz machte einen holprigen Sprung.

Unsicher nahm ich den Hörer entgegen und versuchte verzweifelt, Arnos Hände abzuwehren, die, von meiner Nacktheit angelockt, um mich herumscharwenzelten wie Schmetterlinge um einen Busch Sommerflieder.

Endlich konnte ich ihn zur Tür hinaus schieben, dann holte ich tief Luft und sagte mit zittriger Stimme: „Ja?"

„Du, Johanna, es tut mir so schrecklich leid. Ich weiß echt nicht, was in mich gefahren ist ..."

„Tine, ich ..."

„Nein warte! Ich weiß doch, wie wichtig dir dieses Projekt ist! Ich bin einfach ..."

„Und ich hätte dich nicht so anschreien dürfen."

„Nein."

„Nein?! Aber du hattest es verdient! Dein Unverständnis und deine Wortwahl haben mich tief getroffen!"

„Ich weiß. 'Tschuldige." Tine klang ehrlich zerknirscht.

„Ich entschuldige mich auch."

„Gut."

„Gut." Ich lächelte, unglaublich erleichtert.

„Hey, hast du Zeit und Lust morgen Abend zu mir zu kommen? Klausi ist mit Arbeitskollegen verabredet."

„Klar! Ich meine ... ja, doch, vielleicht, könnte klappen."

Ich wusste, dass Tine am anderen Ende der Leitung grinste.

20

„So, jetzt mal Butter bei die Fische!“

Wir hatten uns auf Tines Sofa gefläzt. Sie hatte eine Flasche Sekt entkorkt, Schokoeier bereitgestellt und Ostereierkerzen angezündet, um unsere Versöhnung zu feiern. Nun zog sie ihre Füße, die in dicken lilafarbenen Flauschsocken steckten, unter sich und lehnte sich erwartungsvoll zurück. Ihre Augen blitzten unternehmungslustig.

„Okay, heute Abend nichts von meinen Bums-Problemen!“, verkündete Tine.

Während ich ob der Wortwahl zusammenzuckte, kicherte sie übermütig.

„Also, wenn du dein Projekt durchziehen willst, brauchst du als Erstes den passenden männlichen Erfüllungsgehilfen. Hm ... es sollte doch ein Mann sein, oder?“

Überrascht sah ich sie an. „Äh, ja. Mit einer Frau, ... also das ... das wollte ich ... noch nie ...“

„Hast du denn schon jemanden im Auge?“, unterbrach sie mein Gestammel.

„Eben nicht. Das ist doch mein Problem. Ich wüsste nicht *einen* Mann auf diesem Planeten, der in Frage käme, und noch weniger weiß ich, wie ich mit ihm im Bett landen soll.“ Frustriert schälte ich ein Schokoei aus seiner glitzernden Pelle und schob es mir in den Mund.

„Muss ja nicht das Bett sein, Outdoor-Sex ist auch ganz spaßig“, bemerkte sie trocken und krempelte sich die Ärmel ihres Strickpullovers hoch. „Dann gehen wir die Sache doch mal systematisch an: Das Einfachste wäre natürlich ein Callboy.“ Sie warf mir einen Blick zu und erkannte sofort meine Ablehnung. „Okay, gekaufter Sex ist nicht das, was du willst. Aber als letzte Möglichkeit ... vielleicht?“

„Glaubst du, es ist so hoffnungslos mit mir?“

„Natürlich nicht. Männer werden sich schon finden.“

„Aber?“

Sie zögerte. „Letztlich kommt es nur darauf an, ob *du* es willst.“

Ich nickte nachdenklich. Wahrscheinlich hatte sie recht. Das Problem war ich selbst mit meiner verdammten Schüchternheit, meinen Selbstzweifeln und den Zweifeln der ganzen Idee gegenüber.

„Wie sieht es mit deinen Kollegen aus?“, unterbrach Tine meine Innenschau.

„Wie meinst du das?“

„Naja, ihr seid doch an die hundert Leute im Kollegium, davon etwa fünfzig Männer: intelligent, kultiviert, zuverlässig, okay, vielleicht ein bisschen langweilig.“

„Du mit deinen Vorurteilen.“

„Aber denk mal an die Sportler! Durchtrainierte Körper, Sixpacks, Bizepse wie Luftballons, männlicher Schweiß ...“, Tine geriet ins Schwärmen.

Ich prustete los. Allerdings: Wenn ich mir die Riege unserer Sportkollegen so vorstellte, naja, da hatte meine Freundin gar nicht mal so unrecht. Da waren wirklich ganz ansehnliche Exemplare dabei. Außer vielleicht Wolfgang! Mit Kugelbauch, X-Beinen und einer Körpergröße von 1,63 Meter entsprach er nicht gerade der Idealvorstellung. Ich beschrieb Tine diesen Kollegen und wir giggelten wie die Teenager. Dann wurde Tine ganz hibbelig.

„Was ist denn mit diesem Super-Sportlehrer, in den alle Mädchen verliebt sind? Wie hieß er noch gleich?"

„Daniel Holz!", rief ich aus. „Der schönste Mann der Schule, Schwarm aller Schülerinnen und Referendarinnen, das unentdeckte Top-Modell! Einsneunzig groß, muskulöse Statur, aufrechter Gang, markantes Kinn, stahlblaue Augen, blonde Haare, Dreitagebart!"

„Genau der!", seufzte Tine und ließ sich zurückfallen. „Franzi war mit vierzehn unsterblich in ihn verliebt. Einmal hat sie ihn heimlich mit dem Handy gefilmt. Zuerst hab ich mich wahnsinnig aufgeregt. Aber als ich ihn dann sah ..." Sie schnalzte mit der Zunge.

Tine und ihre Tochter hatten recht. Optisch gesehen war Daniel eine Wucht. Und darüber hinaus ein netter Kollege, mit dem ich gut zusammenarbeiten konnte.

Aber reichte das?

Außerdem: Er war vergeben.

Wollte ich das?

In Gedanken versunken griff ich nach meinem Glas und nahm einen tiefen Schluck des prickelnden Sektes. Schon meldeten sich Skrupel.

Was tat ich hier eigentlich? Ich konnte doch nicht im Ernst den männlichen Teil meines Kollegiums, mit dem ich tagtäglich hart zusammenarbeitete, nach seiner Sextauglichkeit abklopfen! Auch wenn die Männer das angeblich ständig taten, aber ich? Eine emanzipierte, intellektuelle, politisch-korrekte Studienrätin?

„He, was ist los?" Tine hatte mich beobachtet und gesehen, wie ich den Kopf schüttelte.

„So kann ich da nicht rangehen", meinte ich bestimmt. „Die Vorstellung, dass umgekehrt ein männlicher Kollege uns Frauen alle durchhechelt und unsere Körper verbal vermisst, benotet und aussortiert, finde ich total abstoßend. Ich würde das auf keinen Fall wollen – und deshalb hören wir jetzt auf damit!"

„Hey, ist ja gut."

„Nein, ist es noch nicht!", erwiderte ich heftig. „Das ist der kategorische Imperativ. Der hat Gültigkeit für mich!"

„Okay, Schwamm drüber, vergessen wir's", versuchte Tine mich zu beruhigen. Sie sah in ihr Glas, und mir dämmerte, dass sie den kategorischen Imperativ von Kant jetzt gerade nicht so präsent hatte.

Deshalb half ich ihr etwas auf die Sprünge.

„Vereinfacht gesagt bedeutet er: Was du nicht willst, das man dir tu, das füg auch keinem andern zu."

„Ach so, verstehe." Sie schwieg.

Mist. Ich wollte sie mit meiner Besserwisserei nicht kränken. Das war einer der wenigen wunden Punkte meiner Freundin: ihr Gefühl, bildungsmäßig Lücken aufzuweisen. Dabei hatte sie sich mit Fachabitur und Ausbildung ein solides Fundament erarbeitet.

Wir schwiegen beide.

Immer noch.

„Wo ist denn eigentlich Bütterken?" Demonstrativ suchend sah ich mich im Zimmer nach dem gelbgetigerten Kater mit dem eigenwilligen Namen um, einer Reminiszenz an Tines Dortmunder Wurzeln. Aber Bütterken war leider draußen unterwegs und konnte mir jetzt nicht weiter helfen.

„Mensch Tine, es tut mir leid. Ich wollte dich nicht belehren“, sagte ich sanft und versuchte ihr in die Augen zu sehen. Sie blitzte mich kurz an, dann zog sie den rechten Mundwinkel nach oben.

„Eigentlich sollte ich froh sein, dass ich von dir sowas lernen kann.“

„So deutlich hätte ich das jetzt nicht formuliert“, grinste ich, „aber umgekehrt könnte ich von dir ja auch einiges lernen: Kochen und Backen und Bügeln und ... Filzen ...“

„Hör auf! Du *hasst* Kochen! Und Dekogemüse filzen willst *du* ganz bestimmt nicht.“

„Doch unbedingt! Wenn ich nur jemals die Zeit dafür finden würde!“, rief ich emphatisch aus.

Tine zeigte mir einen Vogel.

Ich zog die Nase kraus. Ertappt.

„Aber dein ungehemmter Umgang mit Sex, einschließlich deines bestürzend offenen Sexsprechs – davon könnte ich mir etwas abgucken.“

Sie nickte versöhnt. Wir schenkten uns nach und stießen an. Einige Augenblicke lang hing jede ihren Gedanken nach.

„Sag mal“, begann Tine erneut, „gibt es denn wirklich niemanden in deinem Kollegium, den du magst? Ich meine, in den du dich verlieben könntest oder den du einfach anziehend findest?“

„Eigentlich nicht ...“

Obwohl. Eigentlich doch.

Aber ich trug dieses Gefühl schon so lange mit mir herum, sorgfältig in Hirn und Herz eingeschlossen, damit bloß niemand etwas bemerkte, dass ich nicht wusste, ob ich mein Geheimnis in diesem Augenblick wirklich lüften sollte. Irgendwie war ich es meiner besten Freundin aber nun schuldig.

„Naja, es gibt tatsächlich jemanden, den ich sehr mag."

Tine horchte auf. „Echt?"

„Ja."

Und dieser Jemand war Ansgar Müller. Als hätten seine Eltern einen Ausgleich zu ihrem Allerweltsnachnamen schaffen wollen, bekam er diesen – sagen wir *originellen* – Vornamen. Das Erste, was mir an ihm auffiel, als er vor fünf Jahren als Neuer das Lehrerzimmer betrat und sich erstaunlicherweise schnurstracks an unseren Sechsertisch setzte, waren seine Augen. Nun scheint es ja typisch für Frauen zu sein, dass sie bei Erstkontakt mit Männern zunächst die Augen, dann die Hände und eventuell noch den Hintern taxieren. Aber auf mich traf das so nicht zu, weil ich Männer überhaupt nicht danach abcheckte, ob sie meinen Attraktivitätsvorstellungen entsprachen oder nicht. Ich war schließlich nicht auf Partnersuche! Was mir allerdings hin und wieder auffiel, waren Besonderheiten, wie eine ungewöhnliche Augenfarbe, eine warme Stimme, eine auffällige Hautbeschaffenheit oder dergleichen, wie bei Frauen eben auch.

Ansgars Augen waren extrem braun. Und während er mir irgendetwas über eine Projektidee erzählte, für die er Mitstreiter suchte, ertappte ich mich dabei, wie ich diese Augen studierte. Denn sie waren nicht einfach nur braun, sondern schimmerten je nach Lichteinfall wie Gold, Vollmilchschokolade oder Kaffee. Faszinierend.

Ob ich Ansgar, mit dem ich mich sofort duzte, eigentlich sympathisch fand, konnte ich nach diesem ersten Gespräch gar nicht sagen. Irgendwie war er mir zu schnell zur Sache gekommen, ohne sich erst mal richtig vorzustellen oder Interesse an mir zu zeigen. Aber seine Augen gingen mir nicht aus dem Sinn.

Inzwischen hatten wir häufig zusammengearbeitet und verstanden uns gut. Aber dass ich mich insgeheim von ihm angezogen fühlte – warum auch immer – hatte er natürlich nicht mitbekommen. Zum einen, weil ich selbstverständlich tunlichst vermied, mich diesbezüglich zu offenbaren, zum anderen, weil Ansgar – das konnte ich nach fünf Jahren kollegialer Freundschaft getrost behaupten – ein emotionaler Holzklotz war: unsensibel, egoistisch, um sich selbst kreisend.

„Die paar Male, die er mich in den ganzen Jahren nach meinem persönlichen Befinden, nach meinen Ferienerlebnissen oder nach meiner Meinung gefragt hat, kann ich an einer Hand abzählen!", ereiferte ich mich. „Aber über *seine* politische Auffassung, *seine* Befindlichkeiten, *seine* Unterrichtsideen, *seine* Familie kann er stundenlang fabulieren."

„Seine Familie?" Tine runzelte die Stirn.

„Klar, er ist glücklich verheiratet und hat drei entzückende Söhne – das kommt ja noch erschwerend hinzu!", stöhnte ich.

„Na dann ...", Tine hob resigniert die Hände, „was willst du dann von ihm?"

„Tja", das zehnte Schokoei musste dran glauben, „ jedenfalls will ich ihn nicht heiraten. Soviel steht schon mal fest."

Wir nahmen jede einen Schluck und ich spürte dem prickelnden, kühlen Alkohol nach, wie er seinen Weg in den Magen fand und sich dort mit der vor ihm eingetroffenen Schokolade verbündete. Ich lehnte mich zurück und schloss die Augen.

„Ist dir jemals bei dem Gedanken daran, jemand Bestimmtes zu küssen, das Wasser im Munde zusammengelaufen?"

„Du meinst so, wie wenn ich während einer Diät an Sahnetorte denke?"

„Genau so."

Tine überlegte. „Nö. Gibt's das überhaupt?"

Ich sah sie vielsagend an. Da hatte ich meiner sexkundigen Freundin doch tatsächlich eine Erfahrung voraus!

„Wenn ich mir vorstelle, dass sich unsere Lippen berühren und ich mit meiner Zunge ...", ich schluckte die sich ansammelnde Flüssigkeit hinunter. „Und wenn wir uns ansehen und sich unsere Blicke nur einen Moment länger berühren als nötig, ... dann wird mir flau im Magen und mein Herz beginnt zu pochen."

Tine sah mich aus kugelrunden Augen an. „Du bist tatsächlich als verheiratete Frau in einen verheirateten Mann verknallt!"

„Danke für die Zusammenfassung." Ich richtete mich auf. „So leicht ist das eben nicht. Mein Kopf, die Umstände und meine Erfahrungen mit Ansgar sagen unmissverständlich: nein. Nur mein Körper reagiert irgendwie auf ihn." Ich zuckte mit den Schultern. „Das muss die Chemie sein. Pheromone und so."

„Wie auch immer“, kam Tine zur Sache. „Verstehe ich dich richtig, dass du mit diesem anziehenden Vollpfosten dein Projekt durchziehen willst?“

„Nein! Auf gar keinen Fall!“

„Hä? Was denn nun?“

„Ich sage doch: Ich würde ihn gern *küssen*! Aber mit ihm schlafen – nein danke. Das gäbe nur unnötige Komplikationen.“

„Na dann sind wir ja wieder bei null angekommen.“ Tine seufzte, lehnte sich zurück und streckte die Füße auf dem Sofa aus.

„Du sagst es.“

Nach einigen Minuten einträchtigen Schweigens, in denen ich unsere Lage systematisch analysiert und abgewogen hatte, meinte ich schließlich:

„Du Tine, mir ist bewusst, dass dir mein Projekt in deiner momentanen Situation wie ein ...“, ich suchte nach dem richtigen Wort, „überspanntes Luxusproblem vorkommen muss.“

„Hm.“

„*Ich* habe einen Mann, der mich begehrt und viel häufiger mit mir schlafen will, als mir lieb ist.“

„Hm.“

„Und trotzdem suche ich nach einer weiteren sexuellen Erfahrung.“

„Hm.“

„Während *du* darunter leidest, dass dein Mann überhaupt keinen Sex mehr mit dir will, und du dir große Sorgen machst: um ihn – und vielleicht ja auch um eure gesamte Beziehung.“

Tine schluckte.

„Das ist schon irgendwie unfair ...“

„Scheiß Männer!“, brachte Tine hervor. „Nie können sie was richtig machen!“

21

Mittwochabend kurz vor sieben: Zumba-Zeit! Mit einer keuchenden Tine in Quietschpink an meiner Seite – wir hatten das Fahrrad genommen – betrat ich das Fitness-Center, einen rechteckigen, schmucklosen Bau am Stadtrand, der außer der Fitness-Etage im ersten Stock über eine große Halle im Erdgeschoss mit mehreren Squash-Feldern, Tischtennisplatten und eine Kletterwand verfügte. Darüber waren neben dem Tanzbereich ein Fitnessstudio mit diesen Körperfoltergeräten und eine Sauna zu finden. Ich blickte mich neugierig um und hoffte nicht auf Horden von Schülern zu treffen – andererseits wären mir die immer noch lieber gewesen als das Klientel im Tanzpalast. Einige Gesichter in der Entfernung kamen mir tatsächlich bekannt vor, ansonsten tummelten sich Väter mit Bauchansatz und ihren Kindern, Gruppen von Jugendlichen jeden Alters und Senioren in farbenfrohen Trainingsanzügen – also ein buntgemischter, sympathischer Bevölkerungsquerschnitt, zu dem ich in meinem verwaschenen Schlabberlook zu passen schien.

Im Tanzsaal, der überraschenderweise ebenfalls über einen edlen Parkettboden verfügte, aber zum Glück nur über *eine* verspiegelte Wand, empfing uns Carina, die Trainerin, eine blonde Mittdreißigerin mit braunen Kulleraugen, die vor positiver Energie nur so strahlte. Nach und nach trudelten die anderen Kursteilnehmerinnen ein: vier kichernde Teenager in Neles Alter, eine alternativ aussehende Mutter mit ihrer vielleicht fünfjährigen Tochter sowie Frauen jeden Alters und jeder körperlicher Konstitution, von sportlich-durchtrainiert bis gemütlich-korpulent. Na bitte. Hier passten wir her. Tine und ich nickten uns zu.

Die Musik begann mit stampfenden Bässen und Carina rief uns in einer erstaunlich hellen Tonlage ein „Auf geht's! Juchuu!“ zu, als sich die Tür nochmals öffnete und ein Paradiesvogel hereinflatterte. Zu einer gelben Leggings trug er rote Stulpen, eine kurze grüne Sporthose und darüber ein türkisfarbenes Trikot. An den Handgelenken fanden sich ebenfalls rote Schweißbänder. Seine wuscheligen Haare hatte er mit einem pinkfarbenen Stirnband gebändigt.

„Hey, Schätzchen, rutschst du mal ein Ideechen rüber?“

Ich merkte, wie mir der Mund offen stand, während Tine ihr Kichern hinter einem Hustenanfall verbarg. Neben mir tänzelte die leibhaftige Karikatur eines Schwulen!

Obwohl ich meine Neugierde auf diesen interessanten Menschen kaum bezwingen konnte, versuchte ich mich wieder auf Carina und die neuen Schrittfolgen zu konzentrieren. Später war Zeit genug, um Bekanntschaften zu schließen. Schon nach kurzer Zeit brach mir der Schweiß aus und ich entledigte mich meines Sweatshirts. Nun tanzte ich in der hintersten Reihe und hatte Tine und den bunten Vogel vor mir. Zum Glück war ganz vorne in einer Lücke gerade noch Carina zu sehen und rechts von ihr hatte ich außerdem freie Sicht auf eine Schwarzhaarige mit Tätowierungen auf den muskulösen Waden, die die Schritte ebenfalls souverän beherrschte. Ansonsten hätte ich aufgeben oder mich nach vorne drängeln müssen. Denn Tine hüpfte irgendetwas zur Musik, das mich entfernt an einen indianischen Regentanz erinnerte, und der bunte Pfau bekam seine Gliedmaßen kaum sortiert, verfügte aber – das musste frau ihm lassen – über einen sehr eleganten Hüftschwung.

Jedenfalls hatte ich meinen Spaß und kam auch einigermaßen mit. Ich schwitzte, geriet außer Atem und bewegte Muskelgruppen, die ich seit meiner sportlichen Jugendzeit nicht mehr wahrgenommen hatte. So hatte ich mir das vorgestellt!

Am Ende gab's Applaus für die motivierende Trainerin, die genauso frisch wirkte wie vor der Übungsstunde. Tanzen schien echt fit zu halten.

Tine und ich strahlten uns an, beide puterrot im Gesicht.

„Richtig supi!", keuchte Tine.

Auch wenn ich das kastrierte Adjektiv zum Schütteln fand – recht hatte sie!

„Hallo Dennis, kommst du noch mit, einen Wein trinken?"

Ich sah mich nach der Sprecherin um. Es war eine der älteren Frauen mit kurzen grauen Haaren und sportlich-schlanker Figur. Ihr Gesicht legte sich in hunderte feiner Fältchen, als sie unseren Paradiesvogel anlächelte. Ich mochte sie auf Anhieb.

„Oh, hi Ingrid, Darling! Tut mir leid, ich hab noch etwas vor." Er warf ihr einen vielsagenden Blick zu. „Nächstes Mal bin ich wieder dabei. Tschaui!", flötete der Dennis-Vogel und schon war er ausgeflogen. Enttäuscht sah ich ihm hinterher.

„Und ihr zwei? Ihr seid neu dabei, nicht? Habt ihr Lust, noch etwas trinken zu gehen? Ich heiße übrigens Ingrid. Ingrid Stakebaum."

Wir stellten uns ebenfalls vor, und freudig überrascht von der netten Einladung wollte ich schon zusagen, aber Tine kam mir zuvor.

„Danke Ingrid, total nett von dir, uns zu fragen. Aber ausgerechnet heute haben wir uns noch etwas vorgenommen. Beim nächsten Mal kommen wir gerne darauf zurück."

Erstaunt sah ich Tine an, hielt aber meinen Mund. Wovon sprach sie?

„Gut. Dann bis zum nächsten Mal!" Ingrid lächelte uns noch einmal zu und wandte sich zum Ausgang. Bedauernd sah ich ihr hinterher. Ich wäre gerne noch mitgegangen. Diese Frau interessierte mich – und wahrscheinlich hätte sie auch das ein oder andere über diesen Dennis gewusst. Vorwurfsvoll sah ich Tine an.

„Nun bin ich aber gespannt, was wir zwei heute noch Tolles vorhaben."

Tine sah mir fest in die Augen. „ Etwas *ganz* Tolles. Wir zwei gehen jetzt in die Sauna!"

Ich schnappte nach Luft. „Nein!"

„Doch!"

„Niemals!"

„Jetzt sei doch nicht so prüde!"

„Tine! Du weißt genau, dass ich in keine öffentliche Sauna gehe, in der ich über Schüler, Väter von Schülern, Kollegen oder Vorgesetzte stolpern könnte. Nein und nochmals nein!" Ich stampfte mit dem Fuß auf wie Rumpelstilzchen.

„Johanna“, Tine sprach zu mir wie zu einem störrischen Kind, „hast du vorhin irgendwen in der Halle gesehen, den du kennst? Nein. Es ist gleich acht Uhr. Um diese Zeit werden keine Schüler mehr da sein. Deine Kollegen sitzen vor der Tagesschau oder am Schreibtisch. Eltern, die du nicht kennst, können dir egal sein ...“

Irgendetwas war unlogisch an dieser Argumentation, aber ich kam irgendwie nicht darauf ...

„Sieh mich an. Ich bin deine Freundin. Ich bitte dich um einen einfachen Gefallen. Biiittteee!!!“

„Hör auf! Du bettelst wie Nele!“ Entgegen meiner Stimmung musste ich lachen. Tatsache war, dass mir allein der Gedanke an ein peinliches Zusammentreffen mit einem männlichen Wesen aus meinem beruflichen Umfeld die Schamesröte ins Gesicht trieb. Wäre ich nun eine schlanke Schönheit mit straffer Haut und so weiter, hätte ich vielleicht nicht ganz so große Skrupel gehabt. Aber mich so, in meiner körperlichen Unvollkommenheit, männlich-taxierenden Blicken und Wertungen auszusetzen – das kam einer seelischen Folter gleich.

Andererseits: Das Risiko hier, am anderen Ende der Stadt, und um diese Uhrzeit einem Bekannten zu begegnen, war vermutlich wirklich relativ gering. Außerdem würde die Sauna dem voraussichtlichen Muskelkater entgegenwirken. Und schließlich schuldete ich meiner Freundin in der Tat einen Gefallen, nach dem, was sie sich in der letzten Zeit alles von mir anhören musste.

Ich holte tief Luft und verkündete zähneknirschend mein Urteil: „Also gut.“

22

Tine hüpfte ausgelassen vor mir her wie ein Gummiball. Wir hatten ausgiebig geduscht und ich schlich nun lauernd – züchtig eingerollt in ein großes Badehandtuch – auf dem Weg zum Saunabereich hinter ihr her. Ich hatte mich schon gefragt, wozu Tine eine so lächerlich große Sporttasche mitgeschleppt hatte, die rechts und links weit über den Fahrradkorb hinausragte. Diesen Saunaanschlag hatte sie offensichtlich von langer Hand vorbereitet und auch für mich alles Nötige eingepackt. Ich lugte wachsam in jede Richtung, bereit, sofort den Rückzug anzutreten, falls mir irgendein bekanntes Gesicht ins Auge stach. Tine spielte das Vorauskommando und spähte durch die gläserne Saunatür.

„Die Luft ist rein. Ich glaube, sie ist leer", wisperte sie.

Da auch keine Badelatschen vor der Tür standen, die die Anwesenheit irgendwelcher Personen verrieten, atmete ich erleichtert durch und wappnete mich für den Angriff der trockenen Hitze. Tine öffnete die Tür und wir betraten den dämmrigen Schwitzkasten. Heiße Luft stemmte sich uns wie eine Mauer entgegen und bewegte sich als glühender Lavastrom durch meine Nasenlöcher, als wir eintauchten. Tine erklomm mutig die oberste Bank. Ich wickelte mich hastig aus dem Badetuch und warf es auf die mittlere Höhe. Bloß schnell in die Horizontale, damit sich mein Gehirn in der Neunzig-Grad-Zone keine bleibenden Schäden zuzog. Aus den Augenwinkeln nahm ich hinter mir im Schummerlicht eine Bewegung wahr. Es gab also doch noch anderes Leben hier. Egal jetzt! Ich streckte mich schleunigst auf der Bank aus, mit dem Kopf zur Wand, und ruckelte mich auf dem harten Holz zurecht, bis ich eine einigermaßen bequeme Stellung gefunden hatte. Geschafft! Vorsichtig atmete ich tief ein, damit meine Nasenhaare nicht versengten, und schloss die Augen. Jetzt konnte es losgehen mit der Entspannung.

„Johanna?"

Ich riss die Augen wieder auf. Mein Puls schnellte in die Höhe. Die tiefe Stimme kannte ich. Ziemlich gut sogar! OH! MEIN! GOTT!

„Ansgar? Was machst *du* denn hier?" Ich rappelte mich halb auf und sah entsetzt in das grinsende Gesicht meines Arbeitskollegen.

Über mir rutschte Tine unruhig auf ihrem Handtuch herum.

„Schwitzen. So wie du!", antwortete er amüsiert.

In einem ersten Fluchtreflex wollte ich aufspringen und zur Tür sprinten, hielt mich dann aber zurück, weil das noch peinlicher gewesen wäre. Fieberhaft überlegte ich, wie ich diesem Sauna-Worst-Case entfliehen könnte. Aber mir fiel beim besten Willen kein würdiger Abgang ein. Geschlagen ließ ich mich zurücksinken und floh wenigstens in mein inneres Kerngehäuse. Ich wünschte, die Bank würde sich wie ein Sarg öffnen und mich unter sich begraben. Konnte es eine peinlichere Situation geben? Warum musste ausgerechnet Ansgar hier auftauchen? Dann fiel mir ein, dass er Squash spielte. Ob er regelmäßig hier trainierte? Davon hatte er noch nie etwas erzählt. Oder doch? Mein Atem beruhigte sich langsam wieder, auch wenn mein Herzschlag immer noch verrücktspielte. Ich musste mich beruhigen, sonst würde sich hier gleich mein Kreislauf verabschieden. Johanna, sagte ich mir, es gab Schlimmeres auf der Welt – viel Schlimmeres. Diese Relativierungsstrategie half mir meistens, wenn ich vor Alltagssorgen nicht einschlafen konnte. Was blieb von meinen gefühlten achttausender Problembergen übrig, angesichts der globalen Bedrohungen wie Krieg, Ungerechtigkeit, Armut, Naturzerstörung, Klimawandel, Flüchtlingselend ...?

Ein Staubkorn. Weniger als das. Einfach nichts. Im Gegenteil. Es erschien mir geradezu als unangemessen, wegen einer solch lächerlichen Saunasituation auch nur ein Quäntchen Gefühlsenergie zu vergeuden.

Mein Puls beruhigte sich ein wenig.

Neben mir verhielt sich Tine verräterisch still, geradezu mucksmäuschenstill. Klar, sie wusste, dass auf sie ein Riesendonnerwetter wartete.

Und Ansgar? Warum war der so ruhig? Beobachtete er mich etwa? Nein, ich wollte jetzt nicht daran denken, wie platt und eingefallen meine Brüste wahrscheinlich aussahen, dass meine Beine nicht rasiert waren oder dass die Cellulitis bestimmt höchst dekorative Muster auf meine Oberschenkel malte.

Hm.

Immerhin hatte ich seit Beginn meines Sechs-Punkte-Plans ein wenig abgenommen. Vorsichtig betastete ich meine Beckenknochen. Ja, sie waren gut zu spüren. Außerdem war das Dämmerlicht hier sehr figurfreundlich und verschleierte die nackten Fakten.

Ob er mich tatsächlich ansah? Aber so indiskret würde er ja wohl nicht sein, oder doch? Ich bildete mir ein, seinen Blick zu spüren, zwang mich aber dazu, nicht nachzusehen. Bei der Vorstellung, Ansgar könnte mich in meiner Nacktheit betrachten, geschah etwas Unerwartetes: Mein Bauch erwärmte sich von innen und mein Unterleib begann zu pulsieren. Ich spürte, wie sich meine Brustwarzen aufrichteten und ich schließlich zwischen den Beinen erst heiß und dann feucht wurde ...

Wow.

Es stimmte: Erotik fand im Kopf statt. Es bedurfte nur Andeutungen. Den Rest erledigte die Fantasie. Das hatte ich irgendwo gelesen. Und tatsächlich: Allein die Vorstellung, von meinem Kollegen beobachtet zu werden, reichte aus, um mich zu erregen.

Jetzt bloß keine falsche Bewegung, damit niemand auf mich aufmerksam wurde ... und ich diesen Moment noch ein wenig auskosten konnte. Plötzlich hörte ich, wie Ansgar sich bewegte. Er stand auf und ich riskierte einen Blick. Für einen kurzen Moment trafen sich unsere Augen – und mein Herz stolperte erneut.

„Bis morgen, Johanna."

„Jep", krächzte ich und sah ihm hinterher. Holla! Gar nicht schlecht der Anblick. Sogar richtig knackig!

„Richtig knackig!", flüsterte Tine hinter mir, als sich die Tür geschlossen hatte. Ich drehte mich zu ihr um und funkelte sie an. Abwehrend hob sie die Hände und setzte zu einer reumütigen Entschuldigung an.

Ich winkte ab. „Lass gut sein."

Tine setzte sich fragend auf. „Nanu? Kein riesiges Donnerwetter?"

Ich wagte mich ebenfalls in eine sitzende Position, bei der sich mein Bauch sofort in die vertrauten Speckrollen legte.

„Eigentlich hättest du es verdient“, knurrte ich und wischte mir den Schweiß aus dem Gesicht. „Ausgerechnet Ansgar! Zuerst wäre ich fast gestorben vor Scham ...“

Meine Freundin griente. „Aber dann war es auch irgendwie ...“, sie hauchte das letzte Wort, „sexy!“

„Pfff!“

„Und? Haben sich deine Pläne bezüglich Ansgar nun geändert?“

Vielleicht schon.

„Auf keinen Fall!“, rief ich empört.

Tine lachte und ich ging mal lieber kalt duschen.

23

Am nächsten Morgen radelte ich mit gemischten Gefühlen zur Schule. Erstens hatte ich einen heftigen Muskelkater, wenn auch nicht ganz so mörderisch wie nach der Tanzpalast-Tortur. Zweitens wusste ich nicht, wie ich Ansgar gegenübertreten sollte. So tun, als wäre nichts gewesen? Oder sofort die Sauna ansprechen? Oder lieber nur über den Sport und die Sportstätte reden?

Es zeigte sich, dass ich mal wieder unnötig gegrübelt hatte. Sobald ich das Lehrerzimmer auf den letzten Drücker betrat, war ich von der üblichen morgendlichen Hektik umgeben. Ansgar und ich warfen uns nur einen kurzen Morgengruß zu, dann tauchte jeder in seinen eigenen Schulkosmos ein. Erst in der Mittagspause wurde es ruhiger. Ich betrat das Lehrerzimmer, das sich um diese Uhrzeit schlagartig leerte. Die meisten Kollegen hatten nach der sechsten Stunde Schluss und viele derjenigen, die wie ich am Donnerstag mit Nachmittagsunterricht beglückt worden waren, gingen in die schuleigene Mensa. Obwohl das Essen dort nicht schlecht war, kam es für mich nicht in Frage. Erstens, weil wir abends warm aßen, zweitens, weil ich mich nicht auch noch bei der Nahrungsaufnahme dem Lärm und der Beobachtung durch die Schülerschaft aussetzen mochte, und drittens, weil ich nach einer warmen Mittagsmahlzeit zwingend ein Bett gebraucht hätte. Auch so war es manchmal eine Qual, während der siebten Stunde ab 14.00 Uhr, wenn sich der Biorhythmus im natürlichen Mittagstief befand, die Augen offen zu halten. Vor allem, wenn für die Schülerinnen und Schüler Stillarbeit angesagt war oder sie im Förderunterricht Geschichten vorlasen. Nele erzählte, sie habe sich in Bio durchaus schon häufiger erholsamen Mittagsschläfchen hingegeben, während Filme zur Photosynthese, Zellteilung oder ähnlich Interessantem liefen.

Beneidenswert! Das konnte ich mir vorne am Lehrerpult leider nicht erlauben.

So begnügte ich mich im verwaisten Lehrerzimmer mit meinen Butterbroten und einer Tasse Kaffee und plauderte vereinzelt mit dem einen oder der anderen Kollegin. Hin und wieder setzte sich auch Ansgar an unsere Tischgruppe. Er war ein sogenannter ‚Springer', also jemand ohne festen Platz, der sich mal hier, mal dort niederließ, immer auf der Suche nach Kollegen, die er volltexten konnte. Für mich wäre das nichts gewesen. Ich brauchte meinen festen Sitzplatz, an dem ich meine Arbeitsmaterialien deponieren, und meine verlässliche Bezugsgruppe, mit der ich auch über Privates – und hin und wieder Vertrauliches – reden konnte.

In diesem Moment fand sich mein erotisches Saunaabenteuer an unserem ansonsten leeren Tisch ein und setzte sich mir gegenüber. Mein Herz schlug kräftiger.

„Na?"

„Na?"

Wir lächelten uns an. Ich öffnete meine Brotdose, nahm eine Karotte heraus und biss knackend hinein. Erst mal abwarten.

„Bist du öfter im Sportcenter?", fragte Ansgar nach einer Weile.

Holla! *Er* hatte *mir* eine Frage gestellt! Ungefähr die fünfte, seit wir uns kannten!

„Ab sofort immer mittwochs um 19.00 Uhr." Das durfte er ruhig genau wissen, für den Fall, dass er zufällig vorhatte, zur selben Zeit am selben Ort zu sein. Zur Erklärung fügte ich hinzu: „Ich habe mit einem Zumba-Kurs angefangen, das ist eine Tanzsportart, die ..."

„Höre ich Zumba?" Sandra von und zu segelte an unseren Tisch und ließ sich elegant neben Ansgar nieder. Ich hatte gar nicht bemerkt, dass sie das Lehrerzimmer betreten hatte.

„Wenn du irgendetwas über Zumba wissen willst, Ansgar, ich stehe dir als Experte zur Verfügung. Zumba ist sozusagen mein Steckenpferd", versicherte sie ihm großspurig und untermalte dies mit einem strahlenden Lächeln und einer schwungvollen Bewegung aus dem Handgelenk, bei der sie absichtlich-unabsichtlich Ansgars Arm berührte.

„Du warst diese Woche gar nicht im Tanzpalast", wandte sie sich an mich. „Nun ja, Zumba ist nicht so einfach, wie es für Laien vielleicht aussehen mag. Du brauchst ein extrem gutes Körpergefühl, musst gelenkig sein, Kondition haben und vor allem Taktgefühl". Sie sah zweifelnd in meine Richtung. „Übrigens hat Marc nach dir gefragt", eine Wolke verfinsterte für eine Sekunde ihr Sonnenscheingesicht.

„So?" Das wunderte mich etwas. Aber im Grunde interessierte es mich nicht.

„Hast du wieder aufgehört?"

„Nein, ich habe den Trainer gewechselt."

„Bitte? Es gibt keinen besseren als Marc. Ich kenne alle in dieser Stadt."

„Mag sein", ich zuckte mit den Schultern.

„Jetzt sag aber nicht", horchte sie mich weiter aus, „dass du zu Franziska Meier gehst. Oder noch schlimmer: zu dieser Carina Lauer mit ihrer Gurkentruppe!" Sie lachte aufreizend und wandte sich an Ansgar.

„Die müsstest du dir ansehen. Vom Kleinkind bis zur Oma ist alles dabei. Wie willst du da deine Fitness trainieren, geschweige denn an deinem Körperausdruck arbeiten? Es gibt im Sportcenter ja noch nicht mal vernünftige Spiegel. Weißt du, Ansgar", fuhr sie unbeirrt fort, „Zumba ist entgegen der allgemeinen Auffassung keine Mainstream-Sportart für jedermann – es ist eine Tanzkunst, eine Lebenseinstellung ..."

Ich schaltete innerlich ab und begann in meiner Tasche nach den Vorlagen zu kramen, die ich für den Nachmittagsunterricht noch kopieren musste. Als ich wieder aufsah, bemerkte ich Ansgars ausdrucksloses Gesicht, während Sandra unbeirrt in ihrem Vortrag fortfuhr.

Im Grunde bewunderte ich ja die Menschen, die ohne Punkt und Komma reden konnten, ohne sich daran zu stören, dass ihre Gesprächspartner vor Langeweile das Gähnen unterdrückten oder glasige Augen bekamen. Sie waren nicht auf diese kleinen verbalen und nonverbalen Signale der Zuhörenden angewiesen, die ihnen Mut machten, weiterzusprechen. Sie warteten nicht auf interessierte Nachfragen, mitleidige Kommentare oder zustimmendes Nicken. Sie redeten und redeten und redeten. Plauderten alle platt, ohne Rücksicht darauf, dass ihre Gesprächspartner oder -partnerinnen eventuell auch ein klitzekleines Recht auf eigene Redeanteile hatten. Im Grunde könnte man ihnen einen Zuhör-Automaten in menschlicher Gestalt gegenübersetzen, der einfach nur die Augen auf sie gerichtet hielt.

Verstohlen musterte ich meinen Lieblingskollegen. Eigentlich geschah es ihm recht, auf eine ebenbürtige Dauerrednerin getroffen zu sein.

Ansgar erwiderte meinen Blick.

Und kaum merklich begannen seine Augen zu lächeln.

Das war es, was ich an ihm mochte.

Beschwingt stand ich auf und verbündete mich mit dem Kopierer.

24

Die Sonne schien von einem hohen blauen Himmel und für einen Apriltag stieg das Thermometer auf rekordverdächtige zweiundzwanzig Grad. Ich hatte mir zum ersten Mal in diesem Jahr den Liegestuhl auf der Terrasse zurechtgerückt, streckte nun alle Viere von mir und mein Gesicht der Sonne entgegen.

Gelobter Freitagnachmittag!

Ich hielt die Augen geschlossen, döste vor mich hin und hörte mit einem Ohr dem Geschwätz der Vögel in unseren Obstbäumen zu, das plötzlich in ein ohrenbetäubendes Gezeter überging. Wahrscheinlich war Bütterken auf Raubzug unterwegs. In der Ferne brummte ein Rasenmäher. Beinahe hätte ich dieses Störgeräusch schon vermisst! Sobald der erste Sonnenstrahl die ersten schüchternen hellgrünen Graspflänzchen hervorlockte, dröhnte und summte, brummte und ratterte es überall in der Nachbarschaft. Damit nur ja niemand auf die verwerfliche Idee kam, seinen Garten einfach nur so – naturbelassen und untätig – zu genießen. In den ersten Jahren hatte ich deswegen heftige Auseinandersetzungen mit Arno gehabt, der in jenem Irrglauben aufgewachsen war, ein Rasen sei nur schön, wenn er ordentlich, frühzeitig und regelmäßig getrimmt würde. Ihn vom Gegenteil zu überzeugen war harte Arbeit gewesen, hatte sich aber gelohnt. Jetzt begann der Farbreigen auf der Wiese im Februar mit den gelben Winterlingen, gefolgt von den unprätentiösen Veilchen und Krokussen in Weiß, Gelb und Lila, abgelöst im April von Teppichen aus himmelblauen Vergissmeinnicht und Blausternen. Im Mai schloss sich der sattgelbe Löwenzahn an, der vom duftig-weißen Wiesenschaumkraut begleitet wurde. Herrlich! Wenn dieser Reigen vorüber war, hatte der Frühsommer Einzug gehalten und Arno durfte erstmalig im Jahr den Rasenmäher betätigen. Klar, dass er jedes Mal fluchte, wenn er sich durch das hohe Gras arbeitete. Aber dieses kleine Opfer musste erbracht werden.

Ich räkelte mich schläfrig auf meinem Stuhl und hätte dort am liebsten das ganze Wochenende verbracht, wenn mir Karl Marx nicht immer wieder mit seiner feuchten Hundeschnauze durchs Gesicht gefahren wäre, um seinen Spaziergang einzufordern.

„Och nö, Kalli! Kannst du dich denn nicht hier austoben? Der Garten ist doch wohl groß genug?!"

Aber das sah unser Hund leider völlig anders und ließ mir einfach keine Ruhe. Seufzend erhob ich mich. Wo war denn überhaupt Arno geblieben? Der könnte sich doch auch mal bequemen! Lustlos zog ich mir Jeans, Turnschuhe und eine Jacke über und schlich los.

Nach einer guten Stunde schleppte ich mich – nicht weniger schläfrig – in unsere Straße zurück. Heute war ich wenigstens von unfreundlichen Fremden und Monstertieren unbehelligt geblieben und hatte einen nicht unerheblichen Teil der Spazierzeit friedlich auf einem Baumstamm aussitzen können, während Kalli durch Feld und Wiesen gewuselt war. Unglaublich, wie rasant die Frühjahrsmüdigkeit über mich herfiel! Jetzt nur noch ab auf den Liegestuhl!

Kalli hob den Kopf und schnupperte. Ich tat es ihm nach. Das gab's doch nicht! Der erste wärmere Tag und in der Straße begann das Wettgrillen! Wer würde in diesem Jahr der Erste sein? Vermutlich wurde jetzt überall hektisch der Grill vom Winterstaub gereinigt und die Ehefrau schleunigst an die Fleischtheke geschickt. Wer würde in diesem Jahr den Sieg davontragen und die Saison eröffnen? Nur einer konnte die fettig glänzende Grillkrone erringen! Nur einer konnte Germanys Next Topgriller werden! Ich grinste müde in mich hinein. Das war mir alles sowas von schnuppe. Und sowieso grundsätzlich zu blöd.

Mich rief nur noch mein Liegestuhl.

„Schatz! Gut, dass du kommst! Tine und Klaus sind auch gleich da. Kannst du noch eben einen Salat machen?"

Häh?

Arno in Grillschürze stürzte auf mich zu, gab mir einen Kuss und fuchtelte mit der Grillgabel vor meinem Gesicht herum.

„Hab schon alles soweit fertig. Tine bringt auch noch was mit. Du müsstest nur noch den Salat machen." Arno strahlte über das ganze Gesicht und feixte: „In diesem Jahr sind wir die Ersten!"

Womit hatte ich das verdient?

„Ach, übrigens, ich habe eben bei Edeka Leander getroffen. Er kommt auch." Sagte es und stürmte zurück an seinen Grill.

Könnte ich bitte irgendwo Asyl bekommen?

Anderthalb Stunden später war die improvisierte Grillparty in vollem Gange. Außer den angekündigten Gästen – einschließlich Hundedame Rosa – hatten sich noch Nele und ihre Freundinnen Lisa und Maja zu uns gesellt. Ich lehnte mich entspannt zurück, nippte an meinem Rotwein und ließ den Blick schweifen. Wider Erwarten war dieser Abend ganz nett und ungezwungen geworden. Kalli und Rosa hatten in der hintersten Gartenecke eine Spielpause eingelegt und hechelten um die Wette. Das war im Dämmerlicht gerade noch zu erkennen. Auf dem Tisch, am Rand der Terrasse und in einigen Bäumen kamen zum ersten Mal meine neu erworbenen farbigen Windlichter zum Einsatz, die, je dunkler es wurde, immer heller werdende bunte Farbinseln zauberten. Schön sah das aus! Arno und Klaus funktionierten gerade den Grill in eine Feuerschale um und fachsimpelten darüber – wie das bei Männern genetisch veranlagt zu sein schien – über die einzig richtige Art, ein Feuer zu entfachen. Und die drei Mädels hingen diesem Leander an den Lippen, der Anekdoten von Rosa zum Besten gab. Schien ja wahnsinnig komisch zu sein, so wie sie lachten.

„Na, Zumba-Queen, was macht dein Muskelkater?" Tine ließ sich neben mir in unsere uralte Hollywoodschaukel fallen und prostete mir zu.

„Geht langsam wieder. Und selbst?"

„Nie welchen gehabt!"

„Pfff."

Sie deutete mit dem Glas Richtung Leander. „Toller Typ! Hast du ihn dir schon näher angesehen?"

„Warum sollte ich?"

„Warum wohl? Projekt ‚sekundäre Deflo...'?!"

„Pssst!", zischte ich.

„Dein Projekt ‚s.D.'", flüsterte sie konspirativ.

Ich zeigte ihr einen Vogel.

„Guck dir die drei Teenies an. Wie sie ihn anschmachten!"

Wir beobachteten amüsiert ihre Bemühungen: überlautes Lachen, Augenaufschläge, gurrende Stimmen, Hände, die in Haaren spielten. Das volle Programm.

„Er scheint allerdings resistent zu sein", stellte ich fest.

„Vielleicht steht er auf ältere Semester", mutmaßte Tine und sah mich anzüglich an.

„Oder er ist glücklich verheiratet", konterte ich.

„Das hat, wie wir wissen, gar nichts zu sagen."

„Touché."

„Warum magst du ihn eigentlich nicht?", setzte Tine eine Weile später wieder an.

Wir verfolgten, wie sich der Herr Nachbar nun zu unseren Männern begab und mit wenigen Handgriffen das Feuer entzündete. Sein weiblicher Fanclub applaudierte frenetisch, während Arno und Klaus sich interessiert in seine Kunst einweisen ließen.

Ich verdrehte die Augen.

„Weil er ein ungehobelter, dreister, arroganter ...", ich suchte nach weiteren passenden Wörtern und deutete auf sein Feuerglück, „Neandertaler ist!"

Tine stutzte. „Du meinst wohl ‚Leandertaler'!"

Wir brachen in schallendes Gelächter aus und konnten uns gar nicht mehr einkriegen. Neugierig sahen die anderen zu uns herüber, aber wir winkten ab, während wir uns die Lachtränen von den Wangen wischten.

Später saßen wir in dicken Jacken um das Lagerfeuer herum. Die Mädchen waren zu Lisa weitergezogen, um dort zu übernachten. Ich hielt einen langen Haselnusszweig in der Hand und stocherte damit in der Glut herum. Hin und wieder stob ein Funkenregen auf wie ein Schwarm Glühwürmchen. Wir redeten über dieses und jenes. Das heißt, die anderen redeten und ich hörte entspannt zu. Leander erzählte ein bisschen über seine Zeit in Afrika. Als er eine Ehefrau namens Clara erwähnte, die für die Organisation Ärzte ohne Grenzen als Ärztin in Dschibuti unterwegs sei, aber demnächst endlich zurückkehren werde, warf ich Tine einen triumphierenden Blick zu. Die zuckte nur mit den Achseln.

Ansonsten war sie richtig in Fahrt und sprühte nur so vor Esprit. Ihre Wangen glühten und die Augen blitzten. Wollte sie unseren neuen Nachbarn beeindrucken? Oder doch eher ihren Ehemann? Oder wollte sie Klausi vielleicht eifersüchtig machen? Hm, wäre durchaus möglich. Ich hatte sie noch gar nicht nach dem neuesten Stand ihrer Ehe gefragt. Hatte sie möglicherweise noch etwas anderes ausprobiert? Gemächlich mäanderten meine Gedanken so vor sich hin. Dann beobachtete ich Klaus. Struppig braune Haare, in seinen dunklen Parka gehüllt, die Bierflasche in seinen großen, breiten Händen drehend. Nur selten warf er ein Wort ein, und hin und wieder glitt sein Blick zu Tine hinüber.

Die Stimmen hüllten mich ein in einen Kokon aus Wohlbefinden.

„He, Mausi“, Arnos Atem war ganz nah an meinem Ohr, sein Körper wie ein wärmender Ofen. „So still heute Abend?“ Er legte den Arm um mich und ich kuschelte mich hinein. „Bist du müde?“

„Nein. Alles ist gut.“

25

Am Sonntag brach der Weltuntergang über uns herein. Nicht nur wettertechnisch. Als hätte der April Angst gehabt, nach dem sommerlichen Freitag seinen Ruf als launischster Monat zu verlieren, schüttete es vor dem Fenster wie aus Schwallduschen. Ich saß am späten Vormittag an meinem Schreibtisch und korrigierte die Grammatikarbeit der 6a. Was ich dort lesen musste, war ebenfalls nicht dazu angetan, mich zu erheitern. Jedenfalls bei einigen nicht. Ich beschloss auch Maike, deren Arbeit gerade vor mir lag, dem Förderunterricht zuzuweisen. Dort würde sie sich noch einmal grundlegend mit dem Unterschied zwischen Wortarten (Substantiv) und Satzgliedern (Subjekt) auseinandersetzen können. Im normalen Fachunterricht war diese Lücke nicht mehr zu schließen.

Plötzlich ertönten ein Schlag und dann ein Schrei, sodass ich beinahe vom Stuhl gekippt wäre. Ich hörte Arno toben und sprang entsetzt auf, um Erste Hilfe zu leisten. Er fuhrwerkte in seinem Arbeitszimmer herum wie ein wildgewordener Gorilla, raufte sich die Haare und brüllte immer wieder Unverständliches.

Äußerst wachsam, wie eine Großwildjägerin auf Safari, blieb ich in der Tür stehen und signalisierte Nele, die der Lärm ebenfalls aus ihrer Betthöhle gelockt hatte, dass ich keine Ahnung hatte, was hier vor sich ging. Am besten abwarten, bis sich Arno so weit beruhigt hatte, dass er wieder verständliches Deutsch sprach.

Nach fünf Minuten war er ansprechbar, und wir erfuhren, dass Arnos wichtigster Kunde seine Pläne geändert hatte, nun eine Ausweitung seiner Produktpalette plane und für Beschaffung und Vertrieb eine neue Software benötige, und zwar in maximal zwei Wochen, Ostern hin oder her. Man erwarte, dass er kooperieren werde und rund um die Uhr zur Verfügung stehe, am besten vor Ort. Sollte sich Herr Holm dazu nicht in der Lage sehen, werde man sich nach einer anderen Firma, die es ja zuhauf gebe, umsehen, der es nicht an nötigem Engagement mangele.

Das war der Super-GAU! Schockiert sahen wir uns an und unsere Ferienpläne für Dänemark in der Nordsee davonschwimmen. Keine Meerluft, keine Strandspaziergänge, keine Bernsteinsuche, kein Wellenrauschen ...Wie konnte uns das Schicksal nur so böse mitspielen? Hatten wir nicht alle unseren Erholungsurlaub redlich verdient?

Nele gewann als Erste die Fassung zurück.

„Ist doch eigentlich ganz gut, mal zu Hause zu bleiben. Dann kann ich endlich mal was mit meinen Freundinnen unternehmen."

Das hätte sie nicht sagen sollen. Arnos geheiligte, von langer Hand und akribisch vorbereitete Reisepläne mal eben durch Teenie-Treffen ersetzen?

Er explodierte ein zweites Mal und diesmal ergoss sich sein Zorn über Nele. Die ließ den Tornado routiniert über sich ergehen und zuckte schließlich mit den Schultern.

„Ich mein ja nur ...".

Ich scheuchte sie besser wieder in ihr Zimmer, bevor ihr noch so ein unglückseliger Spruch wie „Jetzt mach dich mal locker“ entfuhr, der mit Sicherheit das genaue Gegenteil ausgelöst hätte.

Ruhe bewahren.

„Und was machen wir jetzt?“

„Was machen wir jetzt, was machen wir jetzt!“, äffte Arno mich wütend nach. „Woher soll *ich* das wissen?“, giftete er weiter.

Auch wenn ich es nicht wollte, langsam wurde ich ebenfalls sauer. Was konnte *ich* denn für seinen dusseligen Großkunden? *Ich* war ja wohl hier das größte Opfer!

„Mich brauchst du nicht anzumachen. Ich kann ja wohl am wenigsten dafür“, meinte ich beleidigt. „Ich kann meine Klausuren überall korrigieren.“ Irgendwie schaffte ich es immer, noch mehr Öl in Arnos Feuer zu gießen.

„WILLST DU *MIR* JETZT DIE SCHULD GEBEN, DASS WIR NICHT FAHREN KÖNNEN?“, brüllte er und stand kurz vor dem Herzinfarkt.

Wie ich dieses sinnlose Geschrei hasste!

Gleichzeitig brachte es mein Blut zum Kochen. Hatte ich es nötig, mich von irgendjemandem dermaßen anschreien zu lassen? Hatte ich es nötig, mich so respektlos behandeln zu lassen? Mit welchem Recht glaubte er, so mit mir umspringen zu können? Ein heißer Wutstrom bahnte sich vom Magen aus seinen Weg nach oben, der normalerweise in einem gewaltigen Vulkanausbruch endete. Die Folge waren in der Regel treffsichere verbale Tiefschläge und endlose Schuldzuweisungen.

Tja, wir hatten beide Abitur, wir hatten beide studiert. Aber streiten konnten wir wie Kesselflicker und Fischweib.

Oookaaay. Gaaanz ruhig. Ich atmete tief in den Bauch. Heute würde ich den Konflikt rational angehen. Analyse: Arno war bodenlos enttäuscht. Seine Verbalattacken stellten Selbstoffenbarungen dar und bedeuteten übersetzt: Mit geht's beschissen, ich bin maßlos traurig und wütend. Enthaltener Appell: Hilf mir!

Lösung: Seine Gefühle verbalisieren und Hilfe anbieten.

Verdammt!

War ich eigentlich Arnos Therapeutin? Ich war *auch* enttäuscht! Maßlos! Und ich war urlaubsreif! Und ich hatte mich so sehr aufs Meer gefreut! Und *er* brüllte mich auch noch an...!

Grrr ...

Wobei ... wenn ich es mir genau überlegte ... Also im Hinblick auf meine Agenda, vor allem den sechsten Punkt, das ‚s. D.'-Projekt, wäre ein zweiwöchiges Abtauchen im menschenleeren Dänemark vielleicht gar nicht so förderlich. Wenn ich dagegen zu Hause bliebe, dann könnte ich ...

„Du Arno, wir sind beide maßlos enttäuscht. Jetzt lass uns doch mal zusammen überlegen, wie wir das hinbekommen."

Arno schnaubte. Diesen Psychosprech konnte er eigentlich nicht gut ertragen. Aber eine halbe Stunde später hatten wir umdisponiert, eine alleinige Reise von Nele und mir aus Solidarität zu Arno verworfen, das Ferienhaus storniert, die ungewohnten Ferienwochen zu Hause positiv umgewertet und uns so bald wie möglich einen Ausgleich auf einer deutschen Nordseeinsel versprochen.

Nele jubelte leise, als ich ihr die geänderten Pläne verkündete. Sie litt ungeheuer unter der Zumutung, in sämtlichen Ferien mit ihren Eltern verreisen zu müssen. Das arme Kind!

Sofort zückte sie ihr Handy und schickte die frohe Botschaft hinaus ins befreundete World Wide Web.

Doch der Tag hielt noch mehr Ungemach bereit.

Am frühen Nachmittag hatte es zwar vorübergehend aufgehört zu regnen, aber es türmten sich Wolkenberge so ungeheuren Ausmaßes über uns zusammen, dass sich der Tag zur Nacht verfinsterte und wir die Lichter anknipsten. Ich hatte trotz allem meine Korrektur soeben beendet, die Noten brav in meine Listen übertragen und überlegte nun, ob ich sofort mit der Unterrichtsvorbereitung weitermachen oder erst eine Tasse starken Kaffee trinken sollte, da klingelte es.

Nanu? Das war sonntags um diese Zeit ungewöhnlich. Ich lauschte, ob Nele die Treppe heruntergepoltert kam, also Besuch erwartete. Mit Blick auf die bedrohlich schwarze Wolkenwand hielt ich es für besser, sich nicht auf die Straße zu wagen. Alles blieb ruhig. Seufzend erhob ich mich aus meinem Captain-Kirk-Kommando-Sessel, weil sich hier im Haus offensichtlich niemand sonst verantwortlich fühlte. Nicht mal Kalli hatte angeschlagen. Der lag sicher glücklich bei Nele mit im Bett.

Zaghaft klingelte es ein zweites Mal.

„Ich komme ja schon“, murrte ich und öffnete die Haustür.

Die ersten dicken Tropfen platschten auf den Gartenweg. Im Hintergrund zerriss ein peitschender Blitz den höllenfinsteren Himmel und erhellte für einen Sekundenbruchteil die Szenerie. In dem gespenstischen Licht sah sie aus wie ein Geist.

„Tine! Mensch, hab ich mich erschro…“ Da erst bemerkte ich, in welchem Zustand sich meine Freundin befand. Ihre Haare strähnig, die Augen verquollen und schwarz umrandet, aus einer Wunde an der Stirn lief ein kleines Blutrinnsal über ihr Gesicht. Und neben ihr: ein Rollkoffer.

Es musste etwas Fürchterliches passiert sein.

26

Ich zog Tine herein und nahm sie wortlos in den Arm. Meine Gedanken überschlugen sich. Mein Herz klopfte mir bis zum Hals. Zuerst fühlte sich Tines Körper schlaff und zittrig an. Ich hielt sie fest umfangen und wiegte sie sanft hin und her. Dann fing sie an zu schluchzen, weinte kräftiger und steigerte sich zu einem schmerzlichen Heulen. Sie umklammerte mich wie eine Ertrinkende, ihr Körper bebte unter ihren Schluchzern und ihre Tränen benässten meine Halsbeuge. Auch mir liefen die Augen über vor Mitleid.

Schweigend warteten wir, bis der Weinkrampf abgeebbt war. Zu reden – das wussten wir beide – wäre vorher unmöglich gewesen.

Eine halbe Stunde später saßen wir eng nebeneinander auf dem Sofa. Ich hatte Tines Wunde versorgt und einen Tee gekocht. Arno und Nele hatten nur kurz den Kopf durch die Tür gesteckt und sich dann diskret zurückgezogen.

„Erzähl mir alles", bat ich Tine ruhig. Und sie begann.

Wie ich vermutet hatte, hatte sie in unserem improvisierten Grillabend am Freitag ihre Chance gesehen: Klaus in gelöster Stimmung, sie sprühend und voller Charme. Sie wollte ihn beeindrucken, bezirzen und ihn – na schön – vielleicht ein ganz klein wenig eifersüchtig machen. Später im Schlafzimmer habe sie sich lasziv vor ihm ausgezogen und dabei von dem gutaussehenden Leander geschwärmt, mit dem einzigen Effekt, dass Kaus sich umgedreht und genuschelt habe: „Dann geh doch zum ihm.“. Auf einen weiteren erotischen Annäherungsversuch habe er schon nicht mehr reagiert, sondern sich lieber in einen komatösen Schlaf geflüchtet. Die Verwunderung darüber – falls Klaus zu einem solch eruptiven Gefühl überhaupt noch in der Lage war – sie am nächsten Morgen auf dem Sofa schlafend vorzufinden, habe er gekonnt überspielt. Der Tag sei in eisigem Schweigen verlaufen, die zweite Nacht auf der Couch die logische Konsequenz gewesen.

„Heute Morgen habe ich es nicht mehr ausgehalten“, berichtete Tine schaudernd. „Ich habe ein schönes Frühstück hergerichtet und wollte endlich eine Aussprache. Als Klaus sich setzte, hat er mich erfreut angelächelt. Ich meinte: ‚Ich muss mit dir reden‘. Und was glaubst du, hat er geantwortet?“

Ich wiegte mit dem Kopf. Da konnte ich mir so einiges vorstellen – oder auch nichts.

„‚Worüber denn?‘ Kannst du dir das vorstellen? WORÜBER DENN???“ Tines Stimme schrillte. „Wir haben wochenlang keinen Sex, ich leide wie ein Hund, probiere alles Mögliche, um ihn wachzurütteln, ich habe zwei Nächte auf dem Sofa verbracht, wir haben uns einen ganzen Tag lang angeschwiegen – und der Scheißkerl fragt allen Ernstes, was wir zu besprechen hätten? Ich mache für uns Frühstück und er glaubt, seine kleine, beschissene Welt sei wieder in Ordnung?“ Tine war immer lauter und schriller geworden und fuchtelte mit den Armen. „Da bin ich ausgerastet! Hab das ganze Frühstücksgeschirr vom Tisch gefegt und mich im Schlafzimmer eingeschlossen!“

„Und dann?“ Ängstlich wartete ich auf die Stelle des Berichts, an der Klaus ausgeflippt und handgreiflich geworden sein musste.

„Dann habe ich stundenlang geheult und überlegt, was ich machen soll.“

„Und Klaus?“ Ich musste es endlich wissen. „Hat er dich geschlagen?“

„Quatsch. Der hat die Überreste vom Frühstück weggemacht.“

„Sonst nichts?“

Tine zögerte. „Irgendwann hat er geklopft.“

„Und? Habt ihr euch geprügelt? Oder doch miteinander gesprochen?“

„Nein verdammt. Er hat gefragt, was er mit dem zerbrochenen Geschirr machen soll. Ich hab ihn angeschrien: ‚Steck's dir sonst wo hin! Hier ist noch viel mehr zerbrochen!‘ Dann habe ich meinen Koffer vom Schrank geholt – dabei ist übrigens das hier passiert“, sie zeigte auf ihre Platzwunde an der Stirn, „hab gepackt und bin abgehauen. Zu dir.“

Puh. Ich war zugleich erleichtert und alarmiert. Dass Klaus seine Frau nicht geschlagen hatte, beruhigte mich natürlich, aber die Ehe meiner Freundin schien an einem dramatischen Tiefpunkt angekommen zu sein. Wie konnte ich da helfen?

Ich nahm sie in den Arm. „Du bleibst erst mal hier, wenn du magst. Und morgen sehen wir weiter.“

27

Der Familienalltag ist geprägt von Routinen, zum Beispiel der minutiös geplanten Abfolge von morgendlichen Tätigkeiten. Je genauer diese von jedem einzelnen Haushaltsmitglied eingehalten wird, umso stressfreier der Start in den Tag. Nele und ich waren in dieser Hinsicht ein gut eingespieltes Team. Wir mussten jeden Tag beide um acht Uhr in der Schule sein, folglich betrat ich um sechs Uhr dreißig das Badezimmer. Nachdem ich meine Tochter geweckt hatte, zog ich mich an, schmierte unsere Schulbrote, wusch für Nele einen Apfel, schabte für mich eine Mohrrübe und machte Frühstück. In dieser Zeit belegte Nele das Bad. Alles war durchkomponiert bis zu dem Moment, in dem wir gemeinsam das Haus verlassen mussten und ich um sieben Uhr dreißig abfahrtbereit an der Haustür wartete. Erst in diesen letzten Minuten konnte es passieren, dass meine Pulsfrequenz ungut in die Höhe schnellte, weil sich bei meiner Tochter unerwartete Schwierigkeiten beim Auftragen des Kajals ergeben hatten oder ein Bad-Hair-Day Tobsuchtsanfälle vor dem Spiegel auslöste und unseren Zeitplan torpedierte. Arno, der seinen Tagesplan autonom bestimmen konnte, verhielt sich morgens möglichst unauffällig. Jedenfalls kam er uns selten ins Gehege.

Ganz anders an diesem Morgen. Als ich schläfrig das Bad betreten wollte, war die Tür verschlossen. Gleichzeitig hörte ich das Wasser in der Dusche rauschen.

Nele konnte das nicht sein, die hatte ich gerade erst geweckt. Arno hörte ich unten Kaffee kochen.

„Tine?“, ich drückte hektisch mehrmals die Klinke. „Tine!“

„Bin gleich soweit!“, hörte ich es dumpf von drinnen.

Okay. Tief durchatmen. Sie macht eine schwere Zeit durch. Sie hatte bestimmt ein dringendes Bedürfnis und kann auf unsere Rücksichtnahme zählen ... atmen!

Acht (!) Minuten später öffnete sich die Tür und Tine trat, eingehüllt in mein Lieblingshandtuch, heraus.

„Tut mir leid“, meinte sie, wenigstens etwas zerknirscht, „ich brauchte unbedingt eine Dusche.“

„Verstehe ich ja. Aber ich habe dir extra gestern Abend gesagt, dass das Bad zwischen halb sieben und halb acht tabu ist.“

„Ja, ich weiß. Hab mich ja auch beeilt“, erwiderte sie und huschte zurück ins Gästezimmer.

Das sah ich. Der ganze Fußboden im Bad stand unter Wasser. Bei Nele hätte es jetzt ein Donnerwetter gegeben, aber unter diesen Umständen ....

Später beim Frühstück wollte Tine den etwas verunglückten Start wieder gut machen. Dazu hatte sie ein richtiges Sonntagsfrühstück gezaubert – mit Brötchen, Marmelade, Schokoaufstrich, Eiern und so weiter.

„Ist total lieb von dir, Tine. Das wäre aber doch gar nicht nötig gewesen.“

„Doch. Ich möchte mich einfach erkenntlich zeigen.“

„Aber ...“

„Hey, ist ja supercool!“, Nele schwang sich begeistert auf ihren Stuhl und griff nach einem weißen Brötchen. „Ich muss sonst jeden Morgen Müsli essen, mit Kiwi und Banane“, erläuterte sie und schüttelte sich, als wäre ein gesundes vollwertiges, zuckerfreies Frühstück eine unerträgliche Zumutung.

Ich legte nun mal viel Wert auf unser ökologisch einwandfreies und vitaminreiches Müsli, das mir am Schulvormittag nicht so schwer im Magen lag wie Brötchen. Und für ein Schulkind war dies sicher auch der bessere Start. Arno gesellte sich zu uns und grinste mich an. Er kannte natürlich meine unumstößliche Frühstücksphilosophie. Resigniert griff ich nach einem Brötchen und belegte es mit Käse.

Heute Nachmittag mussten Tine und ich unbedingt reden und Pläne schmieden. Wie sollte es mit ihr und Klaus weitergehen? Wie lange würde sie hierbleiben? Sie war meine beste Freundin und sie brauchte Hilfe. Und die würde sie auch bekommen. So viel war klar. Da musste ich eben mal, falls es schwierig würde, ein paar Tage die Zähne zusammenbeißen.

Als ich nachmittags völlig erledigt aus der Schule kam – niemand hatte in der letzten Woche vor den Osterferien noch Lust auf Unterricht und Kraft, die Schülerinnen und Schüler zu disziplinieren –, fand ich Arno und Tine einträchtig nebeneinander am Herd stehen und in verschiedenen Töpfen rühren. Es duftete nach besonderen – orientalischen? – Gewürzen und außerdem nach Schokoladenkuchen.

„Na, ihr zwei!"

Arno strahlte mich an und gab mir einen Kuss.

„Tine hat mit mir einen ihrer indischen Eintöpfe gekocht. Und wir haben für dich einen Schokokuchen gebacken!"

„Toll", sagte ich lahm und gähnte. Da hatten sich ja zwei Superköche gefunden. „Ich leg mich erst mal hin."

„Wollen wir nicht jetzt Kaffee trinken?", fragte Tine ganz geschäftig.

Nein! Wollen wir nicht!

„Gerne, aber später. Ich bin total geschafft und muss erst schlafen."

„Och schade", meinte Tine enttäuscht. „Jetzt ist der Kuchen noch ein bisschen warm. Das ist so lecker! Na gut, dann in einer halben Stunde. Ich versuche ihn warm zu halten."

Ich war kurz davor, zu platzen. Sollte mir die Temperatur eines Schokoladenkuchens meinen Schlaf diktieren?

„Tine, ich brauche *eine* Stunde. Vorher ist mit mir nichts anzufangen." Energisch drehte ich mich um und verließ die Küche. Mit letzter Kraft schleppte ich mich die Stufen hoch zu meinem Schlafzimmer. Unten hörte ich noch, wie Arno und Tine leise miteinander tuschelten.

Eine Stunde später – auf meine innere Uhr war Verlass – erwachte ich, streckte mich und fühlte mich einigermaßen erfrischt. Jetzt freute ich mich auf Kaffee und Kuchen und war gespannt, was sich Tine im Hinblick auf Klaus überlegt hatte. Als ich die Küche betrat, duftete es nach Kaffee. Auch der Kuchen stand genussfertig bereit. Allerdings war er zu einem Drittel aufgegessen, außerdem verrieten Krümel auf dem Tisch, dass hier schon getafelt worden war. Nur mein Gedeck stand einsam und unberührt an seinem Platz. Enttäuscht schenkte ich mir Kaffee ein. Wahrscheinlich sollte ich dankbar sein, dass sie wenigstens für mich mit gedeckt und mir etwas übrig gelassen hatten. Wo waren überhaupt alle? Das Haus war verdächtig still.

Ach ja, Nele wollte heute Nachmittag zu Maja. Und als ich bemerkte, dass auch Kalli nicht in seinem Korb lag, war die Sache klar. Aber Tine und Spazierengehen? Naja, vielleicht taten ihr frische Luft und Arnos männlicher Zuspruch gut. Er sah die Dinge häufig auf eine andere Weise, nüchterner, manchmal realistischer. Vor einigen Jahren hatte ein befreundetes Paar, das wir noch aus Studienzeiten kannten, eine schwere Krise. Wir alle im Freundeskreis eierten herum. Am Ende war es Arno, der Claudia die Lage unmissverständlich klarmachte: Christian war schwul. Da gab es kein Zurück mehr. Arnos Herangehensweise konnte durchaus hilfreich sein, damit sich Tine nicht zu weiteren dramatischen Kurzschlussreaktionen hinreißen ließ.

Ich trank einen Schluck des Koffeins und schob mir genüsslich das erste Stück saftig-schokoladig-fettigen Kuchens in den Mund. Himmlisch! Da klingelte es.

Hatte jemand seinen Schlüssel vergessen? Kauend öffnete ich die Tür und starrte in Klausis verkniffenes Gesicht. Er musste gerade von der Arbeit gekommen sein, denn er trug noch seinen Anzug, der knitterig an ihm herabhing. Sein Gesicht war gespensterbleich, die Augen so dunkel umrandet, dass er aussah wie ein trauriger Pandabär. Da hätte auch ein Konzieler – oder wie diese eigenartige Schminkutensilie hieß – nichts mehr geholfen. Ich schluckte krampfhaft den klebrigen Kuchen hinunter.

„Hallo Klaus."

„Hallo."

Er sah mich resigniert an.

„Ist Tine bei euch?"

„Äh. Nein.“ Mist, wir hatten gar nicht abgesprochen, wie wir uns Klaus gegenüber verhalten sollten. Blitzartig wägte ich die verschiedenen Optionen ab. Sollte ich ihm eine wilde Geschichte von einer Flucht nach ... äh ... zum Beispiel Frankreich erzählen? Nein. Eigentlich hatte ich keine Lust auf solche Spielchen. Schließlich waren wir nicht im Kindergarten.

„Also, um genau zu sein: Sie geht mit Arno und Kalli spazieren, aber sie hat hier übernachtet, ja.“

„Hmm.“

„Möchtest du hereinkommen? Ich trinke gerade Kaffee.“

Klaus zögerte. Dann zuckte er die Schultern und folgte mir in die Küche.

„Setz dich.“ Ich stellte eine Tasse Kaffee und einen Teller vor ihn und gesellte mich wieder zu meinem Kuchenstück.

„Hat Tine den gebacken?“ Klaus wies auf die Schokoköstlichkeit.

„Ja, er ist gigantisch!“

Klaus schluckte. „Ist unser Hochzeitskuchen. Tine hat ihn damals in Herzform gebacken, mit weißem Guss und Marzipanrosen in der Mitte ... ist jetzt zweiundzwanzig Jahre her ...“

Überrascht sah ich ihn an. Klaus war ganz weit weg. Obwohl sein Gesicht ausdruckslos blieb, verriet seine Stimme ein Gefühl, das ich diesem eher unsensiblen Mann gar nicht zugetraut hatte: Verletzlichkeit.

Ich räusperte mich. Als Verfechterin klarer Worte sollte ich diese Chance nutzen.

„Klaus, ich weiß nicht, ob es in Tines Sinne ist, dass ich etwas sage. Aber sie ist meine beste Freundin und wir alle kennen uns jetzt viele Jahre.“ Ich hielt inne und prüfte, ob Klaus mir auch zuhörte. Doch, sah so aus.

Also weiter.

„Tine geht es schlecht. Sehr schlecht. Nicht erst seit diesem Wochenende, sondern schon eine längere Zeit. Sie leidet darunter, wie sich eure Ehe entwickelt hat. Sie leidet darunter, dass ihr nicht mehr miteinander sprecht, dass sie nicht weiß, was mit dir los ist. Sie hat das Gefühl, du liebst sie nicht mehr.“ Klausis Augen weiteten sich kurz. „Sie hat das Gefühl, dass sie dir egal ist“, setzte ich noch einen drauf.

Dann wartete ich einen Moment, um meine Worte nachklingen zu lassen und den folgenden noch mehr Gewicht zu verleihen. Klaus starrte vor sich hin und machte keine Anstalten, irgendwie zu reagieren. Ich beugte mich vorsichtig weiter nach vorne und holte zum Finale aus.

„Klaus, ich weiß, dass man keine Ratschläge erteilen soll. Als eure Freundin, die möchte, dass es euch beiden wieder gut geht, tue ich es jetzt aber trotzdem: Sag ihr, was in dir vorgeht. Magst du sie noch? Willst du weiter mit ihr zusammen sein? Oder hast du jemand anderes kennengelernt?“

Klaus blickte überrascht auf.

„Was beschäftigt dich? Lass Tine daran teilhaben, damit sie weiß, woran sie mit dir ist.“ Ich holte Luft. Gerade noch konnte ich mir den Standardsatz aus jeder Teenie-Zeitschrift verkneifen: ‚Sprich offen und ehrlich mit deiner Mom‘. Aber dieser Joke wäre jetzt doch etwas unpassend gewesen.

Ich versuchte, dem bewegungslosen Klaus zugleich mitfühlend und aufmunternd zuzulächeln.

„Möchtest du ein Stück Kuchen?"

„Nein danke. Ich ... ich gehe jetzt."

Abrupt stand er auf.

An der Tür drehte er sich noch einmal um und nickte mir kurz zu.

Gedankenverloren schob ich mir das nächste Stück Torte in den Mund. War es richtig gewesen, so offen zu sprechen? Obwohl ... ich hatte ja immerhin nichts zu ihren sexuellen Problemen gesagt. Insofern fand ich mich noch ziemlich diskret. Ob meine Ansprache irgendetwas bewirken würde? Hoffentlich richtete sie wenigstens keinen weiteren Schaden an.

Schon wieder die Klingel! Was war denn heute los?

Mit der Kuchengabel in der Hand öffnete ich die Haustür.

„Hey, du brauchst mich nicht gleich abzustechen!"

Der Doggenmensch! Theatralisch hob er die Hände, als wollte ich ihn angreifen, während die Doggendame Rosa in meinem Vorgarten herumschnüffelte.

„Was gibt's?", fragte ich kurz angebunden.

„Wollt ihr mit uns spazieren gehen? Rosa könnte wen zum Toben gebrauchen."

„Also ich habe keine Lust zum Toben." Er grinste. „Und Kalli ist leider schon mit Arno unterwegs", fuhr ich zuckersüß fort.

Einen Moment schienen wir uns mit Blicken zu duellieren.

„Okay. Dann vielleicht ein andermal."

Wohl kaum.

Er wandte sich zum Gehen. Dann drehte er sich noch einmal um.

„Eigentlich wollte ich mich auch für Freitagabend bedanken. Es war sehr nett."

Erstaunt sah ich ihn an. Wollte er mich auf den Arm nehmen? Doch in seinem Gesicht stand plötzlich ein so warmherziges Lächeln, dass es keinen Zweifel gab. Er meinte es ernst. Völlig baff starrte ich ihn an. Offensichtlich gehörte er zu jenen seltenen Menschen, deren Gesichtszüge sich komplett verändern konnten. Als würde ein Sonnenstrahl für einen Moment eine dunkle Talmulde streifen und darin alle Farben zum Leuchten bringen, so erhellte sich sein sonst so finsterer Ausdruck. Seine Augen funkelten plötzlich hellblau, rundherum kamen jede Menge Lachfältchen zum Vorschein, und auch rechts und links neben seinem Mund bildeten sich markante Falten, die höchst erstaunlich und irritierend attraktiv waren.

Puh. Mir blieb fast die Luft weg.

„Sch...schon okay", stotterte ich.

„Übrigens", er wandte sich endgültig zum Gehen, „du hast da etwas." Er deutete amüsiert auf eine Stelle an seinem Kinn, pfiff lässig nach Rosa und verschwand zum Gartentor hinaus. Ich stürzte zum nächsten Spiegel. Oh. Mein. Gott. Quer über mein Kinn zog sich eine dekorative Schokoladenspur.

28

„Aber wenn er lächelt, dann – muss ich zugeben – sieht er fast aus wie Daniel Day-Lewis in *Der letzte Mohikaner*."

Tine und ich hatten am Abend endlich Zeit für ein Vieraugengespräch. Nele machte sich bettfertig, Arno hatte sich in sein Arbeitszimmer zurückgezogen.

Tine pfiff anerkennend.

„Du meinst die Szene im Fort, in der Madeleine Stowe und er sich ewig in die Augen sehen, und klar wird, dass sie sich lieben?"

„Genau. Nur ohne Daniels Silberblick."

Wir kicherten ausgelassen. Dann wurde es ernst.

„Ich wünschte, Klausi würde mich auch noch einmal so verliebt ansehen", seufzte Tine abgrundtief traurig.

Hatte er das denn jemals getan? Konnte ich mir bei seinem grandiosen Minenspiel überhaupt nicht vorstellen, aber egal.

„Er war heute hier. Das ist doch schon mal ein gutes Zeichen."

Ich hatte meiner Freundin x-mal meine Begegnung mit ihrem Gatten erzählen müssen. Sein Erscheinen schien ihr ein bisschen Hoffnung zu geben, trotzdem war noch einige Aufbauarbeit zu leisten.

„Viel wichtiger ist die Frage, was *du* jetzt tust! Wie soll es weitergehen?"

„Darüber habe ich den ganzen Tag versucht nachzudenken. Aber in meinem Kopf ist nichts als Watte. Ich weiß einfach nicht weiter ..."

Ich legte den Arm um sie.

„Dass ich jemals meinen Mann und mein Haus verlassen würde, hätte ich niemals gedacht", schniefte sie. „Ich war doch glücklich mit meinem Leben, und jetzt stehe ich vor einem Scherbenhaufen. Alles ist aus." Ihre Schultern zuckten unter einem neuerlichen Weinkrampf. Beruhigend streichelte ich ihren Rücken und schob ihr ein Taschentuch zu. Langsam verebbte der Tränenfluss. Tine tat mir so unglaublich leid. Aber mitheulen half jetzt nicht weiter. Ihr war mehr geholfen, wenn ich einen klaren Kopf behielt.

„Tine", sagte ich ruhig, „ich sehe das anders. Ihr steckt in einer Krise, ja. Aber das ist jetzt die Chance für dich, zu überlegen, was du eigentlich willst. Ihr seid zweiundzwanzig Jahre verheiratet. Was ist oder war gut an deiner Ehe? Was nicht? Was wünschst du dir von deinem Mann? Was wünschst du dir für dich selbst?"

„Hm. Du meinst eine grundlegende Inventur? Was ist alles da, was ist kaputt, was können wir wegschmeißen, was brauchen wir Neues ...?"

„Ja."

„Hmm." Tine dachte nach.

„Und wenn ich am Ende Klaus entsorgen will?"

Ich sah ihr in die Augen. „Das glaube ich zwar nicht. Aber wenn es so wäre, wenn es sich für dich richtig anfühlt, dann solltest du es tun."

Sie hielt meinem Blick stand. „Und das sagst du jetzt nicht, weil *du* hinter meinem Klausi her bist?"

Ich grinste. „Tut mir leid, das eingestehen zu müssen, aber dein Ehemann macht mich absolut überhaupt nicht und in keinster erdenklichen Weise scharf."

„Nicht? Na gut. Dann bin ich ja beruhigt." Sie schenkte mir ein kleines Lächeln.

Mir fiel noch etwas ein. „Weißt du was? Du könntest das alles aufschreiben und wenn du für dich Klarheit hast, ..."

„... sollte ich es vielleicht Klaus zu lesen geben?"

„Hm. Vielleicht nicht alles. Aber einen Teil."

„Ich könnte ihm einen Brief schreiben, ..."

„... dann hätte er Zeit und Ruhe, sich mit deinen Gedanken und Gefühlen und Wünschen auseinanderzusetzen und müsste nicht – wie in einem Gespräch – sofort reagieren!"

Jau! Das war ein guter Plan! Wir nickten uns zuversichtlich zu. Dann meldeten sich nochmals leise Zweifel bei Tine.

„Ich hab so lange nichts aufgeschrieben ... höchstens mal was gesimst ..."

„Macht nichts. Man kommt wieder rein. Glaub mir, ich spreche aus eigener Erfahrung."

Ich lächelte ihr aufmunternd zu. „Nimm dir die Zeit, die du brauchst. So lange kannst du hierbleiben, natürlich nur, wenn du willst. Aber Tine", ich blickte sie gespielt streng an, „bitte tu mir *einen* Gefallen ..."

„Klar, ich packe mit an! Sag mir, wo ich helfen kann!"

„Nein, nein! Das ist es nicht. Eher im Gegenteil!"

„Im Gegenteil?"

„Halte dich bitte aus unserem langweiligen Alltagstrott heraus. Sonst werde ich wahnsinnig!"

Später, als wir alle schlafen gingen, kuschelte ich mich noch kurz zu Arno ins Bett, um die Tagesereignisse auszutauschen. Ich war erleichtert, weil Arno nichts dagegen hatte, dass Tine erst mal blieb. Die Idee mit dem Brief fand er dagegen „so typisch Frau" und natürlich „völlig antiquiert", was mich fast schon wieder auf die Palme brachte.

„Hast du eine bessere Idee?", zickte ich.

„Hm."

„Ah, die männliche Problemlösung: Schweigen."

„Hm."

„Und außerdem: Du hast immer noch nicht mit Klaus geredet, wie du es versprochen hast."

„Hat sich noch nicht ergeben."

„Tolle Ausrede."

„Meinst du wirklich, wir sollten uns in deren Beziehungsprobleme einmischen? Vielleicht ist es einfach vorbei."

Ich sah Arno entgeistert an und wusste gar nicht, wo ich anfangen sollte.

„Erstens: Ich mische mich nicht ein, ich biete Hilfe an. Das ist ein Unterschied."

Arno verdrehte die Augen.

„Zweitens: Eine zweiundzwanzig Jahre andauernde, im Großen und Ganzen glückliche Ehe einfach aufzugeben, weil es ein – wenn auch zugegebenermaßen schwerwiegendes – Problem gibt, wäre völlig falsch. Denn drittens: Wenn eine Beziehung grundsätzlich gut ist, lohnt es sich ja wohl, darum zu kämpfen! Und viertens: Ob diese Ehe am Ende möglicherweise doch vorbei ist, hast ganz bestimmt nicht *du* zu entscheiden!"

Arno winkte müde ab. „Das wollte ich auch gar nicht." Er rückte näher an mich heran und schob seine Hand unter mein T-Shirt.

„Komm", flüsterte er in mein Ohr, „sollten wir nicht etwas für *unsere* Ehe tun?"

„Tun wir ja! Wir reden! Du glaubst doch nicht im Ernst, dass ich mich hier mit dir vergnüge, während meine beste Freundin wegen sexueller Probleme in ihrer schwersten Lebenskrise steckt und zwei Türen weiter in die Kissen weint?"

Energisch schob ich seine Hand von meinem Busen.

„Heißt das, solange Tines Ehe nicht wieder in Ordnung ist, muss ich auch leiden?"

Ich grinste. „Klasse Idee!"

29

Es nieselte leicht an diesem Dienstagmorgen aus einem endlos grauen Himmel. Deshalb nahmen Nele und ich ausnahmsweise das Auto zur Schule. Tine hatte sich glücklicherweise an diesem Morgen aus unseren eingespielten Routinen herausgehalten. Genau genommen hatte ich sie erst gesehen, als wir mit einem lauten „Tschüss!" das Haus verließen. Sie war angezogen aus ihrem Zimmer gekommen und hatte uns hinterher gewinkt. Immerhin. Auch dass sie heute einen ihrer beiden wöchentlichen Arbeitstage in der Physiotherapiepraxis hatte, würde ihr sicher guttun.

„Du, Mama?", meinte Nele zögerlich, als wir auf die Hauptstraße bogen. „Glaubst du, dass sich Tine und Klaus scheiden lassen?"

Ich warf ihr einen Seitenblick zu.

„Nein, das glaube ich nicht. Sie machen nur gerade eine schwierige Zeit durch."

„Und wenn Klaus eine andere hat?"

„Wie kommst du denn darauf?"

„Naja, das weiß man doch. Irgendwann wird jede Beziehung langweilig. Dann gucken sich Männer nach was Neuem um."

„Du sprichst wohl aus Erfahrung", entgegnete ich spöttisch.

„Jünger, blonder, solche Titten", Nele deutete Körbchengröße D an.

„Aha. Deine Geschlechtervorstellungen sind ja höchst differenziert."

„Männer ticken nun mal so. Die sind schlicht gestrickt und schwanzgesteuert."

Oha. Da hatte sich meine arme Tochter wohl einen mächtigen Korb geholt.

„Mal abgesehen von deiner Ausdrucksweise, die ich natürlich missbillige: Auch Frauen haben sexuelle Bedürfnisse und können darunter leiden, wenn sie nicht befriedigt werden."

In Nele arbeitete es.

„Jedenfalls, wenn Papa sich mal eine neue Frau sucht oder du", sie sah mich an, „einen neuen Freund, wär das echt cool!"

„So?"

„Klar! Patchworkfamilien sind voll der Burner! Vielleicht bekäme ich dann sogar noch einen großen Bruder!"

Ich zwinkerte ihr zu. „Na mal sehen, was sich machen lässt."

Als ich wenig später auf dem Lehrerparkplatz einparkte, vor mich hin schimpfend, weil eine überfürsorgliche Helikoptermutter ihr Kind, das sich wahrscheinlich sonst im Nieselregen aufgelöst hätte, bis zwanzig Meter vor den Eingang fahren musste und auf diese Weise dreist die Einflugschneise für uns Kollegen blockierte, fragte Nele leise:

„Du, Mama, ihr würdet euch doch niemals scheiden lassen, oder?"

Ich lächelte sie an. „Das kann ich mir nicht mal im Traum vorstellen."

In der Schule waren die letzten Tage vor den Ferien immer hektisch. Auch wenn im Unterricht kaum noch etwas lief (in zwei Klassen hatte ich mich sogar dazu überreden lassen, angefangene Filme weiterzuschauen), galt es, alles Mögliche zu Ende zu bringen oder für die Ferientage zu organisieren. An diesem Tag hatten wir an unserem Tisch aber endlich mal ein paar Pausenminuten Zeit, um uns über unsere Ferienpläne auszutauschen. Die meisten fuhren weg: Kreta, Österreich, Sylt, auch Dänemark ... Ich wurde ganz neidisch. Als ich von meiner geplatzten Urlaubsreise erzählte, konnte ich wenigstens ordentlich Mitleid ernten. Außer von Ansgar. Der verstand nicht, warum alle Welt ständig verreiste. Er liebte es, in Haus und Garten herumzupuzzeln, mit seinen drei Söhnen Fußball auf dem eigenen Rasen zu spielen oder ihnen dabei zuzugucken.

„Also, das wäre nichts für mich", warf Nerv-Sandra im Vorbeigehen ein, was mich automatisch auf Ansgars Seite wechseln ließ.

„Wir fliegen nach New York. Ich brauche Anregung, Großstadtfeeling, Kultur, kosmopolitisches Flair", schwärmte sie und sah uns beifallheischend an.

„Musst du nichts korrigieren?", versuchte ich mich als Spaßbremse.

„Nein, das habe ich alles erledigt", triumphierte sie.

Wie das denn bitteschön? Hatte sie Nachtschichten eingelegt oder krank gemacht? Für die meisten von uns waren die Osterferien dringend benötigte Korrekturzeit. Selbst auf Reisen wurden Klausuren mitgenommen.

„Na, das ist doch toll", meinte Carla, eine etwas ältere, manchmal recht eigensinnige Kollegin, gutmütig. „Mit wem fliegst du denn nach New York?"

Sandra zögerte kurz. „Mit meinem Freund. Aber das geht euch eigentlich nichts an." Überrascht sahen wir ihrem wippenden Pferdeschwanz hinterher.

„Respekt!", kommentierte Anna, eine nette Kollegin mit halblangen braunen Haaren und Brille, die mit beiden Beinen fest auf der Erde stand.

„Zickig wie ein Biest aus einer Daily Soap."

„Die hat wahrscheinlich gar keinen Freund", mutmaßte Kathrin, eine Deutschkollegin, die gerade kürzlich geheiratet hatte. „Habt ihr ihr Zögern bemerkt?"

„Wahrscheinlich fliegt sie mit ihrer Mutter. Oder noch besser: mit ihrer Großmutter", witzelte die Englischlehrerin Susanne, Mutter zweier quirliger Töchter.

„Und dann nicht zum Big Apple, sondern nach Plön. Da ist es nämlich schön – so für Senioren", unkte Carla trocken und wir brachen in schallendes Gelächter aus.

Als ich nach der fünften Stunde die Schule verließ, hatte ein frischer Westwind die trübe Wolkendecke zur Seite gepustet und so strahlte nun eine helle Aprilsonne vom makellos blauen Himmel. Schlagartig stieg meine Stimmung und ich hatte Lust auf einen spontanen Einkaufsbummel in der Innenstadt – ein Vergnügen, das ich nur selten als solches empfand und in der Regel zu vermeiden suchte.

Ich stöberte vor mich hin summend durch verschiedene Geschäfte und hielt mich besonders lange in der Buchhandlung auf. Wenn ich schon nicht verreisen konnte, wollte ich mir wenigstens einen Roman gönnen, der mich ans andere Ende der Welt entführte –

oder zumindest bis an die Nordsee. Außerdem erstand ich eine schöne in changierenden Stoff eingeschlagene Kladde für Tine, in der sie vielleicht ihre Gedanken notieren konnte. Für Nele, die es liebte, kleine Überraschungsgeschenke zu bekommen, suchte ich eine rosa, gemusterte Herzdose aus. Rosa war zwar eigentlich uncool, aber im Grunde ihres Herzens war mein Pubertätszombie doch ein romantisches Mädchen.

So ließ ich mich treiben und fand mich plötzlich in der Wäscheabteilung eines großen angesagten Bekleidungsgeschäftes wieder. Hmmm ... Wenn ich nun schon mal hier war ... Verstohlen blickte ich mich um, ob auch keine Schüler, Eltern oder Kollegen aus dem Kleiderdickicht hervorwuchsen. Unterwäschekauf war schließlich intimste Privatsphäre. Und in einer Kleinstadt wie unserer musste man mit allem rechnen. Niemand zu sehen.

Ich überlegte. Eigentlich trug ich ja, der Bequemlichkeit wegen, schlichte Baumwollschlüpfer, und meine zwei BHs, einer in Schwarz, einer in Weiß, reichten für den Schulalltag völlig aus. Ich konnte die ekstatische Verzückung meiner Geschlechtsgenossinnen angesichts angeblich aufreizender, letztlich aber kratzender Synthetikunterwäsche, die in der Regel sowieso niemand sah, außer sie selbst, nicht im Mindestens nachvollziehen. Doch selbst Nele hatte sich kürzlich für ihren Minibusen (Größe A) schon den dritten BH gleistet. Ganz romantisch, hellblau mit weißen Pünktchen und Schleifchen. Ich hatte jedenfalls kein einziges sexy Teil in meinem Schrank. Ob mir so etwas überhaupt stand? Ich hielt einen schwarzen Spitzenbody in die Höhe, der zwischen den Brüsten auch noch aufregend geschnürt wurde. Ob Arno das gefiel? Da hätte er jedenfalls etwas zum Auspacken.

Hinter mir kicherte es verdächtig. Blitzartig drehte ich mich um und entdeckte zwei Ständer weiter Laura und Michelle aus meiner sechsten Klasse, die sich offensichtlich nicht für mich, sondern für Push-up-BHs zu interessieren schienen. Als sie mich erkannten, liefen sie rot an, stammelten ein „Oh, hallo, Frau Holm" und ergriffen die Flucht. Ich grinste.

Vielleicht wäre es auch nicht verkehrt, für mein Projekt eine vorbereitende Maßnahme zu treffen, sozusagen eine Investition in meine Lebenszufriedenheit und Attraktivität. Möglicherweise würde es mich ja selbst scharf machen, zu wissen, dass ich unten drunter einen erotischen Fummel trug. Dann würde ich selbstbewusster auftreten und könnte mir ein geeignetes ... äh ... Exemplar an Land ziehen.

Also gut, ich sollte es einfach mal anprobieren. Vorsichtshalber nahm ich alle Teile zwischen vierzig und sechsundvierzig von der Stange, weil ich meine Größe in diesem Bekleidungssegment nicht einschätzen konnte. Hastig suchte ich die Umkleidekabinen auf, nicht, dass ich noch im letzten Moment von einem Bekannten gestellt wurde.

Puh. Geschafft. Und wie zog man diese Dinger nun an? Wahrscheinlich wie einen Badeanzug. Von oben reinsteigen. Ich begann vorsichtig mit Größe sechsundvierzig. Na, das war ja einfach. Ich blickte in den Spiegel. Okay, mit weißer Unterhose und weißem BH drunter sah es jetzt nicht so doll aus. Außerdem schlabberte der Spitzenstoff um meinen Körper. Aber sonst? So schlecht fand ich das gar nicht! Probieren wir mal die zweiundvierzig. Erst jetzt entdeckte ich, dass es hinten sogar einen Reißverschluss gab. Wie praktisch. Ob ich wenigstens mal den BH weglassen könnte? So aus hygienetechnischen Gründen war ich mir nicht sicher, ob das erlaubt war. Aber hier drinnen sah mich ja keiner. Vorsichtig zog ich mir den dünnen Spitzenstoff am Körper hoch, platzierte meinen Busen in die dafür vorgesehenen Körbchen und kugelte mir fast den Arm aus, um den Reißverschluss im Rücken einigermaßen zu schließen. Ta-daa! Das Ergebnis gefiel mir erstaunlicherweise viel besser als gedacht, auch wenn der Stoff am Busen ziemlich juckte. Ich drehte und wendete mich vor dem Spiegel. Irgendwie hatte das was.

Was sollte das Stück denn eigentlich kosten? Ich schielte auf das Preisschild an der Seite. Neunundsechzig Euro? So viel für ein Teil, das ich vielleicht niemals tragen würde, weil ich mir zu Hause schon wieder zu doof darin vorkam?

Hm. Ich betrachtete mich erneut. Doch. Das Wäschestück gefiel mir. *Ich* gefiel mir. Und das trotz des gnadenlosen Kabinenlichts, das jede Cellulitisdelle unbarmherzig ausleuchtete, was normalerweise immer dazu führte, dass ich den menschenfeindlichen Modehäusern, die eiskalt auf meinem Selbstwertgefühl herumtrampelten, nicht auch noch mein Geld in den Rachen werfen wollte.

Diesmal entschied ich mich anders. Dieses verführerische schwarze Teil mit kecker Schnürung – ich wollte es haben!

Dann mal runter damit. Ich fingerte nach dem Reißverschluss und erwischte ihn gerade so mit Mittel- und Zeigefinger. Ächzend versuchte ich, das dumme Ding zu bewegen. Aber es tat sich nichts. Mir brach der Schweiß aus. Okay, ganz ruhig. Arm ausschütteln und mit dem anderen probieren. Fehlanzeige. Da musste sich irgendetwas eingeklemmt haben. Was also tun? Fieberhaft ging ich meine Optionen durch. Einfach Klamotten drüber und abhauen? Völlig inakzeptabel. Was dann? Ich versuchte das Miststück so vom Körper zu pellen, aber als es mehrfach ungut krachte, ließ ich es besser bleiben. Also brauchte ich Hilfe. Mit klopfendem Herzen öffnete ich ganz langsam den Vorhang – einen Spalt breit in Kopfhöhe –, um die Lage zu sondieren. Das war ja mal wieder typisch: Servicewüste Deutschland. Wenn man jemanden brauchte, war niemand da. Aber wenn man nur mal in Ruhe und ungezwungen etwas durchstöbern wollte, wurde man gleich angequatscht.

Zaghaft rief ich: „Hallo? Ist hier jemand?"

Keine Reaktion. Resigniert zog ich den Vorhang wieder zu und starrte bewegungslos mein Spiegelbild an. Wie das Kaninchen vor der Schlange. Mir wurde erbärmlich heiß.

Du wirst doch wohl irgendeine vernünftige Lösung finden, dachte ich verzweifelt. Aber irgendwie hatte mein Denken ausgesetzt. Diese Situation war dermaßen absurd, dass mir nur noch Schlagzeilen durch den Kopf schossen: »Gefangen in Umkleidekabine! Scham hält verklemmte 45-Jährige über Nacht in Kaufhaus fest« oder »Sittenlose Lehrerin schockt Kunden« oder »Exhibitionistin in Wäscheabteilung gestellt« ...

Da hörte ich Schritte.

„Kann ich Ihnen helfen?", fragte eine resolute Frauenstimme.

„Ja bitte“, stammelte ich und öffnete vorsichtig den Vorhang.

„Oh, hallo Frau Holm!“

Ich starrte in blau-graue Augen in einem stark geschminkten Gesicht, die zu hellbraunen Haaren und einer Top-Figur in Pumps gehörten. Wer zum Teufel war das?

„Ich bin Heide Schröder. Die Mutter von Lukas aus Ihrem Grundkurs.“

Verdammte Scheiße!

„Wie nett. Gut, dass Sie da sind“, ich ordnete meine Gesichtszüge zu einem höflichen Lächeln. „Ich habe da ein kleines Problem“, versuchte ich die peinliche Situation zu überspielen und zeigte auf meinen Rücken. Während Frau Schröder in meinen Dunstkreis trat, meinen Stressschweiß riechen musste und mit drei Zentimeter langen Fingernagel-Attrappen den Reißverschluss bearbeitete, plauderte sie professionell freundlich über die neue Wäschekollektion von ... keine Ahnung. Ich hörte jedenfalls nicht zu, sondern wünschte mich weit weg in ein Paralleluniversum.

„So, Frau Holm, das hätten wir geschafft. Hier stimmt etwas mit dem Reißverschluss nicht. Falls Sie den Body kaufen möchten, suche ich Ihnen gerne einen anderen heraus. Größe zweiundvierzig, nicht? Der steht Ihnen wirklich gut.“

Ich lächelte sie matt, aber erleichtert und dankbar an, während sie den Vorhang öffnete und hinaustrat.

„Ach, hier bist du, Mama. Ich hab dich schon überall gesucht. Oh, hallo Frau Holm!“ Lukas musterte mich neugierig. Hektisch zerrte ich an dem Vorhang und hielt mit der anderen Hand krampfhaft den Body über meinem Busen fest. Ich wollte nur noch sterben.

Frau Schröder zerrte ihren Stalker-Sohn mit sich und schimpfte leise auf ihn ein: „Mensch Lukas! Wie oft habe ich dir gesagt, dass du nicht in die Damenumkleide kommen kannst!“

Ich glaubte eigentlich nicht an Schicksal. Aber das hier waren eindeutige Zeichen. Der verführerische Spitzenbody und ich sollten einfach nicht zusammenkommen.

Schweißgebadet und gedemütigt schlich ich schließlich aus der Umkleidekabine und wollte nur noch auf dem schnellsten Weg diesen Ort des Grauens verlassen. Da wehte Frau Schröder zu mir heran, in der Hand wie eine Fahne *meinen* Body, damit auch jeder sehen konnte, was sich diese kräftig gebaute, mittelalterliche Schachtel hier für einen Reizwäschetraum erfüllen wollte.

„Hier, Frau Holm, diesen hatten wir noch auf Lager. Es ist der letzte. Ich habe extra die Nähte und den Reißverschluss überprüft.“

Ich zögerte.

„Sie sollten ihn nehmen. Er stand Ihnen ausgesprochen gut. Außerdem“, sie lächelte mir zu, „müssen wir Frauen uns manchmal einfach etwas Schönes gönnen.“

Ich konnte nicht anders. Und griff zu, obwohl mir bewusst war, dass Frau Schröder einfach ihren Job gut machte.

„Das mit Lukas tut mir sehr leid“, fügte sie noch hinzu und warf einen ärgerlichen Blick über meine Schulter. Gestärkt durch die neuerliche Wendung der Ereignisse, winkte ich großmütig ab. Dann folgte ich ihrem Blick.

Am Rande der Damenwäscheabteilung standen nicht nur Lukas, sondern auch noch Alex und Max, zwei weitere Testosteronprotze aus meinem Deutsch-GK, und feixten, während sie gleichzeitig wie wild in ihre Smartphones tippten. Wahrscheinlich wusste bereits die ganze Oberstufe, wie sich Frau Holm hier lächerlich gemacht hatte.

Da erwachte in mir ein heiliger Zorn. Ich nickte Frau Schröder zu, straffte die Schultern und marschierte auf dem Weg zur Kasse direkt auf die Knaben zu. Die heilige Johanna, geharnischt mit Spitzenunterwäsche in höherer Mission – im Kampf um die innere Unabhängigkeit! Die drei sahen mir unsicher grinsend entgegen. Ich wedelte mit meiner Spitzenerrungenschaft.

„Hallo, Jungs, wenn ihr groß seid, dürft ihr so etwas vielleicht auch einmal ausziehen!“

Dann stolzierte ich erhobenen Hauptes von dannen.

30

Tine war gerührt, als ich ihr das Mitbringsel überreichte. Und Nele geriet ob der Herzchendose in typische Schulmädchenverzückung.

„Boah, ist die süß, die ist ja sooo süüüß! Ich komm nich drauf klar!"

„Wie bitte?"

„Danke, Mama!" Überschwänglich fiel sie mir um den Hals, als hätte ich ihr ein Pony geschenkt.

„Und was hast du Papa mitgebracht?"

Arno kam neugierig näher.

„Ich ... äh ..."

„Allen schenkst du was, dir selbst kaufst du ein Buch und Papa bekommt gar nichts?", bohrte Nele unerbittlich weiter. Sie hatte wirklich ein Händchen dafür, Missstimmung zu verbreiten. Arno war schon wieder in Richtung Küche verschwunden, wahrscheinlich, um sich seine Enttäuschung nicht anmerken zu lassen. Böse funkelte ich Nele an:

„Ich habe diese Dinge für euch zufällig gefunden und für Arno zufällig nichts. Musst du daraus ein Drama machen?"

„Du bringst Papa doch nie was mit", entgegnete sie ungerührt, als wäre dies ein schlagender Beweis für meine eheliche Untauglichkeit und Lieblosigkeit.

Leider hatte sie nicht ganz Unrecht, insofern, als es mir tatsächlich schwerfiel, Arno zu beschenken. Kleinere Wünsche erfüllte er sich meist selbst und sofort.

Und dann war ich auch noch wenig fantasievoll. Weil er aber auch so gar nichts sammelte: weder Briefmarken noch Pfeifen, Modellautos oder Krawatten, Biergläser oder Playboyhefte – worüber ich natürlich grundsätzlich nicht unfroh war. Andererseits machte es das Spontanschenken echt schwierig. Da fiel mir etwas ein.

Arno stand an der Spüle und schälte Kartoffeln. Ich näherte mich von hinten, legte die Arme um ihn und flüsterte ihm ins Ohr: „Für dich habe ich auch noch etwas zum Auspacken. Später!"

So hatte ich mir das zwar eigentlich nicht vorgestellt, aber was tat man nicht alles, um den ehelichen Frieden wiederherzustellen. Ich hasste es, neue Klamotten zu tragen, die nicht mindestens einmal in der Waschmaschine gewesen waren. Aber gut, es würde ja nur für einen kurzen Moment sein. Außerdem konnte ich so die Wirkung des Spitzenteils auf ein männliches Objekt testen.

Als alle ins Bett gegangen waren, streifte ich schnell meinen neuen ultrascharfen Reizbody über und begutachtete mich nochmals im Spiegel. Doch, ich gefiel mir immer noch. Punkt eins meiner To-do-Liste, körperliche Attraktivität steigern, trug erste Früchte! Jetzt war ich auf Arnos Reaktion gespannt. Im Bademantel hastete ich zu seinem Schlafzimmer. Er lag schon im Bett, aber las noch. Als er mich erblickte, leuchtete sein Gesicht auf. Das machte mir Mut, schließlich war ich nicht gerade die geborene Verführerin.

„Du solltest doch auch noch etwas auspacken", versuchte ich irgendwie erotisch zu hauchen und öffnete langsam meinen Bademantel.

Hatte da Arnos Mundwinkel gezuckt?

Lasziv ließ ich den Mantel von meinen Schultern gleiten und kniete mich vor Arno aufs Bett. In seinem Gesicht wechselten die unterschiedlichsten Emotionen: Überraschung, ... Begehren, ... Spott, ... SPOTT??? Dann wieder Staunen, während seine Augen über meinen sexy verpackten Körper glitten. Als er den Blick endlich davon lösen konnte und mir ins Gesicht schaute, sah ich allerdings nur eines in seinen Augen: ein riesiges Fragezeichen.

Was bitteschön war denn hier unklar?

Aber noch gab ich mich nicht geschlagen. Ich lächelte ihn verführerisch an und wies auf das Satinband an der Korsage, das er doch jetzt bitte mal aufschnüren könnte. Seine Augen wanderten folgsam wieder an mir hinab und blieben zwischen meinen Brüsten hängen. Dann fixierten sie etwas, wurden größer und erstarrten.

Was war denn jetzt wieder?

Er streckte die Hand aus und fingerte ein winziges Preisschild hervor, das ich übersehen hatte.

„Du hast siebzig Euro für diesen Quatsch ausgegeben?"

Ich schnappte nach Luft.

„Du hast im Ernst *siebzig Euro* für diesen Karnevalsfummel aus dem Fenster geworfen?", wiederholte er in gesteigerter Lautstärke. Er war richtig wütend.

Aber ich erst. Ich sprang vom Bett, raffte meinen Bademantel um mich und schrie ihn an, welch ein gottverdammter Idiot er sei und dass er diesen Kostenaufwand tatsächlich in keinster Weise verdient habe!

„Hör doch auf“, konterte er schneidend. „Du weißt genau, dass ich auf diesen Nuttenscheiß nicht stehe. Das hast du doch gar nicht für *mich* gekauft!“

„Sag mal, spinnst du? Für wen denn wohl sonst?“, meine Stimme überschlug sich.

„Genau das frage ich mich auch!“, brüllte er zurück, löschte demonstrativ das Licht und drehte sich zur Wand.

Ich schlug die Tür hinter mir zu und stapfte in mein Zimmer. Scheißegal, ob mich jemand hörte. Nur Kalli tat mir ein bisschen leid, der mit eingezogenem Schwanz in seinem Körbchen lag und mich aus großen Augen anstarrte.

In meinem Zimmer schmiss ich mich bebend aufs Bett und weinte mich in den Schlaf.

Wie konnte Arno nur so ätzend sein?

31

Als der Wecker um sechs Uhr zwanzig klingelte, fror ich entsetzlich und fühlte mich wie zertreten. Ich schleppte mich ins Bad und befreite mich von dem Unglücksbody, der nun ganz zerknautscht war. Der Spitzenstoff – oder war es die Chemie darin – hatte auf meiner Haut rote Stellen hinterlassen. Ich stopfte ihn nach ganz unten in den Wäschesack und wusste nicht, ob ich ihn jemals wieder hervorholen würde. Nach einer heißen Dusche und meinem Fitness-Müsli ging es mir etwas besser. Zum Glück begegnete ich niemandem, außer Kalli natürlich, der mich vorsichtig anwedelte. Tine schlief wohl noch, genau wie Nele, die heute ausnahmsweise erst zur dritten Stunde in der Schule sein musste. Und Arno tat sowieso gut daran, sich nicht blicken zu lassen.

Als ich aus der Haustür trat, lächelte die Sonne zaghaft von einem weißgetupften Himmel. Also beschloss ich, das Fahrrad zu nehmen und mir den Kopf frei zu strampeln. Ich fühlte mich immer noch wie betäubt und meine Gedanken kreisten um eine einzige Frage: Wie konnte mich mein Mann, der mich liebte, so dermaßen verletzen?

Mist. Fast hätte ich vergessen, dass ich für meinen Grundkurs Brötchen mitbringen sollte. Wir wollten in unserer letzten Stunde vor den Ferien gemeinsam frühstücken und dabei – na was wohl – einen Film ansehen. Immerhin eine Literaturverfilmung: *Das Parfüm.* Also machte ich kehrt und fuhr noch die Schleife zum Bäcker, bei dem ich die Brötchen bestellt hatte. Skeptisch sah mir die Bäckereifachverkäuferin dabei zu, wie ich die fünfundvierzig Rundstücke in einer Art Ballnetz am Fahrradlenker befestigte und eiernd davonfuhr. Mir war alles egal.

Als ich den Klassenraum betrat, war ich dann doch einigermaßen gespannt, ob meine drei Stalkerschüler von gestern irgendeine Bemerkung fallen lassen würden. Aber zunächst gab es das übliche Chaos, weil die Hälfte des Kurses – natürlich die männliche – die Frühstücksutensilien vergessen hatte und dann das Abspielgerät streikte und erst von mir und dann von zwei technisch hochbegabten Schülern überredet werden musste, doch noch ein letztes Mal vor den Ferien seinen Dienst für uns zu tun.

Endlich kehrte Ruhe ein. Die Schülerinnen und Schüler mümmelten ihre Brötchen und starrten dabei auf die etwas unschöne Geburt von Grenouille zwischen stinkenden Fischabfällen. Ich hatte *Das Parfüm* berufsbedingt bereits zweimal gesehen und mehrmals gelesen, deshalb konnte ich innerlich abschalten und mich ganz meinen seelischen Schmerzen widmen.

Erst am Ende der Stunde, als ich die übriggebliebenen Krümel von den Tischen wischte, rief mir Lukas als einer der Letzten zu: „Schöne Ferien, Frau Holm! Und viel Spaß!“ Dabei hob er spitzbübisch-anzüglich zweimal seine Augenbrauen und grinste mich breit an. Doch das konnte ich ihm einfach nicht übel nehmen und empfand es weder als dreist noch übergriffig.

Deshalb lächelte ich verschmitzt zurück und deutete ein Zwinkern an. „Dir auch viel Spaß bei allem, was *du* so treibst."

Dieses kleine Geplänkel hatte mir ein wenig Auftrieb gegeben. Lukas war ein netter Junge. Und wenn immerhin ein Siebzehnjähriger sich vorstellen konnte, dass ich in dem schwarzen Hauch von Spitze Wahnsinnssex hatte, dann war es ja wohl Arno, mit dem etwas nicht stimmte!

Nachmittags, ich hatte geschlafen und musste für die letzten drei Unterrichtsstunden am nächsten Tag nichts mehr vorbereiten, war das Haus immer noch auffällig still. Der Verbleib von Arno war mir natürlich egal. Ein Blick in den Hundekorb verriet mir allerdings, dass er sich wohl draußen herumtrieb. Sollte er doch dahin gehen, wo der Pfeffer wächst! Aber wo war Tine? Behutsam klopfte ich an ihre Zimmertür.

„Herein!"

Tine saß an dem winzigen Tisch vor dem Fenster, der sonst als Ablage für allen möglichen Schriftkram diente, und beugte sich über die Kladde, die ich ihr gestern geschenkt hatte. Ihre Haare waren verstrubbelt und als sie sich zu mir umdrehte, glänzten ihre Augen und ihre Wangen waren gerötet.

„Hey, du hast wohl einen richtigen Flow."

„Kann man so sagen. Ich hätte nicht gedacht, dass mir das Schreiben so viel Spaß macht."

Ich ließ mich auf ihr Bett fallen und lehnte mich an die Wand. „Das freut mich."

„Und selbst?"

„Ach, lass mal."

„Ihr habt gestern noch heftig gestritten. Wegen mir?"

„Quatsch."

„Also?"

„Du hast genug Sorgen, da will ich dich nicht noch mit meinem Kinderkram behelligen."

„Johanna, ich werde ungeduldig. Los jetzt, behellige mich!"

„Also gut", stöhnte ich und erzählte ihr die ganze unerfreuliche Geschichte von dem desaströsen Einkauf (Tine bemühte sich redlich, nicht zu lachen) und dem abendlichen Nachspiel.

„Arno hat dich also eiskalt abblitzen lassen?"

„Und mir sogar noch miese Vorwürfe gemacht, der alte Geizhals."

„Tja, das kenne ich. Vor allem das mit dem Abblitzen", meinte Tine bitter.

„Ich weiß, deshalb wollte ich dir ja auch gar nicht ..."

„Papperlapapp", schnitt sie mir das Wort ab. „Lass mich mal überlegen ..."

Eine Minute später fragte Tine: „Darf ich etwas zu Arnos Verteidigung sagen?"

„Nein!", stieß ich empört aus. „Du bist *meine* Freundin und hast die moralische Verpflichtung, auf *meiner* Seite zu stehen!"

Sie griente und tätschelte beruhigend mein Bein. „Das tue ich auch. Aber kannst du es mal ..."

Ich hielt mir die Ohren zu, kniff die Augen zusammen und begann, laut und unmelodiös zu singen: „Lalalala-lalalalalala ..." Das war zugegeben albern, aber es funktionierte. Zu einem empathischen Perspektivenwechsel war ich noch nicht bereit. Ätz-Arno sollte weiter ganz alleine in der Schuld-Ecke stehen!

Irgendwann verstummte ich und sah Tine wieder an. Sie schüttelte konsterniert den Kopf.

„Das habe ich von Nele“, erläuterte ich, „hat sie früher manchmal gemacht, um unseren wohlmeinenden elterlichen Vorhaltungen zu entfliehen.“

„Ich hätte dich gerade würgen können.“

„Ich weiß“, grinste ich. „Willst du auch einen Kaffee?“

Abends machten wir uns zum Zumba auf. Ich war froh, dass sich Tine von ihrer schriftstellerischen Selbstfindung loseisen ließ. Arno war mir zwar über den Weg gelaufen, aber wir hatten uns ignoriert, der Blödmann. Es war ja wohl an *ihm*, den ersten Schritt zu tun. Schließlich hatte er *mich* verletzt.

Beim Zumba lief es gut. Die Schrittfolgen klappten immer besser und die laute Musik übertönte alle anderen Stimmen in meinem Kopf. Neben mir stolperte Dennis in einem neuerlichen Farbrausch über seine eigenen Füße. Dass er ebenfalls wieder da war, freute mich, denn ich hoffte, ihn endlich näher kennen zu lernen.

Knallrot im Gesicht und mächtig ausgepowert wischte ich mir am Ende gerade mit meinem Pullover den Schweiß von der Stirn, als Ingrid, die interessante ältere Tanzgenossin, an uns herantrat und fragte, ob wir noch mit ins King's kämen. Wir wollten! Genau darauf hatte ich insgeheim gehofft und extra Duschsachen eingepackt. Tine war natürlich auch mit von der Partie.

Das King's war ein gemütlicher Irish Pub mit holzvertäfelten Wänden und kleinen Nischen, in denen sich geflochtene Stühle um schwere Eichentische gruppierten. An den Wänden hing Bierwerbung auf

Metallschildern, so ungefähr aus den letzten zweitausend Jahren. Ich war ja eigentlich nicht so die Kneipengängerin. Da ich wenig Alkohol trank und mich bei Gesprächen mit meiner Freundin oder meinem Mann nicht von hundert Augenpaaren beobachten lassen musste, sah ich für diese Art des Zeitvertreibs nicht so die Notwendigkeit. Aber um ungezwungen neue Leute kennen zu lernen, war es hier ganz passend. Ich schaute mich an unserem Sechsertisch um. Links von mir saß Tine, rechts Ingrid, daneben Dennis, der seine Haare zu einem Pferdeschwanz zusammengebunden hatte, eine schwarze Lederjacke trug und, wenn mich nicht alles täuschte, seine Augen schwarz geschminkt hatte. Mir gegenüber bestellte Tatjana, die stark tätowierte Zumba-Fortgeschrittene, gerade ein Bier. Jetzt, wo ich sie genauer von vorne sah, sonst blickte ich ihr ja überwiegend auf die verzierten Waden, erkannte ich mehrere Piercings in Nase und Augenbrauen. Und dann war da noch Doris, schätzungsweise etwas jünger als ich, mit fransigen, gut schulterlangen Haaren, in denen rotblonde Strähnchen mit ihren strahlend blauen Augen um die Wette leuchteten.

Als wir alle unsere Getränke vor uns stehen hatten, erhob Ingrid ihr Glas und prostete uns zu. „Auf unser aller Gesundheit!“

„Auf die Liebe!“, fügte Dennis enthusiastisch hinzu.

„Auf den Sex!“, ergänzte Tatjana.

Ich zuckte unmerklich zusammen und schielte zu Tine.

„Möge er uns bis ins hohe Alter erhalten bleiben!“, rief Doris.

„Und in der Ehe!“, vervollständigte Tine und kippte das halbe Weizenbier ihre Kehle hinunter.

„Jetzt erzähl mal“, schoss Doris nach Absetzen ihres Glases auf Dennis los, „wie war denn nun dein Date letzte Woche?“

Alle wendeten sich gespannt dem Angesprochenen zu, der kein Problem damit zu haben schien, sein Liebesleben vor uns Neuen auszubreiten.

„Also, ihr Süßen, ihr werdet es nicht glauben, ...“, theatralisch fächelte er mit der Hand durch die Luft und setzte zu einer detaillierten und blumigen Schilderung seines Treffens an, die gespickt war mit Diminutiven und Anglizismen. Seine neue Flamme habe ein herzallerliebstes Lächeln und die warmherzigsten braunen Augensterne, in die er sich je verguckt habe. Außerdem verfüge er als Wirtschaftsjurist über ein hohes Budget, fahre ein schnuckeliges BMW-Cabrio und teile sein durchgestyltes Appartement mit zwei entzückenden Kätzchen.

„Hach, Kinder, he makes me crazy! Wenn ich an ihn denke, flattern in meinem Magen ganz viele kleine Schmetterlein!“

Ich unterdrückte den Drang, laut aufzulachen. Stattdessen hob ich spontan mein Glas und prostete ihm übermütig zu. „Stößchen!“

Eine Stunde später hatten wir erfahren, dass Doris als Rechtsanwaltsgehilfin arbeitete und die gepiercte Tatjana als Krankenschwester. Ingrid entfachte mein Fernweh, indem sie von ihrer letzten Reise nach Griechenland schwärmte, und über Dennis, der die meiste Zeit still versunken in sich hineinlächelte, erfuhren wir, dass er Hairstylist war.

„Ihm gehört das Number One am Neumarkt“, klärte uns Ingrid auf und tätschelte stolz Dennis’ Hand. Überrascht sah ich ihn an. Der Laden war, wenn ich meinen Kolleginnen in der Schule Glauben schenken wollte, eine der Top-Adressen, wenn es um Haare und Kosmetik ging.

„Und vom Haareschneiden versteht der Junge was“, lobte Ingrid weiter und zeigte auf ihren Kopf, während Dennis geschmeichelt abwinkte. Tatsächlich war mir bereits Ingrids freche Kurzhaarfrisur aufgefallen, die gekonnt ihre hohen Wangenknochen zur Geltung brachte. Während ich mir innerlich eine Notiz machte, sah ich zufällig zu Doris hinüber, die eine ihrer kunterbunten Strähnen zwischen den Fingern zwirbelte und angestrengt in ihr Bierglas starrte. Tja, da war sie wohl beim Falschen gewesen. Als sich unsere Blicke trafen, verzog sie spöttisch einen Mundwinkel. Sie musste das Gleiche gedacht haben.

Zwei Baileys später begaben Tine und ich uns beschwingt auf den Rückweg. Es gab noch mehr nette Menschen in dieser Stadt! Jawoll! Da konnten uns die Arnos und Klausis doch gestohlen bleiben!

32

„Juchuuu! Endlich Ferien!" Ich wirbelte Nele in unserer Auffahrt herum, wie wir es immer zu Ferienbeginn taten, auch wenn sie jetzt schon fast so groß wie ich war und natürlich eigentlich zu erwachsen für diesen Kinderkram.

Die letzten drei Schulstunden waren auch noch irgendwie rumgegangen, ich hatte mich von Schülerinnen und Kolleginnen (und den jeweils männlichen Varianten) für zweieinhalb Wochen verabschiedet und nun hätte eigentlich das übliche P und P auf dem Plan gestanden: Packen und Putzen. Aber das fiel ja nun flach. Mir grauste vor den nächsten zwei Tagen, denn unsere langjährige Erfahrung hatte gezeigt, dass es dem Familienfrieden äußerst zuträglich war, wenn Stress und Hektik der letzten Schultage in Stress und Hektik vor der Abfahrt zu einer Urlaubsreise einmündeten. Die wenigen Male, an denen wir nicht hatten wegfahren können, waren die Hölle gewesen. Aus dem Hamsterrad Schule heraus war ich ins Nichts gefallen und wusste gar nicht, wohin mit mir und den Stresshormonen, mit denen mein Körper vollgepumpt war. Die Folgen waren heftige Übellaunigkeit und Gereiztheit, unter denen Arno, Nele, Kalli – und ich selbst – zu leiden hatten.

Diesmal also würde diese lebensrettende beschwingte Betriebsamkeit im Hause fehlen, und da

Arno und ich uns sowieso noch nicht wieder grün waren, konnte das ja heiter werden!

Voll böser Vorahnungen betrat ich das Haus. Kalli begrüßte uns überschwänglich, Nele tobte nach oben und ich stutzte, denn es duftete verführerisch nach frischem Kaffee und selbstgebackenen Brötchen. Argwöhnisch betrat ich die Küche.

Tine strahlte mich über einen üppig gedeckten Tisch hinweg an. „Ihr kommt genau richtig, der Ferienbrunch ist fertig!"

Außer den üblichen Sonntagsfrühstückszutaten hatte Tine Rühreier, Speck und kleine Würstchen gebraten, Lachsscheiben und Krabben besorgt, Tomaten mit Mozzarella und Basilikum angerichtet, einen Obstsalat geschnibbelt und Waffeln gebacken. Gerührt nahm ich Tine in den Arm. „Danke. Das ist fantastisch! Mir läuft das Wasser im Mund zusammen!"

Auch wenn ich es noch schöner gefunden hätte, wenn sich Arno diese Mühe gemacht hätte, freute ich mich riesig über diese Geste.

Wo war er überhaupt? Auf dem Weg zum Bad sah ich ihn emsig seine Sachen packen. Am Montag musste er zu seinem Kunden nach Frankfurt. Er konnte es wohl gar nicht erwarten, wegzukommen. Sollte er ruhig! Mir doch egal! Ich ignorierte ihn, bis wir alle am Tisch saßen. Trotz des Festmahls und Ferienbeginns wollte sich bei mir keine ausgelassene Stimmung einstellen. Zum Glück plapperte Nele munter mit Tine und erläuterte ihr ihre Ferienpläne, die darauf hinausliefen, möglichst viele Tage bei ihren Freundinnen zu verbringen. Schön, dass ich das auch erfuhr!

„Und was habt *ihr* vor?“, fragte Tine arglos und sah von Arno zu mir und wieder zurück. Ich zuckte mit den Schultern, aber Arno informierte uns knapp, dass er gedenke, noch an diesem Abend nach Frankfurt aufzubrechen.

„Wie bitte?“, schnappte ich.

„Was dagegen?“, schnappte er zurück.

Nele verdrehte die Augen und schloss schon mal, in Erwartung des nun normalerweise folgenden verbalen Schlagabtausches, das Fenster. Armes Kind. Ich holte gerade Luft für den ersten Angriff, als Tine – begütigend wie eine Pastorin – die Hände ausbreitete und verkündete, sie wolle uns etwas sagen.

„Also“, sie blickte uns drei der Reihe nach an, „ich habe beschlossen zu verreisen.“

Im Ernst?

„Ich bin mir noch nicht im Klaren, wie es mit meiner Ehe weitergehen soll, aber ich weiß, dass ich noch mehr Zeit brauche. Zeit für mich. Und ich brauche Abstand. Deshalb fliege ich nach Frankreich, an die Côte d'Azur. Ich möchte Nizza und Cannes und Marseille sehen. Da wollte ich schon immer hin. Und außerdem werde ich Franzi in Bordeaux besuchen.“

Ich war sprachlos. Tine hatte bereits alles vorbereitet: in der Praxis vier Wochen Urlaub durchgesetzt, mit Klaus das Finanzielle geregelt und über das Internet einen Flug gebucht. Last Minute. Heute Abend zwanzig Uhr. Ab Frankfurt nach Marseille.

Moment. Frankfurt? Ich blickte von Tine zu Arno. Der signalisierte mir, dass er keine Ahnung gehabt habe.

„Ich möchte euch danken, vor allem dir, Johanna, dass ihr mich aufgenommen habt und so lieb zu mir wart ...“, ihre Augen füllten sich mit Tränen. Meine auch. Ich sprang auf und schloss sie in die Arme, ganz fest.

„Mensch, Tine. Es wird alles gut. Ganz bestimmt!“

Dann hielt ich sie von mir weg. „Aber wenn du auch nach Frankfurt musst, kannst du doch mit Arno fahren?!“

Sie nickte vorsichtig. „Das wäre echt supi!“

Also brach doch noch die bekannte Reisehektik aus. Tine suchte plötzlich ihren Reisepass, weil sie fürchtete, dass trotz des Schengener Abkommens der Personalausweis nicht ausreichen könnte, Arno hatte seine Buchungsbestätigung für das Hotel in Frankfurt verlegt und musste seinen gesamten E-Mail-Verkehr der letzten Tage durchforsten, um den Beleg erneut ausdrucken zu können. Ich half, wo ich konnte, packte einige Lebensmittel und Getränke für die Fahrt zusammen, suchte nach meinem Schlafsack, den Tine für den Notfall mitnehmen wollte, und räumte nebenher die Küche auf. Um vierzehn Uhr mussten die beiden spätestens los, wenn sie bei dem Verkehrsaufkommen zu Ferienbeginn eine Chance haben wollten, den Flieger zu erreichen.

Um drei Minuten vor zwei winkte ich den Rücklichtern unseres Volvos hinterher.

Puh.

Ich atmete durch und fühlte auf einmal eine bleischwere Leere in mir.

„Ich fahr dann auch mal! Bis die Tage!“ Nele klingelte fröhlich mit ihrer Fahrradklingel und wollte an mir vorbeiziehen.

„Moment mal, Fräulein“, energisch trat ich ihr in den Weg.

„He, was soll’n das?“

„Würdest du mir vielleicht verraten, wohin du willst?“, ich merkte, wie ich zu keifen begann.

„Jetzt mach dich mal locker“, wisperte sie. Peinlich berührt blickte sich Nele um. Auf offener Straße von der Mutter angeraunzt zu werden, war echt uncool.

„Hör auf mit solchen Sprüchen!“, schimpfte ich. „So kannst du mit deinen Freundinnen reden, aber nicht mit mir!“

„Ich hab doch gesagt, dass ich bei Lisa schlafe.“

„Erstens: Das hast du so konkret nicht gesagt. Zweitens: Warum muss das schon gleich heute sein? Drittens: Wann kommst du wieder?“

„Mensch Mama, sei doch froh, endlich mal Zeit für dich alleine zu haben. Genieß deine Ferien! Ich bin morgen Nachmittag wieder da.“

Sie schmiegte sich an mich und gab mir einen Kuss auf die Wange.

Natürlich ließ ich sie ziehen. Schließlich war ich eine Mutter, die loslassen konnte.

Da stand ich nun. Allein. Richtig allein. Kein Mann, kein Kind, keine Freundin. Nur ein Hund – irgendwo. Alle zog es hinaus in die Welt. Weg von hier ... weg von mir? War ich so schrecklich, dass alle Reißaus vor mir nahmen?

Mit hängenden Schultern schlich ich in die stille Leere des Hauses zurück.

Ich sah mich um und wusste nichts mit mir anzufangen. Ich fühlte mich wie abgewürgt, ausgebremst. Eben noch auf der Autobahn mit Tempo hundertachzig, hatte ich nun keinen Boden mehr unter den Füßen. Hing in der Luft. Die Stille lärmte in meinem Kopf. Ziellos tigerte ich durch die Zimmer und betrat dann die Terrasse. Grauer Himmel über mir, graue Leere in mir.

Arno und ich hatten uns zum Abschied nur flüchtig umarmt und es kaum geschafft, uns in die Augen zu sehen. Tine und ich drückten uns lange. Wir wussten, was wir aneinander hatten. Sie würde mir fehlen. Verdammt. Sie fehlte mir jetzt schon.

Und Arno? Wieso musste er heute schon nach Frankfurt? Das war so nicht abgemacht! Hatte ich ihn womöglich vertrieben? Aber genau genommen hatte *er* doch *mich* verletzt! Oder hatte der plötzliche Aufbruch gar nichts mit mir zu tun? Hatte sich der tyrannische Kunde nochmal gemeldet? Davon hatte mir Arno allerdings nichts gesagt ... Welch ein Zufall, dass Tine und Arno heute beide nach Frankfurt mussten ... welch ein Zufall ...

Plötzlich begann mein Herz zu hämmern und eine Adrenalinwalze pumpte sich durch meinen Körper, bis sie die Außenhaut erreichte und von innen erhitzte, als hätte mich ein Stromschlag getroffen. Arno und Tine? Das konnte nicht sein.

„KALLI! KARL MARX!!!“ Wo bist du, du verdammter Köter?! Wenn ich dich mal brauche, bist du nicht da! Ich stapfte durch den Vorgarten an den Zaun und brüllte die Straße hinunter. Mir doch egal, was die Nachbarn von mir dachten. Von ganz hinten kam er mit fliegenden Ohren und schlackernden Lefzen die Straße heruntergerannt. Ich holte die Leine, zog Regenjacke und Turnschuhe über und marschierte mit dem reumütigen Hund im Schlepptau los. Als hätte ich einen Turbo angeworfen, stürmte ich Richtung Feld, sodass Kalli mich irritiert ansah, weil ihm keine Zeit für sein Markierungszeremoniell blieb.

In meinem Kopf rotierte es. Noch kämpfte ich mit mir, ob ich diesen ungeheuerlichen Gedanken überhaupt zulassen sollte. Aber es war wie verhext: An etwas nicht zu denken, funktionierte einfach nicht. Die Saat des Misstrauens war gelegt. Und ein Gedanke, der einmal in der Welt war, ließ sich nicht mehr zurücknehmen – egal, ob es sich um physikalische Erkenntnisse handelte, die die Welt verändern, oder um etwas so Banales, dass der eigene Mann mit der besten Freundin ...

Das Blut pochte laut in meinen Ohren. In unvermindertem Tempo nahm ich eine kleine Anhöhe in Angriff. Heftig stieß ich den Atem aus, stemmte die Füße in den Boden, schoss einen im Weg liegenden Stein davon, stapfte weiter. Immer weiter. Atmen, marschieren, atmen. Konnte das wirklich möglich sein? Möglich? Ja. Die beiden hatten notgedrungen fünf Vormittage allein zusammen im Haus verbracht. Beide kochten gerne. Beide wollten mehr Sex. Beide hatten Stress mit ihrem Ehepartner. Heftig sog ich Luft in die Lungen. Aber würden sie tatsächlich diesen Verrat an mir begehen?

Oben auf dem Hügel angekommen hielt ich keuchend inne. Kalli war noch hinter mir. Mein Blick jagte über die Landschaft und ich spürte diesem Wort nach: Verrat. Wonach schmeckte das? Dass sie mein Vertrauen missbraucht hatten? Dass sie sich hinter meinem Rücken zusammentaten und mich ausschlossen? Sich möglicherweise sogar noch über meine Naivität lustig machten? Und nun zusammen auf dem Weg in ihr Liebesnest waren?

Nein! Stopp! STOPP!!!

Ich befand mich doch nicht in einer melodramatischen Liebesschnulze! Meine Fantasie ging eindeutig mit mir durch ...

Ich trat einen Schritt zurück, drehte mich um und sah in die andere Richtung. Mir das Worst-Case-Szenario auszumalen, war wenig hilfreich. Es brachte nur eines: unnötige Schmerzen und ohnmächtige Wut. Beides wollte ich nicht.

Okay, erst mal tief ein- und ausatmen. Ich ließ meine Arme kreisen und drehte den Kopf in jede Himmelsrichtung. So. Jetzt ganz ruhig und rational. Bestandsaufnahme: Mein Gefühls-Tsunami basierte auf reiner Spekulation. Was theoretisch möglich wäre, war in der Realität dennoch wenig wahrscheinlich. Auch wenn es gewisse Gemeinsamkeiten gab. Genau genommen hatte ich keine einzige Veranlassung für mein Misstrauen. Ich war aufgewühlt und hatte auf etwas reagiert, dass nur in meinem Kopf vorhanden war, ein gedankliches Konstrukt mit größtmöglichem Schmerzeffekt. Weder Arno noch Tine traute ich ein solches Verhalten wirklich zu.

Tief atmete ich durch und ließ die Anspannung von mir abfallen. Eine Weile wiegte ich mich sanft hin und her wie eine Weide im Wind, um mein inneres Gleichgewicht wiederzufinden. Dann rief ich nach Kalli und folgte dem Weg wieder hinab vom Feldherrenhügel. Ich fühlte mich tatsächlich, als hätte ich eine Schlacht geschlagen. Seelisch gefestigt, aber körperlich erschöpft schlich ich auf dem Rückweg dahin. Plötzlich wunderte ich mich über mich selbst. Woher kam diese Angst, dieses Misstrauen? Oder war es Eifersucht? Eigentlich kannte ich dieses Gefühl gar nicht. Arno und ich – das war so klar, so selbstverständlich. Wir waren ein Paar, das sich nicht immer wieder in Frage stellte, keine ständigen Grundsatzdiskussionen um die Beziehung führen musste. Wir gehörten zusammen und wollten auch, dass es so blieb.

Gegen acht Uhr abends klingelte wie verabredet das Telefon. Bei uns war es üblich, dass sich derjenige, der unterwegs war, meldete, wenn er angekommen war. Betont fröhlich nahm ich ab.

„Na, mein Schatz, wie war die Fahrt? Ist Tine gut weggekommen?"

„Die Fahrt war fürchterlich. Die A7 eine einzige Baustelle, Stau ohne Ende ...", Arno klang müde.

„Hat Tine denn ihren Flug noch erwischt?"

„Theoretisch ja."

„Und praktisch?"

„Praktisch hat sie einen Fehler bei der Buchung gemacht, nämlich auf Klaus gebucht, weil sie seine Kreditkarte hatte."

„Und das heißt?"

Im Hintergrund hörte ich eine Frauenstimme. „Hallo! Johanna-Schatz!"

„Tine?"

„Du glaubst nicht, wie dämlich ich war!", sie kicherte atemlos. „Aber jetzt ist alles in trockenen Tüchern. Hab für morgen früh einen anderen Flug bekommen. Arno hat mir sehr geholfen!"

Ist ja toll.

„Du, in Frankfurt ist die Hölle los. Irgendeine Schönheitsmesse. Es war absolut kein Zimmer mehr zu kriegen."

„Und nun?"

„Ich schlafe bei Arno mit im Doppelzimmer. Das macht dir doch nichts aus, oder?"

Wie könnte es?

„Ah, da kommt unser Essen! Ich mach mal Schluss. Tschüssi, Küssi! Und keine Sorge wegen Arno! Ich pass schon auf ihn auf!"

33

Zugegeben. Ich hatte schon erholsamere Nächte. Ich träumte wirres Zeug von der Schule und wurde zwischendrin immer wieder wach, weil ich meinte, Arno zu hören, der lieber durch hundert Baustellen zu mir zurückgefahren war, als eine Nacht neben unserer Nachbarin zu verbringen.

Morgens saß ich mit verquollenen Augen am Küchentisch, schmierte mir lustlos ein pappiges Brötchen vom Vortag mit einer extra dicken Schokoschicht und überlegte, wie ich die nächsten Tage verbringen sollte – mal abgesehen von dem, was sich in meinem Kopf und Herzen so abspielte. Zum Korrigieren hatte ich natürlich am ersten Tag der Ferien überhaupt keine Lust. Für die Oberstufenklausur würde ich drei Tage benötigen und die Erörterung, die ich in der 9. Klasse hatte schreiben lassen, müsste in eineinhalb Tagen zu schaffen sein. Aber jetzt brauchte ich erst mal Abstand von der Schule.

Mein Sechs-Punkte-Plan? Ich gähnte. Im Moment fehlte mir jeglicher Elan. Wobei ich genau genommen ja schon einiges erreicht hatte. Zumba, Gewerkschaft, Haare, Fitness ... und Attraktivität. Okay, dieser Punkt war durch den Reinfall mit dem Spitzenbody irgendwie etwas ausgebremst worden. Blieben Punkt vier und sechs. Kurz horchte ich in mich hinein, ob für eine eigenständige Reise nicht genau *jetzt* der richtige Zeitpunkt gekommen wäre. Aber ich merkte, dass ich mich lieber wieder ins Bett verkrümeln wollte, als irgendeine Aktivität in diese Richtung zu entfalten. Die Reise also später. Und was war mit meinem Projekt ‚sekundäre Defloration'? Ich stützte den Kopf in die Hände. Verdammter Sex! Als ob der so wichtig wäre im Leben! Tines Ehe drohte daran zu zerbrechen. Und Arno und ich? Auch wir hatten unsere Probleme. Wer weiß, ob mir Arno nicht in genau dieser Nacht untreu geworden war, weil ich ihn – seiner Meinung nach – vernachlässigte.

Ich raufte mir die Haare.

Und nicht nur Ehen gingen daran kaputt. Sex war ein Unterdrückungsinstrument! Die restriktive Sexualmoral der katholischen Kirche, die jahrhundertelange patriarchale Beschränkung der weiblichen Lust, erzwungener Sex, der hunderttausende von Kindern und Frauen entwürdigte und seelisch zerstörte, Genitalverstümmelungen, Massenvergewaltigungen als Kriegsstrategie, um die männlichen Feinde zu demütigen.

Ich stöhnte. Und da wollte ich mich auf die Suche nach einem weiteren Sexualpartner begeben und damit eventuell noch mehr Leid und Schmerz heraufbeschwören? Ich musste verrückt gewesen sein, als ich diesen absurden Einfall notiert hatte. Kopfschüttelnd trank ich einen Schluck des lauwarmen Kaffees. Was war nur in mich gefahren? Welch hirnrissige Idee ... mal abgesehen davon, dass weit und breit sowas von kein passender Kandidat zu finden war. Beziehungsweise, dass ich nicht in der Lage war, jemand passenden aufzureißen. Seufzend vergrub ich mein Gesicht in den Händen.

Oder sollte ich mich an Dennis heranmachen? Er ging ja bewundernswert locker mit seinen sexuellen Erfahrungen um. Ich lächelte schlapp. Da würde es zumindest nicht bis zum Äußersten kommen, aber ich könnte ein bisschen Flirten üben.

Mensch, das klang jetzt aber mächtig abgebrüht. So war ich doch gar nicht. Außerdem mochte ich Dennis, in seiner ganz eigenen Paradiesvogel-Art. Vielleicht sollte ich mir einfach mal einen Termin bei ihm geben lassen. Schließlich könnte ich so langsam einen Übergangsschnitt gebrauchen.

Gesagt – getan. Ich griff zu Telefonbuch und Hörer und hatte fünf Minuten später für Dienstag einen Termin ergattert, bei Monsieur le Chef himself.

Da ich nun immerhin so viel Tatkraft aufgebracht hatte, konnte ich nun auch irgendwie weitermachen. Ein Blick aus dem Fenster verriet mir, dass es trocken war, die Wolkendecke an manchen Stellen sogar aufriss und blauen Himmel freigab. Also los, ab in den Garten! Kalli musste sowieso raus.

Ich zog mir meine schmuddelige Gartenjeans an, mit dem Riss am Oberschenkel, die ich höchstens zweimal im Jahr in die Waschmaschine steckte, weil sie eh sofort wieder dreckig wurde, ein altes T-Shirt und die graue Fleecejacke. Jetzt, Mitte April, waren die meisten Krokusse schon verblüht. Perlhyazinthen, Narzissen und Tulpen warteten noch auf ein paar wärmere Sonnentage, um in ihrer Farbenpracht zu erblühen. Das Gleiche galt für die Obstbäume. Ein Glück, denn ich wollte unbedingt noch einige Schnittmaßnahmen durchführen. Ich arbeitete konzentriert mit Astschere und Baumsäge, verrückte wiederholt die Leiter, um das tote Holz herauszusuchen und die längsten Triebe zu kappen, und trat zwischendrin immer wieder einige Meter zurück, um den Fortschritt meines Werks zu begutachten. Ich schwitzte, zog meine dicke Jacke aus und freute mich über den nun fast makellos blauen Himmel, vor dem sich die prallen Knospen der Apfel- und Kirschbäume als zarte Silhouetten abzeichneten. Noch wenige Tage, dann würde die Natur in einem Farbenrausch explodieren.

Ich stand auf der obersten Sprosse der Leiter und reckte mich mit der Astschere nach einem Zweig hoch oben in der Baumkrone – eine zugegeben etwas waghalsige Aktion –, als Kalli um die Ecke fegte und gerade noch die Kurve um meine Leiter kriegte. Mit Rosa hatte ich allerdings nicht gerechnet. Sie tobte hinter Kalli her, war aber aufgrund ihrer überdimensionalen Größe längst nicht so wendig wie dieser. Scheppernd krachte sie mit ihrer Breitseite gegen meine Leiter.

„Verdammt, Rosa!“, kreischte ich und griff reaktionsschnell in die Äste, während die Leiter langsam Schlagseite bekam. Die Astschere landete krachend auf dem Boden. Mit einem Fuß hangelte ich hektisch nach der obersten Sprosse, denn meine Hände umklammerten zwei dünne Äste, die jeden Moment nachgeben würden. Kurz rechnete ich mir meine Überlebenschancen aus, wenn ich jetzt hier den Abgang machte ...

Da merkte ich, wie mich jemand mit festem Griff um das Schienbein fasste und meinen Fuß sicher auf den obersten Tritt zurückstellte.

„Die meisten Unfälle passieren im Haushalt“, sagte eine ruhige Stimme.

Leander!

„Was machst du denn hier?", keuchte ich.

„Dich retten zum Beispiel?"

„Pfff."

Mit wackligen Knien stieg ich vorsichtig die Stufen hinab, während Leander unten die Leiter hielt. Meine Beine zitterten so stark, dass ich blöderweise den vorletzten Tritt verpasste und unsanft zu Boden plumpste. Leander fing mich auf. Oh Gott, wie peinlich! Wie ein nach Schweiß stinkender, klebriger Mehlsack fiel ich dem nervigen Nachbarn in die Arme.

Als ich mich zu ihm umdrehte, hatte er seine Hände immer noch an meinen Hüften und sah mich spöttisch an. Also wirklich ... ich ... das ... so ging das aber nicht!

Er war mir eindeutig zu nah.

So nah, dass ich seinen Geruch wahrnahm –Waldboden und Aftershave – und seine unglaublich blauen Augen studieren konnte.

Energisch schob ich ihn von mir weg und fauchte: „Wenn dein Monster mich nicht in Lebensgefahr gebracht hätte ..."

„... hättest du hier alles voll im Griff gehabt. Mir liegt nichts ferner, als das zu bestreiten." Er grinste. Dann sah er mich prüfend an.

„Was ist? Hab ich wieder Schokolade im Gesicht?"

„Nein. Aber warte mal." Langsam hob er seine Hand und pflückte mir einige Knospen und Rindenstücke aus den Haaren. Verwirrt hielt ich still und spürte die Wärme, die von seiner Hand ausging.

Mein Herz holperte und ich errötete wie ein Schulmädchen.

Abrupt wandte ich mich ab und marschierte Richtung Haus. „Willst du auch was zu trinken?"

Einige Augenblicke später saßen wir nebeneinander auf der Treppe zur Terrasse und hielten jeder ein Glas mit Apfelschorle in der Hand – Waffenstillstand. Wir beobachteten die Hunde, die nicht genug voneinander bekommen konnten. Ich hatte mich schnell etwas hergerichtet, ein frisches T-Shirt und einen BH angezogen. So fühlte ich mich schon wohler.

Die Sonne wärmte jetzt richtig, und wenn man die Augen schloss, ließ sich der Sommer erahnen.

Nicht, dass ich mich jetzt hier irgendwie hätte entspannen können.

Leander streckte seine Beine aus, die in einer olivfarbenen Trekkinghose steckten, und seufzte wohlig. Verstohlen musterte ich ihn aus dem Augenwinkel. Er trug ein schwarzes, kurzärmeliges T-Shirt mit Knopfleiste. Seine Oberarme, die von seinem Aufenthalt in Afrika immer noch braun waren, zeigten ansehnliche Bizepse. Auch die Unterarme waren muskulös und von sichtbaren Adern überzogen. Seine Uhr trug er an der Innenseite des breiten Handgelenks und rechts mehrere Lederbänder –ich konnte keinen Ehering finden. Er sah aus, wie ich mir einen Naturburschen und Abenteurer vorstellte.

Verdammt. Er war unheimlich attraktiv. Wieso hatte ich das nicht früher bemerkt?

Im Stillen verfluchte ich mich dafür, dass ich so simpel gestrickt war und auf diese männlichen Attribute ansprang.

Bevor es noch peinlich werden konnte, platzte ich heraus: „Bist du Rosamunde Pilcher Fan?“

„Klar!“

Schockiert sah ich ihn an. „Sicher?“

Um seine Mundwinkel zuckte es. „Okay, vielleicht solltest du mir vorher erklären, wer das ist.“

Ich klärte ihn auf, dass es sich um die Quotenkönigin der seichten Liebesschnulzen handelte.

„Wie kommt’s, dass du noch nie von ihr gehört hast?“

Er zuckte mit den Schultern. „Ich habe keinen Fernseher.“

Das war ungewöhnlich. „Und lesen tust du auch nicht?“

„Doch. Aber keine Liebesromane. Warum fragst du überhaupt?“

Ich zeigte auf seine Hundedame, die schwanzwedelnd gerade Kallis kompletten Kopf in die Schnauze nahm.

Leander lachte – ein tiefes, männlich-kehliges La...

Hör auf!

„Rosa ist nach Rosa Luxemburg benannt, die die Theorie von Karl Marx weiterentwickelt hat und von der der berühmte Satz stammt: ‚Freiheit ist immer die Freiheit des Andersdenkenden‘.“

„Danke für die Belehrung.“

„Entschuldige, mir hätte klar sein müssen, dass du so etwas weißt.“

„Ich vergebe dir.“

„Ihr Name ist meine Art der Ahnenverehrung.“

„Na, dann ist es ja kein Wunder, dass unsere beiden Hunde so einen Narren aneinander gefressen haben. Zwei linke Visionäre, sie funken auf der gleichen Wellenlänge“, meinte ich amüsiert.

Leander schenkte mir sein Daniel-Day-Lewis-Lächeln – und mir stockte schon wieder der Atem.

„So, ich muss dann mal los.“ Er drehte sein Handgelenk und sah auf die Uhr.

Och nö! Ich hätte da noch jede Menge Gesprächsthemen.

„Brauchst du irgendwas? Ein Sicherheitsnetz oder eine Erste-Hilfe-Ausrüstung? Ich muss noch einkaufen.“

Ich hörte großzügig über seine Frechheit hinweg. „Nein Danke, Arno hat mich für die nächsten fünf Tage versorgt. Er ist geschäftlich in Frankfurt “, fügte ich hinzu und hätte mich am liebsten selbst irgendwo hingebissen. Musste ich mich ihm so auffällig an den Hals werfen?

Er stellte sein Glas ab, stand auf und pfiff nach Rosa. Ich sah zum ihm hoch. „Auch wenn's mir schwerfällt, das zu sagen: Danke für die Rettung.“

„War mir ein Vergnügen.“ Er zwinkerte mir charmant zu, dann schnappte er sich Rosa, die partout nicht einsah, dass sie ihren Freund nun verlassen sollte, und verschwand – den widerspenstigen Hund hinter sich herziehend – hinter der Hausecke.

Da saß ich nun, kraulte Kalli tröstend den Kopf und fragte mich, ob ich einen Kandidaten für meinen sexuellen Selbsterfahrungstrip gefunden hatte. Aber ein Nachbar? Dem konnte man hinterher so schlecht aus dem Weg gehen. Noch dazu verheiratet und mindestens zehn Jahre jünger! Wie sollte ich den überhaupt in ein Bett kriegen? Ich war komplett ratlos. Mensch Tine, jetzt könnte ich eine Freundin mit Erfahrung gebrauchen!

Ob sie schon in Südfrankreich angekommen war? Und was machte mein treuloser Ehemann? Na warte, der würde sich heute Abend am Telefon einiges anhören müssen!

34

Um Punkt 15.00 Uhr betrat ich am Dienstag den Beauty-Salon, das angesehene Number One. Die letzten Tage hatte ich ruhig verbracht: einiges im Garten erledigt, zum Beispiel endlich mal wieder die Blumenbeete gedüngt – das letzte Mal musste einige Jahre her sein –, viel gelesen und geschlafen. Natürlich war ich auch mit Kalli unterwegs gewesen und hatte Ausschau nach Leander gehalten. Doch der war mir nicht über den Weg gelaufen, was Kalli ziemlich bekümmerte. Zwar hatte ich erwogen, rein zufällig und natürlich nur wegen der Hunde, bei Leander vorbeizuschauen, aber dafür fehlte mir dann doch der Mumm. Sollte ja nicht so aussehen, als würde ich alte Schachtel dem jungen Nachbarn hinterherlaufen.

Schließlich hatte ich mit Arno telefoniert und Tacheles geredet. Zuerst hatte er gar nicht verstanden, was ich von ihm wollte, dann hatte er gelacht und am Ende war er sauer geworden.

„Weißt du überhaupt, was das für eine Nacht war?"

Kann ich mir schon denken.

„Halb angezogen an der Bettkante zu schlafen, am nächsten Morgen einen wichtigen Termin und neben dir eine Frau, die selbst im Schlaf noch redet?"

Okay, das hörte sich authentisch gequält an. Also gab ich mein letztes Misstrauen auf und bemitleidete Arno angemessen.

Nun also der Frisiersalon. Als ich eintrat, schlug mir die typische föngeschwängerte Luft entgegen. Das Ambiente war schick, in schwarz und lila gehalten, die Einrichtung kubistisch-modern und kein klischeehafter Leopardenprint und roter Plüsch, wie Dennis' ausgefallener Sportklamottengeschmack hätte vermuten lassen. Eine junge rothaarige Frau mit zwei Zentimeter langen künstlichen Wimpern und drei Zentimeter langen künstlichen grünen Fingernägeln nahm mich freundlich in Empfang und führte mich zu dem einzigen unbesetzten Stuhl. Rechts neben mir saß ein explodierter Alu-Igel. Erst beim zweiten Hinsehen erkannte ich ihn.

„Doris!"

„Johanna!"

Wir lächelten uns verschwörerisch zu.

„Bist du auch zum ersten Mal hier?", fragte ich.

Meine Zumba-Mittänzerin nickte vorsichtig. „Um zu retten, was zu retten ist. Ich hoffe, Dennis weiß, was er tut", fügte sie skeptisch hinzu.

Dann kam der ganz in schwarz gewandete Meister herangerauscht.

„Aahh, hallöchen, meine beiden Zumba-Freundinnen. Johanna, Schatz, was kann ich für dich tun?" Der Maestro trat hinter meinen Stuhl, blickte mich fachmännisch im Spiegel an und fuhr mir sanft durch die Haare. Mich durchfuhr ein wohliger Schauer und ich konnte gut verstehen, warum viele Frauen mindestens einmal im Monat zum Friseur gingen. Ich räusperte mich und erklärte ihm, dass ich meine Haare wachsen lassen wolle und dafür einen Übergangsschnitt benötige. Er nickte und zupfte an meinen Haaren herum, was mir weitere Gänsehautwellen über den Rücken jagte.

„I love it, Darling. Die meisten Frauen lassen sich mit zunehmendem Alter die Haare immer kürzer schneiden. Jammerschade. Und wie sieht es mit ein bisschen Farbe aus?"

Er inspizierte meinen Haaransatz und die Haarstruktur, was ungemein professionell wirkte.

„Wieso Farbe?", fragte ich misstrauisch.

„Du wirst langsam etwas grau, Schätzchen", er zeigte mir mehrere Stellen.

Ich war schockiert.

„No problem. Wir fangen sanft an und lassen es ganz natürlich aussehen. Vertraust du mir?" Er sah mich mit einem Dackelblick an. Konnte man da nein sagen?

Ja. Konnte man.

Ich zögerte.

Dann sah ich mich zu Doris um, die aufmunternd nickte, und seufzte: „Okay, no risk no fun!"

Doris hob zustimmend den Daumen. Vielleicht hätte ich warten sollen, bis sie ihre Alu-Verpackung wieder los war.

Zwei Stunden später betrachtete ich das Ergebnis aufmerksam im Spiegel. Meine Haare waren leicht durchgestuft und die Spitzen etwas fransig geschnitten, wodurch sie nicht so aalglatt herunterhingen. Es sah frech und – ja – irgendwie jugendlich aus. Meine braune Haarfarbe war an einigen Stellen sommerblond aufgehellt, was so wirkte, als hätte ich vier Wochen auf einem Segeltörn im Mittelmeer verbracht. Ich strahlte.

„Dennis, das gefällt mir!"

Auch Doris, die neben mich getreten war, nickte anerkennend. Sie selbst hatte eine komplette Typveränderung durchgemacht. Sie schien ebenfalls zufrieden. Ihre vormals zweifelhaft bunten und zotteligen Haare waren in einem strengen, fast schwarzen, relativ kurzen Kleopatra-Bob gebändigt. Das war mutig, stand ihr im Kontrast zu ihren blauen Augen aber ausgesprochen gut.

„Ah, meine Schönen", Dennis war zu uns getreten und bewunderte uns gebührend. „Habt ihr zwei Hübschen Lust auf ein Tänzchen heute Abend?"

Doris und ich sahen uns unentschlossen an.

„Im Chapeau-Claque legt heute ein Freund von mir Musik auf."

Das war eine Kneipe in der Innenstadt mit kleiner Tanzfläche.

„So was wie Marianne Rosenberg?", fragte ich skeptisch.

„Nicht doch, querbeet. Aus den Siebzigern, Achtzigern, Neunzigern ..."

„... und das Beste von heute", beendeten Doris und ich im Duett den nervigen Radioslogan.

Eigentlich sprach nichts dagegen. Ich hatte Ferien, war ewig nicht mehr tanzen gewesen, konnte meine neue Frisur ausführen und vielleicht eine Flirtoffensive starten.

„Ich bin dabei!", verkündete ich. Doris hatte auch Lust und so verabredeten wir uns für abends, einundzwanzig Uhr.

Beschwingt verließ ich Dennis' Schönheitstempel, stieg aufs Rad und freute mich auf den Abend. Blieb nur noch die Kleiderfrage zu lösen. Arno war nicht da.

Sollte ich mich also mal etwas gewagter anziehen? Arno mochte weder hohe Absätze noch Röcke, Miniröcke schon gar nicht. Wenn ich mit meinem Ehemann ausging, was ja selten genug vorkam, konnte ich so etwas also nicht tragen, zumindest wenn ich nicht die Stimmung vermiesen wollte. Folglich besaß ich auch nichts dergleichen. In meinem Schrank befanden sich ausschließlich Hosen. Ich grübelte. Hmmm.

Nele hatte Kleider und Miniröcke! Mensch, fast hätte ich mich an die Stirn geschlagen. Das war *die* Idee! Ich strampelte schneller, um nach Hause zu kommen. Meine Tochter hatte kundgetan, den heutigen Tag und die Nacht bei Maja zu verbringen: Mädelsabend (nachdem sie ja immerhin die letzten drei Tage zu Hause bei ihrer einsamen Mutter genächtigt hatte). Für mich hieß das: sturmfreie Bude!

Ich flog die Treppe hinauf und enterte Neles Zimmer. Als ich ihre Schranktüren öffnete, fiel mir ungefähr ein Kubikmeter Kleidungsstücke vor die Füße. Na warte! Ich hatte Nele morgens zum Aufräumen verdonnert, weil ihr Teppichboden unter der Klamottenschicht nicht mehr erkennbar war, was an und für sich noch kein Problem darstellte. Nur die Essensreste darunter, die auf Tellern, in Joghurtbechern und Butterbrotdosen begannen ein Eigenleben zu führen, hatten in mir die „spießige Ordnungsfanatikerin" zum Vorschein gebracht.

Egal jetzt. Ärgern konnte ich mich später. Ich schob alles mit dem Fuß zur Seite und griff nach den Bügeln, an denen Neles Kleider hingen. Ein schwarzes Etuikleid hatte es mir angetan. Nele und ich waren annähernd gleich groß, aber natürlich war sie schlanker.

Andererseits hatte ich bereits etwas abgenommen. Ob ich es wagen sollte?

Ich nahm das Kleid mit in mein Zimmer, zog mich vor dem Spiegel aus und zwängte mich hinein.

„Hallo Mama!!!"

Ich erstarrte. Was wollte das Kind denn ausgerechnet in *dieser* Minute zu Hause?

„Hallo! Wo bist du denn?"

Verdammter Mist. Jetzt aber schnell.

Ich zerrte an dem engen Rock und zog ihn hoch. Gleichzeitig versuchte ich, mit dem Ellbogen aus dem Ärmel zu kommen.

Ich hörte, wie sie die Treppe heraufstapfte.

Mist! Mist! Mist!

Ich zog und zerrte, die erste Naht krachte.

„Mama?" Ich hörte, wie Nele eine Tür aufmachte, offenbar die zum Badezimmer. Mein Herz raste, ich bekam kaum noch Luft. Das dusselige Kleid hatte sich um Brust, Hals und Gesicht verdreht, und ich fühlte mich wie im Schraubstock.

„Mensch, Mama!" Nele öffnete genervt meine Schlafzimmertür. „Warum antwortest du denn ..." Sie riss die Augen auf und erfasste die Situation mit einem Blick. Ich stand in *ihrem* Kleid vor dem Spiegel, hochrot im Gesicht, nach Luft schnappend wie eine Raupe in einem zu eng gewordenen Kokon.

Jetzt gab es nur zwei Möglichkeiten: Tot umfallen oder cool bleiben.

„Gut, dass du gerade kommst, Schatz. Könntest du mir mal helfen, bevor das Kleid explodiert?"

„Mama, das ist MEIN KLEID!", kreischte meine Tochter mit sich überschlagender Stimme – nicht ganz zu unrecht, wie ich einräumen musste. Fassungslos erwog sie, mich meinem Schicksal zu überlassen. Dann war ihr das Kleid zum Glück wichtiger. Nach kurzem Zögern und weiterem Geschimpfe hatte mich Nele befreit und wir sanken nebeneinander auf mein Bett.

„Ich sag's dir ein für alle Mal: Du hast an meinem Kleiderschrank *nichts* zu suchen!"

„Schon gut", antwortete ich zerknirscht. Irgendwie war das hier verkehrte Welt. Den Satz hatte ich unzählige Male ihr gegenüber ausgesprochen – und ebenso häufig hatte sich Nele darüber hinweggesetzt. Na gut, das thematisierte ich jetzt mal besser nicht.

„Was sollte das eigentlich werden?", fragte Nele nach kurzer Zeit etwas milder gestimmt.

Tja Tochter, wie soll ich es formulieren. Dass ich einen Mann aufreißen wollte? Dass ich ein höchst geheimes Projekt zur Selbstverwirklichung verfolgte, welches möglicherweise meine Ehe gefährden und aus dir eine Scheidungswaise machen würde ...?

„Ich will heute Abend zum Tanzen gehen", seufzte ich und erklärte ihr knapp mein Vorhaben. „Und da wollte ich mal etwas schicker aussehen."

Sie musterte mich skeptisch. Dann riss sie die Augen auf. „Warst du etwa beim Friseur?"

„Gefällt's dir?"

„Warum hast du mich nicht mitgenommen?", maulte sie. „Ich muss auch mal wieder zum Spitzenschneiden."

„Wie oft soll ich dir noch sagen, dass ich dafür kein Geld ausgebe. Die Spitzen kann man sehr gut alleine schneiden. Ich zeige dir gerne, wie das geht", sagte ich bestimmt und stand auf. Meine Tochter hatte einen Friseurtick. Den wollte ich nicht noch unterstützen.

„Was ist nun?“, forderte ich sie auf. „Hilfst du mir, etwas Passendes zu finden?“

Wir durchkämmten gemeinsam ihren Schrank und entschieden uns schließlich für einen schwarzen Minirock aus Stretch (nicht zu kurz) und eine weite schwarze Bluse, die ich locker darüber hängen ließ. Nele war Feuer und Flamme. Modenschau und Stilberatung waren genau ihr Ding – da hatte meine Erziehung gegen tradierte Weiblichkeitsattribute komplett versagt. Bevor meine Tochter wieder loszog (sie hatte für ihren Freundinnenabend eigentlich nur die DVD *Keinohrhasen* holen wollen), nahm ich sie in den Arm.

„Danke für deine Hilfe.“

„Gern geschehen“, sie gab mir einen Kuss. „Ich frage mich nur, für wen genau du dich so aufbrezelst?“

Tja, wenn ich das mal selber wüsste.

35

Im Chapeau-Claque war es laut, aber noch nicht sehr voll. Über der Tanzfläche in der hinteren Ecke drehte sich einsam eine Discokugel, ansonsten war sie leer. An der Bar und an den Tischen versammelte sich gemischtes Publikum, so ab fünfundzwanzig Jahre aufwärts, schätzte ich. Zum Glück, denn auf eine Party mit der halben Oberstufe meiner Schule legte ich keinen gesteigerten Wert. Ich sah mich auf der Suche nach Doris und Dennis um und bemerkte, wie ich selber als Neuankömmling gemustert wurde. Das war ein Moment, in dem ich normalerweise am liebsten im Boden versank. Aber heute Abend war ich die toughe, sexy, souveräne, äh ... Mittvierzigerin, die wusste, wie gut sie aussah und was sie wollte. Ja, genau!

Verdammt, wo waren denn die beiden? Ich stelle mich doch nicht alleine an die Bar?! Na gut, da wird mir wohl nichts anderes übrig bleiben. Ich hole mir etwas zu trinken, dann bin ich wenigstens beschäftigt und weiß, wohin mit meinen Händen.

Mit etwas wackeligen Knien steuerte ich den Tresen an und wurde im selben Moment erlöst, als ich ihn erreichte, denn Dennis und Doris drehten sich zu mir um und begrüßten mich freudig. Ich hatte sie von hinten einfach nicht erkannt.

„Ah, Bella!“, schmachtete Dennis und gab mir Küsschen links und Küsschen rechts. Er trug einen Haarreifen, ein weitaufgeknöpftes lilafarbenes Hemd und eine schwarze Lederhose. Doris hatte passend zu ihren Haaren die Augen schwarz umrandet und trug einen schlichten schwarzen Rolli mit kurzen Ärmeln zu einer schwarzen Jeans.

„Bin ich overdressed?“, raunte ich in ihr Ohr.

„Nein, du siehst gut aus!“, gab sie zurück.

Erleichtert bestellte ich mir ein Radler und versuchte, Dennis’ Plaudereien zu folgen, was schon allein wegen der Lautstärke im Raum schwierig war.

Ich ließ meinen Blick schweifen und beobachtete die Leute. Wie schafften es andere Frauen, auf so einer Veranstaltung einen One-Night-Stand abzuschleppen? Ich hatte mal in einem Film gesehen, dass man Augenkontakt aufnehmen, aber auf gar keinen Fall lächeln sollte. Also: ernst gucken. Gucken. Gucken. Gucken. Weggucken. Wegdrehen. Und dann warten, bis der Ausgeguckte einen ansprach. Ich käme mir schon beim Gucken doof vor. Und beim Warten erst recht.

„Aua!“ Empört drehte ich mich um. Da hatte mir irgendein Blödmann von hinten in die Rippen gestoßen.

„Oh Verzeihung!“ Ein großer Schlacks mit rotblonden Haaren sah zerknirscht zu mir herunter. „Es ist so eng hier. Darf ich dir zur Wiedergutmachung ein Bier spendieren?“ Sein Alkoholatem streifte meine Wange.

Ich hob eine Augenbraue. „Nein danke, ich habe noch“, gab ich genervt zurück und drehte mich wieder zu meinen Gefährten um.

Doris grinste mich spitzbübisch an. „Na, keine Lust auf einen Flirt?“

Verdattert sah ich sie an. „Meinst du, das war ein Annäherungsversuch?“

„Klar.“

„Wenn das seine Art zu flirten ist, möchte ich nicht wissen, wie schmerzhaft der Sex mit ihm sein muss."

Doris lachte schallend.

Ich schüttelte grinsend den Kopf und ging wieder auf meinen Beobachtungsposten. Das Lokal hatte sich gefüllt und immer mehr gut gelaunte Menschen sammelten sich an der Tanzfläche. Wäre hier überhaupt irgendjemand dabei, mit dem ich spontan ins Bett gehen würde, wilden Sex hätte, eine orgiastische Nacht ... oder mit dem ich zumindest erst mal flirten wollte? Ich scannte die Männer im Raum ab.

Nein, nein, no, mais non, oh Schreck, nö, der bestimmt nicht, nein, nein, nei... hmmm ... der Typ dahinten vielleicht. Relativ groß, aber kein Lulatsch, sportlich breit, muskulös, dunkelblaue Jeans, enges schwarzen T-Shirt, Gesicht männlich-kantig, Augen ...

Oh Hilfe! Er guckte direkt in meine Richtung! Schnell wandte ich mich ab. Puh, hoffentlich kam er nicht auf die Idee, dass ich etwas von ihm wollte ... Ich hob mein Glas an die Lippen und spähte erneut vorsichtig hinüber. Ah. Keine Gefahr mehr. Der Typ hatte sich in Luft aufgelöst.

„Kanntest du den?", frage Doris.

„Warum?"

„Weil du ihn so angestarrt hast und er jetzt genau hinter dir steht."

Erschrocken fuhr ich herum. Im selben Moment quietschte Dennis auf und warf sich dem Kerl an den Hals. Wie sich herausstellte, handelte es sich um einen Verflossenen mit Namen Frank, der seine Dennis-Maus ewig und drei Tage nicht mehr gesehen und heftig vermisst hatte. Doris und ich warfen uns einen amüsierten Blick zu und rückten etwas an die Seite, damit die beiden in ihren rosaroten Erinnerungen schwelgen konnten.

Auf der Tanzfläche tat sich leider noch immer nichts und zum Unterhalten war es mir zu laut, deshalb nahm ich meine Studien wieder auf und beobachtete die Balzrituale um mich herum. Die deprimierende Selbsterkenntnis an diesem Abend lautete: Ich war und blieb eine gehemmte Flirt-Analphabetin, die die menschliche Balzsprache weder verstand noch sprach und die noch nicht mal den Mut hatte, sie auszuprobieren.

Die ersten Tanzwütigen eroberten endlich die Tanzfläche, auch Doris wippte mit dem Fuß, also los! Auf dem Tanzparkett fühlte ich mich einigermaßen sicher. Da konnte ich die meisten Hemmungen abschütteln. Der Rhythmus ging mir sofort in die Beine. Ich schloss die Augen und legte los. Auch Doris gab Vollgas. Sie hatte Taktgefühl, das gefiel mir. Schon nach dem zweiten Lied schwitzte ich. Auf der Tanzfläche wurde es immer enger. Da wurschtelte sich Dennis zu uns durch, strahlte uns an, schrie ein Hallöchen und umtänzelte uns mit raumgreifenden Schritten. Er hatte einen ganz eigenen ausdrucksstarken Stil, bewegte seine Arme großräumig, sodass alle um ihn herum notgedrungen ausweichen mussten und wir mehr Platz hatten. Dass Dennis völlig unbeeindruckt vom Rhythmus des Liedes seinem eigenen folgte, störte ihn nicht im Geringsten. Nachdem ich zum dritten Mal aus dem Takt gekommen war und fast über meine eigenen Füße gestolpert wäre, sah ich besser wieder woanders hin.

Nach einer Stunde klebte meine Bluse am Rücken, die Füße begannen in den ungewohnten Pumps wehzutun und ich hatte Durst. Auch die anderen waren mit einer Pause einverstanden. Wir traten gerade den Rückzug von der Tanzfläche an, als sich eine Hand in meinen verschwitzen Rücken legte, was mir sofort unangenehm war. Als ich mich umwandte, sah ich in braune Augen, die mich auffordernd anfunkelten. Ich sog die Luft ein.

„Oh, hallo!", brachte ich hervor, während mir das Blut in die Wangen schoss. Es war Marc, der Zumba-Beach-Boy aus dem Tanzpalast, der Schwarm aller Zumba-Tussen.

Er griff nach meiner Hand und zog mich zurück auf die Tanzfläche. Ich war perplex. Der Tanz-Gott wollte mit mir ...?

Er hob meinen rechten Arm und ließ mich einmal hindurchtanzen. Dann fixierte er meine Augen, legte eine Hand an meine Hüfte und begann sich zu bewegen.

Ich hielt die Luft an und konnte mein Glück kaum fassen: Das ich *das* erleben durfte! Ein schöner Mann, der tanzen konnte und *mich* antanzte! Wie im Film!

Ich begann mich seinen Bewegungen anzupassen und mich auf die Musik einzulassen. Wir umtanzten uns, blickten uns immer wieder in die Augen, entfernten und berührten uns und ließen wieder los. Ich spürte, dass auch sein Hemd nassgeschwitzt war, spürte die heiße Haut darunter und die sich bewegenden Muskeln ...

Es war wie im Rausch. Ich vergaß alles um mich herum und pulsierte im selben Rhythmus wie Marc und die Musik. So hätte es ewig weitergehen können! Bitte, lass es wenigstens noch ein bisschen ... aber nein.

Das Lied ging zu Ende und es folgte ein harter Techno-Sound – für mich untanzbar.

Bedauernd sahen wir einander an. Dann brüllte Marc mir ins Ohr: „Kommst du wieder zum Zumba?"

Ich schüttelte den Kopf und brüllte zurück: „Nein!"

Weitere Erklärungen unter diesen akustischen Bedingungen waren unmöglich. Etwas überrascht nickte er mir noch einmal zu und verschwand dann im Gedränge.

Na toll!

„Holla, was für ein Sahneschnittchen!", empfing mich Dennis ganz aufgeregt an der Bar. Nun musste ich natürlich berichten, woher ich Marc kannte und Dennis erwog ernsthaft, das Tanzstudio zu wechseln. Einige Zeit schrien wir uns noch Plaudereien zu. Dann hatte ich genug. Mein Tanzdurst war gestillt, ich fühlte mich ausgepowert, und plötzlich, als hätte sich in mir ein Schalter umgelegt, nervte die laute Musik nur noch. Ich verabschiedete mich von meinen Begleitern.

„Tschüss, ihr Zwei! Bis morgen beim Zumba!"

Irgendetwas rief Doris noch hinter mir her, aber das verstand ich schon nicht mehr.

36

Der Nachtwind strich kühl über meine verschwitzte Haut. Ich zog die Jacke enger um mich und schob langsam mein Fahrrad. Der Himmel war sternenklar, der Mond zunehmend, nur hin und wieder zogen eilig zerzauste Wolken an ihm vorüber.

Ich ließ den Abend Revue passieren und versuchte, das Gefühl des völligen Gleichklangs im Tanz mit Marc noch einmal heraufzubeschwören, das leider ein so abruptes Ende gefunden hatte. Wie kann man erst so auf der Tanzfläche harmonieren und dann nicht weitermachen ... auf einer anderen Ebene, also bei einem guten Gespräch oder sonst wie ... er hatte mich regelrecht stehend sitzen gelassen. War das so seine Art? Machte er das immer so? War unser Tanz nicht das perfekte Vorspiel für ... ja, für eine leidenschaftliche Liebesnacht, eine klassische präsexuelle Kontaktaufnahme?

Für ihn offensichtlich nicht.

Und ich alte, verklemmte Schatulle sollte nicht immer alles überbewerten. Nur weil wir zusammen getanzt hatten, mussten wir ja nicht gleich ... Wahrscheinlich wäre ich sowieso zu alt für ihn. Ganz abgesehen davon, dass ich selbst im letzten Moment vermutlich wieder die Reißleine gezogen hätte.

Ich seufzte. So würde das nie was werden.

„Musst du auch in diese Richtung?"

„Oh, hey Doris! Ich dachte, du wolltest noch bleiben! Ja, ich muss hier lang." Ich zeigte rechts die Wilhelmstraße entlang.

„Dann können wir noch ein Stück zusammen gehen, wenn du magst."

„Klar."

Wir unterhielten uns über die Musik, das Tanzen, Zumba und unseren gemeinsamen Kumpel Dennis.

„Ist dieser Marc denn auch schwul? Als ihr getanzt habt, sah es nicht so aus."

Ich seufzte heftig. „Ich glaube nicht."

„Hätte gedacht, da läuft heute noch was mit euch", bemerkte Doris trocken.

Sollte ich erschrocken oder geschmeichelt sein?

Ich räusperte mich. „Dann habe ich mich wohl für eine verheiratete Frau und Mutter meines Alters ein bisschen daneben benommen?"

„Quatsch!" Sie schüttelte den Kopf. „Ich fand's sexy."

Wir schwiegen eine Weile und ich kämpfte mit mir, ob ich ihr von meinem Sechs-Punkte-Plan erzählen sollte. Einerseits war es ja doch sehr intim, ... andererseits hatten wir irgendwie dieselbe Wellenlänge.

„Es ist so ...", begann ich und umriss ihr eine verkürzte Version meines Selbsterfahrungstrips, mit dem Schwerpunkt darauf, meine Schüchternheit zu überwinden. Dass es dabei auch um Sex ging, brauchte ich ihr ja nicht zu enthüllen.

„Respekt!" Sie funkelte mich an.

„Wofür?", fragte ich überrascht.

„Dass du etwas Neues ausprobieren willst." Sie lächelte mich an. Wir blieben an der Straßenkreuzung stehen. Ich musste links weiter, Doris rechts.

„Also dann ...!" Ich wollte aufs Fahrrad steigen.

„Warte mal!" Sie hatte ihre Hände in den Hosentaschen vergraben und druckste herum.

„Was ist denn?" Ich sah sie neugierig an.

„Ich bin nicht so der diplomatische Typ", begann sie vorsichtig, ohne sich zu rühren, „bin ziemlich direkt."

„Das finde ich gut." Ich nickte ihr aufmunternd zu.

Sie nahm ihren Mut zusammen und sah mir offen ins Gesicht. „Das wird dich jetzt umhauen, aber ich sag es trotzdem: Ich würde dich total gerne küssen."

„Was?" In der Tat. *Das* haute mich um! Ich schnappte nach Luft und hatte das Gefühl, in einen Strudel geraten zu sein, der mir den Boden unter den Füßen wegzog.

„Keine Panik." Doris rührte sich nicht von der Stelle. „Ich falle nicht über dich her", ironisch verzog sie einen Mundwinkel.

Na, das war ja schon mal gut zu wissen. Mein Puls raste noch immer.

„Das hat noch keine Frau zu mir gesagt", brachte ich hervor.

„Aber vielleicht gedacht", meinte Doris schelmisch.

Ich sah sie sprachlos an.

„Johanna, tut mir Leid. Ich wollte dich nicht erschrecken." Sie trat einen Schritt zurück und hob vorsichtig die Hände. „Mir ist klar, dass du nicht lesbisch bist. Aber als du eben von neuen Erfahrungen sprachst, ... naja, da habe ich mich getraut zu fragen."

Ich betrachtete ihr Gesicht, dass von den fast schwarzen Haaren eingerahmt wurde. Dass sie lesbisch sein könnte, wäre mir im Traum nicht eingefallen. Ihre blauen Augen hielt sie erst gesenkt, dann blickte sie auf und sah mich ruhig an. In meinem Kopf tobte ein Sturm, der jeden klaren Gedanken hinwegfegte, fortblies, da war nur ein rauschendes Tosen und Brausen. Ich mochte Doris. Aber küssen?

„Okay, warum eigentlich nicht“, flüsterte ich und fuhr mir mit der Zunge über die trockenen Lippen. Doris' Gesicht leuchtete auf. Sie sah mich nochmal fragend an. Dann tasteten ihre Augen mein Gesicht ab und blieben an meinen Lippen hängen. Sie trat auf mich zu und ganz langsam näherte sie sich meinem Gesicht, berührte mit einer Hand zuerst meine Wange und legt ihren Kopf ein wenig schräg.

Ich schloss die Augen.

Und dann trafen sich unsere Lippen ... und es war genauso wie mit einem Mann ... und doch ganz anders.

Vor allem war es weich. Unendlich weich. Nichts piekste und kitzelte, nichts drückte. Sanft nahm Doris meine Unterlippe zwischen ihre Lippen und saugte spielerisch daran. Ich keuchte auf. Dann trafen sich unsere Zungen und erkundeten sich gegenseitig in einem langsamen und zarten Tanz.

Als wir uns voneinander lösten, seufzten wir gleichzeitig und mussten lachen.

„Uff“, machte ich. Und wir mussten wieder lachen.

„Hast du denn zur Zeit keine Freundin?“, fragte ich schließlich.

„Leider nicht.“

„Hmm. Auch wenn es unerwartet schön war“, ich hob in gespielter Strenge den Zeigefinger, „ich stehe nicht zur Verfügung.“

Sie nickte grinsend. „Verstanden! Aber wenn du mal Bock auf mehr hast ...“

Ich knuffte sie empört in die Schulter, dann schwang ich mich aufs Rad, rief Doris noch ein übermütiges „Schlaf gut, Darling!“ zu und trat beschwingt in die Pedale.

Ich hatte eine Frau geküsst!

ICH HATTE TATSÄCHLICH EINE FRAU GEKÜSST!!!

Wie cool war *das* denn?! Ich fühlte mich großartig! Wild! Verwegen! Frei!

Und der Kuss selbst? Gut, er hatte jetzt nicht meinen Körper entflammt, war mir nicht in den Unterleib gefahren. Also, ich war nicht feucht geworden oder so ... Aber es war schön gewesen. Unglaublich weich. Nun konnte ich ernsthaft verstehen, warum die meisten Männer lieber Frauen küssten als Männer. Und falls ich für mein Projekt ‚s.D.‘ keinen Mann finden sollte, nun, dann hatte ich jetzt noch eine andere Option.

37

Um kurz vor acht wachte ich auf und wusste, dass ich etwas vergessen hatte. Dann hörte ich es. Am Ende der Straße näherte sich der Müllwagen mit seinen charakteristischen Schnauf- und Scheppergeräuschen. Ich sprang aus dem Bett, hechtete die Treppe hinunter, warf mir eine Jacke über, schlüpfte in die Gummistiefel und sprintete zu unseren Mülltonnen. Heute war die schwarze Restmülltonne dran. Wenn man die vergaß, war das mülltechnisch gesehen der Super-GAU.

Puh. Gerade noch rechtzeitig.

Die beiden Kollegen der Müllabfuhr nickten mir grinsend zu und ich wollte warten, bis sie vorüber waren, damit ich unsere Tonne gleich wieder zurückstellen konnte. Nebenan trat Klaus aus der Haustür. Mensch, den hatte ich seit ungefähr einer Woche nicht mehr gesehen. In seiner Berufskleidung – Anzug und Krawatte – marschierte er zur Garage.

„Morgen, Klaus!“, rief ich ihm zu. Er hob kurz die Hand. Zögerlich trat ich an ihn heran.

„Wie geht's dir? Hast du schon was von Tine gehört?“

Er wandte sich mir zu. Sein Gesicht sah nach wie vor bleich aus, aber die Augenringe waren fast verschwunden. Vielleicht tat ihm der Abstand von Tine auch ganz gut. Er zuckte mit den Schultern. „Muss ja. Tine hat sich gestern gemeldet. Heute will sie weiter nach Cannes oder Nizza oder so, keine Ahnung.“

„Na dann“, ich nickte ihm zu, „mach's gut!“

Ich sah ihm nach, wie er die Garage aufschloss, und fragte mich zum hundertsten Mal, was aus den beiden werden sollte.

Ich stellte die entleerte Mülltonne an ihren Platz zurück, ging kurz ins Bad und kuschelte mich dann wieder in die Federn.

„Mama!!!"

Hä? Ich musste noch mal eingeschlafen sein.

„Maaamaaa! Wo bist du?" Nele polterte die Treppe herauf und riss meine Tür auf. „Weißt du eigentlich, wie spät es ist?"

„Ich habe Ferien", grummelte ich aus den Kissen.

„Hast du ein bisschen Geld für mich? Wir wollen shoppen gehen!"

„Bei dir piept's wohl! Nimm dein eigenes."

Nele verdrehte angesichts meiner Begriffsstutzigkeit die Augen. „Mama, ich brauche eine Übergangsjacke. Die muss ich ja wohl nicht selbst bezahlen!"

Ich stellte mich tot.

Mit mühsam beherrschter Ungeduld setzte sie sich zu mir aufs Bett. „Wie war es denn gestern Abend?", versuchte sie auf gut Wetter zu machen.

Ich setzte mich etwas auf.

„Hast du schon mal ein Mädchen geküsst?" Ich verfolgte interessiert, wie Nele ihre Gesichtsfarbe wechselte, von weiß zu rot und wieder zu weiß.

Dann krächzte sie: „Hast du was geraucht?"

„Quatsch, ich rauche nicht. Ich will wissen, ob du schon mal ein Mädchen geküsst hast?", bohrte ich nach.

„Mama, muss ich mir Sorgen um dich machen?"

„Mein Gott, beantworte mir doch einfach mal meine Frage!"

„Also, wenn du jetzt gefragt hättest, ob ich schon mal einen Jungen, ..."

„Und? Hast du?"

„Das geht dich gar nichts an!"

Ich warf ihr ein Kissen an den Kopf.

Sie kicherte. „Weiß Papa schon, dass du ihn mit einer Frau betrügst?"

„Nö. Ich werd's ihm beichten, wenn er morgen Abend wiederkommt."

Nachdem mir Nele doch noch vierzig Euro abgeschwatzt hatte, duschte ich ausgiebig. Die ganze Zeit sang ich das Lied von Katy Perry „I kissed a girl and I liked it ..." vor mich hin. Es passte wie die Faust aufs Auge, auch wenn Doris keinen Lippenstift mit Kirschgeschmack getragen hatte.

Beim Frühstück überlegte ich, was ich mit diesem besonderen Tag eins meiner neuen, von einer Frau geküssten Daseinsform anfangen sollte. Leider fiel mir nichts Besseres ein, als wie Nele in die Stadt zu fahren. Ich musste sowieso noch einiges für die Ostertage einkaufen, und ich wollte den Inhalt meines Kleiderschrankes aufpeppen. Kurz ließ ich Kalli in den Garten. Das musste heute mal reichen. Dann fuhr ich los zum Kampfshoppen.

Die Stadt war voller Leute. Der blaue Himmel und die Ferien hatten viele Menschen in die Fußgängerzone gelockt. Immer wieder sah ich bekannte Gesichter von Schülerinnen und Schülern. Doch heute machte mir das nichts aus. Die ersten saßen im Eiscafé und hielten ihre Gesichter in die Sonne. Ich ließ mich ein wenig treiben, bis ich vor *meinem* Klamottenladen stand. Zielstrebig steuerte ich die Ecke mit der reduzierten Winterware an und durchforstete mehrere Ständer. Ich wusste genau, was ich wollte: einen dunkelblauen Cordrock, der bis zum Knie gehen sollte. Mit einer blickdichten Strumpfhose und meinen Schnürschuhen könnte ich dazu gut meine übliche Schul-Oberbekleidung tragen – und trotzdem wäre es mal etwas anderes.

Hach, das Glück war mir Hold! Ein dunkelblauer Rock, zwar aus Samt, aber das war ja eigentlich noch schöner. Preis? Mist: um die Hälfte reduziert und immer noch fünfzig Euro? Hm. Ich grübelte. Arno würde sowieso die Krise kriegen wegen des Rocks ... und dann auch noch so teuer? Komm, ich probiere ihn erst mal an.

„Hallo Johanna! Bist du auf Schnäppchenjagd?"

Vor mir stand Sandra von und zu, meine zickige Kollegin.

„Nanu? Du hier und nicht in New York?"

„Ach", sie winkte gelangweilt ab, „da ist kurzfristig etwas dazwischen gekommen. Was soll's. New York läuft mir nicht weg. Und so *in* ist Big Apple ja auch nicht mehr."

Ich nahm ihr die gespielte Gleichgültigkeit nicht ab, zuckte aber nur mit den Schultern und meinte: „Schade für dich, dass es nicht geklappt hat. Du hast dich doch *so* darauf gefreut."

Über Sandras Gesicht zog ein Schatten, aber sie hatte sich gleich wieder im Griff, lächelte überheblich und tat geschäftig. „Du, ich muss los. Weiterhin schöne Ferien!" Damit rauschte sie davon.

Merkwürdig. Ich sah ihr hinterher. Irgendetwas stimmte da nicht. Aber das konnte mir ja relativ egal sein. Jetzt zählten nur noch er und ich. Würde es der Rock bis in meinen Kleiderschrank schaffen?

In der Regel wusste ich sofort, nachdem ich ein Kleidungsstück an der Kasse bezahlt und das Geschäft verlassen hatte, ob es sich um einen Fehlkauf handelte oder ob das neue Stück und ich viel Zeit miteinander verbringen würden. Auch wenn ich es mir selbst – als erklärte Gegnerin eines oberflächlichen Materialismus – nur ungern eingestehen mochte: Aus irgendeinem Grund setzte mein Körper dann Endorphine frei und der Einkauf machte mich glücklich.

Heute war ich glücklich. Ich schwang meine Stofftasche mit dem sagenhaften Schnäppchen von fünfzig Euro hin und her und summte meines neues Lieblingslied „I kissed a girl". Eigentlich müsste einem jeder dieses großartige Gefühl ansehen können, das man verspürte, wenn man geküsst worden war. Genauso, wie man vermutete, nach dem ersten Mal – also der primären Entjungferung – für alle sichtbar ein Zeichen am Körper zu tragen. Als befände man sich auf einem neuen, weithin strahlenden Existenzlevel.

In diese Gedanken versunken kam ich auf dem Rückweg erneut an der Eisdiele vorbei und sah Nele mit ihren Freundinnen draußen an einem Tischchen sitzen. Alle drei langhaarig und seitengescheitelt. Alle drei auf ihre Smartphones blickend. Sie hatten sich wohl nichts mehr zu sagen. Oder unterhielten sie sich etwa elektronisch? Wäre ihnen zuzutrauen.

Ich quetschte mich zwischen den vollbesetzten Tischen hindurch und hielt Nele von hinten die Augen zu.

„Haha, Mama. Sehr witzig."

„Spielverderberin! Hallo, ihr zwei!", begrüßte ich Lisa und Maja, die es kaum für nötig hielten, mir wenigstens durch ein knappes Lächeln zu verstehen zu geben, dass sie meine Anwesenheit bemerkt hatten. Klar, heutzutage war es uncool, sich Überraschung, Freude oder Scham anmerken zu lassen. Gefühle durfte man nicht zeigen. Ein Pokerface war gefragt. Mich erinnerten solche Jugendlichen an leblose Wachsfiguren. Und mit solchen ausdruckfreien Zombies lebendigen Unterricht zu gestalten, war emotionale Schwerstarbeit.

„Kann ich mich zu euch setzen?" Da sowieso keine Reaktion zu erwarten war, ließ ich mich auf den vierten leeren Stuhl plumpsen und bestellte beim vorübereilenden Kellner einen Cappuccino.

„Und? Seid ihr fündig geworden?", versuchte ich eine kleine Unterhaltung. Maja und Lisa fühlten sich nicht angesprochen. Ihre Aufmerksamkeit wurde komplett von ihren Handys absorbiert – es musste sich um schwarze Löcher handeln. Nele gab mir zu verstehen, dass wir uns zu Hause austauschen könnten und wendete sich ebenfalls wieder dem virtuellen Universum zu.

Ich seufzte.

Zum Glück kam der Cappuccino.

Lisa stupste Maja an und wies mit dem Kopf auf ein Pärchen. Zwei Männer, die händchenhaltend vorbeiflanierten. Einer mit großer modischer Brille, der andere mit rotem Schal. Beide Mädchen verzogen für den Bruchteil einer Sekunde hämisch die Mundwinkel.

Ich setzte mich aufrecht hin. „Gestern habe ich eine lesbische Frau kennen gelernt", begann ich mit klarer

Stimme, die über unseren Tisch hinaustrug. Mir war bewusst, dass dieses Statement auch an den Nachbartischen gehört wurde.

„Mama!", wies mich Nele zurecht. Auch Lisa und Maja guckten nun etwas irritiert. Vom Nebentisch aus musterte man uns.

„Wusstet ihr, dass der Paragraph 175, der noch bis in die neunziger Jahre im deutschen Strafgesetzbuch enthalten war, tatsächlich den Geschlechtsverkehr zwischen erwachsenen Männern unter Strafe stellte? Im Dritten Reich wurden Schwule sogar in KZs gesperrt und wegen ihrer sexuellen Veranlagung ermordet. Sie mussten zur Kennzeichnung einen rosa Winkel tragen. Aber auch schon davor, seit der Einführung des ersten deutschen Strafgesetzbuches 1871 um genau zu sein, und auch danach in der Bundesrepublik Deutschland, war die sogenannte ‚Unzucht' zwischen Männern verboten. Es drohten bis zu fünf Jahre Gefängnis. Allein in den 50er und 60er Jahren wurden in Deutschland insgesamt über 50.000 Männer nach diesem Paragraphen angeklagt und damit sozial vernichtet."

Meine drei jungen Damen schenkten mir nun ihre ungeteilte Aufmerksamkeit. Ich lehnte mich vor.

„Die freie sexuelle Entfaltung war Jahrhunderte lang für viele Menschen unmöglich. Was ich als Frau und Feministin aber besonders aufschlussreich finde", ich sah meine Zuhörerinnen der Reihe nach an, „ist, dass niemals von gleichgeschlechtlicher Liebe zwischen Frauen die Rede war. Lesben kamen einfach nicht vor. Und was lernen wir daraus?" Ich erwartete natürlich keine Antwort und war umso überraschter, als Lisa zaghaft meinte: „Dass es damals noch keine Lesben gab?“

„Nein, Lisa, Homosexualität ist eine anthropologische Konstante. Und kommt darüber hinaus auch im Tierreich vor. Man schätzt, dass etwa acht bis zehn Prozent der Männer und Frauen das gleiche Geschlecht lieben. Daran wird sich in den letzten hundertfünfzig Jahren nichts geändert haben.“ Ich nickte ihr zu und fuhr fort. „Nein, wir lernen daraus, dass eine eigene weibliche Sexualität, die vom Mann unabhängig war, gar nicht wahrgenommen wurde. Die Frauen gehörten den Männern. Sie dienten der Befriedigung der sexuellen Bedürfnisse des Mannes und seiner Fortpflanzung. Dass sie eine eigene Sexualität hatten, lag jenseits des patriarchalen Vorstellungsvermögens. Und darum Mädels“, ich hob meine Tasse, um ihnen zuzuprosten, „können wir Frauen – und mit uns alle Schwulen und Lesben – froh sein, dass wir hier und heute leben!“

Ich trank einen Schluck und lehnte mich zufrieden zurück. Nele begann demonstrativ, ihre Sachen einzusammeln. Lisa und Maja schlängelten sich davon.

„Ich lade euch ein“, sagte ich großzügig.

Im Weggehen zischte mir meine Tochter noch zu: „Du bist sowas von peinlich!“

Also, ich fand mich gut, dachte ich und griente in mich hinein.

38

„Du, Papa, Mama betrügt dich mit einer Frau!“ Arno stutzte und sah dann fragend erst zu Nele, die eine Unschuldsmine zur Schau trug, dann zu mir.

Okay. Ich hatte Arno zwar irgendwie anders von meiner bedeutsamen Erfahrung in Kenntnis setzen wollen, aber nun war es heraus. Nele genoss ihre Rache für meinen Auftritt in der Eisdiele sichtlich.

Wir saßen am Gründonnerstagabend zu dritt wieder vereint beim Abendessen. Ich hatte extra für Arno gekocht: Fleischklopse nach einem Rezept meiner Mutter, dazu Salzkartoffeln und Mohrrüben. Arno freute sich über dieses seltene Glück, von mir bekocht zu werden, und sah darin einen ultimativen Liebesbeweis. Er war am späten Nachmittag erschöpft aus Frankfurt zurückgekehrt. Das neue Sicherheits- und Verwaltungskonzept stand im Großen und Ganzen. Der Kunde war zufrieden, die Details konnte Arno von zu Hause aus programmieren.

Als er aus dem Auto gestiegen war, war ich ihm entgegengeeilt. Seine aufrechte Statur, seine weichen dunkelblonden Haare, sein offenes, vertrautes Gesicht mit den grau-blauen Augen, die nun etwas müde guckten – mein Herz machte einen kleinen Hüpfer. Kurz hatten wir uns fragend angesehen, uns dann geküsst und uns lange fest umarmt. Es tat gut, ihn wieder zu riechen und zu spüren, ihn wieder bei mir zu haben.

„Deine Tochter übertreibt mal wieder“, sagte ich lässig und füllte uns Kartoffeln auf. „Sie ist sauer auf mich und will mir einen überbraten.“

„Ach ja? Und für wen hast du dich vorgestern Abend so in Schale geschmissen, und warum hast du mich gefragt, ob ich schon mal ein Mädchen geküsst hätte und meinen Freundinnen einen sterbenslangweiligen Vortrag über Homosexualität gehalten?“, fragte sie bissig. Arno hatte aufgehört zu kauen und sah mich neugierig an.

„Da habe ich wohl einiges verpasst“, meinte er süffisant.

„Ich erzähle dir alles später“, beruhigte ich ihn, „wenn die Giftspritze hier“, ich funkelte Nele zornig an, „uns nicht mehr stört“.

Arno war hundemüde, deshalb zog er sich schon früh in sein Zimmer zurück. Ich folgte ihm kurze Zeit später, schloss seine Zimmertür mit dem Schlüssel ab, damit Nele uns nicht auch hier noch gegeneinander aufhetzen konnte, und legte mich zu ihm.

„Ich hätte Nele vorhin erwürgen können ...“, begann ich.

„Kindermund tut Wahrheit kund. Oder?“

„Ja und nein. Hast du schon mal einen Mann geküsst?“

„Bitte?“

„Du hast mich verstanden, also antworte!“

„Warum sollte ich einen Mann küssen?“

„Nun, da gibt es viele Gründe. Zum Beispiel, weil du jemanden attraktiv findest, weil du als Jugendlicher das Küssen üben wolltest oder einfach nur, weil du wissen möchtest, wie es sich anfühlt.“

„Ich käme nicht im Traum darauf."

„Du bist nicht neugierig?"

„Absolut nicht ... Warst du es?"

„Ja. Ich war neugierig und es bot sich eine überraschende Gelegenheit." Ich schilderte Arno den Nachhauseweg vom Chapeau-Claque mit Doris. Meinen Tanzflirt mit Zumba-Marc musste ich ihm ja nicht auf die Nase binden.

„Und? War es geil?" Arnos Augen blitzten lüstern.

„Nein, geil ist nicht der richtige Ausdruck ... es war ..." Ich suchte noch nach den richtigen Worten, als Arno sich über mich schob, mit seinen Lippen an meinem Hals entlangfuhr, weiter nach unten rutschte und über meinen Bauch bis zur Kante meiner Hose leckte, sodass ich eine Gänsehaut bekam.

„Hey, kann es sein, dass dich die Vorstellung, wie ich eine andere Frau küsse, anmacht?"

„Das will ich jetzt nicht analysieren."

Er kniete zwischen meinen Beinen und zog mit einem Ruck meine Jogginghose zusammen mit meinem Slip herunter. Ich keuchte. Er schob meine Beine auseinander und ich lag in meiner pulsierenden Nacktheit vor ihm. Er streifte mit einer Hand vom Bauchnabel über meine Scham, an den Innenseiten meiner Schenkel hinunter und wieder hinauf bis zu den Schamlippen, zog sie sanft auseinander und pustete seinen warmen Atem darauf. Ich stöhnte auf. Endlich begann er zu lecken. Erst umkreiste er mit seiner Zunge sanft meine Klitoris, dann begann er zu saugen. Am Anfang zart, dann fester. Mein Körper bäumte sich auf, die Muskeln zogen sich zusammen und mein Atem überschlug sich fast. Dann explodierte die heiße Welle des Orgasmus' in mir und ich schrie ungehemmt meine Lust hinaus.

Als ich mich wieder beruhigt hatte, tauchte Arno über mir auf, seine Augen glitzerten, sein Gesicht war nass von meiner Lust. Ich tastete nach seinem Penis, der unter seiner seidigen Haut prall und hart war, lotste ihn zu meiner Scheide und umschlang Arno mit den Beinen. Ein paarmal bewegte sich Arno langsam in mir, dann stieß er drei-, viermal heftig zu und kam stöhnend in mir zum Orgasmus. Wir küssten uns leidenschaftlich, bis die Glut in uns allmählich nachließ.

Dann kuschelten wir uns aneinander und zogen die Decke über uns.

„Muss ich mir jetzt Sorgen machen, dass du dich in eine Frau verlieben könntest?", fragte Arno schläfrig.

„Nein. Ich liebe nur dich", ich wusste, das klang furchtbar kitschig, aber in diesem Moment kam es aus tiefster Seele. Arno lächelte mit geschlossenen Augen.

„Sag mal, mit wie vielen Frauen hattest du vor mir noch mal Sex?"

Arno stöhnte. „Das habe ich dir doch alles schon erzählt."

„Neun oder zehn?"

„Hmmm ..."

„Dir ist schon klar, dass du mir acht oder neun Erfahrungen voraus hast?"

Er drehte seinen Kopf zu mir. „Ja, und?"

„Naja ...", ich kraulte ihm die Brust.

„Was, naja?", er richtete sich halb auf und sah mich ärgerlich an. „Willst du damit sagen, dass dir der Sex mit mir nicht mehr reicht? Brauchst du Abwechslung? Bin ich dir nicht mehr gut genug?"

„Nein, Schatz“, ich bemühte mich, die Wogen zu glätten. „Das ist doch gar nicht der Punkt.“

„Tut mir Leid, das verstehe ich nicht. Du liebst mich, wir haben tollen Sex. Aber du willst trotzdem mit anderen Männern ins Bett?“

„Nein!“

Wütend stand er auf und sah mich verbittert an. „Oder ist es doch eine Frau?“

Ich schnappte nach Luft. „Welchen Teil des Wortes Nein hast du nicht verstanden?“

„Ich verstehe hier einiges nicht“, presste er zornig hervor. „Was ist los mit dir? Mir unterstellst du, etwas mit Tine zu haben, aber selber küsst du eine Frau und willst ‚neue Erfahrungen‘“, er malte Anführungszeichen in die Luft, „mit anderen Männern machen. Was soll das?“

Ich schwieg verbissen. So wie er es sagte, klang das natürlich durchgeknallt. Aber für einen vertraulichen Einblick in mein verletzliches Innenleben war jetzt offensichtlich nicht der richtige Zeitpunkt.

Er taxierte mich, während ich vor mich hin brütete. Plötzlich erhellte sich sein Gesicht und er setzte sich zu mir auf die Bettkante.

„Okay, ich hab verstanden“, meinte er milde.

„Was hast du verstanden?“, fauchte ich zurück.

„Du kommst in die Wechseljahre und steckst in der Midlife-Crisis.“

Ich starrte ihn wortlos an, stand wortlos auf und verließ wortlos das Zimmer.

Ein solches scheiß Etikett konnte er sich sonst wohin kleben!

39

Da lag ich nun in meinem Bett und konnte nicht einschlafen. Ich fühlte mich abgestempelt, in eine Schublade gepackt und wegsortiert. Mein Sechs-Punkte-Plan, der mir Energie gegeben hatte, der sich wie ein Aufbruch angefühlt, meinem Leben einen neuen Impuls gegeben hatte, sackte in sich zusammen wie eine Hüpfburg, der man die Luftzufuhr kappte. Ich fühlte mich ausgelaugt, schlapp und leer.

Meine ganzen Anstrengungen schlicht erklärbar mit einer hormonellen Umstellung? Meine Neuorientierung und mutigen Entschlüsse nichts als Ausdruck physiologischer Veränderungen? Das hieß doch nichts anderes, als dass ich mich in einem bemitleidenswerten Ausnahmezustand befand, während dessen man mich nicht erst nehmen musste. Ich mich selbst am besten auch nicht ...

Stöhnend wälzte ich mich auf die Seite und starrte in die Luft.

Midlife-Crisis ... Wechseljahre ...

Immer mal davon gehört. Klar. Aber dass es mich selbst treffen könnte ...? War es denn überhaupt möglich, dass ich mich schon in den Wechseljahren befand? Ich wusste, dass Frauen Schweißausbrüche und Stimmungsschwankungen bekommen konnten. Das hatte ich an meiner eigenen Mutter und an älteren Kolleginnen beobachtet. Bis jetzt hatte ich mich aber noch nicht näher damit beschäftigt. Das Thema vielleicht sogar eher verdrängt. Ich mochte es, durch den monatlich sich erneuernden Zyklus von Eisprung und Regelblutung, an dem uralten Wechselspiel von Werden und Vergehen teilzuhaben. Ich mochte es, eine fruchtbare Frau zu sein und irgendwie im Rhythmus des Mondes zu schwingen, auch wenn das esoterisch klang. Vor dem Ausbleiben der Regelblutung hatte ich eher Angst. Auch weil ich befürchtete, dann die energetische Zeit um den Eisprung herum, in der ich spürbar mehr sexuelle Lust empfand, zu verlieren.

Okay. Ich konnte sowieso nicht einschlafen.

Also stand ich auf, zog mir etwas Warmes über und schlich leise hinunter in mein Arbeitszimmer. Dort startete ich den Computer und wartete ungeduldig, bis er einsatzfähig war. Dann tippte ich ‚Wechseljahre bei Frauen' ein und fand – wie zu erwarten – eine enorme Fülle an Informationen.

Aha.

Das Klimakterium zog sich üblicherweise über einen Zeitraum von zehn bis fünfzehn Jahren hin und setzte oft mit vierzig beziehungsweise fünfundvierzig Jahren ein, konnte aber auch bis zum fünfundsechzigsten Lebensjahr gehen. Die letzte Regelblutung, die eigentliche Menopause, erlebten die meisten Frauen um das einundfünfzigste Lebensjahr. Da hätte ich ja noch etwas Zeit. Die Veränderung des Östrogenhaushalts bewirkte zum Beispiel trockene Haut und damit Faltenbildung, trockene Schleimhäute (könnte beim Sex unangenehm werden), einen veränderten Fettstoffwechsel (aha, ich würde mich auf eine Gewichtszunahme einstellen müssen) und die bekannten Hitzewallungen.

Ach, guck mal, hier gab es sogar einen Test, um zu überprüfen, ob frau sich bereits in den Wechseljahren befand. Neun Fragen ... na, mal sehen:

Veränderungen der Monatsblutung? – Nein.

Hitzewallungen, Schweißausbrüche? – Nein. Nur beim Zumba ... oder beim Sex oder in der Sauna ...

Trockene Haut? – Nein.

Schlafen Sie schlecht ein, wachen grundlos auf? – Nicht mehr als früher.

Weniger Lust auf Sex oder Schmerzen dabei? – Nö. War bei mir ja noch nie so ausgeprägt. Feucht werde ich noch ausreichend.

Ängstlich oder niedergeschlagen? – Nicht mehr als sonst.

Verlieren Sie beim Lachen, Husten oder Niesen manchmal Urin oder müssen Sie häufiger auf die Toilette als früher? – Was sollte das denn? Ach so, wegen des Bindegewebes. Also aufs Klo musste ich schon häufiger ... Und das Pieseln? Nö, bis jetzt noch nicht. Na, da kam ja noch einiges auf mich zu. Zum Glück gab's Slipeinlagen.

Häufig nervös und gereizt ohne Grund? – Niemals! Immer *mit* Grund!

Hah! Definitiv noch *nicht* in den Wechseljahren! Ich druckte den Test aus, kreuzte alles gut erkennbar mit Nein an und schrieb darunter:

Auch dann, wenn es vielleicht bald so weit sein wird, möchte ich von dir noch ernst genommen werden!

Da ich nun schon dabei war, konnte ich auch noch etwas weiter recherchieren und gab mal das Stichwort

‚Midlife-Crisis' ein – schließlich spukte mir dieser Begriff selbst schon im Kopf herum. Und sieh mal da: schlappe 1.780.000 Einträge! Schien ein nachgefragtes Thema zu sein ... Aha.

Studien belegten, dass die Krise in der Mitte des Lebens mehr als ein bloßer Mythos sei, dass sie bei vielen Menschen in unterschiedlichen Ländern und Kulturen weltweit zwischen dem vierzigsten und fünfundfünfzigsten Lebensjahr auftrete und damit zusammenhänge, dass die meisten Lebensziele erreicht, die meisten Entscheidungen in Familie und Beruf gefallen seien und das Gefühl entstehe, dass es von nun an eher bergab gehe, auch körperlich. Es werde einem bewusst, dass man aus Altersgründen nicht mehr alles Erträumte oder Erhoffte erreichen könne. Eine weit verbreitete Art, vor allem von Männern, sei es, dagegen zu rebellieren und sich zu beweisen, noch jung zu sein, indem sie radikal mit ihrem bisherigen Leben brächen und noch einmal ganz neu anfingen: mit riskanten Abenteuern, neuen Hobbys, einer jüngeren Frau oder einem neuen Beruf. Daher also das Klischee des Mittfünfzigers in Lederklamotten mit Motorrad und einer zwanzigjährigen Freundin hinten drauf!

Aber hier unter dem Stichwort ‚Produktiver Umgang mit der Krise' stand: Es mache Sinn, eine Lebensbilanz zu ziehen und sich Ziele zu setzen, die zu neuer Zufriedenheit führten.

Na bitte! Ich mochte mich in meinem Denken und Fühlen zwar ungern von irgendwelchen Websites bestätigen lassen, aber ich fand mich hier durchaus wieder. Und mein lieber Göttergatte konnte froh sein, dass ich die sozialverträgliche statt der radikalen Variante gewählt hatte und mir kleine, erreichbare Ziele steckte, anstatt mein Leben komplett umzukrempeln und ihn gleich mit zu entsorgen!

Zufrieden fuhr ich den Computer herunter, machte das Licht aus, drapierte den Wechseljahre-Test-Beweis gut sichtbar auf Arnos Laptop und kuschelte mich wieder in mein Bett.

Ich schlief fantastisch.

40

Die Sache mit Arno und mir war noch nicht ausgestanden. Aber jetzt kam erst mal Ostern. Den Karfreitag verbrachte ich in kontemplativer Versenkung an meinem Schreibtisch. Die Erörterungen der 9. Klasse lagen vor mir. Ich hatte die Schülerinnen und Schüler zwischen zwei Themen wählen lassen: ‚Sollte das Fach Hauswirtschaft an der Schule eingeführt werden?' oder ‚Sollten Haschisch und Marihuana dem Alkohol gesetzlich gleichgestellt werden?'.

Erstaunlich viele – und nicht etwa nur die Mädchen – hatten das Hauswirtschaftsthema gewählt und erstaunlich viele waren *für* die Einführung eines solchen Faches. Außerdem war es erstaunlich, wie viel Zeit ich pro Arbeit benötigte. Ich hatte mit zehn Minuten gerechnet, saß aber mindestens das Doppelte an Zeit an einer Arbeit. Selbst schuld, dachte ich, wenn ich Einleitung, Hauptteil und Schlussteil einzeln bepunktete, dauerte das nun mal länger.

Wie es so Arnos Art war, kam er natürlich nicht von sich aus auf meinen Wechseljahre-Test zu sprechen. Ich musste ihm am Abend sogar ein einsilbiges „Na, ist doch schön für dich" aus der Nase ziehen. Selbstverständlich keine Nachfrage, was mich denn dann beschäftige, was genau mich so geärgert habe oder wie meine Anspielung auf seine verflossenen Sexgespielinnen gemeint gewesen sei ... Na dann eben nicht.

Am Samstag quälte ich mich morgens noch mal zwei Stunden an den Schreibtisch, dann hatte ich die Nase voll. Die letzten sechs der achtundzwanzig Arbeiten mussten bis nach Ostern warten.

Das Wetter war verheißungsvoll. Hoch oben am blauen Himmel jubilierten die Lerchen und auch wenn die Luft noch recht kühl war, fand ich auf der Terrasse meine sonnige Ecke, in der ich mich auf der Liege mit Decke und Kissen einrichtete. Während Arno in der Küche Ostereier färbte und einen Käsekuchen backte, schlug ich die erste Seite eines neuen, leichten Romans auf, der mich auf eine Insel in der Nordsee hinwegbeamen sollte. Ich sehnte mich nach dem Meer ...

Zwanzig Seiten später schlug ich genervt das Buch wieder zu. Wenn auf den ersten Seiten schon drei Mal eine Figur „schmunzelte“, die Einrichtung „blitzsauber“ war, die großen Augen „haselnussbraun“ und sich die Freundinnen untereinander auch noch mit „Süße“ anredeten, dann kriegte ich das Würgen. Für eine solch klebrige Seichtheit war ich nicht in Stimmung.

Ich starrte in den Himmel.

Blau. Blauestes Blau. Sehnsuchtsblau. Fernwehblau ...

Kallis Bellen weckte mich. Ich hörte von Ferne, wie sich Arno und die Postbotin einen Gruß zuwarfen. Dann kam Arno mit dem tobenden Kalli ums Haus herum zu mir und hielt mir einen Briefumschlag entgegen.

„Von Tine.“

Ich setzte mich auf, riss den Umschlag auf, fand eine Postkarte und betrachtete das Motiv. Es zeigte Nizza: eine langgezogene, eher unspektakuläre Strandpromenade mit Palmen, dahinter eine Bettenburg-Skyline, davor heller Strand, blaues Meer, blauer Himmel darüber. Tines Sehnsuchtsort, jedenfalls einer davon. Nun ja. Ehrlich gesagt ... es gab schönere Flecken auf dieser Erde, aber das war ja Geschmackssache. Das Telefon läutete und Arno verzog sich ins Haus. Ich drehte die Karte um und las gespannt:

Ma chère Johanna! (Holla, hatte sie Französisch gelernt?)
Tausend Grüße aus Nizza mit seiner supi Altstadt und einer 10 Meter langen Eistheke! Mir geht es wieder ganz gut. Die Sonne scheint und es ist schon richtig warm. Aber zum Schwimmen ist das Meer doch noch zu kalt. Hab eine nette Reisebegleitung gefunden. In zwei Tagen geht's zu Franzi nach Bordeaux. Freue mich auf sie.
Hdgdl
Deine Tine

Ich verdrehte die Augen. Es wäre durchaus Platz gewesen, dieses Buchstabengestammele in formschönen Wörtern auszuschreiben. Und überhaupt, die Karte war ja echt extrem erhellend! Na immerhin. Es schien ihr wieder besser zu gehen. Ich stutzte. Moment mal: netter Reisebegleiter? Irgendwo in mir begannen die Alarmglocken zu schrillen. Tine! Mach keinen Quatsch!

„Hanna-Schatz?!"

„Hm?"

Arno trat konsterniert zu mir. „Das war gerade meine Mutter am Telefon ..."

„Und?" Die Alarmglocken in meinem Kopf wechselten die Tonlage.

„Du befürchtest richtig. Sie hat sich für morgen zum Kaffee eingeladen."

Ich schnappte nach Luft.

„Die gute Nachricht ist", fügte er tonlos hinzu, „sie will nur eine Nacht bleiben."

Wir sahen uns entgeistert an.

Mir ist bewusst, dass es viele bemühte Klischees über Schwiegermütter, die man ja auch gerne Schwiegermonster nennt, gibt. Sie würden intrigieren, die Schwiegertöchter bevormunden, ihre Söhne in den Himmel loben und als Großmütter die elterlichen Erziehungsmaßnahmen hintertreiben. All das war *nicht* unser Problem mit Gerlinde.

Eigentlich war sie eine ganz patente Frau, hatte ihr Leben als Witwe, nachdem Arnos Vater vor sechs Jahren an Herzversagen gestorben war, respektabel in den Griff bekommen. Sie hatte sich einen Hund zugelegt, verfügte über einen kleinen, aber konstanten Bekanntenkreis und verbrachte ihre Zeit am liebsten damit, in Ein-Euro-Läden und Baumärkten nach Schnäppchen zu jagen. Denn wenn sie nicht gerade mit dem Hund – auf den ich noch zu sprechen kommen werde – unterwegs war, werkelte sie in ihrem Heim herum, um Haus und Garten permanent zu *verschönern*. So würde sie es jedenfalls formulieren. Aus unserer Sicht – und da waren Arno und ich uns ausnahmsweise zu hundert Prozent einig – wurde ihr Heim mit jeder Umbau- und Einrichtungsmaßnahme unansehnlicher, ungemütlicher und unpraktischer. Genau genommen war es ein heißer Aspirant auf den Titel „Deutschlands scheußlichstes Haus" – wäre dieser zu vergeben gewesen. Gerlinde kombinierte wahllos Materialien, Formen, Farben und

Stile entsprechend der Super-Sonder-Angebote, was dazu führte, dass eine Schrankwand in Eiche rustikal neben einem (ungenutzten, aber schließlich schicken und günstigen) Schreibtisch aus Glas und Chrom Platz fand und eine messingfarbene Bodenvase mit üppigen Plastikblumen in rosa Farbtönen sich an einen überdimensionalen Flachbildschirm kuschelte, auf dem im Winter gerne mal die DVD *Kaminfeuer* lief. Arno fühlte sich dermaßen unwohl in diesem Haus, dass er nach spätestens einer Stunde Kunden-Notfälle vortäuschte oder Hunde-Diarrhoe erfand, um wegzukommen.

Viel entscheidender als diese divergierenden Geschmacksauffassungen war jedoch, dass man mit ihr nicht gut reden konnte. *Sie* redete durchaus, sehr laut sogar, sodass mir nach kurzer Zeit der Schädel brummte. Aber sie selbst konnte nicht zuhören und interessierte sich nicht ein Fünkchen für uns, ihren Sohn, ihre Enkeltochter Nele oder mich, dafür, was *wir* erlebten, dachten oder fühlten. Wenn wir uns trafen, waren wir zum Schweigen und Nicken verdammt – wobei sie auch weiterredete, wenn wir nicht mehr nickten beziehungsweise einnickten. Es konnte sogar vorkommen, dass sie ihren Gesprächsfaden ungerührt nach einer Unterbrechung an der gleichen Stelle weiterspann, als sei nichts gewesen, obwohl einer von uns den unerhörten Versuch eines eigenen Gesprächsbeitrages unternommen hatte. Es war unendlich ermüdend und frustrierend.

Strittige Themen versuchten wir zu vermeiden, denn sachliche Diskussionen oder das Abwägen von Positionen waren schier unmöglich. Ihre politischen Überzeugungen stellten in Stein gemeißelte Wahrheiten dar, die sie aus den Anzeigenblättchen, der Blöd-Zeitung und den Privatsender-News bezog: Politiker waren alle faul und korrupt, alle Asylbewerber Wirtschaftsflüchtlinge, die ohne Verfahren abgeschoben gehörten, und Hartz-IV-Empfänger verachtungswürdige, alkoholsüchtige Schmarotzer.

Mein ambitionierter Versuch, vor vielen Jahren – zu Beginn unserer Beziehung – Gerlinde deutlich zu machen, dass ihre Weltsicht dem deutschen Stammtischniveau entsprach, auf unzulässigen Pauschalisierungen sowie Unkenntnis, Ignoranz und Vorurteilen basiere und nicht zuletzt Nährboden rechtsradikaler, menschenfeindlicher Rattenfänger darstelle, hatte zum vorübergehenden Abbruch unserer Beziehung geführt.

Sechs Monate lang hatte sie eisern geschwiegen (was zu verkraften war), hatte aber außerdem ihre monatlichen Zahlungen an den studierenden Sohn Arno eingestellt. *Das* tat nun wirklich weh.

Seitdem hatten wir uns aufs Ertragen verlegt und unsere gegenseitigen Besuche auf ein Minimum reduziert.

Unsere Schockstarre löste sich langsam und ich schlang tröstend die Arme um Arno.

„Das packen wir schon“, murmelte ich aufmunternd an seinem Hals. Er seufzte tief.

„Das Essen müsste eigentlich reichen …“, überlegte er.

„Na bitte. Und ich putze das Gästezimmer und das Gästebad.“

Nach Tines Abreise hatte sich noch niemand darum gekümmert. In der Sonne zu liegen wäre zwar schöner gewesen, aber manchmal ist Hausarbeit immer noch besser als Korrigieren.

„Hat deine Mutter eigentlich gesagt, warum sie über Nacht bleiben will?“ Das war nämlich höchst ungewöhnlich. Normalerweise fuhr sie die anderthalb Stunden nach Hannover lieber bei Regen, Eis und Schnee zu jeder Tages- und Nachtzeit zurück, als bei uns zu bleiben. Übernachtet hatte sie erst zwei oder drei Mal bei uns. Wahrscheinlich fühlte sie sich in unserem Zuhause genauso unbehaglich wie wir in ihrem.

„Nein, keine Ahnung.“

Nach einer Stunde räumte ich verschwitzt, aber zufrieden Putzmittel und Staubsauger beiseite. Ich hatte sogar einen kleinen farbenfrohen Frühlingsstrauß im Gästezimmer arrangiert und für ihren Köter – ich meine Hund – eine großes Tablett mit Schüsseln und eine Hundedecke zurechtgelegt. Die ganze Zeit war in meinem Kopf die Frage herummarschiert, was es mit diesem unerwarteten Besuch auf sich haben könnte. Irgendetwas Schwerwiegendes musste vorgefallen sein. War sie vielleicht ernsthaft erkrankt? Brauchte sie unsere Hilfe? Wollte sie ihre Vermögensangelegenheiten regeln? Steckte sie in finanziellen Schwierigkeiten?

Nun ja, morgen würden wir es wissen.

41

Am Abend vor Ostersonntag gab es einen festen Programmpunkt: das Osterfeuer. Jedenfalls, wenn wir zu Hause weilten, was ja selten vorkam. In Dänemark, wohin wir häufig in den Osterferien reisten, war dieser Brauch leider nicht bekannt (dort wurden auch keine Ostereier gesucht), weshalb wir bei schneidendem Ostseewind und gefühlten zehn Grad unter null schon unser eigenes kleines Osterfeuer am Strand entzündet hatten.

Auf der Wiese neben dem Fußballplatz am Ende unserer Siedlung hatte die Freiwillige Feuerwehr wie in jedem Jahr einen mächtigen Berg aus Baum- und Strauchschnitt aufgeschichtet. Der erste Duft von Holzrauch erfüllte die klare Luft und während die Vögel ihre Abendlieder anstimmten und sich der blaue Himmel langsam in ein durchsichtiges, verheißungsvolles Silbergrau auflöste, zogen die Menschen in der Nachbarschaft los, um dem archaischen Spektakel beizuwohnen.

Arno und ich machten uns Hand in Hand und gut gelaunt auf den Weg. Sogar Nele war mit von der Partie, wenn auch akustisch weggestöpselt. Ein gemeinsamer Feind, also Gerlinde, schweißte eben zusammen. Das war in der Familie nicht anders als in den internationalen Beziehungen. Wobei ich einräumen muss, dass sich Nele mit ihrer schwierigen Oma von uns allen noch am besten verstand. Als wir an Tines Haus vorbeikamen, vermisste ich meine Freundin plötzlich heftig. Dafür war Klaus gerade am Küchenfenster zu sehen. Arno lud ihn ein, mitzukommen und zusammen ein Bier zu trinken. Nach kurzem Zögern willigte unser Strohwitwer tatsächlich ein, und ich drückte Arnos Hand fester, zum Zeichen, dass ich das für eine gute Idee hielt. Vielleicht ergab sich ja sogar die Möglichkeit für ein ernsthaftes Gespräch zwischen den beiden.

Nele hatte sich, während wir auf Klaus warteten, mal wieder ihrem Zweit-Ich, dem Handy, zugewandt und tippte wie hypnotisiert darauf herum. Im Gesicht ein seliges Lächeln.

„Na?", versuchte ich mit meiner Tochter in einen Dialog zu treten. „Gute Nachrichten?"

Sie blickte mich an wie ein lästiges Insekt. Dann drehte sie sich demonstrativ in die andere Richtung. Okay. Dann spielte ich eben mal wieder die Nerv-Mutter.

Ich schlich mich an und tat so, als würde ich über ihrer Schulter mitlesen.

„MAMA!" Entsetzt sprang Nele zur Seite.

Ich grinste. „Wer ist es denn? Kenne ich ihn?", riet ich aufs Geratewohl. So schnell hatte ich auf dem Display überhaupt nichts erkennen können. Neles Gesicht überzog eine leichte Röte. Oha! Da hatte ich wohl ins Schwarze getroffen!

„Schon mal was von Briefgeheimnis gehört?", fauchte sie.

„Was genau ist denn so geheim?", neckte ich zurück.

„Das geht dich gar nichts an."

„Ach komm schon. Triffst du gleich jemanden?"

„Lass mich in Ruhe!"

„Nein."
„Boah ey, wär ich bloß nicht mitgekommen."
„Dann hättest du ja auch nicht Mister Unbekannt getroffen."
„Pffft."
„Also ich finde es schön, Schatz, dass wir mal wieder was zusammen machen."
Nele verdrehte gekonnt die Augen und hämmerte wieder auf ihr Gerät ein.
Ich rempelte sie an.
„Lass das!", rief sie empört.
„Warum denn?" Ich rempelte weiter und fing an, sie zu kitzeln.
„ Iiieee!!!" Nele kreischte in den höchsten Tönen, versenkte ihr Handy in der Tasche und ging zum Gegenangriff über. Wir kitzelten uns und rangen miteinander, bis wir uns atemlos wie zwei Boxer aneinanderklammerten.
„Hör jetzt auf, ja?", keuchte Nele.
„Aber nur, wenn du, bis wir beim Osterfeuer sind, mit mir plauderst! Kein Handy, keine Musik!"
„Manno, bist du schwierig", schimpfte sie. Dann hakte sie sich bei mir unter.
Inzwischen war auch Klaus zu uns gestoßen und unser kleiner Trupp setzte sich in Bewegung.
Eigentlich war es erstaunlich, dass ein Bratwurststand, ein Bierausschank und ein Feuer dermaßen viele Menschen anlocken konnten. Unser ganzer Stadtteil schien sich hierher aufgemacht zu haben. Kinderwagen, Rollstühle und Rollatoren wurden über die holprige Wiese geschoben, Hunde liefen vergnügt bellend zwischen den Menschen umher (nur Kalli mochte ich

diese Menschenansammlung nicht antun), Kinder schwangen Stöcke, die sie zu Fackeln angebrannt hatten. Überall flogen Begrüßungen durch die Luft, es summte und brummte vor gutgelaunten Menschen, die vor allem eines zu einen schien: die Erleichterung darüber, dass nun die kalte, dunkle Jahreszeit endlich ein Ende hatte.

Und dann das Feuer.

Diese Urgewalt der Natur. Eingehegt und nutzbar gemacht durch den Menschen und dennoch – wie ein wildes Tier in Gefangenschaft – bei jedem Ausbruch eine tödliche Gefahr.

Wie es zischte und zürnte, tobte und brauste, fauchte und Funken schlug, die wie Schwärme von Glühwürmchen in den sich verdunkelnden Himmel stoben. Fasziniert stand ich vor der Feuerwand und schaute und schaute und spürte die freiwerdende Hitze auf der Haut.

Nele war gleich bei unserer Ankunft abgezogen, wohl um ihr Briefgeheimnis zu treffen. Arno und Klaus hatten sich in die Schlangen für Bratwurst und Bier eingereiht. Deshalb stand ich nun hier alleine vor dem brüllenden Feuer. Die Menschen um mich herum entfernten sich aus meinem Bewusstsein. Ich hörte, sah und fühlte nur noch das sich aufbäumende, tanzende Element. Das Knacken und Knistern, wenn es sich in neue Äste und Zweige fraß, das rot-lodernde, züngelnde Licht der Flammen, die pulsierende Hitze der Glut im Innern des Feuerberges, die aussah wie eine sich stetig geheimnisvoll wandelnde Kathedrale.

Welch mächtige Energie sich hier entlud!

Und da stand ich, als kleines Menschlein mit seinen Unvollkommenheiten und selbstgemachten Problemen. Ich stellte mir vor, wie ich alles, was mich niederdrückte, meine Ängste vor dem Älterwerden, meine Schüchternheit, meine Unzufriedenheiten, in dieses Feuer warf, das damit spielte, bis es alles endgültig verschlang und in einem Funkenregen in den Himmel schleuderte.

Tief atmete ich ein.

Die Hitze brannte in der Nase, aber ich fühlte mich, als hätte ich ein Reinigungsritual vollzogen. Ich lächelte erleichtert in mich hinein, hob meine Augen und blickte gut zehn Meter entfernt am Feuer vorbei – genau in die Augen von Leander.

Mein Atem stockte. Ich sah weiter zu ihm hinüber und unsere Blicke schienen sich auf halber Strecke zu begegnen, zu umtänzeln und zu berühren ...

Ich blickte ...

und blickte ...

und blickte ...

und wusste, ...

ich sollte ...

ich müsste ...

wegsehen.

So lange schaute man niemanden einfach so an ... außer seinen Ehemann vielleicht. Mein Puls galoppierte davon, während ich unfähig war, mich zu rühren. Um mich herum schien alles zu verschwinden. Wie in einer Zeitblase gab es nur noch ihn und mich.

Plötzlich berührte etwas Feuchtwarmes meine Hand und ich zuckte zusammen.

„Rosa! Was macht du denn hier?“ Die Dogge schien sich zu freuen, einen bekannten Menschen gefunden zu haben, und drückte sich leicht zitternd gegen meine Beine. Beruhigend streichelte und klopfte ich ihr Kopf und Flanke und trat ein paar Schritte vom Feuer zurück. Von vorne war es jetzt doch mächtig heiß geworden, während die Hinterseite wie immer fast einfror. Ich hielt nach Leander Ausschau, doch er war nicht mehr da. Noch während ich überlegte, wie – und ob überhaupt – ich Rosas Herrchen in diesem Gewühl suchen sollte, spürte ich, dass jemand hinter mich trat, denn mein Rücken wurde plötzlich warm und fing an zu kribbeln. Ich drehte mich um.

Und da stand er. Leander.

Erleichtert sprang Rosa an ihm hoch. Der Feuerschein ließ sein Gesicht fantastisch aufleuchten. Die blauen Augen waren zwei schwarze Funken, die mich erneut in ihren Bann zogen. Ich hatte Mühe, meine Hände nicht nach ihm auszustrecken, und war unfähig, einen klaren Gedanken zu denken, geschweige denn etwas annähernd Sinnhaftes von mir zu geben. Mein Kopf fühlte sich wie leergebrannt an, aber mein Körper ging in Flammen auf.

Nacktes Begehren durchglühte mich ... leidenschaftliche Küsse ... dramatische Hintergrundmusik ... und dann ... kam Arno. Er durchbrach diesen magischen Moment und holte mich als liebender Ehemann zuverlässig auf den Boden der Realität zurück. Mein Leben war eben kein Film.

„Hähnchen! Da bist du ja!“, posaunte er und hielt mir eine Bratwurst mit Senf unter die Nase. Leander lächelte kurz sein umwerfendes Daniel-Day-Lewis-

Lächeln, dann war auch er wieder in der Wirklichkeit angekommen und begrüßte Arno und Klaus mit Handschlag. Rosa sprang freudig erregt um Arno herum. Die zwei mochten sich offensichtlich.

Ich atmete durch. Puh. Es war ja nichts passiert.

Die drei Männer vertieften sich sofort in ein fachmännisches Gespräch über die Bundesliga, während ich daran arbeitete, meinen Puls und meinen pulsierenden Körper wieder in den Griff zu bekommen. Angestrengt vermied ich es, in Leanders Richtung zu sehen. Deshalb hielt ich mich an meine Bratwurst, trank von Arnos Bier, kraulte Rosa und studierte eingehend die Gesichter der Umstehenden, in denen der Feuerschein tanzte, weshalb sie schwer zu identifizieren waren.

Moment mal!

Durch eine Lücke hindurch konnte ich etwas abseits vom Gewimmel unsere Tochter ausmachen. Sie schien sich angeregt zu unterhalten. Aber wer ...? Ein paar Leute verdeckten die Sicht auf Neles ominöses Date. Ich schob mich zwei Schritte weiter nach rechts, um freien Durchblick zu haben, und stolperte – saudämlich – über einen am Boden liegenden Ast. Bevor ich jedoch die peinlichste Grätsche meines Lebens hinlegen konnte, schob sich ein Arm um meine Taille und ich wurde sanft aufgefangen. Oh! Mein! Gott!

Schon wieder Leander! Wie megapeinlich. Er musste ja denken, ich würde diesen Quatsch mit Absicht ...

„Scheint zur Gewohnheit zu werden", spottete er und hielt mich immer noch.

Mein Hirn und Sprachapparat hatten sich erneut verabschiedet. Ich konnte ihm nur stumm ins schöne

Gesicht starren, den Schatten eines Bartes auf seinen Wangen wahrnehmen, sein Aftershave einatmen und irgendwie versuchen, dieser furchteinflößend-elektrisierenden Nähe zu entkommen. Langsam zog Leander seinen Arm zurück.

„ARNO! Ich glaube, dahinten trifft sich Nele gerade mit einem meiner Schüler aus der Oberstufe!", kreischte ich und mir war klar, dass ich wie ein hysterisches Muttertier klang.

„Ja und?"

Alle drei Männer sahen mich kurz stirnrunzelnd an. Dann widmeten sie sich wieder der Bundesliga.

Oookaaay. Komm runter, Johanna. Beruhige dich. Mach dich locker. Chill deine base. Alles easy peasy, chacka lacka, wie Nele sagen würde. Meine Hormone spielten verrückt, aber das war kein Grund, wie ein Schulmädchen auszuflippen. Plötzlich sehnte ich mich nach nichts anderem mehr als nach Ruhe ... oder nach Sex mit Leander ... nein, Ruhe!

Oder doch Sex mit Leander? Nein, nein, nein!

Das würde sowas von überhaupt nicht passieren!

Denn dafür war ich einfach ... zu dämlich.

42

Am nächsten Morgen erwachte ich schweißgebadet. Ein mieser Albtraum hatte mich in der Nacht gequält, von einer Schokolade, die vor mir her tänzelte und mich zu locken schien. Aber immer, wenn ich nach ihr greifen wollte, machte sie einen Satz, grinste frech und ich griff ins Leere. Das Wasser lief mir im Munde zusammen und ich sabberte schon wie ein Hund, aber ich konnte sie nicht zu fassen kriegen. Vor Ärger und Frustration jaulte und schimpfte ich und gab mein Letztes, um hinter dieser doofen Schokolade herzukommen, aber am Ende, als sie eben einen Hügel erklommen hatte und mir herausfordernd zuwinkte, stürzte sich eine Elster auf sie herab und riss sie mit sich in die Lüfte. Ich heulte vor Enttäuschung.

Um diesen Traum zu deuten, brauchte ich kein Psychologie-Diplom. Fast schon erbärmlich, wie simpel mein Unbewusstes in seiner Metaphorik war. Naja. Frust-Schokolade würde es heute genug geben, denn – hey! – es war Ostersonntag!

Ich duschte ausgiebig und wusch mir auch die Haare, die, ebenso wie alle Klamotten, die ich gestern Abend getragen hatte, einen herben Geruch nach Holzrauch verströmten. Während mir das Wasser über den Körper floss, drängte sich Leanders Blick wieder vor mein inneres Auge und ich schien ihn bis in die letzte Zelle meines Körpers zu spüren ...

SCHLUSS JETZT!

Heute war Ostern und der Tag sollte meiner Familie und nicht einer Fantasievorstellung gehören! Genau!

Die Sonne schien von einem makellos blauen Festtagshimmel. Die Farben der Natur leuchteten so frisch, als hätten sie sich extra herausgeputzt. Demnach konnten wir draußen im Garten die Ostereier suchen, auch wenn das Gras noch feucht war. Wie immer spielte zunächst Arno den Osterhasen und versteckte für Nele und mich Schokoladenostereier, gefärbte Hühnereier und für jede ein Buch. Ich bekam den neuen Kluftinger, einen Krimi um den kauzigen Kult-Kommissar aus dem Allgäu. Dann wurde ich zur Häsin und Arno musste suchen. Auch Kalli hatte seinen Spaß. Er fand treffsicher die schwierigsten Verstecke. Wir mussten nur aufpassen, dass er uns von seinen Funden noch etwas übrig ließ. Selbst den Schokohasen, den ich unter einem Blumentopf hinter dem Komposthaufen verborgen hatte, und den Arno *nie* gefunden hätte, erschnüffelte er, der Verräter.

Beim Osterfrühstück herrschte zwischen uns Dreien eitel Sonnenschein. Den Tisch hatte ich üppig mit Frühlingsblumen geschmückt, gelben Osterglocken, pinkfarbenen Primeln, lila-gelben Hornveilchen, blauen Perlhyazinthen und rosafarbenen Bellis, und mit Osterservietten und gelben Kerzen dekoriert. Alle strahlten. Zum Nachtisch vertilgten wir etwa ein Kilo Osterschokolade, bis wir fast platzten. Zum Ausgleich folgte ein ausgedehnter Osterspaziergang zu dritt (Nele zog es vor, ihren Bauch in der Horizontalen auf der Sonnenliege zu pflegen), bei dem ich traditionsgemäß den *Osterspaziergang* aus Goethes *Faust* rezitierte:

Vom Eise befreit sind Strom und Bäche,
Durch des Frühlings holden, belebenden Blick;
Im Tale grünet Hoffnungsglück;
Der alte Winter, in seiner Schwäche,
zog sich in raue Berge zurück.

Zumindest die ersten fünf Verse. Und wie Faust spürte ich an diesem Tag zwei Seelen, ach, in meiner Brust rumoren. Denn einerseits lief ich hier Hand in Hand mit meinem Ehemann, genoss das gemeinsame Schweigen genauso wie unsere anregende Unterhaltung über Bücher im Allgemeinen und Allgäu-Krimis im Besonderen. Auf den gestrigen Abend zu sprechen zu kommen vermied ich lieber, auch wenn ich darauf brannte, zu erfahren, ob Arno aus Klaus irgendetwas herausbekommen hatte. Vermutlich war das jedoch nicht der Fall. Sonst hätte Arno davon erzählt. Aber andererseits konnte ich es mir nicht verkneifen, die Feldwege und den Horizont nach einem gewissen Nachbarn mit einem großen Hund abzuscannen ... Zum Glück – oder Pech – waren zwar ungewöhnlich viele Menschen mit ihren Hunden unterwegs, aber die beiden waren nicht dabei.

Und dann begann schon der Countdown bis zum Eintreffen meiner Schwiegermutter um fünfzehn Uhr zu ticken. Wir hatten gerade noch Zeit, uns ein Stündchen schlafen zu legen, um uns für den Rest des Tages zu stärken.

Kurz bevor Gerlinde in unser beschauliches Heim einfiel, fiel *mir* ein, dass dieser Besuch wenigstens *ein* Gutes mit sich bringen könnte, nämlich, dass er ein guter Anlass war, um Arno mit meinem neuen Samtrock zu konfrontieren. Er würde jetzt nicht darüber zu streiten anfangen, um unsere Front gegen Gerlinde nicht zu gefährden. Und so schritt ich, als es an der Haustür klingelte, in meiner neuen Klamotte die Treppe hinab, lächelte Arno, trotz der steilen Falte auf seiner Stirn und den verkniffenen Augen, entwaffnend zu und öffnete die Eingangstür.

Da stand sie. Schwiegermuttern. Ihre braun-grauen Haare lagen ordentlich in einer frischen Dauerwelle um den Kopf frisiert. Wie meistens zu festlichen Anlässen trug sie eine gestreifte Bluse unter einer gesteppten Weste und eine beige Bundfaltenhose. Mit ihrer randlosen Brille und der Perlenkette auf der flachen Brust sah sie für mich aus wie die ideale Verkörperung einer Sekretärin.

„Hallo Gerlinde! Schön, dass du da bist! Frohe Ostern! Komm herein!" Meinen Begrüßungsschwall musste ich schreien, denn Ulla, Gerlindes Köter – ich meine Hund – keifte dazu, als würde sie abgestochen. Das Getöse rief natürlich Kalli auf den Plan, der sich sofort Ullas annahm und sie in den Garten jagte, was Ulla zu einem hysterischen Gejaule veranlasste. Kalli machte es Spaß, das missratene Ding – ich meine Ulla-Trulla – das Fürchten zu lehren und so ließ er auch nicht ab, als Gerlinde, Arno und ich energischen Schrittes in den Garten folgten, um das Gastvieh – ich meine Ulla – vor unserem Kalli zu erretten. Die beiden standen sich inzwischen mitten auf der Wiese gegenüber und kläfften sich gegenseitig an.

Keif, keif, keif!

Wuff, wuff, wuff!

Quiek, quiek, quiek!

Wuff, wuff, wuff!

Es war ohrenbetäubend!

Beherzt ging Arno dazwischen, ergriff Kallis Halsband und zog den Aufmüpfigen mit sich fort. Er würde die nächsten Stunden im Arbeitszimmer verbringen müssen – der Glückliche.

„Na komm, mein armes Mädchen", säuselte Gerlinde und nahm ihren Keifknochen – ich meine Hund – auf den Arm. Das ging bei seiner Größe problemlos, denn er war nicht höher als ein Lineal und folglich eigentlich gar kein richtiger Hund. Der Kopf kam von irgendeinem Terrier, der Körper, einschließlich der stummeligen O-Beine, gehörte einem Dackel. Er war so üppig ernährt, dass er wie eine laufende Presswurst aussah. Außer ‚Ulla-Trulla' nannten wir ihn im Geheimen außerdem noch Mutanta.

Das Schlimmste aber war sein Fell: etwa acht Zentimeter lang, fast weiß und permanent am Ausfallen. Überall – wirklich ÜBERALL – fanden sich diese Haare wieder. Nun waren wir als Hundebesitzer es ja gewohnt, mit Hundehaaren zu leben, aber *diese* Haare lösten bei mir Aggressionsschübe aus. Hatte man Gerlinde umarmt, musste man die Berührungsstellen mit einer Fusselrolle bearbeiten. Strich einem Mutanta um die Beine, hatte man plötzlich Fellschuhe an. Und ließ es sich nicht vermeiden, bei Gerlinde im Auto mitzufahren, konnte man seine Garderobe wechseln, denn natürlich durfte sich Trulla frei nach Belieben im Auto bewegen und musste nicht wie gewöhnliche Hunde im Kofferraum darben. Ich hatte mal den Fehler gemacht, mich von ihr zur Schule fahren zu lassen, und spürte dort, wie hinter meinem Rücken getuschelt und gelacht wurde, bis ich mich auf der Toilette vor dem Spiegel verrenkte und feststellte, dass ich von hinten wie ein wandelnder Flokati aussah.

Ich ergriff Gerlindes Hand und hauchte ihr ein Willkommensküsschen auf die Wange, in der Erwartung, dass mir das verhalten knurrende Fellmonster an die Kehle gehen würde.

„So viel Aufregung ist gar nicht gut für meine Ulla", informierte mich Gerlinde vorwurfsvoll. „Sie hat es doch mit dem Herzen!"

Jammerschade Kalli, da hättest du nur noch eine kleine Schippe drauflegen müssen.

„Ist ja alles gutgegangen. Du weißt, dass Kalli es nicht böse meint", beruhigte ich meine Schwiegermutter.

Und im Übrigen könnt ihr auch gerne dort bleiben, wo es herzfreundlicher für die Presswurst ist ...

„So. Können wir jetzt endlich reingehen oder bin ich im Haus nicht willkommen?", fragte Gerlinde.

Durchatmen!

„Natürlich. Hereinspaziert und nochmals herzlich willkommen!"

Bevor wir unseren ersten Schluck Kaffee zu uns nahmen, den ich intravenös gebraucht hätte, wäre ich beinahe noch zwei weitere Male an die Decke gegangen. Nur jahrelang trainierte Affektkontrolle hielt mich auf dem Boden. Als wir unsere Plätze rund um den festlich gedeckten Esstisch einnahmen, klopfte Gerlinde auf den Stuhl neben sich und ließ wie selbstverständlich die Presswurst darauf Platz nehmen, so als sei es das fünfte Mitglied unserer Tafelrunde. Mein Puls beschleunigte sich gefährlich. Aber noch bevor ich etwas extrem Diplomatisches hervorbringen konnte, griff

Nele ein. Sie hob kurzerhand das Haarmonster vom Stuhl und erklärte nachsichtig: „Du weiß doch, Ulla, bei uns bleiben alle Hunde auf dem Teppich!“

Gutes Kind.

„Ach ja“, Gerlinde tat so, als würde sie sich erst jetzt wieder an diese für ihren Liebling herabwürdigende Regel erinnern, dabei hatte es schon vor Jahren genau deswegen eine heftige, unschöne Auseinandersetzung gegeben. Für uns war klar, dass ein Hund am Tisch nichts zu suchen hatte. Kalli musste in seinem Korb bleiben und erst, wenn wir mit dem Essen fertig waren, durfte er an den Tisch kommen und sich Streicheleinheiten abholen – nichts Essbares, das gab es *niemals nie* vom Tisch. Gerlinde hielt das bei sich zu Hause ganz anders. Wenn sie aß, saß der Hund ihr gegenüber auf dem Stuhl am Tisch und beäugte jeden Bissen, den sie sich in den Mund steckte. Wohl wissend, dass der ein oder andere letztlich bei ihm landen würde. Wir fanden diese Vermenschlichung eines Haustieres im wahrsten Sinne des Wortes abartig. Aber im Grunde genommen war es auch irgendwie traurig.

Nachdem der Kaffee eingeschenkt war, hielt Gerlinde ihre spitze Nase über den Käsekuchen und sog genießerisch den Duft ein. Und dann, so schnell, dass ich gar nicht reagieren konnte, schob sie ihre Hand drüber und brach sich den dicksten Streusel aus der Käsekuchenkruste heraus, der uns schon alle die ganze Zeit über angelacht hatte. Sie schob sich das Stück in den Mund und meinte zuckersüß kauend: „Da kann man ja gar nicht widerstehen.“

Wenn ich etwas nicht ausstehen konnte, dann war es ein angegrabbelter Kuchen – noch schlimmer: ein von meiner Schwiegermutter angegrabbelter Kuchen! Arno sah, wie mir der Kamm schwoll, streichelte unterm Tisch mein Knie, schnitt sein Backwerk an und gab Gerlinde genau das Stück, das sie verunstaltet hatte.

Guter Mann!

Nachdem sich Gerlinde anderthalb Stündchen über die Herzschwäche Mutantas, die letzten Reparaturen ihres Autos, die unverschämt hohen Versicherungsbeiträge und die Nachbarn mit ihrem Tick, einen Naturgarten anlegen zu wollen, ausgelassen hatte, klingelten mir die Ohren und meine Augenlieder wurden immer schwerer. Nele hatte sich schon vor einer Stunde zurückgezogen unter dem Vorwand, dringend für die Schule Schillers *Räuber* lesen zu müssen. Wobei, vielleicht las sie es tatsächlich und empfand es immer noch als das kleinere Übel.

Da wurde es wider Erwarten interessant.

Nach einer Gesprächspause, in der weder Arno noch ich den Elan aufbrachten, ein eigenes Gesprächsthema einzubringen, setzte Gerlinde erneut an. Ich dachte, jetzt sei endlich der Nachbar zur Linken dran. Aber was dann kam, ließ mich überrascht aufhorchen.

„Ach, übrigens“, Gerlinde tat so, als erzählte sie eine eher unbedeutende Fußnote, „ich habe in den Unterlagen deines Vaters einige Briefe gefunden.“

„Ach“, machte Arno.

„Sie stammen von einer Isolde Klein. Kennst du die noch?“

Arno überlegte. „Hat die nicht bei Mausner in der Personalabteilung gearbeitet?“ Arno hatte in der Firma, in der sein Vater beschäftigt gewesen war – einem

Zulieferer in der Autobranche –, als Schüler und Student hin und wieder im Lager gejobbt.

„Sie hatte ein Verhältnis mit deinem Vater. Und ich will die Scheidung."

Wir richteten uns ruckartig auf und glaubten, uns verhört zu haben.

„Jetzt mal langsam und von vorne", meinte Arno.

Gerlinde begann zum ersten Mal, so etwas wie Gefühle zu zeigen, und zupfte nervös an ihrer Serviette herum.

„Es sind Liebesbriefe. Sie müssen mindestens zwei Jahre zusammen gewesen sein." Sie spuckte diese Sätze geradezu aus. „Wie konnte er mir das antun, dieser treulose Bock. Mit dieser ... dieser Schlampe, diesem Flittchen mit ihren blondierten Haaren und den roten Fingernägeln. Und immer, wenn ich mal ins Büro kam, tat sie so freundlich, diese falsche Schlange. Und in Wirklichkeit hat sie mir die Pest an den Hals gewünscht und wollte mir Hermann ausspannen. ‚Oh, Hermann'", ahmte sie einen der Briefe in gehässigem Tonfall nach, „ ‚jeder Tag, an dem ich dich nicht sehe, ist ein verlorener Tag! Lass uns neu anfangen, lass uns ein gemeinsames Leben beginnen ...' " Gerlinde redete sich in Rage. Rote Flecken breiteten sich auf Hals und Wangen aus und die Serviette hatte sie in tausend Fetzen zerpflückt. Arno legte ihr die Hand auf den Arm.

„Mutter, beruhige dich. Das Ganze ist doch sicher schon einige Zeit her, oder?"

„Genau zehn Jahre! Aber das lass ich nicht mit mir machen! So nicht! Mich so zu hintergehen! Ich will die Scheidung!"

Wir wechselten einen Blick.

„Mutter, ihr seid geschieden."

Gerlinde stutzte.

„Papa ist tot. Und das Ehegelöbnis endet mit dem Tod. Es heißt: ‚bis dass der Tod euch scheidet', erinnerst du dich?"

Kurz hielt sie inne. Dann schlug sie mit der Hand auf den Tisch.

„Das reicht mir nicht! Ich will die Scheidung. Offiziell und schriftlich. Und ich möchte, dass du mir dabei hilfst, Arno!"

Wir sahen uns erneut an und wussten nicht, was wir sagen sollten.

Dann machte ich einen vorsichtigen Versuch. „Das ist wirklich hart. Du musst dich sehr verletzt fühlen."

„Nein, Johanna", fuhr sie dazwischen. „Das kann mich gar nicht verletzen. Da steh' ich drüber. Wenn sich jemand so treulos verhält, dann ist er es überhaupt nicht wert, dass man sich über ihn aufregt. Ihr entschuldigt mich." Damit stand sie auf und wendete sich Richtung Toilette – im Schlepptau Ulla-Trulla, die wie ein Komet eine Spur von Haaren auf dem Teppich hinterließ.

Ich war perplex. Damit hätte ich tatsächlich nicht gerechnet. Ich hatte Hermann gerne gemocht. Er war ein eher zurückhaltender, aber humorvoller Mann und für Arno ein zuverlässiger Vater gewesen. Eine außereheliche Liebesbeziehung hätte ich ihm eigentlich nicht zugetraut ... obwohl: Bei *der* Ehefrau war es vielleicht doch nicht so verwunderlich. Da fiel mir etwas ein.

„Sag mal Arno, du kennst doch diesen Rechtsanwalt, der sich auch auf Familienrecht spezialisiert hat.

Kannst du den nicht mal fragen, ob es so etwas wie Scheidung *post mortem* gibt?"

„Spinnst du?", brauste Arno auf. „Ich mach mich doch nicht zum Affen! Das ist völlig hirnrissig!", wetterte er.

„Mann! Reg dich ab! War ja nur eine Idee deiner Mutter zuliebe", blaffte ich zurück, stand auf und ging in die Küche, um neuen Kaffee aufzusetzen.

„Was will Arno mir zuliebe tun?" Gerlinde war unbemerkt zurückgekommen.

„Er kennt einen Rechtsanwalt und könnte sich für dich erkundigen", gab ich bereitwillig Auskunft und freute mich über Arnos Gesichtsausdruck.

„Mutter", Arno sprach stark akzentuiert wie zu einem Kleinkind, „wir brauchen keinen Rechtsanwalt zu fragen. Der Fall ist eindeutig ..." Eindringlich redete er auf seine Mutter ein und versuchte, sie von diesem seltsamen Vorhaben abzubringen.

Ich blieb lieber in der Küche und sah der Kaffeemaschine bei der Arbeit zu. Schließlich stapfte Arno an der Küchentür vorbei und erschien eine Minute später wieder mit seinem Laptop. Aha. Gute Idee. Arno baute das Gerät vor seiner Mutter auf und begann mit seiner systematischen Suche im weltweiten Netz, an deren Ende sicherlich eine unwiderlegbare Beweisführung stehen würde. Ich beobachtete die beiden einen Moment lang von der Tür aus, wie sie Schulter an Schulter auf den Monitor starrten. Da konnte ich ja beruhigt noch ein wenig in der Küche verweilen.

Ich schenkte mir einen Becher halb voll mit frischem Kaffee, goss die andere Hälfte mit Milch auf und setzte mich seufzend an den Küchentisch. Der Himmel hatte sich zugezogen. Hoffentlich regnete es nicht, denn die

Hunde mussten auf jeden Fall noch mal raus. Draußen spazierte Klaus vorbei. Als er zum Fenster sah, winkte er mir zu und lächelte sogar! Nanu? Sollte es gute Nachrichten geben? Ich musste unbedingt heute Abend mit Arno sprechen. Und Tine? Hoffentlich war sie bald wieder da. Sie fehlte mir. Mein Blick glitt links die Straße hinunter, aber da war sonst niemand. Es hätte ja sein können ...

Ich horchte auf. Aus dem Esszimmer hatte ich Gerlinde meinen Namen sagen hören.

„Hm?“ Arno war offensichtlich noch in die Informationsflut vertieft und reagierte gar nicht.

„Ist dir das nicht aufgefallen?“, insistierte Gerlinde.

„Was meinst du?“, hörte ich Arno nuscheln.

„Na, sie hat sich verändert, die Figur, die Haare, der Rock ...“

Ich hörte atemlos zu.

„Ja, und?“ Arno schien irritiert.

„Ich sag nur eines, mein Sohn: Pass auf deine Frau auf!“

Arno lachte.

Während ich mich auf sie stürzen und sie hätte würgen können.

43

„Endlich Ruhe!“

Ich schloss Arnos Schlafzimmertür hinter mir und atmete tief aus. Irgendwie hatten wir den Rest des Tages hinter uns gebracht und den Abend überstanden, indem wir uns stupide vor dem Fernseher versammelt und uns vom Oster-Blockbuster-Programm die Unterhaltung hatten abnehmen lassen. Danach widerstand ich dem Impuls, das ganze Haus mit unserem Industriestaubsauger haarfrei zu kärchern. Doch das machte erst Sinn, wenn wir Gerlindes Rücklichtern hinterhergewinkt hätten. Stattdessen hatte ich gerade noch eine halbe Stunde damit verbracht, mein neues Lieblingsstück, den blauen Samtrock, mit der Fusselrolle zu bearbeiten.

Nun ließ ich mich neben Arno auf die Matratze sinken, stopfte mir ein Kissen zurecht und legte los. „Na, was sagst du?“

„Wozu jetzt genau?“

„Na zu allem! Erst mal zu deinem Vater und seiner Freundin.“

Er zögerte.

Und sagte immer noch nichts.

„Ist wahrscheinlich auch für dich nicht leicht“, setzte ich nach. „Ich meine, irgendwie ändert sich ja dein Bild von ihm als Vater“, überlegte ich laut.

„Ich wusste davon.“

Ich fuhr hoch und starrte ihn an. „Du wusstest es?“

„Ich habe ihn damals überrascht, als er dieser Isolde einen Brief schrieb. Er hatte Tränen in den Augen, und ich habe mir natürlich Sorgen gemacht und ihn bedrängt, mir zu sagen, was los sei. Ich glaube, er war froh, sich mir offenbaren zu können. Dieses doppelte Spiel hatte ihm zugesetzt. Er war kurz davor, Mutter zu verlassen. Aber dann hatte er seinen ersten Herzinfarkt. Du erinnerst dich bestimmt, wie dramatisch das alles war. Für ihn war es wie ein Zeichen, sein Doppelleben zu beenden. Deshalb hat er sich von Isolde getrennt."

Arno sah in die Ferne. „Vielleicht war das die falsche Entscheidung."

Ich schluckte. „War er so unglücklich mit deiner Mutter?"

„Du weißt doch, wie sie ist. Aber Vater war eben ein verantwortungsbewusster Mensch. Er dachte, er könne sie einfach nicht alleine lassen."

„Und dann war er vier Jahre später tot ..."

Wir schwiegen eine Weile.

„Und wie hast *du* es verkraftet, dass dein Vater eine andere Frau als deine Mutter liebte?"

„Zuerst war ich geschockt und wütend. Natürlich ist mein Bild unserer einigermaßen heilen Familie zerbrochen. Aber dann habe ich begriffen, was Vater an Isolde mochte. Sie muss sehr herzlich und einfühlsam gewesen sein. Sie haben wohl viel zusammen gelacht und geredet und ...", er zögerte, „sie haben sich wohl auch im Bett gut verstanden."

Ich nickte nachdenklich. Das hatte ich gerade fragen wollen. Dann stützte ich mein Kinn in die Hand und sah Arno an.

„Warum hast du es mir nicht erzählt?"

„Weil Vater es nicht wollte."

Ich hob fragend die Augenbrauen.

„Er mochte dich. Er wollte nicht, dass du schlecht über ihn denkst. Und er wollte dir keine Angst machen."

„Wie das?"

„Naja", Arno druckste herum, „nach dem Motto ‚Wie der Vater, so der Sohn' und so ..."

„Und? Bist du so? Wie dein Vater?"

Arno griente und zog mich an sich. „Hab ich doch gar nicht nötig. Der Sex mit dir ist – wenn er denn mal stattfindet – voll befriedigend!"

„Da kann ich ja beruhigt sein!"

Arno strich mir die Haare aus dem Gesicht. „Weißt du, was mein Vater noch über dich gesagt hat?"

„Nein. Aber will ich das wissen?"

„Unbedingt. Er meinte: Arno, Johanna ist die Richtige für dich. Die geht mit dir durch dick und dünn, und mit der kannst du vor allem eines: reden!"

Mir traten glatt die Tränen in die Augen. Arno auch. Dass Hermann so etwas Positives über mich gesagt hatte, rührte mich. Wir kuschelten uns eng aneinander und hörten gegenseitig unserem Herzschlag zu.

Nach fünf Minuten klopfte ich Arno auf die Brust. „So, jetzt will ich endlich wissen, ob du mit Klaus gesprochen hast. Du weißt schon, beim Osterfeuer."

„Tjaaa ..." Arno genoss sichtlich seinen Wissensvorsprung. „Also ..."

„Nun mach schon!", ich stieß ihm in die Rippen.

„Autsch! Ich bin verletzt! Jetzt kann ich nicht mehr reden!"

„Arno!“

„Okay, okay, aber eigentlich sollte ich es dir nicht erzählen, also verquatsch dich nicht.“

„Is klar!“, ich nickte ungeduldig.

„Klaus hat Probleme mit seinen Hoden.“

„Was?“

„Er hat tierische Schmerzen. Zuerst hat er Schmerzmittel genommen. Das half nicht. Dann bekam er Panik und befürchtete, es wäre Hodenkrebs. Also ist er nach drei, vier Wochen endlich beim Facharzt für Urologie gewesen. Der hat alles abgetastet und geröntgt. Kein Krebs!“

„Puh!“ Ich ließ die Luft aus meinen Lungen entweichen. Welch Erleichterung! „Und was nun?“

„Die Schmerzen sind nach wie vor da. Deshalb sieht der Urologe nur noch eine Möglichkeit ...“

„Nämlich?“

„Kastration.“

„Bitte?“

„Eier ab, Hoden weg, schnipp-schnapp!“

„Das darf doch wohl nicht wahr sein!?“

„Doch.“

Ich sah Arno entsetzt an. „Deshalb war er so ablehnend Tine gegenüber? Wollte keinen Sex mehr, hat sich immer mehr in sich zurückgezogen?“

„Ja. Er hat Angst, dass er für sie dann kein vollwertiger Mann mehr ist, befürchtet, vielleicht gar keinen mehr hoch zu kriegen, nicht mehr geil zu werden und so weiter.“

„Also treibt er Tine lieber jetzt schon von sich weg, um sich den Kummer später zu ersparen“, überlegte ich tonlos. „Für ein Kommunikationsgenie wie ihn ist das eine erschreckend einleuchtende Strategie ...“ Ich starrte aufgewühlt vor mich hin. „Mensch! Das ist ja so richtig schön scheiße!“

Völlig bedient ließ ich mich ins Kissen sinken.

„Hat er denn schon einen OP-Termin? Oder ist er etwa schon ...?“

„Nein. Übernächste Woche.“

„Verdammte Hacke! Und Tine weiß von nichts.“ Ich grübelte finster vor mich hin.

„Also, ich hatte da noch eine Idee“, setzte Arno wieder an.

„So?“

Mein Mann überraschte mich immer wieder. Manchmal war er ein wandelndes Medizinlexikon, saugte alles, was er über Krankheiten, Medikamente, Heilmethoden oder Kontraindikationen hörte oder las wie ein Schwamm in sich auf und bewahrte es in seinem Gedächtnis, bis er es an passender Stelle neu vermengt und dosiert wieder herauströpfeln ließ. Phänomenal!

„Neles Orthopäde hat mir mal von einem ähnlichen Fall erzählt. Letztlich war durch eine leichte Wirbelverschiebung ein Nervenstrang eingeklemmt. Er hat ihn wieder eingerenkt und die Sache war gegessen.“

„Mensch, das wär's ja!“ Ein Lichtstreif am Horizont! „Hast du Klaus schon die Nummer von Dr. Temme gegeben?“

„Klar. Gleich heute Morgen.“

Arno bekam einen Kuss. „Mein Held!“

Ich schöpfte Hoffnung. Vielleicht ließ sich mit Tine und Klaus doch wieder alles einrenken.

44

Arno war ein Frühaufsteher. Gerlinde auch. Also mussten er und Kalli wohl oder übel mit Gerlinde und Ulla-Trulla im Schlepptau ihre erste Runde drehen. Ich blieb noch liegen und las in meinem neuen Kluftinger-Krimi. Kurz bevor sie zurückkamen, deckte ich den Frühstückstisch, backte Brötchen auf und kochte Kaffee. Noch zwei Stunden, schätzte ich, und ich konnte mit dem Hausputz beginnen. *Priml*, wie Kult-Klufti sagen würde.

„Ich habe heute Morgen in eurem Anzeigenblättchen gelesen“, plauderte Gerlinde aufgeräumt, während sie sich ihr Brötchen mit einer zwei Zentimeter dicken Butterschicht zubetonierte. „Das durfte ich doch, oder?“, schob sie mit einem hanebüchen ängstlichen Blick in meine Richtung hinterher.

Nein! Wie konntest du nur! Das war geheime Verschlusssache!

„Natürlich“, ich lächelte ihr krampfhaft zu und konzentrierte mich dann schnell wieder auf mein Brötchen. Es war erschreckend, wie sehr einem ein Mensch auf den Keks gehen konnte. Ich merkte, wie mich an diesem heute Morgen einfach alles an ihr störte. Wie fett sie ihr Brötchen belegte, als würde sie nie wieder etwas zu essen bekommen. Wie sie weit über den Tisch nach der Zuckerdose grabbelte und an ihrem Ärmel – im Gegenlicht zu erkennen – mindestens zwanzig Hundehaare herabhingen, als hätte sie ein indianisches

Fransenshirt an, von denen sich mindestens die Hälfte über den Käse und die Marmeladen verteilte. Wie sie wie eine Hundertjährige im Zeitlupentempo ihrem Brötchen die Zunge entgegenstreckte, als müsse sie eine sichere Landebahn markieren ...

Es schüttelte mich innerlich und ich wäre am liebsten aufgesprungen. Es war schlimm. Ich konnte sie kaum noch ansehen, konnte kaum mehr ihre Gegenwart ertragen. Und fand mich selbst gleichzeitig furchtbar, wie ich solche massiven negativen Gefühle Gerlinde gegenüber hegen konnte, die ja immerhin Arnos Mutter war und Neles freigiebige Großmutter und nicht zu vergessen meine mir ja doch irgendwie wohlgesonnene Schwiegermutter ...

„Johanna?!"

„Ey, voll krass! Mama ist richtig weggetreten!"

Verwirrt blickte ich in drei aufgerissene Augenpaare. „Was ist?"

„Was ist?", gab Arno zurück. „Wir reden mit dir!"

„So? Worüber denn?", fragte ich lahm. Eigentlich hatte ich keine Lust, meinen inneren Rückzugsort aufzugeben.

„Oma will mit uns nach dem Frühstück zum Oster-Kunsthandwerkermarkt nach Altenstädt fahren!", freute sich Nele.

„Das ist doch eine *nette* Idee", versuchte Arno mir diese Verlängerung des Martyriums mit Nachdruck schmackhaft zu machen.

„Und wann soll ich kärchern?", brachte ich entgeistert hervor.

„Aber Kindchen", Gerlinde tätschelte meinen Arm und ich musste den Impuls unterdrücken, ihre

Berührung wegzuwischen. „Am Ostermontag macht man doch keine lauten Putzarbeiten."

Damit war die Sache geritzt. Das Einzige, was ich noch herausschlagen konnte, war, dass Arno mitkommen musste, obwohl der diese Art Veranstaltungen hasste, und dass jeder mit seinem eigenen Auto fuhr, weil Altenstädt ja auf dem Weg zur Autobahn lag. So konnte Gerlinde direkt von dort nach Hause aufbrechen und wir kamen um die vierrädrige Hundehaarhölle herum.

Auf den Straßen des schmucken kleinen Ortes, die von Fachwerkhäusern gesäumt waren, drängelten sich die Leute, als wären sie froh, der häuslichen Familienidylle entkommen zu sein und sich ins anonyme Getümmel stürzen zu können. Ein frischer Wind trieb weiße Wolken über den Himmel, und einige Böen zerrten temperamentvoll an den hunderten von Ostereiern, die zur Dekoration an hellgrün belaubten Birken schaukelten. Das sah hübsch aus. Ich schlenderte Hand in Hand mit Arno hinter Gerlinde und Nele her, die sich bei ihrer Oma eingehakt hatte und sie von einem Stand zum nächsten zog. Es gab vor allem kunstvoll und in den unterschiedlichsten Techniken verzierte Ostereier, aber auch Töpfer- und Keramikwaren, Holzschnitzarbeiten und aus Plüsch genähte Osterhasen in allen Größen und Farben. Außerdem Frühlingsblumen, Gestecke und Gartendeko aus Metall, Holz oder Keramik, nicht zu vergessen gefilzte Handtaschen, Hüte und Dekorationsartikel. Ein kunstvoll gedrechselter Holzkerzenständer hatte es mir besonders angetan, recht schwer, aus hellem Holz mit feiner Maserung. Aber als ich den Preis sah (45 Euro), war der Fall erledigt. So viel Geld wollte ich für ein Dekoteil nicht ausgeben.

„Hallöchen Hanna!" erschallte es plötzlich zwitschernd aus einiger Entfernung und mehrere Menschen um mich herum drehten die Köpfe.

„Hey Dennis!" Ich pflügte mich durch das Gedränge zu meinem Zumba-Freund und Meisterfriseur und wir gaben uns Küsschen links und rechts.

„Darf ich dir meinen Freund vorstellen?", Dennis wandte sich sichtlich stolz nach rechts und präsentierte mir einen großen, gutaussehenden Mann mit dunklen, kunstvoll verstrubbelten Haaren und gepflegtem Dreitagebart.

„Das ist mein Harald!" Und zu seinem Harald gewandt und auf mich zeigend: „Das ist meine Zumba-Queen, Hanna!"

Wir gaben uns lächelnd die Hand und ich sagte: „Er übertreibt maßlos. Ich bin absolute Zumba-Anfängerin und froh, wenn ich nicht über meine eigenen Füße stolpere."

„Dennis hat mir von dir erzählt. Er bewundert dein Rhythmusgefühl", erwiderte Harald mit einer weichen, zurückhaltenden Stimme. Er war mir auf Anhieb sympathisch. Inzwischen hatte sich Arno zu uns herangekämpft und die Vorstellungsrunde begann von neuem.

„Und? Habt ihr schon ordentlich eingekauft?", fragte ich und zeigte auf die Tüten, die sie bei sich hatten. Beide nickten eifrig und schwärmten von der entzückenden Osterdeko, die sie ganz vorn an einem Stand entdeckt hätten und die sicher auch im nächsten Jahr noch *en vogue* sein werde.

Schließlich verabschiedeten wir uns, weil wir Nele und Gerlinde nicht vollends aus den Augen verlieren wollten.

„Nächsten Mittwoch erst Zumba und dann King's?", fragte ich Dennis noch.

„Klaro! Bis dann! Tschau Bella!"

Ich lächelte vor mich hin, als wir die Verfolgung unserer Anverwandten aufnahmen.

„Sind die beiden schwul?", fragte Arno irgendwann.

„Ja." Ich sah ihn kurz von der Seite an und wartete auf eine weitere Reaktion. Aber er ließ sich Zeit.

„Scheinen nett zu sein", meinte er schließlich und grinste mich an.

Ich grinste zurück. „Finde ich auch. Und Dennis ist ein begnadeter Friseur." Ich wies auf meine Haare. „Die hat *er* so hingekriegt."

„Aha."

Endlich fanden wir Gerlinde und Nele wieder. Sie hatten sich etwas abseits vom Gedränge auf zwei Strohballen gesetzt. Nele streckte mir strahlend einen weißen Plüschhasen mit rosa Schleife entgegen.

„Ist der nicht süüüß? Den hat mir Oma geschenkt!"

„Das ist aber nett von deiner Oma", sagte ich und meinte es auch so. Das musste man ihr lassen, großzügig gegenüber ihrer Enkelin war sie immer gewesen. Gerlinde hielt eine Tüte in der Hand. Also war sie ebenfalls fündig geworden. Wir beschlossen, uns langsam wieder Richtung Autos zu bewegen und irgendwo noch einen Kaffee zu trinken.

An einer Bierzeltgarnitur ergatterten wir vier Sitzplätze und schickten Nele gleich wieder los, um drei Mal Kaffee und für sich ein Getränk ihrer Wahl zu besorgen. Mürrisch setzte sie sich in Bewegung. Dieser Auftrag grenzte an Kinderarbeit und war definitiv unzumutbar.

Ermüdet beobachteten wir die Leute um uns herum.

Neben uns am gleichen Tisch saß eine junge Familie. Der Vater diskutiere gerade mit dem älteren Sohn – er mochte verständige vier Jahre alt sein – warum es nicht okay war, die Pommes Frites durch die Gegend zu werfen. Das sah Jan-Torben jedoch ganz anders. Gerade traf er mit einem ketchupgetränkten Kartoffelstäbchen seinen etwa anderthalb Jahre jüngeren Bruder Finn-Ole am Auge, woraufhin dieser in ein ohrenbetäubendes Gebrüll ausbrach und sich auch durch die beruhigenden Worte seiner Mutter nicht trösten ließ. Stattdessen griff er mit seinen Patschehändchen ebenfalls in den Pommesberg und schleuderte zwei Handvoll in Richtung des Aggressors. Ein Teil davon landete auch auf Arnos Schoß. Der Vater hatte währenddessen nicht aufgehört, deeskalierend auf Jan-Torben einzureden. Er schlug ihm vor, diesen brüderlichen Konflikt doch mit einer angemessenen Entschuldigung zu beenden. Die Brüder ließen sich davon jedoch nicht beirren und führten ihre Pommesschlacht unter Gekreische und Gelächter fort. Die Mutter versuchte, Finn-Ole daran zu hindern, über den Tisch zu klettern. Der Vater erläuterte indessen, dass die Kinder in Afrika jetzt sehr traurig wären, wenn sie sehen könnten, wie das gute Essen auf dem Boden zertreten wurde und in Haaren und Garderobe der Umsitzenden landete.

Fassungslos beobachteten wir das absurde Schauspiel. Wenn es *etwas* gab, worüber sich Nele niemals würde beklagen können, dann, dass wir zu antiautoritär mit ihr umgegangen wären.

Doch nun folgte erst die Krönung. Der Vater, der auf ganzer Linie versagt hatte, wandte sich mit versteinerter Miene und kalten Augen seiner Frau zu und höhnte: „Das hast du ja mal wieder toll hingekriegt."

Ich hielt die Luft an und erwartete eine angemessen saftige Erwiderung. Aber als ich der jungen blonden Frau ins Gesicht sah, las ich darin nur eines: Resignation.

Scheiße. Was sollte man dieser Familie wünschen? Dass die Ehe möglichst schnell zerbrach? Oder hatten sie eine Chance? Ich konnte es mir beim besten Willen nicht vorstellen.

In diesem Moment wurde der Ätz-Vater unsanft von hinten angestoßen. Empört drehte er sich um und wollte auffahren. Hinter ihm stand ein Bär von einem Mann mit rotblondem Lockenkopf und Vollbart, an dessen Trainingsjacke unschöne Spuren von Ketchup mit Pommes auszumachen waren. Aus dem Vollbart heraus dröhnte es auf den überraschten Papi hernieder.

„Ey, du Vollidiot. Hast deine Rotzlöffel nicht im Griff, aber bei deiner Schnalle den Zampano machen? Ich hoffe, du bist versichert! Mein Frack muss in die Reinigung!"

Es war, als hätte Zeus gesprochen und für ein Stück Gerechtigkeit auf Erden gesorgt! Einige Betroffene rundherum applaudierten.

Die junge Mutter stand mit eingefrorener Miene auf, entschuldigte sich in Richtung des Bären, ergriff Finn-Ole und verließ, ohne sich umzudrehen, den

Schauplatz. Der Vater zögerte einen Moment, kämpfte sichtlich mit sich, ob er sich auf eine Auseinandersetzung mit dem Göttervater einlassen sollte, zog dann aber die Schultern ein und den schreienden Jan-Torben hinter sich her.

„Halt jetzt deine verdammte Klappe!“, fuhr er seinen Sohn an und verschwand im Gewühl.

Puh, welch ein Familiendrama!

Arno ergriff in stillem Einvernehmen meine Hand. Wie unendlich gut, nicht in einer solchen Ehe- und Familienhölle gefangen zu sein.

Endlich kam auch Nele mit unseren Getränken, die sie auf einem Tablett balancierte. Für sich selbst hatte sie ein riesiges Eis mitgebracht.

„Du glaubst nicht, was wir gerade beobachtet haben“, empfing ich Nele und verteilte die Tassen.

„Du glaubst nicht, was *ich* gerade beobachtet habe“, konterte sie.

„Na dann mal los“, ließ ich ihr generös und pädagogisch vorbildlich den Vortritt und nahm einen Schluck des heißen, braunen Lebenselixiers.

„Da vorne knutscht Leander mit einer Tussi. Rattenscharf! Die besabbern sich wie zwei Schlabberschnauzen. Voll krass!“

Ich verschluckte mich dermaßen, dass ich mich fühlte, wie diese kleinen Gummitierchen, denen die Augen aus dem Kopf quollen, wenn man sie drückte. Endlich hatte Arno ein Einsehen und schlug mir zwei Mal gezielt auf den Rücken. Aaah ... Luft.

Die Elster, schoss es mir durch den Kopf. *Das ist sie, die Elster aus meinem Traum!*

„Aber Kindchen“, Gerlinde schüttelte missbilligend den Kopf, „nun trink doch nicht immer so gierig.“

Wie bitte?

Anstatt Besorgnis um mein Leben, wieder nur Vorwürfe? Ich kochte, während gleichzeitig mein Herz zu einem traurigen Klumpen gefror. Leander – auf immer verloren ...

Arno streichelte beruhigend meine Hand, wohl weil er befürchtete, ich würde auf seine Mutter losgehen. Doch dafür fehlte mir die Energie. Neles Neuigkeit hatte mich getroffen. Tiefer, als ich es für möglich gehalten hätte. Ich fühlte mich wie ein Vogelküken, das, kurz bevor es fliegen konnte, aus dem Nest gefallen war – vor die Füße einer Katze. Ich wagte nicht, Arno anzusehen, damit er in meinen Augen nicht den Schmerz erblickte, den abgrundschwarzen Schatten, der sich meiner Seele bemächtigt hatte ...

„Kommst du?“

Verwirrt blickte ich von meiner fast vollen Kaffeetasse auf. Meine drei Verwandten schlängelten sich bereits durch die Tischreihen davon. Na toll.

Als ich bei Arno ankam, legte er mir den Arm um die Schulter, lächelte mich aufmunternd an und flüsterte in mein Ohr: „Gleich haben wir's geschafft!“

Ach Arno ...

Eng umschlungen bahnten wir uns einen Weg, immer den beiden vertrauten Jacken hinterher ... bis wir fast in sie hineingelaufen wären, denn sie waren stehen geblieben. Nele hatte Leander erblickt und in ihrer Neugier natürlich nichts Besseres zu tun, als ihn anzusprechen.

Da stand er nun. Und in seinem Arm diese Frau – diese umwerfende Frau: dunkle, sehr kurze Haare, ein herzförmiges Gesicht mit großen, wachen braunen Augen, dunkle Augenbrauen, geschwungen wie Schmetterlingsfühler, schmale Nase, kesser, schön geschwungener Mund, zerbrechlich wirkender Körper, komplett in Schwarz gekleidet. Sie wirkte herb-burschikos und gleichzeitig zart wie ein Vogel, wie eine wilde Waldelfe.

„Johanna, Arno!", Leander nickte uns erfreut zu. „Darf ich vorstellen? Das ist Clara, meine Frau."

Clara, seine Frau, gab uns ihre Hand – fest, zupackend – und entblößte beim Lächeln zwei Reihen makellos weißer Zähne. Klar, was sonst.

Wir gaben uns sympathisch und freuten uns zurück. Was sollte ich auch sagen? Hey, ich hatte ja eigentlich versucht zu verdrängen, dass du verheiratet bist!? Und was wird nun aus uns? So ein Pech, dabei wollte ich dich doch demnächst bumsen, ficken, vögeln?

Ach verdammt!

Arno erläuterte Clara gerade gut gelaunt die spezielle Beziehung unserer beiden Hunde, was Clara mit glucksendem Lachen quittierte, woraufhin Arno zur charmesprühenden Höchstform auflief. Da traf mich ein Blick von Leander. Ich lächelte freundlich distanziert und extrem souverän zurück und klinkte mich ins Gespräch ein. Der sollte mal ja nicht auf die Idee kommen, ich könnte auch nur im Entferntesten so etwas wie eifersüchtig sein!

Ich nicht!

„Tja, unsere Hunde sind regelrecht voneinander besessen", fügte ich lässig hinzu. „Gut, dass Karl Marx kastriert ist."

Glücklicherweise wurde nun Gerlinde unruhig und wir hatten einen echt guten Grund, uns zu verabschieden.

„Wow, das ist ja 'ne Sahneschnitte", brachte es Nele außer Hörweite des Traumpaares auf den Punkt.

Also bitte. So konnte ich das aber nicht stehen lassen.

Um nach dieser Begegnung irgendwie mein inneres Gleichgewicht wiederzuerlangen, schoss ich mich auf Nele ein und verfiel in den Dozier-Modus.

„Tochter, du sprichst wie ein pubertierender, pickliger Kerl, der nicht weiß, wohin mit seinen permanent ausgeschütteten Sexualhormonen", tadelte ich sie, „die übrigens in reziproportionalem Verhältnis zu seinem Selbstbewusstsein stehen, weshalb er dies überkompensiert, indem er das unerreichbare Objekt seiner Begierde verdinglicht, um sich so darüber zu erheben."

Nele verdrehte die Augen. Da brauchte ich gar nicht hinzusehen.

„Aber wo sie recht hat, hat sie recht", pflichtete Arno Nele bei und knuffte sie augenzwinkernd in die Seite.

„Pfff", ich enthob mich eines ausführlicheren Kommentars.

„Naja, so 'n cooler Typ wie Leander hat natürlich auch 'ne Klasse-Frau aus der ersten Liga", gab sich Nele fachkundig und ich fragte mich wieder einmal, aus welcher Mädchenzeitschrift oder Daily Soap sie ihre Weisheiten bezog.

„Jedenfalls scheinen die beiden gut zueinander zu passen", stimmte Arno erneut Nele zu – und sah mir verwundert hinterher, als ich freiwillig zu seiner Mutter aufschloss. Dieses Thema war ja wohl total uninteressant!

Als wir endlich bei den Autos angekommen waren, hatte mich Gerlinde – die sich für unsere Nachbarn nicht die Bohne interessierte – über ihr nächstes Renovierungsvorhaben in Kenntnis gesetzt. Sie wollte eine Tür, die den eigentlichen Wohnbereich vom Eingangsbereich abgrenzte, entfernen und stattdessen einen schicken offenen Rundbogen einbauen lassen, wie ihn zufällig auch ihre Nachbarn hätten. Alarmiert versuchte ich ihr mögliche Nachteile (zum Beispiel die Zugluft) darzulegen, was sie erwartungsgemäß in den Wind schlug.

Zum Abschied nahmen wir uns in den Arm, gaben uns Küsschen und versicherten uns alle, dass es doch schön gewesen sei, Ostern mal wieder gemeinsam zu verbringen. Während Ulla-Trulla im Auto einen Mordsrabbatz veranstaltete und vor Aufregung die doppelte Menge an Haaren über die Polster verteilte, sodass sich die grauen Bezüge in helle Schaffelle verwandelten, hielt Gerlinde noch mal inne.

„Ach, mein Mädchen, fast hätte ich es vergessen", sagte sie und drückte mir die Tüte in die Hand, die sie die ganze Zeit getragen hatte. „Für dich."

Überrascht nahm ich sie entgegen und blickte hinein. Das gab's doch gar nicht! In meiner Hand hielt ich den kunstvoll gedrechselten Holzkerzenständer, der mir zu Beginn so gefallen hatte. Ich strahlte.

„Danke, Gerlinde!", ich nahm sie nochmals in den Arm. „Darüber freue ich mich riesig!"

Und diesmal meinte ich es auch so.

45

Nachdem ich eine Stunde lang mit dem Industriestaubsauger die haarigen Hinterlassenschaften des Hundemonsters beseitigt hatte, was mir wegen der hundertundzwanzig Dezibel nur mit Ohrenschützern möglich war, beschloss ich, Gerlindes Bettwäsche, die offensichtlich auch von der Presswurst frequentiert worden war, nach Ostern einfach draußen in den Wind zu hängen und dann in eine Plastiktüte zu verpacken, bis zu dem fernen Tag, an dem Schwiegermutter und Ulla-Trulla uns mal wieder beehren würden. Meiner Waschmaschine mochte ich diese Fellinvasion jedenfalls nicht zumuten.

Den Rest des Tages verzog ich mich mit einer Decke und meinem Provinzkrimi auf das Sofa und verdrängte mehr oder weniger erfolgreich meine geplatzten Sexträume. Nur ab und zu erklang in meinem Inneren der Refrain des wunderschön melancholischen Liebesliedes: *Goodbye my almost lover ...*

In den nächsten Ferientagen konzentrierte ich mich wieder auf meine Korrekturarbeiten. Die letzten Erörterungen der 9. Klasse hatte ich bis zum späten Dienstagmittag erledigt. Ich musste schon sagen: Das Ergebnis war in der Tat erfreulich. Keine Fünf! Das hieß, alle hatten zumindest in ausreichendem Maße begriffen, wie eine dialektisch-abwägende Argumentation nach dem Sanduhrprinzip funktionierte. Ich war zufrieden. Das waren die Momente, aus denen ich die Bestätigung für mein Tun zog. Die Schülerinnen und Schüler hatten verstanden und konnten auch umsetzen, was ich ihnen zu vermitteln suchte. Gut so!

Dann fiel mir Jakob Winter ein, unser Fachbereichsleiter, der über das Ergebnis jeder Klassenarbeit zu informieren war. Ein Mann wie ein Seebär mit einer volltönenden Bassstimme. Wir schätzten uns gegenseitig. Bei einem Punkt hatte er allerdings einen Haschmich: Er war der unabänderlichen Überzeugung, dass Klassenarbeiten nach der Gauß'schen Normalverteilung, also in einer Glockenkurve auszufallen hatten, das heißt wenige Einsen, viele Dreien und bitteschön auch einige Fünfen oder Sechsen. Abweichungen von diesem Naturgesetz seien auf zu leichte Aufgabenstellungen oder – noch schlimmer – auf zu schülerorientiertes Korrigieren zurückzuführen. Er hielt nichts von „pädagogischen Weichzeichnern“, sondern wollte „klare Kante“ sehen.

Gegen ein realistisches Leistungsbild hatte ich natürlich prinzipiell nichts einzuwenden. Aber warum schlechte Noten zur Qualitätssicherung beitragen, das Anspruchsprofil des gymnasialen Bildungsganges stärken und überhaupt den Untergang des Abendlandes verhindern sollten – das blieb sein Geheimnis. Nach meiner langjährigen Erfahrung führten Fünfen und Sechsen nämlich, selbst wenn sie ehrlich verdient waren, zu Demotivierung, Angst und Resignation.

Ich würde Herrn Winter also wieder einmal die beste, eine mittlere und die schlechteste Arbeit (ein Vier minus) einreichen, damit er sich selbst einen Eindruck von der Qualität meiner Unterrichtsergebnisse verschaffen konnte. Ich griente, fand es aber gleichzeitig ärgerlich, dass Winters unpädagogische Erwartungshaltung es vermochte, auf meine Freude über eine gelungene Klausur einen Schatten zu werfen.

Getrübt wurde diese Freude außerdem von der katastrophalen Zeichensetzung. Obwohl ich am Ende der achten Klasse und zu Beginn der neunten wochenlang die Kommaregeln trainiert und wiederholt hatte, waren die Ränder in den Arbeitsheften von roten Z-Zeichen übersät. Es war zum Haareraufen. Einfachste dass-Sätze, Relativ- und Adverbialsätze, eingeleitete Fragesätze und erweiterte Infinitive mit zu. Alles gepaukt, immer und immer wieder – und nur einen Bruchteil davon richtig umgesetzt. Klar wusste ich, dass sich die Gehirne pubertierender Fünfzehnjähriger (siehe Nele) in einem neuronalen Chaoszustand befanden und sich täglich neu sortierten, weshalb sich gewisse, scheinbar zweitrangige, Lerninhalte gerne in die Peripherie des Gedächtnisses verabschiedeten. Und dass das richtige Setzen satzsstrukturierender Zeichen nicht gerade zu den Kerninteressen hormongesteuerter Teenager gehörte – auch das war mir bewusst. Dennoch: Eine *meiner* unumstößlichen Überzeugungen lag darin, dass das Verstehen und Verwenden komplexer Satzstrukturen gleichzeitig Voraussetzung wie Ergebnis komplexer Denkvorgänge waren, die wiederum nötig sind, um unsere komplexe Welt angemessen zu beschreiben, zu analysieren, zu verstehen, zu bewerten und schließlich zu verändern. Nur das simple Schwarz-Weiß-Denken kommt mit einfachen Hauptsätzen aus: Das ist gut. Punkt. Das ist böse. Punkt.

Ich seufzte. Angesichts der Tatsache, dass die mediengestützte Alltagskommunikation Jugendlicher immer mehr aus kryptischen Abkürzungen (hdgdl, OMG, xoxo, idc, idk), Einwortsätzen (Fuck! Geil! Cool!) oder Zwinkersmileys bestand, schienen wir Deutschlehrenden auf verlorenem Posten zu stehen.

Oder war das alles doch nur die Sicht einer rückwärtsgewandten Studienrätin, die an überholten bürgerlichen Bildungsvorstellungen festhielt?

Nein!

Egal!

Ich beschloss, nach Rückgabe der Klassenarbeit erneut eine Auffrischungseinheit zur Zeichensetzung anzusetzen. Von mir aus auch anhand pubertätsorientierter Inhalte, so nach dem Motto: *Lukas gab Lara einen Zungenkuss (Komma) der es in sich hatte.*

Oder noch besser: *Einen noch geileren Zungenkuss (Komma) den sie nie im Leben vergessen würde (Komma) bekam Lara von Laura.*

46

Mich in die Arbeit zu stürzen, hatte mich wie immer ganz gut von meinen emotionalen Irrungen und Wirrungen abgelenkt. Nachdem ich die Neuner-Klausur an diesem Vormittag nun *ad acta* gelegt und sie wieder sicher in einer Stofftasche verstaut hatte, wäre die Oberstufe an der Reihe gewesen, aber damit wollte ich erst am nächsten Tag beginnen. Für diesen Nachmittag hatte ich mir Ferien auf der Gartenliege verdient. Ich zog die Liege unter den Sauerkirschbaum, schmierte mir ein Brot mit Käse, holte Decke, Kissen und meinen Krimi und machte es mir draußen gemütlich. Ich liebte diesen Platz unter dem Obstbaum. Mein Blick glitt hinauf in die Krone über mir. Ein Großteil der Blüten hatte sich inzwischen geöffnet. Es war, als sähe man in den zarten Spitzenschleier einer Braut. Dieses anmutige, frische Weiß der Blüten vor dem reinen Blau des Himmels – ein Märchenort, ein Träumespender, ein geheimer, flüchtiger Zugang zu einer Feenwelt. Dann konzentrierte ich mich auf das vielstimmige Summen und Brummen der ersten Bienen und Hummeln, die sich scheinbar trunken von Blüte zu Blüte hangelten. Wie magisch angezogen stand ich auf und ergriff einen blühenden Zweig, hielt meine Nase an die Blütendolde und sog langsam und mit geschlossenen Augen den feinen Duft ein, ein Duft, wie ein Versprechen auf das Kommende ... hach, dieser Sinnesrausch war kaum zu überbieten!

Ich ließ mich zurück auf die Liege plumpsen und biss in mein Käsebrot. Kauend überdachte ich die bisherigen Ferientage. Sie hatten meinen Gefühlshaushalt ganz schön durcheinander gewirbelt. Von Tine hatte ich noch nichts wieder gehört. Hoffentlich machte sie keine Dummheiten. War es tatsächlich erst eineinhalb Wochen her, seit sie sich gen Süden aufgemacht hatte? Puh, sie fehlte mir, aber ein bis zwei Wochen würde ich sicher noch auf sie verzichten müssen. Mit Arno hatte sich seit dem Besuch seiner Mutter alles normalisiert – ganz wie erwartet. Allerdings hatte ich es nicht geschafft, ihn erneut auf sein sexuelles Vorleben anzusprechen. Die Idee dabei war, von ihm möglichst so etwas wie eine Freikarte zu erhalten, also einmal außerehelichen Sex – mindestens – ohne Drama, ohne Trennungsgetöse, sondern ganz nüchtern der Tatsache geschuldet, dass sich meine Erfahrungen mit Sexualpartnern leider an einem einzigen Finger abzählen ließen. Ich meine, das müsste doch eigentlich auch für Arno zu verstehen sein, oder?!

Andererseits: War es überhaupt möglich, so sachlich an diese Frage heranzugehen? Hier ging es schließlich nicht darum, mit einem anderen Mann ... äh ... Briefmarken auszutauschen, sondern Körperflüssigkeiten, die intimsten Bereiche der Physis und der Psyche, die bis jetzt restlos Arno vorbehalten waren. Musste ihn das nicht zwangsläufig verletzen? Schon die Andeutung vor ein paar Tagen hatte ihn hochgehen lassen. Wie würde *ich* mich denn fühlen? Zurückgesetzt, ausgenutzt, verraten? Wäre es insofern überhaupt richtig, Arno in meinen Plan einzuweihen? Das Letzte, was ich wollte, war, ihn zu verletzen. Es ging nur um *mich.*

Sollte ich dann nicht auch alleine für mich geradestehen und nicht noch Absolution von Arno erwarten?

Wieder andererseits waren Ehrlichkeit und Offenheit wichtige Fundamente unserer Beziehung. Durfte, sollte, konnte ich über ein für mich so existentielles Thema Arno gegenüber schweigen? War es nicht ein Vertrauens- und Liebesbeweis, ihn einzubeziehen?

Manno ... mir schwirrte der Kopf. Irgendwie kristallisierte sich immer noch kein Richtig oder Falsch heraus. Es blieb ein Dilemma. Mein – zugegeben egoistisches – Interesse an meiner Selbstverwirklichung kollidierte mit unserem Paarinteresse. Die Frage war doch, ob ich als Individuum außerhalb unserer Ehe ein Recht auf einen eigenständigen Erfahrungsraum hatte. Wobei ... *das* würde ich sofort bejahen. Also war die Frage eher, ob es klug war, dieses Recht bis hin zur Sexualität in Anspruch zu nehmen. Und damit war ich wieder am Anfang.

Ich seufzte, rutschte auf der Liege tiefer, zog mir die Decke bis ans Kinn und verschränkte die Hände hinter dem Kopf. Mein Blick folgte den Zweigen und Blütendolden über mir, die manchmal, wenn eine Hummel sich daran zu schaffen machte, lustig zu wippen begannen.

Vielleicht sollte ich gar nicht so angestrengt versuchen, das Richtige zu tun, sondern die Dinge einfach geschehen lassen. Da ich sowieso unfähig war, mir jemanden anzulachen, und sich der Leander-Traum mit der Ankunft seiner Traumfrau in Luft aufgelöst hatte, bestand

ja überhaupt gar keine Gefahr.

„Mama?“

„Ja, Schatz?!“

„Ach, hier bist du.“ Nele stand vor mir, die Hände in den Taschen ihres Kapuzenpullovers und sah etwas verloren aus.

„Was ist los mit dir?“

„Nichts.“

„Aha.“

Immer noch stand sie unschlüssig da und blickte auf mich herunter.

„Von hier unten hat man einen traumhaften Blick in die Blütenkrone“, sagte ich und schlug einladend die Decke zur Seite. Tatsächlich. Vorsichtig legte sich Nele neben mich und wir kuschelten uns eng aneinander.

„Gleich kracht die Liege!“, mahnte Nele.

„Einfach nicht bewegen. Guck mal hoch!“

Wir bewunderten gemeinsam das Naturschauspiel. Schön, meine kratzbürstige Tochter mal wieder im Arm zu halten.

„Du, Mama?“

„Hm?“

„Ich weiß nicht, was ich machen soll.“

Das Problem kenne ich ...

„Inwiefern?“

„Ich ... also ... ähm ...“

Holla, so eloquent hatte ich meine Tochter lange nicht mehr erlebt!

Ich wartete ab und drückte ihr aufmunternd den Arm.

„Also“, setzte sie erneut an, „hast du schon mal eine Frau geküsst?“

Aha, daher wehte der Wind!

„Ja, erst letzte Woche. Das hast du doch mitbekommen!"

„Echt jetzt?" Nele ruckelte aufgeregt neben mir herum. „Ich wusste doch nicht, dass das stimmte?!"

„Hey! Beweg dich nicht, sonst macht die Liege die Grätsche!"

„Und wie war das?"

Ich überlegte kurz.

„Es war weich und sie hat gut geschmeckt."

Nele kicherte.

„Und bist du jetzt lesbisch geworden?", fragte sie.

„Nö."

„Bi?"

„Ich denke nicht. Jedenfalls hat es nicht *Zoom* gemacht."

„Und warum hast du sie geküsst?"

„Weil ich neugierig war. Ich hatte noch nie eine Frau geküsst."

Nele schwieg nachdenklich. Dann holte sie Luft.

„Gestern Abend wollte Lisa mich küssen."

Oha.

„Und? Wolltest du auch?"

Nele warf mir einen Blick zu.

„Es war so komisch. Ich meine, sie ist eine meiner besten Freundinnen. Aber küssen?"

„Habt ihr geredet?"

„Hm. Nicht richtig. Es war so peinlich ..."

„Verständlich."

Nele seufzte. „Ich weiß nicht, was ich machen soll."

Wir schwiegen.

„Möchtest du hören, was mir dazu einfällt?"

Sie nickte.

„Ich glaube, ich würde trotzdem noch mal versuchen, mit ihr zu sprechen, um herauszufinden, ob sie mit dir einfach das Küssen ausprobieren wollte, oder …"

„Oder?"

„… ob sie sich in dich verliebt hat."

Nele schnappte nach Luft.

„Naja", fügte ich hinzu, „bist ja schließlich ein tolles Mädchen!"

Nele wusste nicht, ob sie entsetzt sein oder sich geschmeichelt fühlen sollte.

„Boah, das wär echt krass. Ich meine, was mache ich denn dann?"

„Wonach ist dir denn? Liebst du sie auch?"

„NEIN! Ich sag doch, sie ist einfach meine Freundin!"

„Okay, ist ja gut." Ich streichelte ihr Gesicht. „Weißt du, für Lisa wäre das jetzt alles noch viel komplizierter als für dich. Sollte sie wirklich entdeckt haben, dass sie ein Mädchen liebt, und deshalb vermuten, lesbisch zu sein, stehen ihr schwere Zeiten bevor. Sie wird Angst haben, dass sich ihre Freundinnen abwenden, sie weiß nicht, wie ihre Eltern reagieren, wie es in der Schule wird. Sie wird das Gefühl haben, anders zu sein als die meisten anderen, vielleicht nicht mehr dazuzugehören … Sie wird gute Freundinnen an ihrer Seite brauchen."

„Oh man, ey. Und wenn sie sich nun wirklich in mich verliebt hat?"

„Naja, das ist wie mit einem Jungen. Wenn du nichts anderes von ihr willst, außer Freundschaft, dann musst du ihr das ganz deutlich sagen, auch wenn's schwerfällt. Sie muss wissen, woran sie ist."

Nele atmete schwer aus und ein, und ich drückte sie noch fester an mich. Da stand meiner Kleinen ja einiges bevor.

„Du kriegst das hin.“ Ich lächelte ihr aufmunternd zu, während sie sich erhob.

Sie zückte ihr Handy und wandte sich zum Gehen. „Ich schreib ihr mal. Und danke, Mama.“

Mir ging das Herz auf.

47

Am Mittwochvormittag quälte ich mich durch die ersten Hefte der nächsten Klausur. Oberstufenarbeiten korrigierte ich immer Aufgabenweise, also erst alle zweiundzwanzig ersten Aufgaben, dann die zweiten und dann die dritten. So hatte ich bessere Vergleichsmöglichkeiten und musste mich nicht in jede Aufgabe wieder neu hineindenken. Die erste Klausurfrage war eigentlich keine große Sache. Die Schülerinnen und Schüler sollten den Inhalt einer kurzen Textstelle aus dem *Sandmann* von E.T.A. Hoffmann wiedergeben und einordnen. Aber meine Gedanken schweiften immer wieder von den fiktiven Figuren Nathanael und Olimpia aus der Novelle hin zu den echten Menschen aus Fleisch und Blut in meiner Umgebung ab. Was war mit Nele und ihrer Freundin? Unsere Tochter war gestern Abend noch zu Lisa gefahren und hatte dort auch übernachtet. Hatten sie sich ausgesprochen? Und war etwas dran an meiner Hypothese?

Nach dem nächsten Heft, die Antwort hatte ich zweimal lesen müssen, verirrte sich mein Blick wieder aus dem Fenster – und die Gedanken wanderten hinterher. Der Himmel hatte sich – ganz aprilmäßig – erneut grau zugedeckt, die Zweige der Obstbäume winkten frech im Wind, und mir fiel der Moment ein, als ich Leander von der Leiter aus in die Arme gefallen war. Da hatte ich sie plötzlich gespürt – diese enorme Anziehungskraft. Mein ganzer Körper hatte auf ihn reagiert. War es ihm auch so gegangen? Beim Osterfeuer dann dieser magische Blickwechsel. Das hatte ich mir doch nicht nur eingebildet?! Er musste doch auch etwas gespürt haben ...

Mensch, Johanna! Stopp jetzt! Das hatte doch alles keinen Sinn! Wenn ich überhaupt an meinem Projekt ‚sekundäre Defloration' festhalten wollte, musste ich mir jemand anderen suchen. Jemanden, der ungebunden war ... und der überhaupt ein Interesse an mir haben könnte. Ein Mann wie Leander, mit *dieser* Frau, was sollte der denn an *mir* finden? Ich war mindestens zehn Jahre älter, dicker, viel weniger attraktiv und interessant, ein völlig anderer Typ als Clara – also in keinster Weise eine potentielle Sexualpartnerin. Aus und Schluss. Ich musste mir Leander aus dem Kopf schlagen.

Und wenn ich ihn trotz allem verführte?

Jau! Saukomisch! Das würde ja wohl sowas von überhaupt nicht funktionieren.

Abends stand Zumba auf dem Programm. Auch wenn mich Tine nicht begleiten konnte, freute ich mich auf Bewegung, Musik und nette Leute. Vor dem Spiegel probierte ich aus, ob meine Haare nicht endlich lang genug wären, um einen kleinen Pferdeschwanz zu binden. Und tadaaa! Ein kurzes Schwänzchen war machbar! Ich mopste mir von Nele ein Haargummi und steckte die seitlichen Strähnen vorsichtshalber noch mit Klemmen fest – perfekt. Mit dem Handspiegel überprüfte ich meine neue Optik von allen Seiten. Doch, ich gefiel mir. Es wirkte keck, frisch, ein bisschen jugendlich verspielt. Ich musste schon sagen: Auch wenn Punkt sechs meiner Agenda immer wieder zu

Frustrationserlebnissen führte – meine Selbstoptimierungsstrategie dagegen zeigte Wirkung!

Beschwingt hüpfte ich die Treppe hinunter und spürte, wie mein Zöpfchen munter hin und her wippte. Unten traf ich auf Arno. Er zog die Augenbrauen in die Höhe.

„Hast du was vor?"

„Klar, ich gehe zum Zumba!"

„So aufgetakelt?"

Ich sah ihn an. Mein Blick ein Schockfroster.

„Was genau meinst du?"

„Na, deine komische Frisur!"

Tief durchatmen. Sollte ich gleich losschreien oder es erst noch mal im Guten versuchen? Ich trat auf ihn zu und strich ihm über den Arm.

„Das ist ein schlichter Pferdeschwanz. Und er ist praktisch beim Sport."

Arno trat einen Schritt zurück und verschränkte die Arme vor der Brust.

„Was ist eigentlich los mit dir, Hanna?"

Wie bitte? Was sollte das denn jetzt? Ich rollte, ganz in Nele-Manier, genervt mit den Augen.

„Ich will einfach zum Sport. Und ehrlich gesagt, muss ich jetzt auch los."

„Hör auf! Und guck dich doch mal an!" Arno wurde heftiger.

Ich sah an mir herunter. Schwarze Jogginghose, graue Fleecejacke.

„Ja, und?"

„Vor einiger Zeit kamst du mit diesem Karnevals-Nuttenfummel an, dann der hässliche Minirock zu Ostern.

Du blondierst deine Haare und jetzt diese Teenie-Frisur!"

„Und was genau willst du mir damit sagen?"

„DAS MÖCHTE ICH VON *DIR* WISSEN, VERDAMMT!", brüllte Arno.

„Was ist denn mit *dir* los?", ätzte ich zurück.

„Mit mir?" Arno stapfte vor mir herum. „Mit MIR? *Du* bist doch diejenige, die sich hier zum Affen macht! Mit fünfundvierzig auf jugendlich tun! Das wird langsam PEINLICH!" Arno war außer sich.

Aber auch mir reichte es jetzt. Ich marschierte an ihm vorbei, ergriff meine Sporttasche und riss die Haustür auf. Davor standen Nele und Lisa, die erschrocken zurückwichen. Kommentarlos dampfte ich an ihnen vorbei, schnappte mir mein Rad, ruckelte meine Tasche zurecht und trat heftig in die Pedale. Nur weg aus dieser Hölle!

Hatten die beiden da gerade Händchen gehalten?

48

Beim Zumba tanzte ich mir die Seele aus dem Leib. Carina führte neue Schrittfolgen ein, was hundertprozentige Aufmerksamkeit verlangte. Ich hüpfte, drehte, wiegte mich, schleuderte Arme und Beine, bis mir der Schweiß in Bächen am Körper hinabfloss. Zweimal bekam ich so heftig Seitenstechen, dass ich kurz pausieren musste.

Später unter der Dusche genoss ich den warmen Strahl, der alles abwusch. Auch die Tränen. Arno konnte so ein Blödmann sein. Warum musste er mich immer wieder so dermaßen verletzen? Alles herabwürdigen, was mir gefiel. Dass ihm endlich die Veränderungen an mir aufgefallen waren, okay, das ließ sich vielleicht sogar noch positiv bewerten. Woher kam aber diese Aggressivität?

„Alles klar bei dir?" Doris trat unter die Nachbardusche.

Ich lächelte sie schief an. „Wie man's nimmt."

„Du hast so verbissen getanzt." Sie drehte ihre Dusche an.

„Kommst du auch noch mit ins King's?", rief ich über das Rauschen hinweg.

Sie nickte.

Später schoben wir auf dem Weg in die Kneipe langsam unsere Fahrräder nebeneinander her. Ich war völlig erledigt. Aber es tat gut, mit Doris zu reden. Sie war eine aufmerksame Zuhörerin, obwohl sie wenig aahte und oohte.

„Arno wirft mir vor, dass ich neue Klamotten trage und eine etwas andere Frisur habe."

„Gefällt es ihm nicht?"

„Keine Ahnung. Wahrscheinlich eher nicht. Er mag keine zur Schau gestellten weiblichen Attribute."

„Aber dir gefällt es?"

„Jaaa! Ich liebe meinen neuen Rock und ich mag meine Haare! Ich fühle mich gut. Frischer, von mir aus sogar schöner. Das ist es ja. Ich habe dir doch neulich von meinem Selbsterfahrungstrip erzählt. Dazu gehörte auch, dass ich mich fitter und attraktiver fühlen wollte. Und das habe ich ganz gut geschafft!"

„Da kannst du doch voll zufrieden sein."

„Tja, wenn nur Arno nicht wäre ..."

„Der ist auf der Strecke geblieben. Naja, Kollateralschaden eben. Vernachlässigbar."

Wir grinsten uns an.

„Im Ernst", meinte ich nachdenklich, „es stimmt, was du sagst. Arno ist auf der Strecke geblieben. Ich habe ihn nicht mitgenommen. Er weiß nicht, was in mir vorgeht. Er sieht nur die Veränderungen und stempelt sie ab unter ‚Jugendwahn'. Kürzlich hat er mir sogar eine Midlife-Krise vorgeworfen."

„Ist ja oberdreist."

„Fand ich auch. Bis ich mich damit beschäftigt habe. Weißt du, ich bin fünfundvierzig Jahre alt, bald sechsundvierzig. Ich befinde mich tatsächlich in der Mitte des Lebens und muss damit umgehen, dass ich älter werde, sich mein Körper verändert, manche Träume nicht mehr realisierbar sind. Deshalb habe ich mir diese mittelfristigen Ziele gesetzt. Die spornen mich an."

„Du stehst also zu deiner Midlife-Crisis und versuchst sie konstruktiv-produktiv zu verarbeiten?", stichelte Doris.

„Genau so, Frau Psychotherapeutin. Endlich ein menschliches Wesen, das mich versteht!"

Ich knuffte sie freundschaftlich in die Seite.

„Nur bei Arno ist das so nicht angekommen", seufzte ich. „Aber das lässt sich ja hoffentlich nachholen."

„Hm. Und du meinst, das reicht ihm? Dass er sich mit dieser Erklärung zufrieden geben wird?"

Ich blieb stehen und sah Doris irritiert an.

„Das wird er müssen! Es gibt keine andere!"

„Hmmm."

„Ich habe keine Ahnung, worauf du hinauswillst!?"

Doris sah mich mit funkelnden Augen an. „In seinem männlichen Hirn könnte sich noch ein anderer Gedanke festgesetzt haben ..."

„Nämlich?"

Sie zuckte mit den Schultern. „Dass du dich verliebt hast."

PENG!

Wenn die Geste nicht so blöde gewesen wäre, hätte ich mir glatt die Hand an die Stirn geschlagen. Natürlich! Das war es! Das erklärte Arnos heftige Reaktion. Er war eifersüchtig auf einen Mister Unbekannt. Er hatte Angst, mich zu verlieren!

Wir waren am King's angekommen und schlossen unsere Räder an eine Laterne. Die regulären Fahrradständer waren alle belegt.

„Jetzt tut mir mein Mann fast schon wieder leid“, murmelte ich, als wir die Kneipe betraten.

„Nun übertreib mal nicht!“

Ingrid und Dennis waren schon da und hatten den gleichen Tisch wie beim letzten Mal besetzt. Tatjana hatte heute etwas anderes vorgehabt und war deshalb nicht mit von der Partie, berichtete Ingrid. Ich hatte so richtig Durst und bestellte mir erst mal eine riesige Apfelschorle, bevor ich mich den härteren Sachen zuwenden würde, also Radler oder Guinness oder Baileys. Außerdem hatte ich Hunger.

„Isst von euch noch jemand mit?“, fragte ich in die Runde.

Die Runde wollte und so wählten wir aus den kleinen Gerichten, die angeboten wurden, zwei Mal Pellkartoffeln mit Kräuterquark, einen Salat und einmal Käsenachos mit Salsa-Sauce. Mir lief das Wasser im Munde zusammen. Zum Glück kam das Essen ratzfatz und während wir uns darüber hermachten, unterhielt uns Dennis mit detaillierten Schilderungen seiner Ostererlebnisse. Zum Piepen! Was wer wann gemacht hatte, was wer zu wem gesagt hatte („und er sagt und ich sag und darauf er und darauf ich ...“), bis er schließlich bei der Osterdekoration angelangt war und damit zwangsläufig beim Ostermarkt, auf dem wir uns getroffen hatten.

„... und wen seh’ ich da? Meine Zumba-Queen!“ Er warf mir ein Küsschen durch die Luft zu, das ich kauend und augenzwinkernd zurückschickte. „Und wen präsentiert mir Johanna da? Aber Hallöchen!

Da hat unser Hanna-Darling aber ein echtes Sahneschnittchen an ihrer Seite!“ Ich hörte auf zu kauen und sah in erstaunt an. Was meinte er?

„Echt lecker, dein Göttergatte!“ Dennis schnalzte mit der Zunge.

„Arno? Ach komm!“ Ich schüttelte ungläubig den Kopf.

Alle drei kicherten.

„Ja, ja“, meinte Ingrid süffisant, „die Liebe macht blind. Aber die Gewohnheit macht noch blinder.“

Ich wischte mir mit einer Serviette den Mund ab und mit einer Handbewegung das Arno-Thema vom Tisch. „Erzähl mal lieber was von deinem Harald, Dennis. Er war nämlich in Begleitung seines neuen Partners“, erläuterte ich den anderen. „Ein sehr attraktiver und netter Mann!“

Dennis fühlte sich sichtlich geschmeichelt.

„Nun ja, also ...“ Dennis zögerte, dann platzte es aus ihm heraus: „Er ist *fantastisch*!!!“

Wir strahlten mit ihm um die Wette. Jeder von uns gönnte diesem verrückten

Kerl sein Glück. Doch dann verdunkelte sich sein Gesicht, als hätte sich eine Wolke vor die Sonne geschoben. „Es gab nur ein Problemchen mit seiner Ex.“

Ach, Harald war vorher mit einer Frau zusammen?

„Ihr wisst doch, Harald war vorher mit einer Frau zusammen.“

Und hatte erst jetzt sein Coming-out?

„Und hatte mit mir sein zweites Coming-out. Mit der Ex war er knapp ein Jahr zusammen. Wollte es nochmal als Hetero versuchen. Aber es hat nicht geschnackelt. Und als er dann mich traf ...“

Oha, das wird für die Ex nicht leicht gewesen sein.

„Nun, für seine Ex war es auch nicht gerade leicht. Und dann noch das mit der Reise!"

Dennis seufzte theatralisch.

„Welche Reise?", fragten wir unisono.

„Mein Harald hatte ihr zu Weihnachten einen Flug über den Teich geschenkt. Das war wohl immer ihr größter Traum. In der Woche vor Ostern sollte es losgehen. Aber da waren die beiden ja schon nicht mehr zusammen. Sie wollte trotzdem fliegen und hat einen Mordsaufstand gemacht, weil mein Spatzl nicht mehr mitkommen wollte. Glaubt mir, es war über die Maßen unerfreulich."

„Und ist sie dann wenigstens alleine geflogen?", fragte Doris.

„Eben nicht! Diese impertinente Person hat alles versucht, um meinen Harald unter Druck zu setzen. Am Ende hat sie sogar damit gedroht, selbst auch nicht zu fliegen, womit er ihren größten Lebenstraum zerstört hätte."

„Und dann?"

„Tja, dann sind *beide* zu Hause geblieben." Er senkte die Stimme, um eine letzte Ungeheuerlichkeit zu enthüllen. „Und mein Harald hatte fast dreitausend Euro in den Wind geschossen ..."

Hammer!

Fassungsloses Schweigen und Kopfschütteln.

49

Der Mond schien silberhell, als ich unter höchster Konzentration nach Hause radelte. Im Gegensatz zu mir war er nicht voll. Schade aber auch ... Quatsch. Ich war es latürnich auch nicht. Höchstens etwas angeschickert. Wir hatten ja auch Grund genug gehabt, auf alle Ex und ... und ... Ungerechtigkeiten dieser Welt sauer zu sein und es ihnen ornntlich zu zeigen, indem wir entschlossen und demonstrativ ein bis zwei alkoholhaltige Getränke ... Jawoll!

Und er, der blasse Kerl da oben ... Moment, wieso einntlich *er*? Ich war für Gleichberechtigung, auch im Kosmischen! Ab sofort würde ich ihn *sie* und *die Mondin* anreden – la luna. Das klang sowieso viel ... viel klangvoller.

Uuuups. Vooorsicht. Hier war's verdammt eng. Die blöden parkenden Autos mit ihren vorwitzigen Seitenspiegeln, die so dreist in den Fahrradweg hineinragten ... Wäre ich nich Beamtin, würde ich liebend gern ma so im Vorbeifahrn ...

Huups! Lenker schööön grade halten ... Und jetzt fiel mir auch wieder ein, warum sie, Lunalein, etwas angefressen aussah. Ostern lag immer auf dem ersten Sonntag nach dem ersten Vollmond nach Frühlingsanfang. Wahnsinn. Diese Vermählung von christlichen Festen mit vorchristlichen Fruchtbarkeitsfeiern und -symbolen, den Eiern und so ... Stimmt, Lunalein, du warst am Samstag voll. Und ich hab dich gaar nich richtig bewundert. Aber weißt du, Luna, heute bin ich auch angefressen. Hab einen Ehemann, der mich nich verstehen will ... und nich richtig mit mir red'n will ... mich nur fertig macht, wenn ... wenn ich mal meine weibliche Seite ausleben will ... so wie du am Samstag, als du üppig und geheimnisvoll und verführerisch dein mystisches Licht verschenkt ...VERDAMMTE HACKE!

Ich musste voll in die Eisen treten und geriet mächtig ins Schlingern, gerade als ich den sicheren Hafen unserer Straße erreicht hatte.

„Karl Marx und Rosa Luxemburg!!!" Ich japste nach Luft. „Ja, seid ihr denn von allen guten Geistern verlassen?! Ihr könnt euch doch nich einfach so auf unschschuldige Fahrradfahrerinnen stürzen!

Das sahen die beiden ganz anders. Sie umwedelten und umtänzelten mich, als hätten wir uns wochenlang nicht gesehen. Ich hatte Mühe, mich auf den Beinen und das Rad festzuhalten. Ich streichelte und klopfte und schimpfte, bis die beiden endlich von mir abließen und die Straße wieder hinunter tobten.

„Na warte, Arno, das war ja wohl eine ganz grob fahrlässige Verlessung der Aufsichsspflicht!", schimpfte ich vor mich hin.

Mit bebenden Beinen schob ich mein Rad das letzte Stück nach Hause. Nicht, dass mir die Hunde nochmal davor sprangen. Wo steckte Arno bloß? Ich sah die Straße entlang, die still und verträumt vor mir lag. Dann platzierte ich mein Rad an der Seite der Garage und lauschte, ob nicht irgendwoher Stimmen zu vernehmen waren.

Da, ein leises Gemurmel!

Aus unserem Garten? Ich ließ meine Sporttasche an der Haustür fallen und ging ums Haus.

Sollte Leander ...?

Im Garten wäre es zappenduster gewesen, wenn nicht das Licht meiner Mondfreundin alles versilbert hätte. Es sah wunderschön aus.

„Hallooo?“, rief ich zaghaft.

„Oh, hallo Hanna, wir sind hier!“, kam Arnos gut gelaunte Stimme unter meinem geliebten Kirschbaum hervor. Irgendwie klang er aufgekratzt. Ich näherte mich vorsichtig.

Wir?

„Guten Abend, Johanna, nicht erschrecken. Ich bin auch hier. Clara.“

CLARA???

„N'abend“, sagte ich spröde.

„Ich bewundere eure Obstbäume. In diesem Licht sind sie zauberhaft“, erklärte sie mit sanfter Stimme, und es waren fast nur ihre blendend weißen Zähne zu sehen.

Ja, gell?!

„Und dieser Duft!“ Sie trat aus dem Baumschatten heraus und griff nach einem Zweig, so wie ich es auch immer tat. „Als ich eben mit Rosa an eurem Grundstück vorbeikam, wehte mich diese Süße an.“ Sie sog genießerisch die Luft ein. „Nach acht Monaten in der staubigen Hitze Dschibutis kommt mir das ganz unwirklich vor.“

„Das kann ich mir echt vorstellen.“ Ich nickte heftig. Guck ma da, wir schienen ähnlich zu ticken. Gut, dann gab ich ihr noch ein Chance.

„Kennst du zufällig die *Brüder Löwenherz* von Astrid Lindgren? Daran muss ich immer in dieser Jahreszeit denken."

„Das Kirschblütental ... und später das Apfelblütental", sagte sie verträumt. „Eines meiner Lieblingsbücher."

„Meines auch!"

Wir lächelten uns an.

Arno wurde unruhig. Gespräche über Jugendbücher hatten ihn noch nie interessiert.

„Wo sind eigentlich die Hunde?", hakte er dazwischen.

„Die toben irgendwo auf der Straße", erwiderte ich lässig und wandte mich wieder Clara zu, während Arno Richtung Straße abdampfte. Wir folgten langsam.

„Wie lange bleibst du jetzt eigentlich hier?"

„Nächste Woche muss ich nach Berlin in unsere Deutschlandzentrale, und drei Tage später geht es zurück nach Dschibuti. Wir brauchen noch etwa drei Monate, um unser Projekt abzuschließen, weißt du, wir bilden dort medizinisches Personal aus und unterstützen das Gesundheitsministerium darin, ein eigenes Ernährungsprogramm zu entwickeln."

„Ich bin beeindruckt. Das hört sich faszinierend an."

„Ist es auch. Ich mag es, etwas Sinnvolles zu schaffen, das hoffentlich langfristig die Lebensverhältnisse verbessert."

„Kann ich gut verstehen. Ich bin zwar nur Lehrerin", ich setzte das ‚nur' mit den Fingern in Anführungszeichen, „aber mich motiviert das gleiche Gefühl, meine Zeit und Arbeitskraft nicht mit irgendetwas

Belanglosem zu verschwenden, sondern etwas wirklich Sinnvolles zu bewirken."

Wir lächelten uns einvernehmlich zu und blieben am Gartentor stehen. Von Arno und den Hunden war weit und breit nichts zu sehen.

„Fliegt dein Mann denn jetzt wieder mit nach Afrika?", knüpfte ich an unser Gespräch an.

Clara seufzte. „Nein. Sein Teil des Projektes ist abgeschlossen. Er hat als Bauingenieur einen Gebäudekomplex für eine Krankenstation und die Trinkwasseranlage aufgebaut. Jetzt sind wir Ärzte an der Reihe, die Station zum Laufen zu bringen."

Puh. Wir kannten uns nicht gut genug, als dass ich auf die Schwierigkeiten einer solch fernen Fernbeziehung eingehen mochte. Und ich wusste auch ehrlich nicht, ob meine Erleichterung, Leander noch länger in der Nachbarschaft zu haben, überwog oder mein Mitleid mit den beiden. Wie schwer es die Zwei miteinander haben mussten!

Deshalb sagte ich nur: „Das ist hart."

Sie nickte knapp. „Ja."

Endlich kam Arno die Straße herunter. Neben sich, ganz brav bei Fuß, beide Hunde, die immer wieder zerknirscht zu ihm aufschauten, während er murmelnd auf sie einschimpfte.

„Der mit den Hunden spricht ...", raunte ich Clara zu, woraufhin diese leise auflachte.

„Danke, Arno", sagte sie, tätschelte Rosa und hakte die Leine ein.

„Wenn ihr noch mal Lust auf Gesellschaft habt, kommt doch vorbei – oder auch du alleine", lud ich Clara zum Abschied ein.

„Mal sehen. Danke! Gute Nacht!“

Wir sahen den beiden noch einen Moment hinterher, während Arno mit dem renitenten Kalli kämpfte, der seine Rosa nicht so einfach ziehen lassen wollte.

„Fasssinierende Frau“, dachte ich laut.

„Sag mal, hast du einen gezwitschert?“, ächzte Arno.

„Piep.“

„Sehr witzig. Verdammt, Kalli! Jetzt reicht's!“, fuhr er den armen Hund an und ruckte heftig an seiner Leine.

„Piep, piep!“

„Und du hast sie auch nicht mehr alle!“, fuhr er mich an.

„*Ich* habe vielleicht einen gessswitschert“, raunzte ich zurück, „aber *du* hättest am liebsten fremdgevögelt!“

So viel zu unserer gesunden Streitkultur.

50

Verstocktes Schweigen. Mein Vorsatz, Arno an meinem Innenleben, meinen Befindlichkeiten, meiner Midlife-Agenda teilhaben zu lassen, lag auf Eis. Meine Gefühle ihm gegenüber waren eingefroren, genauso wie die Wörter, die ich suchte, aber nicht fand, um mich auszudrücken. Der Gletscher um mein Inneres wuchs stetig und irgendwann war er so hoch und unüberwindlich, dass jede Verständigung unmöglich schien. Blieb nur, auf Tauwetter zu hoffen. Aber Arno war leider auch nicht gerade ein Sonnenschein. Er vergrub sich in seine Arbeit und versorgte mich mehr schlecht als recht. Da war es mir doch fast schon willkommen, dass die Schule wieder begann, obwohl ich normalerweise das Ferienende als unerwarteten und unfairen Schicksalsschlag empfand.

Nele hatte die letzten Ferientage viel Zeit mit Lisa verbracht. Ich sah sie einige Male händchenhaltend oder in inniger Umarmung. Ob das freundschaftlich war oder etwas Ernstes zu bedeuten hatte, ließ sich für mich nicht eruieren. Entsprechende, höchst sensibel angebrachte Gesprächsangebote ließ Nele jedenfalls an sich abprallen. Möglicherweise wusste sie selbst noch gar nicht, wie sie diese Entwicklung einordnen sollte und ließ die Dinge einfach geschehen. Richtig so. Fast beneidete ich sie darum, wie unbeschwert sie sich ausprobierte. Glücklicherweise reagierte Arno genauso entspannt wie ich. Als er zum ersten Mal beobachtete, wie die beiden Mädchen sich zärtlich kabbelten, warf er mir – aus Versehen, denn eigentlich herrschte ja Funkstille zwischen uns – einen fragend-irritierten Blick zu.

Da ich aber nur gelassen mit den Schultern zuckte, war die Sache für ihn erledigt. Im Grunde genommen, ging es mir durch den Kopf, verfügten Bisexuelle doch über ein breiteres Erfahrungsspektrum als wir Heteros oder Homos. Fast schade, dass ich mir so gar keine Erotik mit Frauen vorstellen konnte ... auch nicht mit Doris, die ich wirklich mochte.

„Jedenfalls brauchen wir uns da keine Gedanken wegen Verhütung zu machen“, flüsterte ich Arno zu und wies mit dem Kinn auf Nele und Lisa. Ein bisschen reden konnte ja auch nicht schaden.

„Und uns später nicht mir Enkelkindern plagen“, fügte der Rabengroßvater hinzu.

Schluck. Das wäre dann aber doch irgendwie bedauerlich. Wobei: Für Frauen gab es ja immer Mittel und Wege ...

Clara und Leander traf ich nur noch ein Mal, und das zufällig beim Einkaufen. (Falls Arno die beiden bei einer morgendlichen Hunderunde getroffen haben sollte, so hat er mir dies verheimlicht.) Ich stellte gerade eine Packung Tampons, Größe Super, auf das Band, die ich dringend brauchte, weil ich überraschend meine Regel bekommen hatte und ich Arno schließlich zur Zeit nicht mit meinen profanen Bedürfnissen behelligen wollte, da ertönte hinter mir ein klangvolles „Hallo Johanna!“.

Clara lächelte mich an, Leander grinste. Clara musste schon am nächsten Tag nach Berlin abreisen. Sie entschuldigte sich dafür, dass sie es zu keinem Besuch mehr geschafft hätten. Ich bedauerte das ebenfalls, hatte aber vollstes Verständnis dafür, dass sie die knappe Zeit für sich und Wichtigeres genutzt hätten. Als ich meinen Hygieneartikel bezahlt und im Stoffbeutel versenkt hatte, gab ich Clara zum Abschied die Hand.

„Es war schön, dich kennen zu lernen. Alles Gute für dich im fernen Afrika!" Ich strich ihr nochmal über den Arm, nickte Leander zu und ging. Die beiden würden jede Minute für sich brauchen. Clara war eine beeindruckende Frau. Ich freute mich darauf, sie im Herbst näher kennen zu lernen.

Und Leander? Leander war ein verheirateter, verliebter Mann. Mein Herz sollte aufhören zu hüpfen, wenn ich ihn sah.

Und nun wieder die Schule. Die erste Woche war genauso stressig und hektisch losgegangen wie die letzte vor den Ferien aufgehört hatte. Wie immer fragten wir Kollegen uns am Freitag, ob wir jemals Ferien gehabt hätten und wann denn endlich die nächsten kämen. Leider dauerte es bis zu den Sommerferien ganze zwölf Wochen – eine unendlich lange Zeit, die in diesem letzten Quartal des Schuljahres nur dadurch erträglicher wurde, dass sie von einigen verlängerten Wochenenden durchbrochen war, auch wenn diese wie immer überwiegend für Korrekturen benötigt wurden. In den nächsten Wochen standen viele Klassenarbeiten an und das hieß: Samstags- und Sonntagsarbeit.

In den meisten Klassen stieg ich in neue Unterrichtseinheiten ein, was einen erhöhten Vorbereitungs- und Kopieraufwand bedeutete, weshalb die Wartezeiten an den beiden Kopierern anwuchsen und unsere Pausenaktivitäten sich aufs Schlangestehen reduzierten. Den guten Ausfall der Neuner-Klausur kommentierte mein Fachbereichsleiter Jakob Winter nur knapp. Als er mir die drei eingereichten Hefte zurückgab, sagte er: „Erstaunlich gut ausgefallen."

„*Erfreulich* gut ausgefallen!", konterte ich und blitzte ihn herausfordernd an. Da winkte er halb schmunzelnd, halb resigniert ab. Diese Diskussion hatten wir zur Genüge geführt.

Die 9b hatte sich mächtig über die guten Noten für ihre Erörterungen gefreut. Und im nächsten Moment gestöhnt, als ich ihnen das folgende spannende Thema Kommasetzung ankündigte.

„Boah, Alter, warum müssen wir uns mit so 'nem Scheiß beschäftigen?", nölte Dustin vor sich hin.

„Ja, warum?", griff ich die Frage laut auf und gab sie an die Klasse weiter.

„Weil Ihnen nichts Besseres einfällt?"

„Weil es Ihr Lieblingsthema ist?"

Ich grinste.

„Weil wir es für die Oberstufe brauchen?"

„Zu Antwort eins und zwei: Wäre möglich, aber falsch. Zu Antwort drei: Da ist was dran. Ihr werdet euch ärgern, wenn ihr ständig wegen der Zeichensetzung Punktabzug bekommt. Sonst noch Ideen?" Ich blickte in die Runde. Da meldete sich Miriam.

„Naja, irgendwie geben Kommas einem Satz ja auch Sinn. Ich meine, sie ordnen das, was man schreibt."

„Prima, Miriam, genau das! Und noch etwas: Wer komplex formulieren kann, kann auch komplex denken – und umgekehrt. Und ihr wollt doch komplex, also vielschichtig, differenziert, abwägend denken können ... oder Dustin?“ Ich sah meinen Schüler herausfordernd an.

„Hä? Was? Fuck!“, stammelte er ertappt.

Ich verdrehte übertrieben die Augen und die ganze Klasse lachte.

Wie erwartet ließen sich die Neuner mit selbst gewählten Inhalten aus dem Interessenspektrum Pubertierender einigermaßen bei der Stange halten. Höhepunkt war ein Übungsdiktat zum Thema ‚Reiten‘, das bei Sechstklässlern auf harmloses Interesse gestoßen wäre, aber hier zu hormonell bedingten Lachsalven führte. Vor allem die männlichen Schüler johlten bei Sätzen wie: *Endlich durfte sie den wilden Hengst reiten. Er verlangte ihr alles ab. Seine geschmeidigen Bewegungen bereiteten ihr höchstes Vergnügen.*

Der Schulalltag hatte mich komplett absorbiert. So spürte ich nicht ganz so sehr, wie ich zu Hause emotional mehr und mehr verdorrte. In der zweiten Woche stellten wir in unserer Tischgruppe fest, dass wir noch überhaupt keine Zeit gefunden hatten, unsere Ferienerlebnisse auszutauschen. Also verabredeten wir uns spontan zu einem Cafébesuch am Nachmittag. Alle fünf weiblichen Kolleginnen waren da: Carla, Anne, Kathrin, Susanne und ich. Nur Ansgar hatte keine Zeit, schließlich musste er Fahrdienste leisten und seine Söhne zu den verschiedensten Aktivitäten kutschieren. Wir setzten uns in der Fußgängerzone an einen Tisch in Sonne und Windschatten und schnatterten drauflos. Herrlich, so ein zwangloser Austausch, der nicht vom Schulgong getaktet wurde!

„Hey, dahinten ist Sandra im Anmarsch“, informierte uns plötzlich Kathrin. „Habt ihr sie etwa eingeladen?“

Wir schüttelten die Köpfe und ich wollte gerade meine sonderbare Begegnung mit ihr in den Ferien schildern, als wir Zeuginnen eines denkwürdigen Zusammentreffens wurden. An unsere Stichel-Sandra war ein Mann herangetreten, den wir nur von hinten sehen konnten. Dafür war umso besser zu erkennen, wie sich Sandras Gesicht verfinsterte und sie den Mann anfuhr. Beide schienen sich immer heftiger in die Klamotten zu kriegen.

„Uuups, da hängt der Haussegen schief“, kommentierte Carla.

Gespannt verfolgten wir das Schauspiel, auch wenn wir nicht hören konnten, worüber die beiden stritten. Schließlich schien der Mann aufzugeben, hob resigniert die Hände, wandte sich in unsere Richtung und marschierte wütend davon.

„Harald!“, entfuhr es mir.

Alle vier Kolleginnen-Köpfe flogen zu mir herum.

Entgeistert blickte ich Dennis‘ Freund hinterher. Und da klickte es in meinem Hirn und das Puzzle setzte sich zusammen: Sandra war jene Freundin, die Harald für Dennis verlassen hatte und die ihm wegen der geplatzten New-York-Reise die Hölle heiß gemacht hatte! Und umgekehrt war Harald der Grund, warum sich Sandras Ferienpläne so plötzlich geändert hatten!

Mensch, Mensch, Mensch, puha!

„Du kennst den Mann?“, fragte Anne ungeduldig.

Ich kämpfte mit dem unbändigen Bedürfnis, meine akute Erkenntnis zu teilen. Aber ich wusste andererseits, dass uns das Drama dieser beiden Menschen nichts anging. Deshalb beschränkte ich schweren Herzens meine Auskunft auf das Nötigste.

„Ich habe ihn in den Ferien kurz kennenglernt. Er ist der Freund eines Freundes."

Den Rest würde ich mit Dennis – oder vielleicht sogar mit Arno? – bequatschen können.

Sandra jedenfalls tat mir nun doch tatsächlich ein wenig leid. Sie musste nicht nur eine Trennung verkraften und das Platzen ihres Reisetraums, sie fühlte sich bestimmt auch als Frau in Frage gestellt, wenn sich ihr Ex-Freund lieber einem Mann zuwandte.

Mein Mitleid zerplatze allerdings schnell wieder, als Sandra am nächsten Tag in alter Manier meinte, meine Aktivitäten in der Schülerbibliothek optimieren zu müssen. Anlässlich des Welttages des Buches, am 23. April, hatte ich in Kooperation mit der Stadtbücherei eine Lesung organisiert. Eine bekannte Jugendbuchautorin, Monika Ludwig, sollte für die fünften Klassen in unserer Bibliothek aus ihrem neuesten Buch lesen. Alle Absprachen mit der Schulleitung, den begleitenden Kollegen, dem Fachbereichsleiter, dem Stundenplaner und dem Hausmeister waren getroffen, die Finanzierung – immerhin fünfhundert Euro – durch den Förderverein der Schule war zugesichert worden. Mit einigen Schülerinnen hatte ich die Bibliothek bestuhlt und sogar noch an einige Primeln als Farbtupfer, etwas zu trinken für die Schriftstellerin und eine Mikrofonprobe gedacht. Da meinte Frau Oberschlau einen Tag vorher, dass man auf jeden Fall ein Einführungsreferat halten müsse.

Ich war komplett dagegen. Die Beschäftigung mit der Autorin, mit ihrem Leben und Werk, musste vorher im

Unterricht gelaufen sein, schließlich war die Zeit mit der Berühmtheit knapp und kostbar. Sandra hielt das für dilettantisch und schaltete sogar Jakob Winter ein, der sich jedoch diplomatisch heraushielt und lediglich auf meine Erfahrung verwies.

Ich kochte innerlich.

Doch dann hatte ich eine Idee. Großzügig überließ ich Sandra die Einführung in die Veranstaltung.

Am nächsten Tag war die Bibliothek bis ins letzte Eckchen mit rund neunzig gespannten Fünftklässlern und den entsprechenden Deutschkolleginnen und -kollegen besetzt. Selbst Jakob Winter hatte sich eingefunden. Ich hatte zuvor die Autorin in Empfang genommen und war mit ihr den Ablauf durchgegangen. Nun saß sie vorne rechts in der ersten Reihe und wartete auf ihren Einsatz. Ganz kurz hatte ich die Schülerinnen und Schüler und natürlich die Autorin begrüßt und dann das Wort an Sandra Meier von Nassau für ihren Einführungsvortrag weitergegeben.

Ein gewisses Risiko war natürlich dabei gewesen, denn ich hatte darauf gesetzt, dass sich alle Beteiligten völlig typisch verhalten würden. Und manchmal brauchte man eben auch ein bisschen Glück ...

Wie erwartet hatte Sandra einen perfekten Vortrag über die Schriftstellerin auf dem neuesten Stand der Präsentationsmedientechnik erarbeitet und sich dazu einen dicken Stapel Karteikarten als Stichwortzettel vorbereitet. Sie zeigte einen Powerpoint-Vortrag mit dem Beamer, ließ Fotos und Buchtitel einfliegen und las sogar selbst ganze Textpassagen aus verschiedenen Veröffentlichungen der Autorin vor.

Nach neun Minuten begannen die ersten zu tuscheln. Nach zwölf Minuten schnarchten einige Jungen ganz vorne demonstrativ mit offenen Mündern. In Minute sechzehn flogen fünf Papierflieger. Ich beobachtete, wie sich meine Kollegen entnervte Blicke zuwarfen und ihre Klassen zu beruhigen suchten, die immer lauter ihren Unmut kundtaten. Auch auf der Stirn der Schriftstellerin hatte sich eine steile Falte gebildet und sie sah dezent auf die Uhr. Jakob Winter blickte finster geradeaus und schüttelte leicht den Kopf.

Sandra jedoch bekam das alles nicht mit. Sie war in ihrem Element und redete und redete.

In Minute neunzehn war es dann soweit: Es meldete sich eine Schülerin, Leonie, ein lesebegeistertes und gewissenhaftes Mädchen aus der 5d, das sich wahnsinnig auf diese Lesung gefreut hatte. Es dauerte weitere zwei Minuten, bis Sandra die Meldung überhaupt wahrnahm.

„Entschuldigen Sie, Frau Meier von Nassau“, sprach Leonie mit etwas schüchterner, aber klarer Stimme, „aber das, was Sie uns erzählen, wissen wir alles schon. Wir würden jetzt gerne endlich die Autorin hören.“

Tosender Applaus und Gejohle brachen los. Selbst die Kollegen und Herr Winter schlossen sich erleichtert an.

Sandra starrte entgeistert ins Publikum und auf den Rest ihres Karteikartenstapels und errötete bis unter die Haarwurzeln.

Kurz entschlossen stand unser Ehrengast auf, dankte knapp für die einführenden Worte und begann in einer mitreißenden Art, über ihr neues Buch zu sprechen.

Sandra schlich kleinlaut an mir vorbei und hinaus aus der Bücherei.

Und für mich war's ein innerer Vorbeimarsch.

Unter den anwesenden Kollegen ging es anschließend hoch her.

„Ich sag nur: learning by doing!"

„Oder: Wer nicht hören will, muss fühlen!"

„Ich kann nicht verhehlen, dass ich negative Empathie empfinde!"

„Heißt?"

„Schadenfreude!"

Wir lachten aufgekratzt. Sandras negative Lernerfahrung war *das* Gesprächsthema in der nächsten großen Pause im Lehrerzimmer. Es gab wohl niemanden, der es der überheblichen Kollegin nicht gönnte, zurechtgestutzt worden zu sein.

Auch wenn sie – zugegeben – im privaten Bereich in der letzten Zeit ebenfalls einige Federn hatte lassen müssen.

51

Und plötzlich war sie wieder da. Am zweiten Samstag nach den Ferien klingelte es in der müden Mittagszeit um halb drei und ich schlurfte schläfrig zur Haustür.

„TINE!"

Wir fielen uns um den Hals, umklammerten uns und hüpften herum wie Fußballspieler nach dem Siegtreffer. Gestern am späten Abend war meine vermisste Freundin angekommen und hatte heute erst mal ausgeschlafen – in ihrem eigenen Bett. Wir hielten uns auf Abstand und unterzogen uns gegenseitig einer eingehenden optischen Überprüfung.

„Mensch, siehst du gut aus!", rief ich anerkennend. Tines Haut hatte einen warmen Braunton angenommen, ihre roten Haare sich in der Sonne golden aufgehellt. Sie strahlte mich mit ihren grünen Augen an und sah frisch und übermütig aus.

„Wow", machte ich, „dir haben die vier Wochen aber mächtig gutgetan!"

„Mais oui, c'etait fantastique!"

Ich staunte meine kosmopolitische Freundin an.

„Et toi?", fragte sie. „Was ist mit dir?" Sie taxierte mich. „Du siehst eigentlich recht scheiße aus."

„Merci."

Wir verkrümelten uns in die hinterste Gartenecke auf zwei Liegestühle, um ungestört quasseln zu können. Vier Wochen! Da war eine Menge aufzuholen!

Zuerst war Tine dran. Sie schwärmte von der Côte d'Azur, den Strandpromenaden, steinigen Buchten und langen Sandstränden, türkisblauem Meer und wolkenlosem Himmel. Von der Atmosphäre in den Altstädten, dem Farbenspiel, wenn die späte Nachmittagssonne die in allen Rottönen gehaltenen Fassaden und engen Gassen ausmalte, den Boule spielenden alten Männern auf den Plätzen, Szenen wie für Postkarten gestellt, den kleinen Boutiquen und originellen Schmuckgeschäften, den mondänen Palästen in ihrem strahlenden Weiß hinter strammstehenden Palmen und den Luxusschlitten, die überall den Eindruck erweckten, Teil einer unbeschwerten Welt aus Extravaganz und Reichtum zu sein. Ich bekam schreckliches Fernweh.

Dann war ich dran, obwohl bei mir ja nichts wirklich Aufsehenerregendes passiert war. Deshalb machte ich es kurz: Mein Friseurbesuch, die Sache mit Sandra, Dennis und Harald, der Besuch meiner Schwiegermutter, Neles Ausflug in die Welt der Homoerotik, Clara und Leander – und meine Reibereien mit Arno.

„Lieber wieder zu dir. Wie war es bei deiner Tochter und wer war diese ominöse Reisebegleitung, von der du auf der Postkarte geschrieben hast?"

Tine lachte. „Meine Reisebegleitung in Nizza meinst du? Das war ein magerer, struppiger rotgefleckter Kater, der sich auf meinen Touren durch die Altstadt an meine Fersen geheftet hat. Ich habe ihn ein bisschen mit Leckerlis verwöhnt und er wurde ganz zutraulich. Der Abschied fiel mir echt schwer!"

Ich atmete erleichtert auf. „Und ich dachte schon, du hättest irgendwelche Dummheiten gemacht."

Das überhörte Tine geflissentlich.

„Mit Franzi war es sehr schön", holte sie aus und beschrieb mir die wichtigsten Erlebnisse.

„Und dann habe ich noch Franzis Au-pair-Familie kennen gelernt, und so ..."

„Und so was?", hakte ich nach.

Tine zeichnete gedankenverloren ein Muster auf die Armlehne ihrer Liege.

Dann sah sie sie mich an. In ihren Augen ein verräterischer Glanz.

„Tine???"

Sie rückte näher an mich heran.

„Also, dann habe ich noch Laurent kennen gelernt. Den Bruder des Vaters der Kinder, die Franzi betreut. Klar?"

„Weiter!"

„Laurent und ich ...", sie lächelte selig.

Ich hielt die Luft an.

Sie senkte ihre Stimme und flüsterte fast nur noch.

„Wir haben drei Tage gevögelt, gepimpert, gerammelt, in allen erdenklichen Positionen, bis mir das Sperma fast aus den Ohren wieder raus kam!"

„Auch noch ohne Kondome?", stieß ich hervor.

„Nur beim Blasen."

Äh, klar.

„Heiliger Mist, ich hab das sowas von gebraucht! Besinnungsloses Bumsen! Fühlte mich ja wie abgestorben. Ausgedörrt wie 'ne Backpflaume. Eine richtige Welness-Kur für Körper und Seele!" Tines Augen glänzten und sie rekelte sich wie eine Katze auf dem Stuhl.

„Fick dich fit?“, fragte ich sarkastisch.

„Hey, du bist ja übelst vulgär!“, lachte sie. „Und außerdem: Höre ich da eine Spur Verbitterung?“ Sie sah mich prüfend an und ich verzog resigniert das Gesicht.

„Hanna, ich sag dir was:“, sie sah mir eindringlich in die Augen, „Du denkst zu viel nach. Tu es einfach!“

Am Abend schwirrte mir der Kopf. Tine war nicht mehr lange geblieben, weil sie mit Klaus in einem besonderen Lokal etwas außerhalb essen gehen wollte – neutraler Boden für das erste ernsthafte Gespräch. Ich war unheimlich froh, meine Freundin wieder zu haben, und ehrlich gesagt auch erleichtert, dass sie wie selbstverständlich in ihr eigenes Haus zurückgekehrt war. Aber dass sie so mir nichts, dir nichts mit einem Wildfremden wildesten Sex hatte ... das konnte ich nicht so ohne Weiteres verknusen. Ich meine, was würde Klaus dazu sagen. Falls er es je erfuhr. Und wie tat sie so einfach das, was ich als uneinnehmbaren Gipfel seit zwei Monaten auf meinem To-Do-Berg vor Augen hatte, woran ich aber immer wieder kläglich scheiterte?!

Tu es einfach! Tu es einfach!

Ja, verdammt! Aber *wie* denn?

52

Der erste Mai war ein arbeitnehmerfreundlicher Freitag, sodass uns ein langes freies Wochenende bevorstand – mal abgesehen von der Korrektur eines Diktates. Aber das waren die deutschlehrerinnenfreundlichsten Klassenarbeiten mit einer Korrekturzeit von etwa zwei Stunden. Wie immer fanden Arno und ich uns vormittags auf dem Rathausplatz zur Mai-Kundgebung ein. Und wie immer war es enttäuschend zu sehen, dass in einer mittelgroßen Kleinstadt nur ein paar hundert, zunehmend ältere Leute mobilisiert werden konnten, um gegen prekäre Beschäftigungsverhältnisse, die trotz Erwerbstätigkeit zu Armut führten, für menschenwürdige Arbeitsbedingungen und gegen das Auseinanderklaffen von Arm und Reich ein Zeichen zu setzen. Und das, obwohl Hunderttausende von Menschen davon betroffen waren.

In unser trautes Heim zurückgekehrt, richteten wir uns im Garten ein. Der Beginn des Wonnemonats zeigte sich ebenfalls arbeitnehmerfreundlich von seiner schönsten Seite. Die Bäume glänzten in der warmen Sonne in hoffnungsfrohem Maigrün, in den Beeten leuchtete die ganze Farbpalette der Frühlingsblumen um die Wette. Um die Apfelbäume im Garten, die noch in voller Blüte standen, hatten sich Teppiche aus himmelblauen Vergissmeinnicht gewoben. Und auf den Feldern hatte sich das erste frische Gelb der Rapsblüten hervorgewagt. Traumhaft!

Wie vor hundert Jahren hatten sich Grüppchen von Menschen mit Bollerwagen zu Maiwanderungen aufgemacht. Auch Nele hatte sich mit Lisa, Maja und weiteren Schulfreundinnen und –freunden zu einem Picknick ins Grüne begeben. Mir war nach dem politisch korrekten Vormittag nicht nach weiterer Gesellschaft zu Mute. Wenn ich die ganze Woche lang etwa 1500 Menschen an meinem Arbeitsplatz um mich herum hatte, gab es nichts Besseres, als alleine im Garten zu liegen und den Tönen der Natur zu lauschen. Arno saß am Terrassentisch und las die Zeitung, Kalli lag auf dem Rasen in der Sonne und hechelte vor sich hin. Aus der Ferne waren ausgelassene Stimmen zu hören, Grillgeruch und ein leckerer Kuchenduft wehten heran. Dem Feiertag sei Dank störten keine Rasenmäher diese Stadtrandidylle.

Träge und schläfrig rollte ich mich auf der Liege zusammen und schloss die Augen.

„Juhu, Johanna!"

Ich seufzte und drehte mich wieder um. Am Zaun standen Tine und Klaus einträchtig nebeneinander und winkten herüber.

„Wir möchten euch zum Kaffeetrinken einladen!"

Also saßen wir eine Stunde später am festlich gedeckten Tisch auf Nachbars Terrasse. Tine hatte sich mächtig ins Zeug gelegt, eine blaue Stofftischdecke, gelbe Servietten und das gute Porzellan mit den Streublumen gedeckt, einen Rhabarberkuchen mit Streuseln gebacken, Sahne geschlagen und außer Kaffee eine Maibowle mit Waldmeister angesetzt. Erwartungsvoll sahen Arno und ich die beiden an.

„Nun sagt schon! Was gibt's zu feiern?"

Tine und Klaus blickten sich in die Augen – hey, das sah ja fast verliebt aus!

Dann räusperte sich Tine und begann: „Wir möchten uns bei euch bedanken, dass ihr uns unterstützt habt, dass ihr so viel Geduld mit uns hattet und dass ihr uns die richtigen Tipps gegeben habt."

Arno und ich sahen uns erstaunt an.

„Zu dir, Johanna", Tine wandte sich zu mir. „Deine Idee, alles aufzuschreiben, hat mir total geholfen. Ich hab Klausi dann auch mehrere lange Briefe aus Frankreich geschrieben", sie sah sich lächelnd zu Klaus um, der heftig nickte, „und das hat ihm geholfen, mich zu verstehen." Die beiden lächelten sich erneut an.

Nun begann Klaus: „Und du, Arno, hast mir den entscheidenden Tipp mit Dr. Temme gegeben."

Nun war ich gespannt!

„Vor vier Tagen war ich bei ihm und er hat meine Wirbelsäue wieder eingerenkt. Es ist wie ein Wunder! Die Schmerzen...", er blickte kurz schamhaft zu mir, „da unten, sie sind einfach verschwunden."

Wir jubelten erleichtert auf und fielen uns gegenseitig in die Arme. Alle redeten durcheinander und dann brauchten wir erst mal etwas zum Anstoßen. Die Maibowle war genau das Richtige, um diese fantastische Nachricht zu begießen. Sie schmeckte fruchtig und süffig, nach Frühling und Neuanfang.

Klaus erhob sein Punschglas. „Auf die Liebe und das Leben und meine tolle Frau und ... und ... und darauf, dass es nicht ganz unwichtig ist, miteinander zu reden!"

„Das kannst du laut sagen", stimmte Tine augenzwinkernd zu. „Ich hätte ihm gleich sagen können, dass es das Iliosakralgelenk ist. Den Fall hatten wir schon ein oder zwei Mal in der Praxis!“

Ausgelassen verbrachten wir den ganzen Nachmittag zusammen und beschlossen dann, alles, was wir an Grillkohle, Grillgut, Beilagen und Getränken finden konnten, zusammenzuschmeißen, um den Abend so weitergehen zu lassen.

Viel später räumten Tine und ich ein bisschen in ihrer Küche herum, da schnappte ich mir meine Freundin und fragte: „Geht es dir mit Klaus jetzt wieder gut? Ihr wirkt jedenfalls wie ein frischverliebtes Paar.“

„Yep“, Tine nickte ernst. „Wir haben in den letzten Tagen viel geredet. Das ist nicht leicht für uns, aber wir haben einen Anfang gemacht.“

„Das freut mich so sehr! Und ... äh ... also ... wie ist es mit ...“

Tine grinste breit. „Sex?! Mensch, sag nicht, du hast immer noch Hemmungen dieses schmutzige Wort laut auszusprechen!?“

„Quatsch!“

„Hast du nicht gemerkt, dass ich kaum laufen kann?“

„Nein, wieso?“

„Mein Hintern schmerzt übelst vor Muskelkater und meine Muschi ist total wund.“

Wir kicherten ausgelassen.

Mannomann ... ich wusste gar nicht, dass sowas von sowas kommen konnte ...

53

Als Arno und ich gegen halb zwölf in der Nacht unser Haus betraten, wechselte die Stimmung schlagartig. Das Glück unserer Freunde, der schöne Nachmittag und Abend und der Alkohol hatten uns locker gemacht und dazu geführt, dass auch wir beide mal wieder ungezwungen miteinander umgehen konnten. Aber jetzt, hier, plötzlich wieder auf uns alleine zurückgeworfen, kippte das Ganze und wurde zu einer traurig-verkrampften Angelegenheit.

„Ich geh dann mal ins Bett", sagte Arno und sah mich finster an.

„Tu das", gab ich zurück.

„Mach ich."

Schweigen.

„Gehst *du* noch nicht?", setzte er noch mal an.

„Doch."

Schweigen.

„Ich geh dann mal ins Bad", sagte ich.

„Mach das."

Schweigen.

Ich ging ins Bad und putzte mir die Zähne. Langsam und mit bleischwerem Arm.

Als ich aus der Badezimmertür trat, stand Arno vor mir.

Schweigen.

„Gute Nacht", sagte ich.

Schweigen.

Ich drehte ab in Richtung meines Zimmers. Spürte Arnos Blick im Rücken.

„Warum haben wir keinen Sex mehr?“, fragte er plötzlich verbittert.

Langsam drehte ich mich wieder zu ihm um. Musterte ihn. Er hatte einen harten Zug um den Mund. Aber er sah auch erschöpft aus.

„Weil wir nicht mehr miteinander reden.“

„Falsch, Johanna!“, begehrte er auf. „Wir reden nicht mehr, *weil* wir keinen Sex haben.“

Schweigen.

„Das ist *deine* Wahrheit, Arno. *Meine* geht genau andersherum.“

Ich schlurfte in mein Zimmer, legte mich ins Bett und hätte mich in den Schlaf geweint, wenn ich irgendetwas hätte fühlen können.

54

Nur Arbeit war ihr Leben.

Dieser Satz würde sicher dereinst in goldenen Lettern auf meinem Grabstein prangen, dachte ich, als ich hektisch in die Pedale trat. Ich brauchte unbedingt vor Geschäftsschluss noch rote Korrekturstifte und wollte außerdem im Ein-Euro-Laden vorbei, um günstige Schreibmaterialien, wie Klarsichthüllen und so, zu kaufen. Inzwischen war es Juni geworden. Die mündlichen Abiturprüfungen standen vor der Tür, bei denen ich jede Menge Protokolle würde führen müssen. Ich selbst brauchte in diesem Durchgang zum ersten Mal seit acht Jahren keine Prüfungsthemen zu stellen, weil ich keinen Kurs im Abi-Jahrgang unterrichtete. Dafür hatte ich schon wieder einen Berg von Klausuren auf meinem Schreibtisch liegen. Mein Rotstift-Verbrauch in den letzten Wochen war rekordverdächtig gewesen. Und dann noch die Wahl zur Personalrätin!

Mitte Mai war der Kollege Schaller auf mich zugekommen, ein alter Hase, der den Wahlvorstand machte und auf Kandidatensuche war. Ob ich mich nicht aufstellen lassen wolle. Da mich auch die bisherigen Mitglieder unseres fünfköpfigen Personalrates ansprachen, von denen zwei ausscheiden wollten, wagte ich den Schritt. Ich fühlte mich ... geehrt. Und als ich dann tatsächlich in das Gremium gewählt wurde, schwebte ich auf Wolke sieben! Ein solcher Vertrauensbeweis von so vielen Kolleginnen und Kollegen! Das motivierte ungemein, und folglich verbrachte ich noch mehr Zeit in der Schule und hinter dem Schreibtisch.

Auch Arno hatte sich in seine Arbeit vergraben, zwei weitere Großkunden aufgetan und damit unwiderlegbare Ausreden gefunden, warum er uns seit Wochen nur noch mit Pommes, Fischstäbchen oder Nudeln abspeiste. Ich hütete mich, darüber eine Diskussion anzufangen und Nele fand das Essen sowieso „geil".

Insgesamt war die Stimmung zu Hause hochexplosiv. Beim kleinsten Anlass ging Arno in die Luft. Nele und ich versuchten, so wenig Zeit wie möglich in seiner Gegenwart zu verbringen.

Verschwitzt stellte ich mein Fahrrad ab. Ich hatte noch zehn Minuten für den Ein-Euro-Shop. Wie es hier immer stank! Ein Duftpotpourri aus den ungesündesten Kunststoffen und Weichmachern schwallte mir entgegen. Ich versuchte, flach zu atmen. Die Mitarbeiterinnen und Mitarbeiter hier taten mir leid. Ob sie Erschwerniszulage bekamen?

Da! Ich fand die Klarsichthüllen, Briefumschläge, Textmarker und Heftstreifen, türmte alles auf meinen Arm und verlangsamte dann doch meinen Schritt. Wenn ich schon mal hier war, konnte ich ja auch noch die letzten fünf Minuten stöbern. Schreiend buntes Kinderspielzeug, Pappboxen in allen Größen und Mustern, schmerzhaft scheußliche Gartendeko, neonfarbene Bikinis auf einem Grabbeltisch und daneben Bücher. Bücher? Hier? Wild durcheinander auf einem Grabbeltisch? Ich warf einen Blick auf die Titel.

Falsch! Es gab nur *einen* Titel. Einen ganzen Berg eines einzigen Buches! Ich griff nach einem und las:

Keine Angst vorm Seitensprung! Gebrauchsanleitung für sexuelle Abenteuer.

Wie bitte?

Wie ertappt ließ ich das Buch fallen. So etwas konnte man kaufen? Für 99 Cent?

Unfassbar.

Kopfschüttelnd strebte ich der Kasse entgegen. Doch nach wenigen Schritten hielt ich inne.

Ein Euro.

Selbst wenn es der abgeschmackteste Blödsinn wäre, hätte ich so gut wie nichts verloren ... aber falls möglicherweise doch das ein oder andere ...?

Schnell ging ich zurück, blickte mich unauffällig um und griff nach einer Ausgabe. Zügig bewegte ich mich zur Kasse. Wenn mich jetzt jemand Bekanntes entdeckte, mit *diesem* Buch! Mein Herz klopfte, als ich meine Einkäufe auf das Transportband legte.

Mist!

An der Kasse stand ein junger, gutaussehender Verkäufer. Auch das noch! Wenn der mich mit diesem Titel sah, war klar, was er denken musste: Letzter Versuch einer abgehalfterten Schrapnelle. Ich drehte die Titelseite nach unten. Verdammt, das Etikett mit dem Strichcode war vorne drauf. Erneut suchte ich mein Umfeld nach Bekannten ab. Niemand zu sehen. Schon griff der attraktive Kassierer nach dem Buch, drehte es um und scannte das Etikett. Ich konzentrierte mich ganz auf die ungemein schwierige Geldübergabe und versuchte ein Pokerface aufzusetzen. Der junge Mann verzog keine Miene. Schnell verstaute ich das verräterische Machwerk in meiner Tasche.

Als er mir das Wechselgeld gab, zwinkerte er mir zu. „Interessante Lektüre."

Mein Kopf wurde zur Signalboje.

Erst abends im Bett kam ich dazu, ungestört in dem peinlichen Band zu blättern. Ich war echt neugierig. Eine Psychologin hatte aus ihren Praxiserfahrungen mit fremdgehenden Klienten diesen Leitfaden entwickelt.

Hmmm. War das glaubwürdig?

Letztlich ging es ihr darum, dass alle, Betrüger und Betrogene, so wenig Leid wie möglich erfuhren. Okay. Und was riet sie, um das zu erreichen? Sie schrieb nüchtern von Haupt- und Nebenbeziehung und stellte in Frage, ob es so etwas wie Moral überhaupt gebe. Treue sei eine Frage der Definition. Letztlich gehe es um das persönliche Wohlbefinden, und auch der Hauptbeziehung könne ein Seitensprung gut tun, sodass auf diese Weise eine Trennung vermieden würde.

Hmmm.

Das war sehr rational argumentiert. Und leuchtete auch irgendwie ein. Aber wie war all das Gute zu erreichen?

Ah, hier: durch Lügen, Lügen, und nochmals Lügen. Und durch Alibis, von langer Hand vorbereitet, indem man sich neue Gewohnheiten zulegte, zum Beispiel eine neue Sportart begann, damit man später in dieser Zeit ungestört fremdgehen konnte, außerdem, indem man so wenig Menschen wie möglich einbezog und bis ins Grab leugnete. Also im Prinzip ein geheimes Doppelleben führte. Und ein ganzes Lügengebäude erfand. Puha!

Und da sollte sich der Partner nicht hintergangen fühlen? Na gut, er wüsste es ja nicht, ... aber ein zweites Leben zu verheimlichen war doch unglaublich aufwändig. Zeitlich, emotional, psychisch ... So hatte es ja auch Arnos Vater erlebt und deshalb seine Geliebte verlassen. Und wenn diese störanfällige Parallelwelt doch aufflog, dann war ja wohl *alles* verloren. Gerlinde war jedenfalls so tief gekränkt, als sie es erfuhr, dass sie selbst ihrem toten Ehemann nicht verzeihen konnte.

Ich klappte das Buch zu und schloss die Augen.

Also, ich weiß ja nicht. I'm not convinced, Mrs Sidestep!

55

Am nächsten Tag flog mir meine Ehe um die Ohren. Jedenfalls fühlte es sich so an.

Als ich nachmittags erschöpft aus der Schule kam und allein der Gedanke, dass ich für den nächsten Tag noch fünf Unterrichtsstunden vorzubereiten hatte, ein Schlafkoma auslöste, erwartete mich Arno am Küchentisch sitzend. Vor sich auf dem Tisch *das* Buch.

Arno taxierte mich wie ein Kriminalpolizist, der jedes verräterische Zucken registrierte und als Schuldeingeständnis wertete.

„Was ist das?“, fragte er inquisitorisch.

Schon allein bei dieser Frage und diesem Tonfall hätte ich an die Decke gehen können. Vorsichtshalber schloss ich das gekippte Fenster. Es konnte laut werden.

„Ein Buch über Seitensprünge. Was tust du in meinem Zimmer?“ Noch versuchte ich, sachlich und ruhig zu bleiben.

„Ich wollte bei dir Staubsaugen. Und lesen kann ich auch.“

Betont lässig zuckte ich die Schultern. „Dann ist ja alles klar.“

„ALLES KLAR?“, brüllte Arno los.

Ich war froh, dass Nele noch nicht zu Hause war. Kalli hatte es vorgezogen, vorne in seinem Körbchen auszuharren.

„GENAU!“, tobte Arno. „JETZT WIRD MIR ENDLICH ALLES KLAR!“

„Arno, du verrennst dich in etwas ...“, mein Versuch, die Sache nüchtern und besonnen zu erläutern, scheiterte schon im Ansatz. Arno war nicht mal mehr bereit, mich ausreden zu lassen.

„*Ich* verrenne mich? *Du* hast dich verrannt, Johanna! *Du* bist ins Bett eines anderen gerannt!!! *Du* lässt mich seit Wochen links liegen!!!“

„Wir haben ja wohl beide viel gearbeitet und uns gegenseitig ignoriert!“, fuhr ich ihn an.

„Viel gearbeitet? Wer sagt mir denn, dass du überhaupt in der Schule warst? Vielleicht ist das nur dein Alibi, genau wie der affige Zumba-Kurs!“, ätzte Arno.

„Sag mal, HAST DU SIE NOCH ALLE?“ Jetzt brüllte ich auch. „Du stellst hier haltlose Behauptungen auf, nur weil du ein Scheiß-Buch findest, das ich gestern für einen Euro auf dem Grabbeltisch gekauft habe?!“ Meine Stimme überschlug sich.

„Nein“, erwiderte Arno, jetzt ganz kühl, „sondern weil das alles zusammenpasst. Dein ganzes Verhalten hat sich geändert. *Du* hast dich verändert. Schon seit Wochen.“

„Ja! Und weißt du auch warum? Weil *du* mich nicht mehr ernst nimmst. Dich interessiert doch überhaupt nicht, wie es in meinem Inneren aussieht. Alles, was ich neu mache, trittst du in den Dreck, ständig verletzt du mich mit deinen herabwürdigenden Äußerungen!“

„Ach, und du verletzt mich nicht? Du zeigst mir nicht seit Wochen die kalte Schulter?! Verdammt! Ich bin ein Mann aus Fleisch und Blut!“

„Das ist doch nicht zu glauben!“, brüllte ich. „Du redest hier von fehlendem Sex, wo wir nicht mal miteinander *reden* können?! Mein Gott, wenn es nur darum geht, dass dein Schwanz was zum Ficken braucht, DANN GEH DOCH ZU ’NER NUTTE!!!“ Ich spie Gift und Galle und stand kurz vorm Herzinfarkt.

Arno musterte mich kühl. „So vulgär hast du früher nicht geredet. Hast du das von deinem Bums-Partner gelernt?“

Ich schüttelte nur noch mit dem Kopf. Wir waren wieder am Ausgangspunkt unseres sinnlosen verbalen Kampfes angekommen. Nichts war verstanden. Nichts war geklärt. Da konnte ich getrost noch einen drauf setzen.

„Weißt du was, Arno? Nichts von allem, was du mir unterstellst, ist wahr. Aber so, wie du mich in den letzten Wochen behandelt und verletzt hast, wünschte ich mir, ich hätte einen einfühlsamen Geliebten, der es erträglich gemacht hätte, mit dir zusammenzuleben.“

Arno wurde blass. Das hatte gesessen.

„Und im Übrigen“, ergänzte ich, „wenn du dieses beschissene Buch schon so genau studiert hast, dann guck mal auf den Klappentext. Da steht, dass man es tunlichst vor seinem Partner verstecken sollte. Das habe ich nicht getan, und zwar deshalb, weil es nichts zu verbergen gibt.“

„Ist klar“, höhnte Arno, jetzt wieder obenauf, „du befolgst noch einen weiteren Tipp aus diesem Ratgeber: Leugnen bis zum Letzten!“

Ich starrte den wahrheitsresistenten Mistkerl noch einen Moment an.

Dann ging ich in mein Zimmer – heulen.

56

Drei Tage lang herrschte absolute Funkstille. Nele, wenn sie denn mal da war, schlich mit eingezogenem Kopf durchs Haus und Kalli zog den Schwanz ein. Er konnte die negativen Schwingungen zwar spüren, hatte aber natürlich keine Erklärung dafür.

Ich war so bedient von dieser ganzen Situation, dass ich noch nicht mal mit Tine darüber reden mochte. Ich fühlte mich wie am Rande eines Schwarzen Loches, das mich mit ungeheurer Schwerkraft zu verschlingen drohte, sodass jeder Schritt eine kaum zu bewältigende Kraftanstrengung erforderte. Ich grübelte in jeder freien Minute und inzwischen meinte ich, begriffen zu haben, was Arno umtrieb. Auch wenn *er* absolut nicht Willens oder in der Lage war, Ich-Botschaften auszusenden, war *ich* nämlich durchaus fähig, aus seinem primitiven, vorwurfsvollen Geschrei herauszuhören, was er damit von sich selbst offenbarte: Er hatte Angst.

Er hatte Angst, dass er mich an irgendjemand anderes verlieren könnte, der die Veränderungen an mir und auch die fehlende Lust auf ihn bewirkte. Genau das hatten Doris und ich schon in den Osterferien erarbeitet.

Also auch hier: Keinen Schritt weiter. Wie sollte ich mich aber auch emotional wieder annähern, mich ihm öffnen, wenn er an dem, was ich dachte und fühlte, so überhaupt kein Interesse zu haben schien? Da kam ja nichts! Nicht das geringste Zeichen, dass er nicht nur an meiner M..., an meiner Möse interessiert war, sondern an mir als Person! Und da sollte ich ihm mein Inneres offenbaren?

Niemals!

Und außerdem: Wie viel Vertrauen hatte dieser Mann eigentlich zu mir? Glaubte er wirklich, dass ich ihn munter über Monate hinweg betrog – und mich dabei auch noch so dilettantisch anstellte? Dabei entbehrte das Ganze ja nicht einer gewissen Ironie. Ich schlug mich seit Wochen mit meinem Projekt ‚sekundäre Defloration' herum, zermarterte mich innerlich und scheiterte immer wieder erbärmlich an meiner Unfähigkeit – und Arno warf mir vor, munter und gewissenlos fremdzugehen.

Na immerhin traute er es mir mehr zu als ich mir selbst!

Ich hob müde einen Mundwinkel. Guck. Nichts ist so schlecht, dass es nicht auch etwas Gutes hat. Aber eines war klar. Diesmal würde Arno den ersten Schritt tun müssen.

Am nächsten Nachmittag fand ich auf meinem Schreibtisch einen Zettel von Arno:

Kein anderer Mann?

Ich freute mich. Das war immerhin der Beginn einer ersten Kontaktaufnahme.

Nein, antwortete ich auf dem gleichen Zettel und legte ihn auf seinen Schreibtisch.

Am folgenden Nachmittag dies:

Sonst würdest du es mir sagen?

Antwort auf extra Zettel:

Ich weiß es nicht. Hatte noch nie eine Affäre.

Dann er:

Tut mir leid.

Wow. Das war so ziemlich das erste Mal, dass sich Arno in seinem unerschütterlichen Selbstvertrauen und seiner allumfassenden Weisheit bei *mir* entschuldigte! Und das schriftlich!

Antwort:

Mir auch.

Während unseres Dialoges war es Freitag geworden und als ich an diesem Nachmittag endlich aus der Schule kam und das Haus betrat, war irgendetwas anders. Kalli kam mir fröhlich schwanzwedelnd entgegen, irgendetwas duftete gut und aus dem Wohnzimmer erklang sogar leise Musik. Als ich meine Schultasche im Arbeitszimmer abstellte, fand ich noch einen Zettel:

Guck mal ins Bad. Wenn du magst.

Ich mochte. Vor allem weil Arno den Imperativ abgemildert hatte.

In der Badezimmertür blieb ich völlig überwältigt stehen. Arno hatte das Rollo heruntergelassen. Den dunklen Raum erhellten zig Teelichter. Außerdem waren alle Flächen mit bunten Sommerblüten aus dem Garten dekoriert. In die Wanne hatte Arno ein Vollbad eingelassen, das einen angenehmen Duft nach Zitronengras und Kiefernnadeln verströmte. Auf dem Wannenrand stand das verwendete Badeöl. Tatsächlich. Ein Entspannungsbad. Das beglückte mich, denn es zeigte mir, dass Arno meine Bedürfnisse nach Erholung wahrnahm und nicht mit einem aphrodisierenden Vorspiel-für-berauschenden-Sex-Badezusatz nur sein eigenes Ziel verfolgte.

Ich zog meine Klamotten aus, ließ mich behutsam in die Wanne gleiten und schloss wohlig seufzend die Augen.

Dann kam Arno herein. Vorsichtig trat er näher. Wir sahen uns eine ganze Weile stumm in die Augen.

Dann wies er auf seine Badezimmergestaltung. „Gut so?"

„Genau richtig. Danke." Ich lächelte ihn an.

Er setzte sich vorsichtig auf den Wannenrand und suchte im Wasser nach meiner Hand. Als wir uns gefunden hatten, verschlangen sich unsere Finger ineinander. Das war so vertraut.

Es war wie nach Hause kommen.

Mir stiegen die Tränen in die Augen und ich weinte lautlos. Arno streichelte mit dem Daumen meine Hand.

„Das war eine schlimme Zeit", sagte er rau.

„Ja."

Der Rest des Tages gehörte nur uns. Arno hatte mein Lieblingsgericht gekocht: Rehrücken mit einer Pilz-Sahnesauce, grünen Bohnen, Kartoffeln, Birnen und Preiselbeeren. Wir schlemmten und redeten und redeten.

Spät am Abend stieg ich mit zu Arno ins Bett, und ja, wir schliefen miteinander. Alt vertraut und doch neu, nach so langer Zeit. Innig, zärtlich, behutsam. Wir spürten, dass wir uns kostbar waren, uns brauchten, uns liebten.

57

Wir verbrachten ein wunderschönes Wochenende zusammen. Am Samstag beschlossen wir spontan, eine längere Wanderung zu unternehmen, von der Nele natürlich nichts wissen wollte, hielten uns oft an den Händen, redeten und alberten herum, warfen Stöckchen für Kalli, picknickten zwischendurch, aßen schließlich in einem verschlafenen Ausflugslokal deftige Hausmannskost und ließen uns später von Klausi abholen, weil wir zu müde für den Rückweg waren und schnell ins Bett wollten.

Am Sonntag arbeiteten wir einträchtig nebeneinander am Terrassentisch. Ich hatte die nächste Oberstufenklausur vor mir liegen und Arno musste letzte Hand an sein Programm legen, das er am Montag seinem neuen Kunden in Hamburg, einem Großhandel für Schreibwaren, vorlegen wollte.

Als wir uns am Montag voneinander verabschieden mussten, weil Arno mindestens bis Donnerstag in der Hansestadt zubringen würde, tat das richtig weh. Wir umarmten uns lange und gaben uns einen neckischen Zungenkuss, den Nele natürlich mit einem genervten Stöhnen quittierte.

Als wir mit dem Rad zur Schule aufbrachen, seufzte ich und winkte Arno noch mal zu.

„Habt ihr euch jetzt wieder vertragen?“, fragte Nele, als wir nebeneinander her radelten.

„Sieht so aus, oder?“

„Kann man wohl sagen“, grunzte sie. „Das ist ja schon echt peinlich.“

„In der Liebe ist nichts peinlich. Und alles ist erlaubt“, sagte ich weise. „Naja, fast alles.“

Unser Haus kam mir an diesem Nachmittag leer und verlassen vor. Nele hatte meine grundentspannte Stimmung ausgenutzt und mir die Erlaubnis abgeschwatzt, erst ins Kino gehen und dann endlich mal wieder bei ihrer Freundin Maja übernachten zu dürfen. Und das *in* der Woche! Warum die Mädchen nicht mal bei uns schliefen, blieb mir ein ungelöstes Rätsel. Vielleicht waren wir ihnen zu kompliziert.

So blieb mir nur Kalli als Gesellschaft. Als ich geschlafen und meinen Unterricht für den nächsten Tag vorbereitet hatte, brach ich zu einem längeren Spaziergang auf. Anschließend war es immer noch sehr warm, sodass ich mich nach draußen setzte und den lauen Abend genoss. Ich holte mir etwas zu essen und zu lesen und lauschte dem Abendkonzert der Vögel. Gegen halb neun meldete sich Arno, dass er gut angekommen sei. Es war schön, seine Stimme zu hören.

Ein Juniabend kurz vor der Sommersonnenwende war mit das Schönste, was die Natur zu bieten hatte. Das gedämpfte Licht bis in den späten Abend, dazu eine warme Sommerbrise, die hin und wieder den süßen Duft von Holunderblüten heranwehte und zärtlich deine Haut streichelte und mit deinen Haaren spielte ... ein solcher Abend machte süchtig ... sehnsüchtig.

Als es fast dunkel war, erhob ich mich seufzend, um die letzte Runde mit Kalli zu drehen. Während ich auf die Straße trat, spürte ich, dass es hier sogar noch wärmer als hinten im Garten war. ‚Fleischwarm‘, wie eine zeitgenössische Schriftstellerin formulierte. Ein Abend, der gerne etwas gemacht haben wollte ... mir gefiel diese Formulierung. Ich schlenderte langsam die Straße hinunter und ließ Kalli das Tempo bestimmen.

Kurz bevor wir zu Leanders Haus kamen, schoss Kalli plötzlich davon und bog scharf rechts auf Rosas Grundstück ein. Es folgte ein fröhliches Gebell und ich fürchtete schon, die ganze Nachbarschaft aufzuwecken.

„Na, Frau Nachbarin? So spät noch alleine unterwegs?“, hörte ich Leander sagen, konnte ihn in der Dunkelheit aber kaum ausmachen. Wir hatten uns länger nicht gesehen. Mein Herz begann zu klopfen. Ich trat näher und da saß er auf den Treppenstufen vor dem Eingang.

„Arno ist leider in Hamburg.“ Ich sah in den Sternenhimmel. „Was für ein schöner Abend, oder?“

„Mhm. Erinnert mich ein bisschen an Afrika. Wenn es dunkel wurde, haben wir meistens vor der Hütte gesessen.“

Unschlüssig stand ich vor ihm.

„Setz dich“, Leander klopfte einladend neben sich auf die Stufe.

Also setzte ich mich neben ihn. Ziemlich nahe, aus Versehen, aber jetzt noch abzurücken, hätte blöde gewirkt. Ich konnte sogar seinen Duft wahrnehmen ... erdig, herb, irgendwie ... männlich.

„Vermisst du Afrika?“, fragte ich, um mich von der Situation abzulenken.

„Manchmal schon. Es ist eine völlig andere Welt. Ein anderes Leben. Meistens sehr viel härter als hier. Aber manches ist auch ergreifend schön.“

Er sah mich an und ich blickte zurück. Aber nur kurz, denn wir waren uns so unanständig nah, dass ich jetzt doch ein Stück abrückte. Mein Herz trommelte einen wilden Rhythmus.

Er lächelte schief. „Ist dir eigentlich aufgefallen, dass wir uns gar nicht mehr streiten?“

„Ja. Doch. Fast schade, oder?", witzelte ich.

„Ja. War recht unterhaltsam.“

Wir grinsten in Erinnerungen versunken in uns hinein.

„Vor allem, als du während einer unserer ersten Begegnungen im Feld wegen Rosa von diesem Baumstamm geplumpst bist und auf dem Rücken lagst wie ein Käfer. Du hast geschimpft wie ein Rohrspatz!“ Er lachte glucksend.

„Ich hatte Todesangst!“, empörte ich mich und gab ihm einen Klaps auf den Arm.

„Aua!“ In gespieltem Schmerz hielt er seinen Arm.

„Selber aua! Du bist elektrisch aufgeladen. Ich habe einen Stromschlag gekriegt!“ Ich schüttelte meine Hand.

„Stimmt ja gar nicht! Guck!“ Langsam näherte er seinen muskulösen Unterarm dem meinen. Seine Härchen kitzelten mich. Dann strich er mit seinem Handrücken sanft über meinen.

Ich hielt den Atem an. Mein Herz schlug Purzelbäume. Meine Haut begann zu kribbeln und es hätte mich nicht gewundert, wenn jeden Moment zwischen uns die Funken hin und her gesprungen wären.

Ich blickte verwirrt und benommen auf, direkt in sein Gesicht, das nur wenige Zentimeter entfernt war.

Diese Augen, diese betörende Nähe – es war nicht auszuhalten!

Ich wandte den Kopf und suchte nach Ablenkung. In den Büschen, nicht weit entfernt, machte ich eine Entdeckung.

„Sieh mal!“ Ebenso erleichtert wie begeistert sprang ich auf und lief auf die Büsche zu. „Glühwürmchen!“

Ich verfolgte fasziniert ihre Flugbahnen. „Mensch, stimmt ja, heute ist der perfekte Abend für sie!“

Andächtig beobachtete ich diese kleinen schwebenden Nachtlichter, die ich schon seit Jahren nicht mehr gesehen hatte und die sich jetzt in überraschender Fülle zwischen den Zweigen tummelten. Außerdem war ich natürlich froh, dass ich mich auf etwas anderes konzentrieren und meine Contenance zurückgewinnen konnte.

„Glühwürmchen?“ Leander kam langsam heran, die Hände in den Taschen. „Hab ich echt noch nie gesehen.“ Er trat hinter mich. Langsam, leise. Er berührte mich nicht, aber er stand so dicht, dass ich seinen Atem hören, seinen Duft riechen und die Wärme seines Körpers auf meiner Haut spüren konnte.

„Die Glühwürmchen sind toll“, sprach er leise an meinem Ohr und sein warmer Atem streichelte mich. Ich bekam eine Gänsehaut. „Aber im Moment bin ich ein bisschen abgelenkt.“

Er schob mit einer Hand meine Haare im Nacken zur Seite, berührte die zarte Stelle dort ganz leicht mit Nase und Mund und sog die Luft ein.

Mir sackten fast die Beine weg.

„Verdammt, warum riechst du nur so gut, Johanna?“

Eine Welle von Schauern wanderte meinen Rücken hinunter. Ich neigte leicht den Kopf zu ihm. „Soll ich dir etwas verraten? Ich mag deinen Geruch leider auch“, flüstere ich.

Seine Arme schoben sich langsam um meine Taille und ein erneutes Beben fuhr durch meinen Körper.

„Dann sind es wohl die Pheromone“, sagte er leise an meinem Ohr. Ich war zu keiner einigermaßen geistvollen Reaktion mehr fähig. Ich berührte seine warmen Arme und fühlte mich von seinem Körper umfangen wie von einer weichen Wolke. So standen wir eine Weile. Schweigend.

„Ich traue mich kaum zu fragen, ... aber ... kommst du mit mir rein?“, fragte er zögernd.

„Ich würde ja“, brachte ich hervor, „aber ich glaube, ich kann nicht. Meine Beine sind aus Wackelpudding.“

Er lachte leise und nahm meine Hand in seine, die groß und stark und weich und warm war, und zog mich über den Rasen in Richtung Haustür. Dann pfiff er nach Rosa, die mit fliegenden Ohren angerannt kam, im Schlepptau den japsenden Kalli.

„Rein mit euch beiden!“

Er drehte sich nochmals zu mir um. „Komm.“

Ich war zum ersten Mal in Leanders Haus. Er führte mich ins Wohnzimmer und knipste drei kleine Tischlampen an, die im Zimmer verteilt standen und es in ein angenehm warmes Licht tauchten. Der Raum war überraschend groß und eher minimalistisch eingerichtet. Unverkennbar gehörte es Afrika-Liebhabern, denn es überwogen braune Farbtöne und Naturmaterialien – Holz, Leder und Rattan – und es fanden sich einige Erinnerungsstücke aus dem fernen Kontinent. Kein

African-Style-Deko-Kitsch aus dem Kaufhaus, sondern echte Artefakte. Ein Speer, zwei Masken, verschiedene Kalebassen und Trommeln. Die Mitte nahm ein riesiges Sofa aus dunkelbraunem, teils abgeschabtem Leder ein. Ich sah mich weiter neugierig um, während Leander mich dabei beobachtete.

„Du hast ja doch einen Fernseher", stellte ich überrascht fest. In einer Ecke stand ein relativ kleiner Flachbildschirm.

„Den hab ich mir vor einigen Wochen angeschafft. Es ist ganz angenehm, abends mal Nachrichten oder Fußball sehen zu können."

Ich lächelte ihn an.

„Oh, und natürlich Rosalinde-Plüscher-Filme."

Ich lachte.

„Wolltest du denn mit mir fernsehen?", fragte er schelmisch.

Mir stieg die Hitze in die Wangen und ich senkte verlegen meinen Blick. Als ich mich doch traute, wieder aufzuschauen, sah ich, wie mich Leander mit seinem umwerfenden Lächeln bedachte. Wie immer nahm es mir den Atem.

„Viel..., vielleicht fällt uns noch was Besseres ein ...?", stammelte ich.

Hatte ich das wirklich gesagt?

Ich sah in Leanders dunkelblaue Augen. Und mein Körper begann, vor Erwartung zu pulsieren.

Dann trat ich einige Schritte auf diesen Mann zu.

Und er kam mir entgegen.

58

Die Chance, in einem solchen Moment das Falsche zu tun, ist bekanntlich unendlich groß. Wenn man erst anfängt, darüber nachzudenken, was der andere wohl erwartet oder was man selbst an erotisch Sinnvollem tun sollte, konnte alles Mögliche schiefgehen. Und dafür war ich ja nun geradezu prädestiniert.

Aber diesmal hatte ich Hilfe. Denn mein Großhirn stellte seine Arbeit ein, komplett, als wäre der Stecker gezogen worden, und stattdessen übernahm die Amygdala. Jener sogenannte Mandelkern im limbischen System des menschlichen Hirns, der schon unsere Urahnen vor Millionen Jahren dazu befähigte, reflexhaft und spontan zu handeln. Flucht oder Angriff – oder Sex! Wenn die Amygdala ihre Anweisungen erteilt, bleibt keine Zeit, um nachzudenken, zu reflektieren oder langfristige Folgen abzuwägen. Sie steuert jene Verhaltensweisen, die triebhaft nur auf das eine ausgerichtet sind: Bedürfnisbefriedigung und Lustgewinn. Und ihr Kommando war eindeutig: Los!

Ich legte meine Hände um Leanders Taille und spürte die Wärme seiner Haut durch den dünnen Stoff des T-Shirts. Unsere Blicke tanzten miteinander, während sich unsere Gesichter näherten. Wir suchten und fanden unsere Lippen, unsere Zungen begannen miteinander zu spielen, erst vorsichtig, dann wilder, bis ich Luft holen musste.

Wie er roch!

Wie er schmeckte!

Ich schob meine Hände unter sein Shirt und strich seinen Rücken hinauf. Heiße Haut, weich über den angespannten Muskeln. Er erschauerte und zog mich Richtung Sofa. Mit beiden Händen griff er in meine Haare und küsste mich, bis ich keuchte. Seine Hände glitten über meinen Po, Gänsehaut eroberte meinen Körper. Überall fühlte ich mich ertastet und gestreichelt, mit warmer, sicherer Hand.

Er zog sein T-Shirt über den Kopf. Ich schluckte. Glatte, gebräunte Haut, pulsierende Adern. Was für ein Anblick! Und dann auch noch ein feiner Streifen schwarzer Haare, der sich verlockend vom Bauchnabel bis unter seine Gürtellinie zog. Leander beobachtete mich, während ich ihn fasziniert betrachtete. Ich hätte ihn bespringen können. Und als sich seine Mundwinkel sexy verzogen, zog ich ihn am Hosenbund zu mir heran und griff ihm ans Geschlecht. Überrascht stöhnte er auf. Ich öffnete den Knopf seiner Jeans, zog den Reißverschluss hinunter und schob Hose und Slip vorsichtig nach unten. Seine Erektion wuchs mir entgegen und ich presste mich an ihn und spürte seinen ganzen Körper beben. In einer schnellen Bewegung streifte ich mir mein T-Shirt über den Kopf und verbiss mich in seinen Hals, während Leander meine Hosen nach unten beförderte.

Endlich Haut an Haut.

Als ich die Klamotten mit dem Fuß davonkickte, drehte er mich um, umfasste von hinten meine Brüste mit seinen warmen großen Händen, massierte und streichelte sie, ließ seine Hände langsam an meinem Bauch entlangwandern bis hinunter zu meiner Scham und streichelte sanft über meine Schamhaare. Ich schloss die Augen und atmete heftig. Dann drang er mit den Fingern in mich ein und mein Unterleib erglühte. Wellen der Lust rollten durch mich hindurch. Ich löste mich von Leander, ließ mich rücklings auf das kühle Sofa sinken und fixierte seine Augen. Dann öffnete ich meine Beine.

Er kam über mich, zögerte die Berührung aber hinaus, bis ich vor Verlangen fast explodierte, und endlich spürte ich ihn auf mir und in mir.

Ganz zu Hause in seinem schönen Körper bewegte er sich kraftvoll und sanft, wild und geschmeidig, voller Rhythmus und Zartgefühl. Und ich mit ihm. Alles fügte sich wie eine seit Urzeiten einstudierte Choreographie. Wieder und wieder erkundeten wir uns, streichelten, leckten, bissen uns, rieben unsere schweißnasse Haut aneinander, trieben uns zum Höhepunkt und darüber hinaus, tranken den Atem des anderen, sahen uns in die Augen, verloren uns darin und fanden uns wieder.

Die Zeit war angehalten.

Die Mondin lächelte entrückt.

Die Sterne funkelten verträumt.

Und auch die Glühwürmchen im Garten hatten den Sex ihres Lebens.

Noch in der Nacht taumelte ich mit dem schlaftrunkenen Kalli nach Hause.

Und ahnte schon, dass es schlimm werden würde.

Epilog

Weite. Wogende Wellen. Gleichmäßig heranrollendes Rauschen. Grautöne in allen Schattierungen, bis sie am Horizont in den Himmel übergingen, an dem große Wolkenschiffe vorüberzogen. Ich schirmte meine Augen ab. Jetzt lugte die Sonne doch noch hervor. Ich blickte über das Meer, das dort, wo es von den Strahlen gekitzelt wurde, funkelte und glitzerte, als hätte jemand eine Handvoll Diamanten hingestreut. Heute Morgen war es windig und trübe gewesen. Aber das hatte mich nicht von meiner Tageswanderung abgehalten. Im Gegenteil.

Vor anderthalb Wochen hatte ich hier Zuflucht gesucht, auf Hiddensee, einer kleinen, autofreien Insel in der Ostsee, die, wie ein Seepferdchen geformt, westlich vor der Insel Rügen lag. Ein Geheimtipp. Schon zu DDR-Zeiten ein Rückzugsort für Intellektuelle und Künstler, schwule und lesbische Paare, allein reisende Frauen mit asymmetrischen Frisuren, naturverbundene Städter in urbanem Schwarz und Familien mit kleinen Kindern aus Berlin oder Magdeburg. Das war die Voraussetzung: Man musste Naturliebhaberin sein und mit sich selbst etwas anzufangen wissen, denn lautes Kegelclub-Ballermann-Amüsement suchte man hier vergebens.

Die Insel war ausgebucht gewesen, jetzt zu Beginn der Sommerferiensaison. Aber wegen einer Stornierung hatte ich kurzfristig ein Appartement im Hauptort

Vitte bekommen. Eigentlich zu groß und zu teuer. Aber das war mir egal. Reetgedeckte Fischerkaten neben sozialistischer Baukultur, vor sich hin rostende Eisenzäune, die nostalgischen DDR-Charme verbreiteten. Arno hätte es gefallen. Vitte lag strategisch günstig in der Mitte, um sowohl den Norden mit den Orten Kloster und Grieben sowie den Leuchtturm auf dem Dornbusch als auch den Süden zu erkunden. Durch Kloster war ich bereits mehrmals spaziert, war über die baumbeschatteten Sandwege geschlendert, hatte das Gerhard-Hauptmann-Haus besichtigt und mich in der angeschlossenen Buchhandlung mit Hiddensee-Lektüre eingedeckt, von der es erstaunlich viel gab.

Heute war ich gen Süden zu dem weiter entfernten Ort Neuendorf aufgebrochen. Wieder ganz anders und niemals zuvor gesehen: Weiße Häuser, wie hingewürfelt auf grünen Dünenrasen, kaum Zäune, kaum Bäume, aber jede Menge Wäscheleinen mit flatternden Laken. Ich konnte mich kaum sattsehen.

Jetzt war es später Nachmittag geworden und ich lief langsam am Strand zurück. Ich hatte alle Zeit der Welt. Immer wieder blieb ich stehen und bückte mich, weil ich Bernstein vermutete. Ein paar kleine Stücke hatte ich immerhin schon gefunden. Ich beschloss, jetzt, wo sich die Sonne ab und zu zeigte, einen Platz am Dünenrand im Windschatten zu suchen und setzte mich in den feinen, weißen Sand. Ich holte meine Wasserflasche aus dem Rucksack und blickte in die Ferne.

Seit zehn Tagen war ich nun hier. Es ging mir besser. Ich hatte mein inneres Gleichgewicht wiedergefunden – jedenfalls fühlte es sich hier, fern von allem, so an. Geblieben war nur eine leise Benommenheit, die mich wie ein tiefer, langwelliger Ton durch die Tage begleitete. Denn wie es mit Arno weiterging, wenn ich wieder zu Hause war, konnte, mochte, wollte ich mir nicht vorstellen. Allein bei dem Gedanken daran, krampfte sich mein Magen schmerzhaft zusammen.

Ich trank einige Schlucke und sah nach Nordwesten, wo die Ostsee hinter dem Horizont immer weiterging, bis sie 450 Kilometer entfernt vor dem dänischen Skagen auf die Nordsee traf.

Leander. Wenn ich in den ersten Tagen danach seinen Namen dachte, durchströmte mich eine Glut, von der ich meinte, sie müsste verräterisch auf meiner Haut aufflackern. Das hatte nachgelassen, zum Glück.

Und jene Nacht? Ich konnte kaum daran denken, ohne in kitschiges Vokabular zu verfallen. Arno hatte schon recht: Ich hatte einen Hang zum Melodramatischen. Gab es Wörter, die nicht abgeschmackt, vulgär oder lächerlich klangen? Vielleicht sollte ich es wie Kleist machen und das Ganze mit einem Gedankenstrich auf sich beruhen lassen.

Ich rieselte mir Sand durch die Hände und auf meine nackten Füße.

Meine Ängste jedenfalls, die sexuelle Begegnung mit einem Fremden könnte in einem erotischen Desaster enden, hatten sich nicht bewahrheitet. Was wäre gewesen, wenn wir uns schon beim Ausziehen so ungeschickt angestellt hätten, dass jede Erotik verflogen wäre? Wenn er einen Stellungsmarathon inszeniert und den Sex als Leistungssport verstanden hätte? Wenn er sich plötzlich als Sadomaso-Fetischist geoutet hätte oder als ein Anhänger der Urophagie? Wenn ich festgestellt hätte, dass der Geruch seines Geschlechts bei mir einen Würgereiz auslöst oder er es antörnend gefunden hätte, mich verbal zu erniedrigen und mir Beschimpfungen zuzuflüstern („Du kleine Schlampe, ich fick dich jetzt, du geile Fotze, ich besorg's dir richtig ...")?

Es schüttelte mich.

Doch nichts dergleichen war geschehen.

Vielleicht hat sich aber eine andere unterschwellige Angst bewahrheitet, es könnte unvergleichlich schön werden, alles bisher Erlebte in den Schatten stellen und damit mein sexuelles Zusammenleben mit Arno entwerten. Nein. So würde ich es niemals empfinden. Das wollte ich einfach nicht!

Wie soll ich es ausdrücken?

Dass ich die Sterne gesehen habe?

Es war schön.

Nein, ich untertreibe.

Es war sehr schön.

Tatsächlich war jene Nacht ... berauschend.

Genau genommen ... süchtig machend.

Verdammt ja! Mein Körper ist explodiert vor Begierde!

Zum ersten Mal habe ich erlebt, was es heißt, sich ohnmächtig dem Rausch der Sinne hinzugeben.

Wir hatten vereinbart, dass es bei diesem einen Mal bleiben sollte, weil wir beide kein unnötiges Leid hervorrufen wollten. Wir wussten voneinander: Leander liebte Clara und ich liebte Arno. Die Beweggründe für diese Nacht blieben unser Geheimnis.

Als ich nach wenigen Stunden Schlaf viel zu früh in meinem Bett erwachte und in die Schule gehen sollte, brach es über mich herein. Nie wieder sollte ich

Leander auf diese Weise begegnen? Nie wieder seinen Körper fühlen, riechen, schmecken, meine Haut an seiner spüren, meine Finger in seinen Haaren vergraben, meine Zähne in seinen Hals schlagen? Das Spiel seiner Muskeln unter der warmen Haut spüren, die feine Linie seiner schwarzen Haare zwischen Bauchnabel und Geschlecht nachzeichnen, die mich verrückt gemacht hatte. Nie wieder?

Wohin mit meinem Sehnen, wohin mit meiner Lust auf seinen Körper?

Und dann plötzlich Arnos Bild vor mir. Der Gedanke an ihn traf mich wie ein Schlag in die Magengrube. Mein geliebter Ehemann. Noch einen Tag zuvor waren wir uns so nahe gewesen wie lange nicht mehr, hatten jede Minute miteinander genossen, miteinander geschlafen, uns im wahrsten Sinne des Wortes geliebt ...

Ich fröstelte und zog mir die Fleecejacke über. Mit den Fingern malte ich Kreise in den Sand.

Mit Arno war es anders. Anders schön. Er konnte zuverlässig meine Lust entfachen und mir die unterschiedlichsten Orgasmen verschaffen. Er befriedigte mich und unsere Seelen berührten sich beim Sex. Aber Tatsache war, so wie auf Leander, hatte mein Körper noch nie auf Arnos reagiert.

Jetzt war es heraus.

Eine schreckliche Wahrheit, die Arno zutiefst kränken musste, sollte er sie jemals erfahren – was ganz sicher niemals passieren würde. Ganz tief in mir würde ich sie verschließen. Nüchtern betrachtet basierte diese ungeheure sexuelle Anziehungskraft, die ich für Leander empfand, schließlich lediglich auf biochemischen Prozessen, die ich nicht willentlich beeinflussen konnte. Also am besten einfach hinnehmen und nicht überbewerten.

Ich strich mir eine Haarsträhne hinter das Ohr und zog mein Zopfgummi fest. Wenige Meter vor mir landete eine Lachmöwe im Sand. Sie beäugte mich aus ihrem schwarzen Gesicht heraus kritisch, dann drehte sie sich um und eilte davon. An einer winzigen Erhebung stolperte sie, stolzierte jedoch hoch erhobenen Hauptes weiter, als wäre nichts gewesen. Normalerweise hätte ich laut aufgelacht. Ich sah ihr hinterher, bis sich mein Blick wieder nach innen richtete.

Am Morgen nach jener Nacht schleppte ich mich unter die Dusche und ließ das Wasser auf mich herabregnen. Mein Körper wollte sich noch nicht von Leander und diesem einmaligen Sinnesrausch verabschieden. Aber mein Kopf war bei Arno. Eine gewaltige und in ihrer Heftigkeit völlig unerwartete Welle aus Schuldgefühlen brach über mir zusammen. Mit zitternden Händen stellte ich die Dusche aus und japste nach Luft. Schwer atmend und bebend machte ich mich für die Schule fertig. Die fünf Unterrichtsstunden verfolgte ich passiv wie eine Zuschauerin meines eigenen Lebens. Als ich am frühen Mittag endlich wieder zu Hause war, kroch ich ins Bett, zog die Decke über den Kopf und brach zusammen.

Ich weinte und weinte und weinte.

Um Leander, um Arno, um meine Ehe.

Am nächsten Tag, dem Mittwoch, meldete ich mich krank. Alles tat mir weh. Nele sagte ich, ich hätte mir einen Infekt eingefangen. Abends rief Arno an, ganz zerknirscht, weil er mindestens noch zwei Tage länger in Hamburg bleiben musste. Ich weinte und sagte ihm, es gehe mir schlecht, ich sei krank, völlig erschöpft. Er war liebevoll und besorgt und riet mir, zu unserer Hausärztin zu gehen und mich krankschreiben zu lassen, möglichst lange, damit ich mich, auch nach den Strapazen der letzten Wochen, so richtig erholen könne. Ich befolgte seinen Rat – entgegen meines üblichen Pflichtbewusstseins. Meine Ärztin war sehr einfühlsam und fürsorglich. Sie wusste um meine Arbeitsbelastung. Ich brauchte ihr nichts vorzuspielen, weil ich schon während der ersten Sätze zu weinen anfing. Zwei Wochen schrieb sie mich krank, Verlängerung möglich. Damit hatte ich Zeit gewonnen. Nur für mich. Und so kam die Idee mit der Reise.

Dann ging alles ganz schnell. Ich bat Tine, der ich nur die halbe Wahrheit vom Ausgebranntsein und Infekt erzählte, sich um Nele zu kümmern und organisierte meine Flucht. Ich wollte nur noch weg.

Raus aus diesem Wirrwarr aus Gefühlen und Gedanken. Auch wenn ich mir dabei irgendwie schwach und feige vorkam. Aber ich sagte mir, ich ginge weg, um wieder bei mir selbst anzukommen.

Und so strandete ich auf dieser Insel, die ich mit ihrer abwechslungsreichen Natur und Abgeschiedenheit inzwischen schätzen gelernt hatte. Vor mir die Weite des Meeres und der kilometerlange Sandstrand, hinter mir ein großes Gebiet mit idyllischer Dünenheide. Und wenn ich nach rechts sah, erhoben sich die sanften, grünen Hügel des Dornbuschs, die zum westlichen Ufer hin in einer schroffen Steilküste abfielen.

Ich atmete tief ein und aus und schmeckte die salzige, tangdurchwehte Luft.

Jetzt, nach einigen Tagen und Nächten Abstand, war ich mir selbst wieder näher gekommen. Mein Innenleben hatte sich sortiert.

Und plötzlich war da die Erkenntnis, dass ich es geschafft hatte: Mein Projekt ‚sekundäre Defloration' – über Wochen hinweg in scheinbar unerreichbarer Ferne vor mir herschwebend – war abgeschlossen! Ich hatte tatsächlich mein allergrößtes Wunschziel erreicht: Sex mit einem anderen Mann! Mein Sommer-Erwachen. Und dazu gehörte ebenso die Erkenntnis, dass diese ausgelebte Leidenschaft einen süßen Sehnsuchtsschmerz hinterließ, den ich tief in meinem Inneren verbergen würde.

Ich ließ mich nach hinten in den Sand fallen und breitete die Arme aus. Die meisten Wolken waren davongeweht, der Himmel hatte eine blassblaue Farbe angenommen und die Sonne lächelte in sanftem Rot über dem Horizont. So kurz vor der Sommersonnenwende ließ sie sich viel Zeit mit dem endgültigen Abschied.

Mensch! Ruckartig setzte ich mich auf. Erst in diesem Moment wurde mir bewusst, dass ich auch den letzten offenen Punkt meiner Agenda, Punkt vier, erreicht hatte. Wenn auch aus einem alles andere als heiteren Anlass: Ich hatte meine erste Reise von A bis Z komplett alleine geplant und durchgeführt! Hierher nach Hiddensee! Damit hatte ich meine gesamte To-Do-Liste in rekordverdächtigen vier Monaten abgearbeitet!

Megageil! Wie Nele sagen würde.

Zutiefst befriedigt ließ ich mich wieder zurück in den Sand fallen.

Mich durchströmte ein warmes Gefühl umfassender Zufriedenheit. Mensch, fühlte sich das gut an – das zu schaffen, was man sich vorgenommen hatte! Ich lächelte vor mich hin und genoss diesen Moment vollkommener Übereinstimmung mit mir selbst.

Hey!

Nur wenige Augenblicke später enterte ein neuer aufregender Gedanke mein Bewusstsein: Es war Zeit für einen neuen Plan!

Ich rollte mich auf die Seite, stützte den Kopf in eine Hand und beobachtete die Möwen, die schreiend über den Wellen tanzten.

Noch hatte ich keine Ideen, was mir und meinem Leben als Nächstes Antrieb geben könnte. Nur der erste Punkt lag auf der Hand: Mein Leben mit Arno wieder auf die Reihe zu bringen und die Choreographie unserer ehelichen Streitereien zu verändern. Ich seufzte tief. Nicht auszudenken, wenn das nicht gelänge ...

Es wurde ein bisschen kühl. Der Wind hatte aufgefrischt und ich beschloss, langsam in die Ferienwohnung zurückzukehren. Ich schulterte meinen Rucksack und machte mich auf den Weg.

Als ich vorletzten Freitag nach Hiddensee aufgebrochen war, hatte ich Arno lediglich eine kurze Nachricht hinterlassen:

Lieber Arno,
mir geht es nicht sehr gut und ich brauche Zeit für mich allein, um mich zu erholen.
Ich bin am Meer. Suche mich bitte nicht. Ich melde mich!
Küsse und Umarmung
Deine Johanna!

Als ich hier angekommen war, musste ich feststellen, dass ich zwar mein Handy eingepackt, aber natürlich nicht an das verflixte Ladekabel gedacht hatte. Also war ich nicht zu erreichen. Auch gut. Am Samstag hatte ich eine öffentliche Telefonzelle vor der Sparkasse in Vitte entdeckt. Zum Glück war gleich Nele am Apparat gewesen. Bei Arno hätte ich vielleicht aufgelegt.

„Hallo, Schatz, ich wollte nur sagen, dass ich gut angekommen bin."

„Soll ich Papa holen? Er wartet draußen auf mich."

„Nein, lass mal. Er ist also wieder da?"

„Klar! Wir wollen mit den Hunden gehen."

„Moment: *den* Hunden?"

Nele stöhnte ob meiner Begriffsstutzigkeit.

„Leander ist doch nach Afrika geflogen und hat Rosa bei uns gelassen."

Wie bitte?

„Also, ich muss Schluss machen. Papa und die Hunde werden ungeduldig. Und Lisa."

„So? Äh ... grüß Arno ganz lieb von mir!", rief ich noch schnell.

„Mach ich. Hab dich lieb!"

Klack.

Benommen trat ich aus der Telefonzelle. Nele und Lisa, unbestimmt verbandelt ... Leander in Afrika, unerreichbar fern ... Rosa bei uns im Haus, unerfreulich nah ...

Gut, dass ich nicht zu Hause war.

In den nächsten Tagen schrieb ich einen Brief an Arno. Vielleicht den wichtigsten Brief meines Lebens. Jedenfalls all der Lebensjahre, die ich in einer Paarbeziehung mit Arno zu verbringen hoffte, also mindestens so sechzig. Mehrmals überarbeitete ich ihn, bevor ich ihn abschickte. Deshalb hatte sich mir jedes Wort eingeprägt:

Mein geliebter Arno,
wenn du diesen Brief liest, bin ich ziemlich weit weg, irgendwo am Meer, wo wir noch nie gewesen sind. Es tut mir leid, dass ich so ein Geheimnis darum mache.
Ich brauchte Neuland, ganz für mich alleine, um mich zu sortieren.
Denn vor einigen Tagen, als du in Hamburg warst, habe ich in anderer Hinsicht ein neues Land für mich betreten, das bisher immer in unerreichbarer Ferne zu liegen schien.
Ich habe dir doch während unseres großen Versöhnungswochenendes von meiner Agenda erzählt, die mir neue Impulse verliehen und die sich für mich als ein Weg erwiesen hat, mit der Angst vor dem Älterwerden besser zurechtzukommen. Ich war so stolz, dass ich captain-kirk-mäßig meine Gewerkschaftsmission gegen deine galaktische Übermacht durchgesetzt hatte.
Ich habe für ein Stück erotisches Wäscheglück Blut und Wasser in einer Kaufhausgarderobe geschwitzt und mir bei meinen Schülern einen zweifelhaften Ruf eingehandelt.
Die erste Zumba-Stunde meines Lebens hätte ich fast mit demselben bezahlt, doch dann lernte ich durch diese Hüpfsportart neue interessante Menschen kennen, mit denen ich außerdem wunderbar plaudern und feiern kann. Auch die Premiere meines ersten Frauenkusses ist dabei herausgesprungen. Meine Haare

durften wachsen, genießen die neue Freiheit und vermitteln mir ein frisch-freches Gefühl ...
Und dann ist da noch ein sechster Punkt auf meiner Liste, von dem ich dir bis jetzt nichts erzählt habe.
Am Abend jenes Montags, an dem du nach Hamburg aufgebrochen warst, konnte ich ihn völlig unerwartet erledigen. Es war der schwierigste und heikelste Punkt.
Ein Wunschziel, das mir unglaublich wichtig war, von dem ich aber kaum annahm, dass ich es jemals verwirklichen könnte, weil ich dafür eigentlich zu unsicher bin, und von dem ich immer wusste, dass er dich sehr verletzen würde.
Damals, als mir die Idee mit der Agenda kam, stellte ich mir die Frage, was ich am Ende meines Lebens wohl bereuen würde. Und da man angeblich am meisten das bereut, was man nicht getan hat, spürte ich plötzlich den heftigen Wunsch, auch mit anderen Männern – oder zumindest mit einem fremden Mann – Sex zu haben. Einfach aus Neugier, um es auszuprobieren, mein Erfahrungsspektrum zu erweitern, um es mir selbst zu beweisen, oder auch, um mitreden zu können ...
Da die allermeisten Menschen heutzutage wohl mehrere Sexualpartnerinnen oder -partner haben beziehungsweise hatten, schien mir dieser Wunsch nicht allzu verwerflich. Auch du hattest ja vor mir einige Freundinnen.
Ich habe mir viele, viele Gedanken darum gemacht, ob das innerhalb einer Ehe, unserer Ehe, möglich wäre, denn genauso wichtig wie mein Selbsterfahrungstrip war mir, dich nicht zu verletzen oder gar zu verlieren.
Als wir unsere heftige Auseinandersetzung wegen dieses schrecklichen Fremdgeh-Traktates hatten, habe ich

verstanden, dass dir vor allem eines wichtig ist: Ehrlichkeit.
Deshalb bin ich jetzt ehrlich. Am Montagabend habe ich mit einem fremden Mann geschlafen. Ich hatte plötzlich die Gelegenheit und habe sie ergriffen.
Es war ein klassischer Half-Night-Stand. Eine Erfahrung. Und ein wichtiger Beweis für mich, dass ich trotz aller Hemmungen und Schüchternheit, die mich mein Leben lang begleiten, als reife Frau in der Lage bin, selbstbestimmt mit meiner Sexualität umzugehen.
War es richtig, dir dies anzuvertrauen? Ich weiß es nicht. Du bist bestimmt ziemlich geschockt. Vielleicht willst du gar nicht weiterlesen ...

Falls du es doch tust: Ich bin sehr froh, dass ich diese Erfahrung gemacht habe. Ich fühle mich selbstsicherer, vollständiger, wie eine Entdeckerin, die endlich neues Land erforschen konnte.
Einerseits.
Andererseits bin ich sehr, sehr traurig. Ich hatte nicht mit solch heftigen Schuldgefühlen gerechnet. Ich habe Angst, dass du diese Verletzung nicht verkraften kannst oder willst.
Für mich bleibt es dabei: Ich möchte mit dir leben, mit dir schlafen, lachen und reden, diskutieren und streiten (wenn auch in konstruktiverer Form als bisher), mich mit dir auf den Weg machen und wieder zu Hause ankommen. Ich möchte weiter an deiner Seite sein, mit dir alt werden und mit dir zusammen entdecken, was sich hinter dem Horizont befindet. Ich möchte deine Frau sein – bis ans Ende unserer Tage.
Ich liebe dich.
Deine Johanna

Die Worte des Briefes rauschten jeden Tag in meinem Kopf wie das unendliche Rauschen des Meeres, und immer, wenn ich am Ende angelangt war, standen mir die Tränen in den Augen.

Ich blieb an der Wasserkante stehen, spürte, wie die auslaufenden Wellen meine Füße umspielten und heftete meinen Blick in die Ferne. Ich vermisste Arno so heftig, dass es wehtat.

Würde Arno mit dieser Wahrheit jemals umgehen können?

Und was, wenn er wissen wollte, wer der ominöse Fremde war? Wie ich Arno kannte, würde er mit Sicherheit danach fragen.

Über dieses Problem hatte ich lange nachgedacht. Wahrscheinlich würde ich jemanden erfinden, vielleicht einen französischen Austauschkollegen, der am nächsten Tag schon wieder abgereist wäre ...

Es half nichts. Hier musste eine echte Notlüge her, um unser nachbarschaftliches Zusammenleben mit Leander und seiner Frau nicht zu vergiften. Hätte umgekehrt Arno mit Clara etwas gehabt und ich davon gewusst, hätte ich ihr wohl nie wieder unbeschwert begegnen können. Deshalb wäre es pure menschliche Notwendigkeit, die Wahrheit hier etwas frei zu interpretieren. Mit diesem klitzekleinen Lügenstachel unter meiner ehrlichen Haut müsste ich dann leider leben.

Für einen Moment schloss ich die Augen und überließ mich meinen Empfindungen. Der Wind streichelte über meine Haut und die auslaufenden Wellen zischelten im Sand.

Aber wie würde es mit Arno und mir nur weitergehen?

Ich atmete stockend aus. Ein Leben ohne Arno war für mich unvorstellbar.

Seufzend setzte ich mich wieder in Bewegung. Die Sonne stand knapp über dem Horizont und warf lange rötliche Strahlen über die Welt.

Weiter vorne tobten zwei Hunde. Ich musste lächeln und an Kalli und Rosa denken, die ihre Zweisamkeit zu Hause sicher grenzenlos auskosteten.

Da! Da glänzte etwas! Mein Herz hüpfte. Ein bonbongroßer Bernstein! In diesem besonderen Licht leuchtete er rotgolden auf! Ich bückte mich rasch nach dem Schatz, bevor eine Welle ihn ergreifen und wieder mit hinaus ins Meer tragen konnte. Im gleichen Moment stürmten die Hunde heran und warfen mich zu Boden.

„Kalli?? Rosa??“

In meinem Kopf toste ein Orkan.

Die beiden warfen sich auf mich, quietschten und leckten, wedelten und bellten, dass ich kaum Luft bekam. Als ich mich endlich wieder aufgerappelt hatte, sah ich eine Gestalt auf mich zukommen. Langsam, bedächtig, fast vorsichtig. Die Hände in den Taschen.

Arno?

„Arno!“ Ich schnappte nach Luft.

Wie, ... woher, ... was ...?!

In sicherem Abstand blieb er stehen. Prüfend sahen wir uns in die Augen.

„Es ist nicht so, dass ich das Wort *nicht* in deinem Satz ‚bitte such mich nicht‘ nicht gelesen hätte. Aber ...“ Er hob die Hände und sah mich fragend an.

Mein Herz klopfte.

Ich ging die letzten Schritte auf ihn zu.
Und lächelte.

Ende